JULIE HALL

LEGADO DOS CAÍDOS - LIVRO 1

O ROUBO das CHAMAS

Traduzido por João Pedro Lopes

1ª Edição

2023

Direção Editorial:	**Revisão Final:**
Anastacia Cabo	Equipe The Gift Box
Tradução:	**Arte de Capa:**
João Pedro Lopes	Mirela Barbu
Preparação de texto:	**Adaptação de Capa:**
Marta Fagundes	Bianca Santana
Diagramação:	Carol Dias

Copyright © Julie Hall, 2020
Copyright © The Gift Box, 2023

Todos os direitos reservados.
Nenhuma parte do conteúdo desse livro poderá ser reproduzida em qualquer meio ou forma – impresso, digital, áudio ou visual – sem a expressa autorização da editora sob penas criminais e ações civis.
Esta é uma obra de ficção. Nomes, personagens, lugares e acontecimentos descritos são produtos da imaginação da autora. Qualquer semelhança com nomes, datas ou acontecimentos reais é mera coincidência.

Este livro segue as regras da Nova Ortografia da Língua Portuguesa.

CIP-BRASIL. CATALOGAÇÃO NA PUBLICAÇÃO
SINDICATO NACIONAL DOS EDITORES DE LIVROS, RJ
Gabriela Faray Ferreira Lopes - Bibliotecária - CRB-7/6643

H184r

Hall, Julie
 O roubo das chamas / Julie Hall ; tradução João Pedro Lopes. - 1. ed. - Rio de Janeiro : The Gift Box, 2023.
 380 p. (Legado dos caídos ; 1)

 Tradução de: Stealing embers
 ISBN 978-65-5636-220-5

 1. Ficção americana. I. Lopes, João Pedro. II. Título. III. Série.

23-82043   CDD: 813
             CDU: 82-3(73)

PRÊMIOS RECEBIDOS

Vencedor, Ficção Investigativa / *O roubo das chamas*
2021 ACFW Carol Awards

Finalista, Paranormal & Sobrenatural / *O roubo das chamas*
2021 Realm Awards

Finalista, Young Adult / *O roubo das chamas*
2021 Realm Awards

Finalista, Escolha do leitor / *O roubo das chamas*
2021 Realm Awards

Medalha de Ouro / *O roubo das chamas*
2021 Illumination Awards

Finalista melhor capa / *Huntress*
2021 Realm Awards

Menção Honrosa / *O roubo das chamas*
2021 Writer's Digest Self-Published Book Awards

Finalista Young Adult / *O roubo das chamas*
2020 The Wishing Shelf Book Awards

Finalista, Ficção Investigativa / *Huntress*
2018 ACFW Carol Awards

Livro Young Adult do ano / *Huntress*
2018 Christian Indie Awards

Medalha de Ouro / *Huntress*
2018 Illumination Awards

Primeiro Lugar, Religião / *Huntress*
2018 IndieReader Discovery Awards

Finalista ficção cristã / *Huntress*
2018 Next Generation Indie Book Awards

Prêmio Alliance (Escolha do público) / *Warfare*
2018 Realm Makers Awards

Finalista Parable Award / *Logan*
2018 Realm Makers Awards

Medalha de Ouro / *Huntress*
2017 The Wishing Shelf Book Awards

Autor estreante / *Julie Hall*
2017 Ozarks Indie Book Festival

Melhor romance motivacional / *Huntress*
2017 Ozarks Indie Book Festival

Segundo Lugar / *Huntress*
2017 ReadFree.ly Indie Book of the Year

Primeiro lugar / *Huntress*
2012 Women of Faith Writing Contest

USA TODAY Bestselling Author
August 17, 2017 & June 21, 2018

Cheio de ação, perigos, tensão romântica e intrigas, O ROUBO DAS CHAMAS é totalmente viciante.

Casey L. Bond
Autora consagrada de When Wishes Bleed

Com uma história linda e empolgante, personagens irresistíveis, O ROUBO DAS CHAMAS faz jus à mitologia angelical, garantindo a leitura noite adentro.

Cameo Renae
Autora da série best-seller Hidden Wings, pelo USA Today.

Recheado de ação, sarcasmo, mitologias de anjos e personagens pelos quais você se apaixona imediatamente, O ROUBO DAS CHAMAS irá cativar os fãs de Cassandra Clare e Sarah J. Maas, ou qualquer um que ame fantasia urbana lindamente escrita com uma dose escaldante de tensão romântica. Prepare-se para ficar viciado!

Audrey Grey
Autora da série best-seller Kingdom of Runes, pelo USA Today

Esta maravilhosa leitura era tudo o que eu queria em um livro e muito mais. A autora Julie Hall me manteve virando as páginas durante a madrugada, e eu queria o próximo livro da série quando terminei este. O ROUBO DAS CHAMAS pode ser simplesmente um dos melhores livros que já li. Muito bem escrito!

Michele Israel Harper
Editora e autora consagrada da série Beast Hunter

Para a minha filha, Ashtyn.
Que você encontre suas asas para voar.

"E quando aqueles que tentaram destronar o Criador foram derrotados, estes foram expulsos do Paraíso e amaldiçoados a uma existência que repudiavam".
LIVRO DOS SERAFINS, CAPÍTULO 3, VERSÍCULO 2

"Naqueles dias, havia nefilins na terra, e também posteriormente, quando os filhos de Deus possuíram as filhas dos homens e lhes deram filhos. Eles foram os heróis do passado, homens de renome".
LIVRO DE GÊNESIS, CAPÍTULO 6, VERSÍCULO 4

CAPÍTULO 1

Uma batida rompe o silêncio da madrugada. Abruptamente, abro os olhos e me levanto, com a mochila pendurada no ombro antes mesmo de estar totalmente desperta. Meus sapatos golpeiam a calçada enquanto corro até a saída do beco. Centelhas de luz iluminam minha visão periférica.

Isso é de verdade ou imaginação?

Lançando uma olhada por sobre o ombro, avisto um caminhão de lixo depositando um container no chão. A tampa metálica fecha com força e o ruído ecoa por entre os edifícios que rodeiam o beco. As luzes pulsam a cada batida forte e depois se apagam quando o barulho se dissipa.

A adrenalina que circula pelo meu sistema acelera o meu coração, mesmo com a mente descartando qualquer ameaça real de perigo.

Desacelerando os passos até parar, me recosto à parede de um edifício e pressiono uma mão sobre o peito, esperando que os batimentos abrandem. *Estou segura. Estou segura. Estou segura*, penso, respirando fundo.

O ar frio açoita minhas bochechas aquecidas e resfria a umidade já acumulada na testa. Fechando os olhos, eu me concentro nas sensações que me mantêm na realidade.

O cheiro fedorento de comida podre e lixo.

Os tijolos ásperos sob as pontas dos meus dedos.

A sensação estranha e amarga nos meus dentes por causa da curta noite de sono.

Estou aqui, e estou acordada – pelo menos, espero que sim. Abro os olhos lentamente, orando baixinho para que o mundo espectral não tome minha visão.

Exalo um suspiro alto de alívio ao deparar com a parede pichada à frente. O chão está repleto de lixo e detritos aleatórios: um sapato, um pneu de bicicleta descartado, a carcaça de um rato morto.

Esta pode ser a primeira vez que me alegro em ver um rato de qualquer forma. Os ratos não existem no mundo espectral, então o cadáver peludo é mais uma confirmação de que ainda me encontro nesta realidade.

Um. Dois. Três. Quatro.

Contar os batimentos cardíacos é uma forma de me acalmar, uma estratégia para diminuir a liberação de adrenalina no meu corpo.

Eu vivo com medo dessa descarga de adrenalina.

Ela é meu principal gatilho para ver o mundo que disseram não existir. Faço o que posso para evitar esse hormônio, inclusive me isolar, o que, normalmente, não é um problema, uma vez que as pessoas se sentem desconfortáveis ao meu redor. Ao longo dos anos, tenho aperfeiçoado meus sentidos para estar ciente do mundo à minha volta, mas isso se complica durante as poucas horas que meu corpo exige sono.

Se ao menos dormir com um olho aberto fosse possível...

Tive mais incidentes de escape da realidade no último ano do que nos últimos dez juntos. Um dos muitos pontos negativos de ser uma sem teto é que você sempre leva a vida um pouco à beira da sanidade. Ainda assim, não compensa o grande ponto positivo de viver nas ruas de Denver: tornar-me uma fugitiva me salvou de estar trancada em um hospital psiquiátrico.

Aceitarei uma grande quantidade de sofrimento para manter a minha liberdade.

Os primeiros grunhidos de uma cidade despertando interrompem meus pensamentos. Os bipes do caminhão do lixo que me assustaram cessam quando o motorista muda a marcha e sai rua afora. Os motores dos carros roncam, os escapamentos criam nuvens de fumaça no ar. Portões de metal enferrujado rangem e ressoam quando os donos das lojas os abrem para convidar os clientes para o dia. Gritos abafados soam do quarteirão abaixo, assim como os ecos do latido de um cão de um apartamento acima.

Já sinto falta da escuridão.

Afastando-me da parede fria, verifico meu gorro para ter certeza de que tudo está escondido.

Meu cabelo cresce muito rápido e não o cortei como deveria no último ano. Os fios estão sujos e opacos, o tom loiro-platinado coberto por várias camadas de sujeira. Esconder o cabelo não tem nada a ver com minhas inseguranças e, sim, com minimizar minha feminilidade. Não preciso me tornar mais um alvo do que já sou.

As pessoas me veem como fraca.

Eu não sou, mas passar o dia sem altercações é importante, se eu não quiser sair, acidentalmente, desta realidade.

Minha outra opção é cortar bem curtinho. É algo que já considerei mais de uma vez, mas já renunciei a tanta coisa. Não consigo lidar com mais uma perda. Em vez disso, vou mantê-lo escondido.

Satisfeita ao notar que a cabeça está devidamente coberta, puxo o gorro para cobrir também as orelhas e me encaminho até o canto do edifício. Mantendo o corpo pressionado contra a parede de tijolos, espreito o mundo agitado do lado de fora do beco sujo.

O sol está apenas começando sua ascensão diária. O céu se detém à tela cinza e azul da noite, mas a escuridão logo será expulsa pela luz que surge.

Franzo os lábios diante da evidência do dia que se aproxima.

Eu prefiro a noite. As sombras são um conforto de uma forma que a luz do dia nunca será.

A fome me castiga por dentro ao mesmo tempo em que meu estômago solta um murmúrio patético, lembrando-me que já passou muito tempo desde minha última refeição. Não preciso de tanta comida ou sono como uma pessoa normal, mas três dias sem nada para comer já é demais, mesmo para mim.

Esgueirando-me no beco, considero minhas opções.

Geralmente confio em uma combinação de buscas no lixo, caridade e, ocasionalmente, o trabalho estranho de me alimentar. Não posso me dar ao luxo de ir a uma igreja — eles fazem muitas perguntas e não vale a pena ser rotulada como uma menor fugitiva só para encher a barriga. Mendigar não é uma opção viável, porque vadiar em um lugar público também é um risco muito grande.

Abrigo não é um problema... até o inverno. As coisas se complicam durante os meses mais frios do Colorado. No ano passado, tive que invadir mais propriedades privadas do que queria, tudo para escapar das temperaturas geladas.

Quando fizer dezoito anos, poderei respirar mais tranquilamente. Tornar-me legalmente adulta significa que não posso ser jogada de volta no sistema, ou pior. Minha última família adotiva quis me internar em um hospital psiquiátrico. Para escapar desse destino, eu preciso atingir a maioridade. Eu só tenho que suportar essa existência degradante por mais seis meses.

Deixar a cidade em busca de uma vida mais pacífica é o sonho. Assentar em algum lugar nas montanhas seria bom. Em algum lugar longe o bastante dos olhares curiosos para não haver testemunhas dos meus estranhos episódios no mundo espectral. Seria ainda melhor se eu pudesse construir uma casa dentro das rochas para me proteger dos meus pesadelos vivos.

Até lá, é mais seguro me esconder entre a população, à vista de todos, mas basicamente invisível.

Só mais seis meses, digo a mim mesma. A sensação de reconforto é tão boa que digo mais uma vez.

Conversar comigo mesma se tornou um tipo estranho de consolo. As pessoas te ignoram quando se é sem-teto, algo com o que contei quando fugi do último lar adotivo. Ser invisível era essencial para a minha sobrevivência, mas o que eu não contava era com o quão desumano seria. Papear comigo mesma me faz lembrar que ainda sou uma pessoa, mesmo que uma estranha.

Meu estômago se revira, indicando que devo me alimentar se quiser me manter alerta por mais alguns dias.

Eu reviso minha escassa lista de possibilidades. Tem uma loja de conveniências na Sexta Avenida que joga fora seus produtos com validade vencida, uma vez por semana, mas isso só será daqui a dois dias. Está cedo, eu poderia passar na Denver Bread e ver se eles precisam de ajuda no transporte de sacos de farinha por uns trocados ou comida. Pão quentinho é delicioso e difícil de encontrar esses dias. As pessoas não jogam pães assim no lixo para que vagabundos como eu os peguem.

Tem alguns restaurantes no centro onde eu poderia tentar a sorte. Newberry e Sassafras ficam aqui perto, mas só abrem bem mais tarde. O Anita's abre mais cedo. Já se passaram... duas semanas? Posso tentar.

Apertando as alças da mochila, sigo pela calçada num ritmo acelerado, em direção à lanchonete a doze quadras daqui.

Essa distância mal serve como um aquecimento para mim. Posso correr por horas antes de me cansar. É só mais uma das minhas esquisitices que tento esconder do mundo.

Passo pela cidade rapidamente. Alguns carros estão em movimento, mas as calçadas estão quase completamente desertas. É muito cedo para a cidade estar sopitando de gente. Em algumas horas, as vias estarão lotadas de gente, indo e voltando de seus trabalhos. Lá pela metade do dia, turistas se apinharão pela cidade e pessoas se apressarão para pegar transportes públicos e longos engarrafamentos.

O ciclo se repete diariamente, um estado que nunca muda. Algo que aprendi a usar em meu favor.

Assim que viro a décima quinta rua, seguindo em direção ao rio, tento me lembrar que dia é hoje. Estou com setenta e dois porcento de certeza que é terça-feira. Isso é importante, porque a Karen trabalha nas terças. Ela é tranquila com essa questão das sobras, então só tento ir à lanchonete durante seus turnos.

Retomando o ritmo, mal noto os prédios que deixo para trás. Os arranha-céus do distrito corporativo são borrões cinzentos que nunca achei visualmente atraentes. Resistindo à tentação de fechar os olhos, foco na brisa matinal beijando meu rosto. Quando era mais nova, eu costumava correr com toda a velocidade e fingia que estava voando. A vontade de fazer isso me assola de vez em quando.

Minhas mãos tremem com o desejo de arrancar o gorro que esconde meu cabelo e deixá-lo livre. Meu couro cabeludo coça sob a cabeleira espessa. Eu gosto da sensação da brisa se embrenhando por entre minhas mechas. O frio outonal precoce ainda não chegou, então é muito estranho eu estar com uma touca apertada, mas tirá-la está fora de cogitação.

Meu suspiro é engolido pelo vento.

Contornando outra esquina, vejo a lanchonete. O pequeno restaurante de apenas um andar está espremido entre dois grandes prédios residenciais. O telhado vermelho e a fachada amarela destoam dos prédios sofisticados ao lado, mas é marca registrada da vizinhança por mais de cinquenta anos, por isso é improvável que alguém o tire dali.

Substituo pensamentos sobre meu cabelo pela antecipação de uma comida quente. Sigo até a lateral do edifício e espio pela janela que me dá uma visão parcial da cozinha.

Usando o uniforme típico da lanchonete, Karen está de pé em frente a uma despensa repleta de ingredientes e latas, com uma prancheta em uma mão e anotando o inventário do restaurante.

A sombra de um sorriso curva meus lábios ao vê-la.

Cinco meses atrás, Karen me pegou encurvada entre as lixeiras atrás do restaurante. Com uma cobertura nos três lados e uma rota de fuga fácil, aquele era um ótimo lugar para dormir. Eu devo ter parecido bem patética, pois ela tem me dado café da manhã algumas vezes por mês desde então. Sempre chego antes de o restaurante abrir e me recuso a entrar. É muito fácil ser encurralada em prédios públicos. Se uma fuga fosse necessária, eu preferiria estar do lado de fora, onde minhas chances de escapar são muito maiores.

Conhecendo meu jeito, Karen sempre leva um prato para o beco.

JULIE HALL

Ela é uma boa pessoa.

Eu não venho aqui toda semana, pois não quero que ela antecipe minhas visitas. E se ela passar a se preocupar demais comigo um dia? Sua preocupação poderia fazê-la chamar as autoridades, sem perceber no que isso resultaria para mim.

Eu aprecio a generosidade dela, mas não estou disposta a sacrificar minha liberdade por conta da gentileza de uma estranha.

Observando-a fazer seu ritual diário, gentilmente bato no vidro que nos separa, com cuidado para não fazer muito barulho. Ela ergue a cabeça e seu olhar se foca ao meu na segunda batida. Um sorriso caloroso surge em seu rosto, aquecendo os olhos azuis cristalinos.

Aceno e sorrio de volta. Ela faz um movimento com a mão e eu aceno com a cabeça, me dirigindo para a porta dos fundos.

Não sou muito sociável, mas minha esquisitice não deteve Karen ainda. Não tenho certeza se ela releva ou se simplesmente não se incomoda, no entanto, sou grata pelo que quer que seja.

De braços cruzados e escorada em uma parede do beco, observo o céu mudar de cores. Conforme o azul vai clareando, as sombras suavizam.

Estou alerta quando a porta se abre, então não me assusto. Karen sai de costas, com uma bandeja nas mãos. Fico surpresa ao ver vários pratos cheios, um copo de suco de laranja e uma caneca de café.

O cheiro delicioso de bacon gorduroso me dá água na boca. Eu sou louca por bacon, e quase perco o controle das glândulas salivares.

Quando Karen passa por mim, avisto ovos, pães com manteiga e geleia e batatas.

Essa quantidade de comida é demais.

— Você se importa de virar aquelas caixas ali, Lizzie? Pensei em tomarmos o café juntas dessa vez. O dia vai ser lindo e tenho um tempinho antes de os outros funcionários chegarem.

Karen pensa que meu nome é Elizabeth e me chama de Lizzie. Meu nome não é nenhum dos dois, mas dar meu nome verdadeiro é algo que não faço mais.

Pegando as caixas de madeira viradas, eu as ajeito para que nós duas possamos nos sentar, então Karen apoia a bandeja em uma caixa de papelão que ainda não foi danificada.

Eu olho para ela e para a comida com um pouco de ansiedade.

Com o cabelo preto e sedoso que cai por cima de seus ombros, Karen é uma bela mulher. No passado, ela chegou a se sentar para comer comigo uma ou duas vezes, mas manteve distância, sabendo que eu era arisca. Ela geralmente fica escorada contra a parede, tomando pequenos goles de seu café, enquanto eu como as sobras da noite anterior. Como só apareço antes de a lanchonete abrir, o cozinheiro nunca está presente.

Eu acho de boa comer as sobras. Aprendi há algum tempo a não ser mimada. Não ter que revirar o lixo por comida é um luxo com o qual não devo me acostumar.

Contudo, hoje ela trouxe um banquete, e eu suspeito a mudança. Ela fez essa comida enquanto eu estava esperando por ela? Com certeza levaria mais do que alguns minutos para preparar tanta coisa.

Observando meu olhar atento à comida, seu sorriso se abre ainda mais.

— Acredite ou não, já fui cozinheira em outra vida.

Imagino que esta seja a única explicação que vou receber. Não gosto de perguntas, também, então questionar seria hipocrisia.

O vinco entre minhas sobrancelhas se desfaz quando bebo um gole do suco de laranja. Aprecio o gosto ligeiramente adocicado como se fosse um bom vinho.

— Isso é demais pra mim. Acho que não vou conseguir comer nem a metade.

Isso não é verdade. Eu não me alimento com constância, mas quando tenho a chance, tento comer o máximo que puder. Contudo, tento me controlar, porque uma garota que come como um jogador de futebol americano costuma chamar atenção.

Ela gesticula, dispensando minhas palavras.

— Só coma o quanto quiser e deixe o resto. Queria que você ficasse de barriga cheia hoje.

Meu sorriso tensiona enquanto mastigo um pedaço de bacon, me perguntando se ela se afeiçoou um pouco demais a mim. Se este for o caso, essa será minha última visita ao Anita's. Não posso arriscar que Karen se acostume comigo. Além disso, eu não me apego às pessoas. Não consigo, e as poucas vezes em que isso aconteceu terminaram de formas dolorosas.

Não. A única pessoa que quero ter por perto sou eu mesma.

Sou solitária desde o princípio. Por que outro motivo eu teria sido deixada em uma porta quando era um bebê? Se meus próprios pais não me quiseram, por que outras pessoas deveriam querer?

Um dia encontrarei um lugar para morar onde ninguém vai me incomodar. Algum lugar onde ninguém vai me julgar.

Esse é o meu objetivo, até onde sei.

— Então, o que você vai fazer hoje?

Dou de ombros. Não é como se eu vivesse uma vida empolgante.

— Pensei em dar uma passadinha no Waldorf para tomar um chá. — Pisco enquanto mastigo os ovos, para que ela saiba que estou brincando ao invés de sendo simplesmente grosseira.

— Ah, sim — responde, entrando na brincadeira. — Fiquei sabendo que o chá deles é divino.

— Só não acho que se compara a esse banquete.

Isso é torrada?

Eu só comi isso uma vez. Quando tinha uns oito ou nove anos, a família adotiva com quem estava morando decidiu celebrar meu aniversário com um café da manhã açucarado. Foi um dos melhores dias da minha vida.

Livrando-me de pensamentos melancólicos, pego um pedaço de pão encharcado em calda e enfio na boca.

Paraíso.

— Isso tá ótimo.

— Obrigada. — Seu sorriso aquece os olhos, iluminando todo o seu rosto. Eu adoro isso nela; como uma expressão facial pode transmitir tanta emoção. — Essa receita é da minha avó.

— Hmmm — murmuro, dando uma terceira mordida.

— Eu estava pensando uma coisa. — Karen franze os lábios ao me observar. Algo na postura dela embrulha meu estômago. Engulo com dificuldade, tomando um gole do suco enquanto espero que ela continue.

Anos de intuição me dizem que minha refeição acabou.

— Nunca te vi sem um gorro. Você se incomodaria de me contar qual é a cor do seu cabelo?

É uma pergunta inofensiva, mas tem um alarme disparando na minha mente. Minha intuição esteve certa vezes demais para ignorá-la agora.

Levantando-me rapidamente, pego a mochila e recuo, sem desviar o olhar dela.

— Lizzie, o que você está fazendo? — Preocupação cruza seu semblante e ela se levanta também, dando um passo à frente. Ela quase chega aos meus 1,80 de altura. Em seguida, gesticula para que eu me acalme.

Ela está tentando não me assustar?

Tarde demais para isso.

— Muito obrigada pelo café da manhã. E por tudo. Tenho que ir. —

Ela para de andar ao passo que continuo recuando. Isso alivia um pouco da minha paranoia.

Ela não está vindo atrás de mim. Isso é bom.

— Foi porque te perguntei sobre seu cabelo? Você não precisa me dizer, eu só tava...

Um barulho dentro da lanchonete nos faz virar as cabeças para a porta.

Uma pessoa normal presumiria que é só o cozinheiro ou um garçom.

Uma pessoa normal não olharia com desconfiança para a pessoa que foi gentil o suficiente para alimentá-la.

Uma pessoa normal sorriria, se sentaria e comeria o máximo possível desse delicioso café da manhã.

Estou longe de ser uma pessoa normal.

— Emberly, isso não é...

Essa palavra dispara a minha adrenalina como nunca.

Emberly. Ela sabe meu nome. Meu nome *verdadeiro*.

CAPÍTULO DOIS

Os olhos arregalados de Karen revelam que ela não pretendia dizer aquilo em voz alta.

Eu deveria estar correndo agora.

Isso, com certeza, é o que eu deveria fazer, mas estou plantada no lugar, com flashes cintilando em minha visão periférica.

Isso não é bom. Nada bom.

— Me desculpe. Não era para ser assim. Nós estávamos à sua procura por muito tempo. Só não tínhamos certeza de que você era quem procurávamos.

Não, não. Nem a pau. Isso está muito estranho.

Com flashes de luz ou não, vou me mandar daqui.

Saio correndo ao me virar rapidamente. Sem restrições, corro como nunca, sem recear chamar atenção. Posso correr mais rápido do que uma pessoa normal conseguiria e, no momento, agradeço minha velocidade.

Num piscar de olhos estou na frente do restaurante, mas já é tarde demais.

Eu paro bruscamente. O peito de um homem alto, de ombros largos e cabelo preto está a alguns centímetros do meu nariz.

Recuando vários passos, olho por sobre o ombro e vejo Karen a uns cinco metros atrás de mim.

— Ela está aqui! — o homem grita, a voz grossa ecoando.

Não demora muito até que várias pessoas se juntem ao gigante, criando uma muralha humana na minha frente.

Eu avalio a ameaça.

Oito pessoas no total. Homens e mulheres. Todos altos. Todos de cabelo preto.

Com certeza, não vou passar por eles. Karen está atrás de mim. Se eu pular por cima da cerca de trás, poderei escapar pelo beco.

— Você vem com a gente — diz o gêmeo de Golias.

É, não vai rolar.

Os flashes de luz começam a tomar conta da minha visão.

Não, não, não, não, não, não!

Não é hora de sair dessa realidade.

— Deacon, você a está assustando. Essa não é a forma de agir — Karen retruca.

— Não temos tempo pra cuidar dela.

Fuja, meus instintos rugem.

Eu tenho que sair daqui.

Agora.

Não faço ideia de quem são essas pessoas, ou o que elas querem. Mas o que sei é que se eu esperar mais um pouco, estarei ferrada. Presa entre essa realidade e a outra, será fácil para esses esquisitos me levarem enquanto fujo de monstros que ninguém mais pode ver.

Corro diretamente para Karen, me desviando no último segundo e contornando-a. O movimento deveria ser rápido demais para qualquer pessoa, mas ela, ainda assim, conseguiu agarrar minha mochila.

Abaixando os braços e ombros, me solto das alças. Não tenho apego material algum, pois valorizo minha liberdade acima de tudo.

Pulando, pouso em cima da cerca feito um esquilo, um pulo de quase dois metros. Sinto o metal em minhas mãos ao escalar.

Luzes explodem em minha visão quando caio do outro lado.

— Ela *tá* transfigurando!

Quando me levanto, as minhas realidades se fundiram.

Não! Isso não pode acontecer agora!

As estruturas do mundo real permanecem, mas é como se a tela de uma TV antiga as sobrepusesse.

O edifício à minha esquerda deve ser residencial, por estar repleto de luz. Uma mistura de cores pulsa ao redor dele como se fosse uma aura de arco-íris gigante. Vermelho e azul dominam, com faíscas de amarelo, verde e roxo.

Correntes de ar me cercam em ondas tangíveis de cor e som, fazendo os pelos em meu braço se eriçarem e um aroma doce coçar meu nariz.

Ignoro tudo isso, porque são os borrões escuros no céu violeta que me preocupam.

São as criaturas dos meus pesadelos e dessa realidade distorcida: Monstros das Sombras.

Não tenho medo do escuro, mas tenho deles. Eles são os verdadeiros monstros que assombram a noite, e tenho as cicatrizes para provar.

Manchas escuras se agitam pelo ar como morcegos, tornando sua trajetória quase impossível de captar.

Preciso me esconder... e rápido.

Corro pelo beco velozmente. Mantenho o olhar focado nas criaturas no céu.

Eu só tenho duas opções quando sou atacada: encontrar um lugar para me esconder ou me misturar em um grande grupo de pessoas. A primeira opção sempre é a melhor, porque evitar bolhas flutuantes coloridas – que é como as pessoas são nessa realidade – é difícil.

Além disso, as pessoas podem me ver e ouvir claramente, mas os monstros das sombras? São convenientemente invisíveis a olho nu. Quando luto ou fujo de sombras amorfas com garras afiadas que ninguém pode ver, eu pareço uma louca.

Como ainda está cedo – não deve ser mais do que seis da manhã –, as ruas ainda estão vazias, então me misturar à multidão nem é uma opção.

Significa que devo procurar um buraco para me esconder. Algum lugar para esperar até voltar à realidade e ficar em segurança.

Faço uma lista mental de lugares seguros enquanto corro. O mais próximo é uma alcova debaixo da ponte River Platte, cerca de oito quarteirões daqui. A aura branca que envolve meu corpo serve de letreiro escrito HORA DO LANCHE para as criaturas voando acima, mas ficar perto de água corrente vai me camuflar. Desde que descobri o truque, criei uma lista de lugares onde posso me esconder a uma distância relativa.

Saindo do beco em velocidade máxima, minha mente foca em chegar ao destino. Não tem chance de os meus perseguidores humanos me alcançarem. Já que não tem uma fileira de auras brilhantes me esperando na saída, presumo que perderam meu rastro.

Ignoro as visões e sons que competem por minha atenção.

Meu caminho já está traçado na mente: quatro quarteirões pela frente, três quarteirões para o leste.

Meus olhos estão vidrados no curso.

Em apenas alguns segundos, percorro três quarteirões. Tenho que torcer para que ninguém tenha me visto nessa velocidade.

Estou prestes a dar a volta na esquina do quarto quarteirão quando uma sombra cai do céu e pousa na minha frente.

Derrapando para não colidir com ela, ouço um baque surdo não muito atrás de mim.

O medo se alastra pela minha coluna vertebral e explode como uma bombinha no meu cérebro.

Os monstros me encontraram.

As formas sombrias que me encurralam são como bolhas disformes de escuridão. Elas me lembram de um buraco negro em movimento. Suas bordas são semitranslúcidas, quase como se eu olhasse através de uma névoa sombria. Eu não consigo ver através da parte principal de seus corpos, se é que essa escuridão é o corpo.

Se esta realidade é como ver o mundo através de um caleidoscópio iluminado pelo sol, estes seres se destacam por sua ausência de cor. É como se eles sugassem a beleza deste mundo para dentro de si mesmos. Não satisfeitos por simplesmente obscurecerem a luz, eles procuram devorá-la.

As formas que me ladeiam se ondulam e se movem, como se fossem se erguer. Eu não sei o que são ou o que querem, exceto me machucar. Meu corpo está repleto de cicatrizes dadas por estas criaturas, cujas garras afiadas nunca vejo, mas sinto que cortam através da minha carne.

Como ninguém mais pode ver estas bestas abomináveis, as famílias adotivas e assistentes sociais sempre pensaram que minhas feridas foram auto infligidas.

Aprendi a esconder as feridas o melhor que pude, mas um ataque particularmente grave, há seis meses, me colocou no hospital. Precisei de trinta e quatro pontos e dois litros de sangue para repor o que havia perdido.

Como eu tinha um histórico de ferimentos semelhantes, a dedução óbvia foi que fiz aquilo a mim mesma. E que defesa eu poderia ter dado a eles? A teoria principal era que eu havia saltado da janela de um edifício industrial abandonado. Acho que isso explicaria os cortes em meu corpo, assim como os ossos quebrados.

Deitada em um leito de hospital, ouvi meus pais adotivos conversando com a assistente social sobre minha internação em um hospital psiquiátrico. Esse foi o último dia em que estive sob a proteção do estado.

Afastando a lembrança para longe, escaneio o ambiente enquanto o resto do mundo acorda, todos alheios ao inferno pessoal que enfrento.

Os carros passam a toda velocidade ao longo da rua à esquerda. Uma garagem de estacionamento fica à direita.

Eu me inquieto, submersa na indecisão. Minhas opções não são boas, mas assim que o monstro ataca, o instinto me faz fugir para a direita e entrar na garagem.

Encontrando a escadaria, subo os degraus e saio no andar superior do estacionamento. Corro para o canto mais distante e descubro que por cima do parapeito há uma queda de seis andares para o chão implacável abaixo.

Muito bem, Emberly. Você mandou muito bem dessa vez.

No que eu estava pensando?

Correr para o topo da garagem foi a pior ideia de todas.

Percebo que virei a garota burra dos filmes baratos de terror, correndo para o sótão quando poderia ter corrido para fora.

Quero me dar um soco.

Num dia ruim posso ser muitas coisas, menos burra.

Lançando um olhar acima, vejo várias formas escuras se dirigindo a mim. Os dois que estavam me seguindo também chegaram no topo.

Já estive em esconderijos ruins, mas esse deve ter sido o pior de todos.

Minhas únicas armas são a velocidade e a agilidade. Mesmo depois de todos estes anos, não tenho a menor ideia de como combater estas criaturas. Adotei uma filosofia de esconde-esconde quando se trata destas experiências surreais.

Parada, espero que os monstros me alcancem. Um brilho dourado familiar desliza na minha frente, deixando um rastro de pó brilhante para trás. Evito pensar nesse incômodo recorrente. A luz cintilante aparece de tempos em tempos, mas como nunca descobri o que é e não parece querer me machucar, não é uma prioridade.

Volto a me concentrar e começo a bolar um plano de ação improvisado. Se eu conseguir afastar os dois monstros da escadaria, talvez consiga sair da garagem. Se for preciso, vou correr para o prédio mais próximo. Quem se importa se eu chamar a atenção das pessoas? Esta é uma questão de sobrevivência.

O suor escorre pelas costas conforme o tempo passa.

Cheguem mais perto, seus feiosos.

Como se ouvissem meus pensamentos, as sombras começam a vir na minha direção.

Desvio o olhar para cima. Os que estão no céu não retardaram em descer. É como se os monstros no chão e no ar estivessem em uma corrida para alcançar o prêmio: eu.

Eles vão convergir até mim de uma só vez. Eu serei a otária que acabará se transformando em uma panqueca abaixo deles.

Três. Dois. Um. *Agora!*

Quando os monstros das sombras estão apenas a centímetros de distância, eu mergulho para a direita, dando uma cambalhota e corro assim que fico de pé.

O chão treme quando suas formas colidem, mas não olho para trás para observar a carnificina ou para ver o que está me seguindo ou a que distância. Em vez disso, corro para as escadas e rezo para que seja rápida o suficiente.

A escadaria está a apenas alguns metros de distância.

Eu vou conseguir!

Assim que a ponta do meu dedo do pé passa sobre a soleira, algo me golpeia de lado, me fazendo voar para cima de um carro estacionado.

Eu me choco contra a lataria de um sedan prateado, quebrando a janela e deixando um amassado do tamanho de uma Emberly na porta.

Ao cair com um baque, minha testa se choca contra o asfalto. Minha visão do mundo cheio de cores pisca em um vai-e-vem, mas com obstinação, eu me mantenho consciente.

Não é assim que vou morrer.

Sobrevivi dezessete anos tortuosos com meu corpo e liberdade intactos. Pretendo me manter viva pelos próximos anos.

Eu me levanto com um empurrão. Minha cabeça meio que se revolta com esse movimento, mas eu a mando se calar.

Apenas duas criaturas continuam me perseguindo. Parece que as outras estão lutando entre si. Não posso ter certeza se é isso que está acontecendo, mas aos meus olhos, os monstros parecem estar se chocando violentamente uns contra os outros.

Seria cômico se não fosse uma situação de vida ou morte.

Os dois que não estão envolvidos no embate vêm de frente para mim.

Sangue escorre livremente pelo lado esquerdo do meu rosto, tornando impossível enxergar por aquele olho. Nervosamente, começo a mordiscar o lábio inferior, mas com um careta deixo esse hábito de lado. Não percebi que estava salpicado de sangue também.

Mesmo com a enorme quantidade de adrenalina tomando meu corpo, meu cérebro está lento. Em vez de agir, eu apenas fico ali, com os pés colados ao chão.

Eu estava errada. Este é o fim.

Vou morrer sem saber a verdade sobre o que me perseguiu durante toda a minha vida.

Ergo os braços para cima numa tentativa vã de me proteger, mas olho para o lado, incapaz de me obrigar a enfrentar o fim.

Tenho certeza de que a qualquer momento, minha vida vai passar diante dos meus olhos, mas ao invés de uma montagem de cenas da infância, uma luz ofuscante cai do céu, me forçando a fechar as pálpebras.

Algo aterrissa, sacudindo o concreto sob meus pés.

Passa-se apenas um momento antes que o brilho escureça e meus olhos se abram. De costas para mim está um cara de jeans e uma jaqueta de couro preto com um par de armas. Uma espada em sua mão direita, uma arma na outra.

Eu já estou morta. Essa é a única explicação.

Não consigo ver os humanos nesta realidade, apenas suas estranhas auras coloridas. Mas posso ver este cara em detalhes brilhantes. Tudo, desde o cabelo escuro até as botas pretas bem gastas e com solado grosso.

Esfrego os olhos, manchando o rosto com sangue.

Ótimo, Emberly.

Examino o telhado com meu olho bom. Os monstros das sombras ainda estão lá.

O. Que. Tá. Acontecendo?

O cara diante de mim, e de meus inimigos, é pelo menos uma cabeça mais alto do que eu, o que o coloca em torno de 1,95 m pelo menos. Seu cabelo preto escuro é mais comprido no topo do que nos lados.

Minha análise de sua aparência é colocada de lado quando noto o fraco brilho branco que emana de seu corpo, uma réplica exata daquele que envolve o meu.

Somos, de alguma forma, iguais, mas sem saber o que me torna diferente, não sei dizer qual é a nossa semelhança.

— O que vocês estão esperando? A mamãe chamar? — ele caçoa das criaturas em um rosnado profundo.

Ele está tentando ser morto?

O silêncio é rompido depois de um tempo pelo som de uma risada desprovida de humor, me assustando. No susto, acabo acertando o cotovelo na porta do carro.

Adicione isso à crescente lista de ferimentos do dia.

— Você sabe que sou mais duro de matar do que isso.

Meus olhos percorrem o pavimento. Não é possível que ele esteja se comunicando com essas coisas feias. Eles não falam. Nunca ouvi nem um pio de nenhum deles, e tenho fugido dos monstros desde que me lembro.

— Acho que isso significa que cabe a mim dar o primeiro passo. — O cara conclui a estranha conversa unilateral levantando a arma e atirando várias vezes nos monstros.

Cobrindo os ouvidos, eu me agacho durante a primeira onda de tiros.

Desde meu segundo lar adotivo, tenho aversão a armas. Não importa que esta esteja salvando minha vida, ainda não gosto delas.

Depois de outra série de disparos ensurdecedores, a arma cai no chão à minha frente. O fedor acre de enxofre misturado ao cheiro metálico do barril da arma me faz lembrar do cheiro de terra queimada.

Olho para cima e vejo várias sombras descendo na nossa direção.

O cara murmura algo baixinho que soa como: "É para isto que eu vivo", antes que o ar se agite e exploda, então fico cega por outro clarão brilhante.

CAPÍTULO TRÊS

Um rugido irrompe pelo ar meio segundo antes de a luminosidade diminuir. Um leão de tamanho desproporcional se ergue onde o cara estava antes.

Pressiono os punhos cerrados aos olhos, espalhando mais sangue pelo rosto. O que acho que acabou de acontecer não poderia ter realmente acontecido.

Pessoas não se transformam em animais.

A besta dourada se lança em frente e colide contra a primeira forma escura que alcança, jogando-a vários metros para trás e fazendo tanto o animal quanto o monstro das sombras tombarem.

Várias criaturas se juntam à luta. As garras do leão brilham à luz do dia; presas afiadas aparecem, e não demora muito para que o pelo do animal se suje com líquido preto.

— Steel! Pare! — uma voz comanda em tom cortante.

Estou tão absorta com a batalha adiante que não vi as pessoas chegando no último andar da garagem. Há pelo menos vinte recém-chegados, todos encapsulados no mesmo brilho branco que eu e o cara misterioso que sumiu. O grupo forma um semicírculo ao meu redor, empurrando os monstros sombrios para trás.

Um rosnado felino chama minha atenção. Olho para cima a tempo de ver o leão pular sobre a linha dos aspirantes a salvadores e assumir uma posição de sentinela na minha frente. Sacudindo seu pelo, o leão me suja com uma pútrida mistura de sangue negro e saliva.

Que nojo.

Eu já estava coberta por minha própria nojeira, mas esse banho aumentou o fator "eca" em um milhão. Graças a Deus, eu não estava com a boca aberta, porque o líquido em mim fede a uma combinação de ovos podres e bunda. Tenho que conter a ânsia de vômito.

Um homem à minha esquerda vira a cabeça para emitir um comando para o grupo. Reconheço imediatamente suas características masculinas.

Deacon, o cara lá do Anita's. O aspirante a sequestrador.

Com pessoas e monstros bloqueando a escadaria, não tenho para onde fugir.

— Steel, leve-a para o transporte — Deacon ordena.

O leão rosna baixo, o som vibrando em meu próprio peito. Os pelos finos na minha nuca se arrepiam.

— Não está aberto a discussão. Obedeça. Agora!

Balançando a cabeça em aborrecimento, o felino gigantesco se vira para mim. Só a cabeça dele é metade do tamanho do meu tronco. Eu me movo para fugir, mas minhas costas se chocam contra a porta do carro amassado por mim mesma.

— Gatinho bonzinho — murmuro, com os olhos bem abertos.

Ele dá uma gargalhada bem humana antes de revirar os olhos azuis-safira.

Há uma trilha de pelo preto estriado através da juba dourada da besta, do lado esquerdo da orelha direita.

Não tenho certeza do que esta coisa é, certamente não é um leão de zoológico, mas tenho certeza de que não me sinto confortável em estar perto dele. Mesmo que tenha salvado minha vida, há uma selvageria sobre o animal gigante que me deixa nervosa.

Sem aviso prévio, ele arqueia as costas e sacode a cabeça em um gesto que diz "sobe aí".

Eu balanço a cabeça tão rápido que não me surpreenderia se meu pescoço ficasse dolorido depois por conta do movimento brusco.

De jeito nenhum vou subir nas costas dessa coisa para um passeio.

Ele rosna baixo em uma demonstração de impaciência.

— Escuta aqui, amigo. Eu não tenho o hábito de montar em animais estranhos.

O gatinho super crescido revira os olhos novamente, provando que entende cada palavra que sai da minha boca.

Ele dá um passo à frente e eu subo no capô do carro atrás de mim. Deslizando para o outro lado, desço e parto em uma corrida destrambelhada.

Há outra escada no lado oposto do estacionamento que estou determinada a alcançar.

Atrás de mim, um rugido se transforma em um grasnado barulhento.

É como se alguém estivesse enfiando agulhas de tricô nos meus tímpanos. Eu me impeço de levantar as mãos para cobrir os ouvidos.

Uma onda de ar golpeia minhas costas um segundo antes de eu ser jogada nos ares, os pés ainda se movendo como se eu pudesse correr com o vento.

As rajadas de ar roubam meu fôlego. Garra envolvendo cada um dos meus bíceps me mantêm suspensa no ar.

Puxando o ar com força, me preparo para soltar um grito, mas antes que possa soltá-lo, nós voamos mais alto e a exclamação se entala na garganta.

Subimos pelas ruas da cidade e cruzamos esquinas tão rapidamente, que tenho certeza de que vamos bater na lateral de um prédio. Virando o pescoço, confirmo que estou nas garras de um pássaro gigante. Só a envergadura de suas asas é facilmente o dobro do comprimento do meu corpo.

Eu luto contra seu agarre em vão.

Sobrevivi a vida inteira completamente sozinha nesta realidade dividida, mas nunca vi nada parecido com o que testemunhei hoje.

Pessoas aparecendo no mundo espectral com a mesma aura brilhante que a minha.

Batalhas contra os monstros das sombras das quais passei a vida inteira me escondendo ou fugindo.

Animais gigantes que entendem o que digo.

Minha cabeça dói por mais do que os golpes sofridos. Se eu sobreviver a este dia, vou encontrar um *bunker* subterrâneo em algum lugar para viver o resto da vida em reclusão. Em algum lugar onde eu possa existir livre deste terror.

Reprimo um grito enquanto descemos em direção ao chão. Mais uns dois metros e meus dedos dos pés vão deslizar pelo asfalto em um bairro industrial familiar. Passei várias noites de inverno em um dos prédios abandonados aqui.

Não há uma única aura humana à vista.

— Me solte, seu peru horroroso! — grito para o meu captor.

Ouço um grasnido furioso como resposta, seguido de um violento chacoalhão que agita meu cérebro.

Quando este pássaro me soltar, vou chutar sua bunda cheia de penas daqui até o próximo fim de semana.

Nossa velocidade diminui e noto uma van branca estacionada a cerca de um quarteirão adiante.

Ah, nem, é uma van clássica de sequestro.

Uma dupla de pessoas com auras brancas pulsantes está perto dela. Não consigo distinguir suas fisionomias além de identificar um homem e uma mulher de cabelos escuros. O cara está encostado na van, fazendo algo em seu telefone. A garota está andando a passos largos.

— Estou falando sério! — grito para o pássaro. Aposto que ele pode me entender, e estou disposta a encher o saco dele para me deixar cair. — Se você não me soltar, vou te caçar e me certificar de que você seja o prato principal da minha refeição do Dia de Ação de Graças! Toda essa gordura que vejo em você será um suculen... aaaah!

Estou caindo.

Não tenho tempo para soltar um grito antes que meus pés atinjam o asfalto imperdoável vários metros à frente da van branca.

Eu tento fazer um rolamento, mas não fui rápida o suficiente.

Estupidamente, não esperava ou me preparei para ser largada quando estava proferindo a agressão verbal ao bruto voador.

Minhas pernas se dobram mesmo antes que as costelas se choquem contra o asfalto. O impulso faz com que eu me pareça a uma boneca de pano rodopiando até que paro estatelada no chão.

A parte de trás da minha cabeça golpeia o chão com força.

Eu fico deitada no meio da rua, certa de que todos os ossos do meu corpo estão quebrados.

Minha visão embaralha. As faíscas de luz cintilam na visão periférica antes de se condensarem e sumir, indicando que estou de volta ao mundo real.

Tudo dói.

Eu vou esfolar aquele pássaro.

O som dos pés martelando o asfalto cresce à medida que os segundos passam.

— Steel! O que você estava pensando? — Essa voz musical e irritada é vagamente familiar.

— Ela me chamou de peru gordo. — A indiferença em suas palavras é nítida aos meus ouvidos.

— Não me importa do que ela te chamou. Não se larga alguém dessa altura. Ela está ferida!

Um rosto borrado aparece acima de mim ao mesmo tempo em que outra pessoa exala intensamente. Ouço um motor de carro à distância.

Eu pisco duas vezes antes de deparar com a expressão preocupada de Karen; minha mente está compreensivelmente lenta.

— Você está bem?

Essa foi uma pergunta idiota. É claro que não estou bem.

Outra cabeça aparece à vista. Ele está bloqueando a luz do sol, então suas feições estão envoltas na escuridão. Tento enxergá-lo melhor, mas seu rosto se mantém sob as sombras.

— Ela vai ficar bem. Você sabe como nos curamos rápido. Além disso, se ela não tivesse fugido, nada disto teria acontecido.

— Steel! — Karen perde a paciência.

— O quê? — Ele ergue as mãos, com inocência fingida. — Eu a levei para um lugar seguro, não foi? Onde estão os meus agradecimentos?

Que. Babaca.

Alongo os músculos dos braços, pretendendo mostrar meu dedo favorito, mas dói muito me mexer. Tenho que me contentar em lançar um olhar irritado que ele nem dá bola.

Não sei como ele fez isso, mas tenho quase certeza de que esse cara se transformou em um pássaro e me deixou cair de propósito.

— Entre no carro. Vamos discutir isso na Academia.

Ele dá de ombros e se endireita.

Tchauzinho. Já vai tarde.

Karen capta mais uma vez minha atenção. Ela abre a boca para falar, mas é interrompida por uma exclamação surpresa do Menino-Pássaro.

— Sable, olha o cabelo dela!

Sable?

Karen se inclina e segura uma mecha do meu cabelo loiro-claro, com pontas vermelhas.

Em algum lugar do caminho, perdi o gorro. Não é de se espantar quando se está correndo como louca, sendo jogada em cima de carros e voando pela cidade antes de ser largada na rua sem cerimônias por um pássaro gigante.

— Eu não sabia se deveria acreditar nisso. — As palavras são pouco mais que um sussurro, como se ela estivesse falando sozinha. Ela esfrega os fios entre os dedos.

— Ela pode ter tingido? — Minha visão embaçada se volta para o homem... Steel.

Movo a cabeça – *péssima ideia*. Parece que a turma de percussão de uma banda desafinada do colegial está batendo lá dentro.

— Não podemos tingir ou descolorir o cabelo — responde Karen, distraída.

O ROUBO DAS CHAMAS   31

Ele enfia as mãos nos bolsos do jeans.

— Eu sei disso. Mas o que mais faz sentido? Seus olhos já são esquisitos. Isto só vai fazê-la se destacar mais.

— Ei... você é esquisito — resmungo, rouca. Fecho as pálpebras para ocultar meus olhos azuis-escuros, que nem são assim tão estranhos, quando uma onda de náusea me domina.

— Droga. — A voz preocupada de Karen está de volta. — Desculpa. Vamos te levantar.

— Não. Só me deixa aqui deitada para... morrer. — A menos que alguém me deixe inconsciente de vez, não vou me mexer.

Steel solta uma risada curta.

— Vamos, me ajude a levantá-la. Precisamos levar ela para o carro. Drake deixou ligado.

Ah, é, estou sendo sequestrada. Eu quase esqueci.

Será que eu me importo?

Eu penso nisso por um momento enquanto os passos se agitam ao meu redor. Quando mãos me tocam e me forçam a ficar de pé, eu decido que, sim, eu ainda me importo muito em ser levada contra minha vontade.

Sufoco um gemido ao ser erguida. Abrindo as pálpebras, eu me concentro em conduzir força suficiente no meu braço direito.

Aprendi a lutar sujo há muito tempo. A vida não me deu o luxo de uma luta honrada.

Quase cegamente, ataco a figura desfocada à frente. Minha visão se esvaiu ainda mais, mas vou me preocupar com isso depois.

Há um grunhido cheio de dor um momento antes que a agonia quente irradie pelo punho e me atinja no braço.

Acolho a dor de bom-grado, porque significa que me conectei firmemente.

Como era de se esperar, as mãos que me seguram me soltam.

Minha vitória é curta quando tento fugir, só para me encontrar de cabeça para baixo sobre o ombro de alguém um segundo depois. Eu fico olhando para baixo para um par familiar de botas desgastadas.

O cara da garagem também é o Menino-Pássaro, que também é o tal Steel? Acho que isso significa que o leão gigante não o comeu.

Que pena.

Meus instintos de luta me deixaram completamente... e a qualquer minuto, meu café da manhã também pode receber o mesmo destino.

— Tô passando mal... — consigo choramingar.

— É melhor segurar — ordena Steel. — Você já me deu um nariz ensanguentado. Se sequer pensar em vomitar em cima de mim, eu mesmo te darei de comer aos Caídos.

Quem ou o que são os Caídos? Eu me pergunto antes de sucumbir à escuridão.

CAPÍTULO QUATRO

A luz é terrível.
Agarrando um travesseiro, eu o pressiono sobre a cabeça para me sufocar.
Olha, é de penas. Confortável.
Eu me aconchego à maciez, recusando-me a acordar completamente. É como dormir sobre uma nuvem. Eu gosto disso.
Espera aí. . . eu não tenho travesseiros. Eu nem sequer tenho cama.
Ao me levantar com um gritinho, prontamente despenco alguns metros e aterrisso com um baque surdo. Estou emaranhada nos cobertores que levei junto comigo e meu ombro e quadril latejam por terem amaciado minha queda.
— Ai.
Esfregando o lado machucado, vejo a beliche gigante de quatro andares à esquerda.
— Quem dorme tão longe do chão? — murmuro. — Não é natural.
Enquanto luto para me livrar das cobertas enroladas em mim, minha mente se agita na tentativa de dar sentido à situação.
Aspirantes a sequestradores. Ser perseguida pelos monstros das sombras. Meu resgate. Um leão gigantesco. Um pássaro enorme. Cair do céu. Um idiota arrogante.
Sim, isso resume tudo.
Tirando um lençol de cima da cabeça, eu me levanto e inspiro ar fresco.
— Você deve estar se sentindo melhor.
Eu me assusto e giro rapidamente. Karen está me observando de uma cadeira de tamanho exagerado em um canto escuro da sala.
É, nada assustador.
De pé, ela dá alguns passos lentos na minha direção.

Ela parece... diferente.

Seu cabelo cai em cascata sobre os ombros elegantes. Ela trocou as calças largonas e os tênis por uma *legging* preta e botas. A camiseta cinzenta artisticamente rasgada que ela está usando – e eu sou especialista em roupas rasgadas –, pende em apenas um ombro. Seu rosto está sem maquiagem, com exceção de um leve blush, um pouco de rímel e um brilho rosado nos lábios.

O efeito geral a faz parecer dez anos mais jovem. Ela não pode ter mais do que trinta e poucos anos. Não sei como pude pensar que ela fosse de meia-idade.

— Onde estou?

Meu olhar percorre o cômodo, em busca de algo que possa ser usado como arma. Afinal, fui levada contra a minha vontade.

O quarto parece uma suíte de hotel chique. Um vaso de vidro é o objeto mais ameaçador que posso encontrar. Pensando bem, posso trabalhar com isso.

Eu sou determinada.

Karen suspira e aponta em direção à cama.

— Por que você não se senta? Foi um longo dia.

Cruzando os braços, movimento os pés, inquieta, e a olho de cima a baixo. Ela está certa, foi um longo dia.

— Por que você não me diz o que está acontecendo, Karen? — Eu praticamente cuspo o nome, o que começo a duvidar que seja verdadeiro.

— Certo. Está bem, então. É justo. — Levando uma mão ao rosto, ela coça a ponte do nariz. — Primeiro, meu nome não é Karen, é Sable.

— E onde estou... Sable?

— Estamos nas Rochosas, a cerca de três horas de Denver. Glenwood Springs. É uma antiga cidade mineradora. Nós a trouxemos para uma de nossas escolas. Como você provavelmente já deve ter sacado, não sou garçonete. Na verdade, sou a diretora desta instituição, a Academia Serafim. Este é um lugar seguro para pessoas como você. Pessoas como nós.

Ergo uma sobrancelha.

— Como assim, "pessoas como nós"?

Karen... Sable gesticula para a cama novamente. Eu continuo a encarando e ela suspira quando deixo claro que não estou planejando me mover.

— Pessoas com o sangue de anjos. Todos aqui...

— Sangue de anjos? — retruco. Meu pé se entrelaça ao cobertor esquecido e eu desabo no chão com força.

Passando por cima da bagunça, Sable me oferece uma mão. Quando fico de pé, ela continua:

— Nefilins, para ser exata.

— Nef... o quê?

— Nefilins. Todos aqui são descendentes da união de uma mulher humana e de um anjo das trevas.

— Espere... você está me dizendo que meu pai é um anjo? Ou, um anjo das trevas? — A frase é incômoda e confusa. — O que é isso?

— Você pode se sentar? — Sable pergunta ao cruzar os braços.

Eu concordo.

Sim. Acho que está na hora. Sentar parece fantástico neste momento.

De olhos bem abertos e atentos, me sento na cama macia e faço um gesto para que ela continue.

Sable assente e seu cabelo sedoso se agita sobre os ombros.

— As uniões originais de anjos caídos e humanos foram apenas o começo de nossas linhagens. É muito improvável que seu pai fosse um anjo caído, aqueles que simplesmente chamamos de Caídos. Os híbridos originais nasceram há vários milênios. Não ouvimos falar de um filho de um Caído com uma mulher humana há mais de dois mil anos. Aqueles de nós que existem hoje são descendentes dos híbridos originais.

Ela se senta ao meu lado, a cama afundando ligeiramente com o peso.

— Existem academias como esta espalhadas por todo o mundo. Nossos jovens vêm aqui para aprender e treinar até alcançarem idade suficiente para lutar por conta própria. Nós te trouxemos para um dos locais mais seguros para nossa espécie. Para sua proteção e para aprender sobre quem você é e o que pode fazer.

E continua:

— Na verdade, há muito a lhe dizer. Vai demorar um tempo considerável para que você entenda tudo, mas, por enquanto, você precisa saber que há uma guerra em curso. Uma batalha no reino espiritual e mortal entre os anjos da luz e os anjos da escuridão, os Caídos. Quer soubesse disso ou não, você nasceu neste conflito, mas não está sozinha. Todos aqui na Academia Serafim são como você, uma criança nascida de um anjo.

Minha cabeça ainda dói. Foi um enorme despejo de informações. Esfrego a testa e o rosto todo com a palma da mão. Se eu mesma não tivesse sido acusada disso tantas vezes, eu a teria chamado de louca ou mentirosa.

A história dela poderia ser simplesmente inacreditável o suficiente para ser verdadeira?

E... uma guerra? Já tenho dificuldade suficiente para sobreviver ao dia. Não preciso ser arrastada para o que parece ser uma antiga guerra entre o bem e o mal.

— Então, você quer que eu acredite que não sou... humana? — Essa última palavra foi um pouco difícil de sair. Nunca senti como se eu me encaixasse, mas não ser uma humana? Isso é um exagero.

— Exatamente.

— E que tem um anjo caído em algum lugar da minha árvore genealógica?

— Sim.

Conto até sessenta enquanto Sable e eu ficamos olhando uma para a outra. Estou esperando que ela desista. Que grite "brincadeira!" ou comece a rir loucamente. Mas isso não acontece. Ela nem ao menos pisca, e isso começa a me deixar nervosa.

— Vou ser sincera. Não tenho ideia de como reagir a tudo isso.

— Imagino. — Os olhos expressivos de Sable suavizam e ela coloca uma mão reconfortante no meu ombro. — A maioria de nossos filhos cresce sabendo exatamente o que são. É muito raro que uma criança nefilim seja criada por não-anjos. Sua vida até este ponto deve ter sido muito desafiadora... bem como confusa.

Eu solto uma risada desprovida de humor. Ela não faz ideia.

— Vou ser bem direta com você.

Depois de todas as mentiras, espero que sim. Inclino a cabeça, esperando que ela continue.

— Você tem estado em nosso radar há anos. Só não percebemos que você era uma de nós. Há uma porcentagem muito pequena de humanos que podem ver através do véu para o reino espiritual. Temos uma divisão dedicada a identificar esses indivíduos e monitorá-los, de forma tranquila. Raramente interferimos com vidas humanas e só intercedemos quando pensamos que são um perigo para si mesmos ou para os outros.

Espere um segundo.

— Você já... sabia sobre mim? E deixou todos acreditarem que eu estava louca? Você me deixou acreditar que eu era louca? Isso é errado.

Eu me afasto dela até meu ombro tocar a cabeceira e não poder ir mais longe. Tenho certeza de que a expressão no meu rosto demonstra desprezo. Sable desvia o olhar para o espaço vazio entre nós e depois me encara.

— A maioria dos humanos chega às suas próprias conclusões sobre suas visões, então nós os deixamos acreditar no que eles precisam acreditar.

O ROUBO DAS CHAMAS   37

Pode parecer cruel, mas trazê-los totalmente para o nosso mundo seria muito mais perigoso. Até muito recentemente, pensávamos que você fosse um desses humanos.

— Talvez eu seja? — Minha vida pode ser uma bagunça total, mas acho que prefiro ser uma humana confusa a uma nefi... qualquer coisa.

— Não tem como. — Ela nega com um aceno, o cabelo escuro se ondulando com o movimento. — Os humanos não podem saltar entre mundos do jeito que você salta. No máximo, eles podem ter vislumbres.

— Se você sabe de mim há anos, por que revelar-se agora?

Mudando de posição, Sable levanta a perna para descansar na cama de forma que fique de frente a mim.

— Quando você fugiu, desencadeou uma avaliação por um de nossos investigadores. Quando ela examinou seus arquivos um pouco mais profundamente, os episódios que você estava vivenciando não faziam sentido. Os humanos só podem ver dentro do reino espiritual, eles não podem interagir com ele. Os relatos de seus ferimentos eram compatíveis com ferimentos que nossos próprios guerreiros teriam.

Ela prossegue:

— Os estudantes desta academia, mesmo os potenciais, são, em última instância, minha responsabilidade. Alguém relatou que você dormia atrás do Anita's. Você se encaixa na descrição da garota que estávamos procurando, então fui enviada para tentar estabelecer uma relação com você. Sem me aprofundar muito nas coisas, posso dizer que você é um enigma para nós. Você foi muito cuidadosa com as informações que compartilhou comigo. Imagino que teve que aprender a ser cautelosa. Quando não consegui encontrar respostas definitivas, decidimos te levar de qualquer maneira. Não foi até você transfigurar que tivemos certeza de que você era uma de nós.

Essa palavra de novo. *Transfigurar*. O que isso significa exatamente?

— Estou confusa — admito.

O sorriso dela não alcança os olhos.

— Como eu disse, só posso imaginar o que você está passando. Mas quero lhe assegurar que o seu lugar é aqui. O seu lugar é entre nós. Você nunca mais ficará sozinha.

Suas palavras, destinadas a reconfortar, têm o efeito oposto. Minhas palmas se tornam pegajosas e meu ritmo cardíaco aumenta.

Meu lugar.

Encontrar um lugar para mim entre outros.

Para não me sentir tão só, dia após dia.

Esses costumavam ser meus desejos mais profundos, mas anos de privações e rejeições os arrancaram pela raiz. O anseio se foi.

Trabalhei a vida toda para me contentar sozinha. Isso é tudo o que mais quero – ser deixada sozinha. Viver minha vida de acordo com minhas próprias condições.

Não vou depender de mais ninguém. As pessoas sempre vão embora. Elas sempre decepcionam.

A escuridão que ronda o mundo espectral não é a única coisa que evito. As pessoas podem cortar tão profundamente quanto as garras afiadas dos monstros sombrios.

— Sou uma prisioneira?

As sobrancelhas perfeitas de Sable e seus lábios se franzem.

— Uma prisioneira? Claro que não. Nós só queremos ajudar.

— Então por que me raptaram?

Ela parece confusa e... desapontada? Descruzando os braços, ela se inclina para frente e entrelaça as mãos sob o queixo.

— Nós não a raptamos. Estamos garantindo sua segurança. Nós a trouxemos para um porto seguro.

— Eu estava muito bem sozinha até você e seus capangas aparecerem. E não pedi para ser *salva*. — Ela vacila quando cuspo a palavra "salva". Isso é um golpe baixo, mas não me importo. — Se não sou uma prisioneira, eu gostaria de ir embora.

Segundos passam enquanto Sable e eu nos enfrentamos. Finalmente, ela se inclina para trás e me observa com cuidado.

— Para onde você iria? Voltar a viver nas ruas?

Ergo o queixo antes de responder:

— Sim, se for preciso.

— Não é seguro para você...

— É o que você diz. Mas você está tentando me trazer para uma guerra! Não há nada de seguro nisso.

— Você já faz parte do conflito, mesmo que não tenha se dado conta disso. Nós nem sabemos como você se manteve viva por tanto tempo sozinha. Era apenas uma questão de tempo.

— Como eu disse, eu estava indo muito bem antes de você e seus amigos aparecerem.

Sable contrai os lábios, claramente frustrada por eu continuar a interrompê-la.

— Eu sei que acredita nisso, mas há mais lá fora do que você imagina. — Ela respira fundo e exala lentamente, olhando para mim o tempo todo. — Que tal isto… farei um acordo com você.

Entrecerro os olhos, pois faz parte da minha natureza desconfiar de acordos.

— Que tipo de acordo?

— Você fica aqui por seis meses, até seu décimo oitavo aniversário… — Ela levanta uma mão quando abro a boca para protestar. — Você fica aqui por esse tempo. Nem um único dia a menos. Deixe-nos te ensinar sobre nosso mundo. Todas as coisas estranhas lá fora. Como funciona seu poder. Como utilizá-lo…

— Espere, eu tenho um poder? — Se isso for verdade, é sensacional demais.

— E quando você fizer 18 anos — ela continua, sem me dar bola —, você pode ir aonde quiser.

— Como você sabe quando é meu aniversário? — pergunto.

Um bilhete, indicando a data do meu nascimento e meu nome, e um cobertor amarelo para bebês foram as duas únicas coisas que me restaram depois que alguém me abandonou nos degraus de um quartel de bombeiros há dezesseis anos e meio. O bilhete está atualmente guardado em um armário de arquivos de uma assistente social. A manta está muito provavelmente moldada em uma pilha de lixo no aterro sanitário. Não espero ver nenhum deles novamente.

— Já vimos seus arquivos.

— Aposto que foi uma leitura interessante. — Mordo meu lábio inferior e ranjo os dentes. — Qual é o truque?

— Nenhum truque. A única coisa que você terá perdido são alguns meses. Mas o que você ganhará, além de refeições constantes e um lugar para dormir, é o conhecimento que lhe foi roubado por toda a sua vida. Eu entendo que você não me conhece realmente e não conhece os outros, mas posso prometer que só queremos te ajudar.

Eu reflito sobre suas palavras em minha mente. Os anos me ensinaram a ser naturalmente desconfiada das pessoas, mas ter um lugar para ficar é um bônus muito grande. Esta cama é incrível. E se o que ela diz é verdade e há outras pessoas como eu – seja esta coisa de anjo ou não –, será bom saber mais sobre a loucura que é a minha vida.

Por outro lado, isto pode ser algum tipo de seita que pretende me sacrificar a algum deus pagão.

Ai, Deus, por que pensei isso?

Um calafrio se alastra pelo meu corpo.

Desde que eu possa descartar a coisa do culto pagão, a atitude mais inteligente seria aprender o máximo possível e depois sair daqui no segundo em que fizer dezoito anos.

Se eu aceitar este acordo, então durante os próximos seis meses serei alimentada, terei um sono decente e espero aprender como me proteger adequadamente. Afinal, o grupo que lutou contra os monstros conseguiu. E tenho setenta e seis por cento de certeza de que um deles é uma espécie de mutante.

Ooooh... e se eu pudesse fazer isso?

— Então, comece por me contar sobre esses poderes mágicos.

Um sorriso lento se alastra pelo rosto de Sable. Seus olhos cálidos cintilam e ela estende uma mão.

— Tome banho primeiro. Depois que estiver alimentada, responderei quaisquer perguntas que você tenha.

Ergo a mão e estremeço quando toco meu cabelo desgrenhado. Já faz tempo demais desde que tomei um banho decente.

Vou aceitar os termos dela. Banho, comida e obter respostas. Eu posso viver com isso.

Aceito seu cumprimento com a mão estendida.

— Bem-vinda à Academia Serafim. Acho que você vai gostar daqui.

CAPÍTULO CINCO

É. Muita. Gente.

Depois de pegar um elevador vários andares para baixo – pelo jeito, quase a metade desta academia se localiza no subsolo –, só damos dois passos até a gigantesca sala sem janelas antes que um mar de cabelos escuros e olhos claros se vire em nossa direção.

Ou melhor, na minha direção. Sable não é a estranha.

Sinto cada par de olhos em mim como uma marca.

Este é um dos meus maiores pesadelos. Depois de passar a vida às escondidas, a atenção de uma sala inteira de adolescentes me deixa extremamente incomodada.

Está tão silencioso, que posso ouvir minha própria respiração irregular. Sinto o calor subindo pelo pescoço e chegando ao rosto.

— É apenas uma cafeteria — Sable me lembra com uma mão no ombro.

— Por que estão todos me encarando? — sussurro de volta.

Levantando a cabeça, ela observa a sala como se fosse a primeira vez.

Ela não vai me fazer de besta. Não tem como não ter notado isso quando entramos. Eu ouvi o tumulto através da porta fechada. Agora, tudo o que posso ouvir é a mente coletiva da colmeia trabalhando.

Oh, não, é uma seita.

É por isso que todos eles parecem iguais. Eles vão pirar quando descobrirem que não posso pintar meu cabelo para combinar com o deles.

Onde estão as saídas mais próximas? É hora de fazer bom uso das minhas habilidades de corrida.

— Certo, pessoal. Vocês já olharam o suficiente. — A voz elevada de Sable me tira dos meus pensamentos. — Vocês estão deixando sua nova colega desconfortável.

Minha respiração começa a desacelerar um pouco. Talvez isto não seja tão ruim quanto eu pensava.

Esfrego as palmas quentes contra o tecido do jeans folgado emprestado e depois puxo a bainha da camiseta comprida, sentindo as axilas suadas.

Ótimo, vou começar a cheirar mal em breve.

— Todos vocês terão tempo para se apresentar mais tarde.

Ah, não, de volta ao modo pânico.

A saída mais próxima é aquela pela qual acabamos de entrar.

Girando nos calcanhares, volto rápido pelo caminho que viemos.

— Emberly, espere! — diz Sable, não me impedindo de disparar por entre as portas.

A experiência acabou. Eu prefiro dormir no chão do que ser forçada a interagir com um grupo tão grande.

Os passos apressados de Sable me alcançam antes que eu chegue à curva no corredor. Ela pula na minha frente com as mãos erguidas.

— O que está acontecendo? Para onde você está indo?

Eu aponto um dedo na direção de onde acabei de fugir.

— Não. De jeito nenhum. Eu não vou fazer isso.

Suas sobrancelhas se franzem em sinal de confusão. Quando tento contorná-la, ela se move comigo, bloqueando meu caminho.

— Espere um segundo. Eu prometo que não será sempre assim. É porque você é nova.

— Não consigo tingir meu cabelo — resmungo.

— Hmm, nós não esperamos que você faça isso...? — A declaração paira no ar como uma pergunta. Um sinal claro de que minha brusquidão a desestabilizou.

Eu esfrego a testa. Maldita dor de cabeça.

— Sem chance que vou me transformar em um clone de vocês. Por isso, provavelmente é melhor nos separarmos agora. Tenho certeza de que você encontrará outra jovem para preencher... ah... o que quer que seja que vocês têm aqui. Está bem?

Os olhos de Sable se arregalam antes que ela caia na risada. Um som melódico que, dado meu atual estado de inquietação, é totalmente irritante. Eu bato um pé enquanto espero que ela se recomponha.

— Me desculpe — diz ela, por fim. — Não estou rindo de você.

Tenho dificuldade em acreditar nisso.

— É que eu me acostumei tanto que já nem percebia mais. Entendo que todos parecem iguais à primeira vista, mas posso assegurar que não é o caso. Posso também garantir que muitos dos estudantes adorariam mudar a cor do cabelo se pudessem, mas não podemos tingir ou clarear nosso cabelo. A cor com a qual nascemos é a cor que mantemos ao longo de nossas vidas.

Prendo a respiração. Meu cabelo é do mesmo jeito. Até as pontas tingidas que não combinam com a parte de cima.

— Posso ver pelo seu rosto que essa notícia ou é incrivelmente surpreendente para você, ou muito familiar.

Eu, sem perceber, passo a mão pelo meu cabelo longo e recentemente limpo. Durante o banho, meses de sujeira acumulada foram levados pelo ralo. Voltou à sua cor clara com pontas vermelhas brilhantes.

— Eu também não posso tingir o meu. Tentei tantas vezes quando era mais jovem, mas simplesmente saía.

— Eu imaginei. Essa é uma característica única de nossa raça.

Ela diz isso como se fôssemos uma espécie completamente diferente. Ai, meu Deus, talvez sejamos...

Guardando isso para mais tarde, eu me atenho ao assunto em questão:

— Mas por que o meu é tão diferente? Todos lá dentro têm cabelos escuros. E eu tenho isto. — Ergo uma mecha entre nós para enfatizar meu ponto de vista. As partes louras praticamente reluzem sob as lâmpadas.

Alguns segundos passam antes da resposta de Sable:

— A verdade é que não temos exatamente certeza. Você é, de certa forma, uma anomalia a esse respeito, mas faremos o nosso melhor para ajudar a descobrir isso. No fim das contas, no entanto, é apenas cabelo.

— É também uma característica altamente visível que me diferencia de cada pessoa naquela sala muito grande e muito lotada.

Ela acena com a cabeça, com um olhar compreensivo.

— Entendo que estou lhe pedindo que saia da sua zona de conforto aqui, mas realmente acredito que isto é para o melhor. Que é para o seu bem. Por favor, dê uma chance.

Viro-me para olhar para o fim do corredor. O barulho do refeitório recomeçou, como se eu nunca tivesse estado lá. Ou talvez todos eles estejam falando de mim agora. A estranha garota com o cabelo esquisito.

— Eu tenho uma ideia. Se eu sair por um momento, você promete não correr?

Essa é uma promessa que não quero cumprir, e Sable percebe minha hesitação.

JULIE HALL

— Confie em mim, por favor?

Com relutância, aceno com a cabeça.

Sable dispara pelo corredor e através das temíveis portas. Ela só se afasta alguns minutos antes de empurrá-las para trás, com uma adolescente na sua cola.

— Ela está aqui. Obrigada por ter vindo.

— Sem problemas — diz a garota, com olhos azuis muito claros focados em mim. Quando ela e Sable me alcançam, ela apenas me encara. Com toda a sinceridade, estou tendo dificuldade em não fazer o mesmo.

O cabelo dela é uma bela massa escura de cachos que brotam da cabeça e pendem pouco abaixo dos ombros. Seus olhos são azuis cristalinos, quase prateados. E sua pele marrom tem tons de rosa que complementam e realçam suas características.

Ela é uma das pessoas mais bonitas que já conheci, mas a novidade de ver olhos tão claros contrastando com suas outras características torna difícil não olhar fixamente.

Fico sem jeito, ao perceber há quanto tempo estou olhando para ela. Ela espera que eu termine de fazer a avaliação completa com um sorriso suave em seu rosto.

— Emberly, esta é Ash. Pensei que seria mais fácil para você se acostumar com os outros estudantes se estivesse com alguém.

— Isso foi muito atencioso da sua parte, Sable — digo, baixinho. Estou meio envergonhada por ter reagido a Ash como todos na sala tinham feito comigo, e meio envergonhada por ser tão óbvio como sou desajeitada socialmente.

— Oi, Emberly. É tão bom conhecê-la. — Ash acena para mim. — Adoraria te fazer companhia para jantar, se você estiver disposta a isso. Ouvi dizer que você bateu com a cabeça com muita força. Deve ter sido ruim. É preciso um bom golpe para nos nocautear dessa maneira.

Ela tinha usado a palavra "nós" como se eu já fizesse parte do grupo. Não tenho certeza se gosto disso ou não.

Erguendo a mão, toco o galo na parte de trás da cabeça.

— Vários golpes, pra falar a real — confesso, com um sorriso frustrado.

Ela estremece em empatia.

— Ai.

— Sim, isso resume tudo.

— Você está interessada em fazer outra tentativa? — Ela indica o refeitório atrás dela com o polegar. — Eu prometo que há muita gente simpática lá dentro.

O ROUBO DAS CHAMAS

Lanço uma olhada em Sable. Ela está esboçando um sorriso gigante.

Na mesma hora, reprimo a vontade de revirar de olhos. Esta foi, obviamente, uma armadilha que vai funcionar a seu favor.

Dando a Ash um sorriso singelo, eu me forço a acenar com a cabeça.

— Claro.

Ela dá um pequeno salto e bate as palmas.

— Mal posso esperar para te apresentar... uuuff...

Sable acabou de dar uma cotovelada nela?

— Ah, quero dizer, eu adoraria te mostrar como se servir da refeição. — O sorriso dela está um pouco torto quando ela se acalma.

— Estou feliz que isso esteja resolvido. Vou deixar você jantar em paz com Ash. Vou encontrá-la logo depois e explicar um pouco mais sobre como as coisas funcionam por aqui.

— Espere! — digo, em voz alta, quando Sable começa a se afastar de nós. — Um gorro.

— Desculpe, o quê? — Ela inclina a cabeça.

Aparentemente, minhas habilidades verbais são muito mais rústicas do que eu imaginava.

— Um gorro. Existe qualquer coisa que eu possa usar para esconder meu cabelo? Um escuro, se possível.

Os olhos de Sable suavizam.

— Acho que isso não é necessário... — Ela se detém no meio da frase e acena com a cabeça após uma pausa momentânea. — Claro. Se vocês, garotas, me derem apenas alguns minutos, verei o que posso encontrar.

Ela se apressa pelo corredor e desaparece ao virar a esquina. Só então eu me viro para Ash.

— Garota, você está louca?

— Hmm, como? — Ai, não, o que eu fiz desta vez?

— Se eu tivesse um cabelo como o seu, eu o estaria exibindo por aí. — Ela balança o cabelo, dando uma afofada e acenando para admiradores imaginários. É ridículo o suficiente para que um sorriso genuíno irrompa em meu rosto.

— Não gosto muito de me destacar em meio a uma multidão.

O sorriso dela é triste e compreensivo.

— Sim, eu respeito isso. Espero que com o tempo você esteja confortável o suficiente aqui para não se preocupar mais com isso. E se não... ei, você pode começar uma tendência de chapéus. Deus sabe que poderíamos usar um pouco mais de moda neste lugar.

É uma oferta que fico feliz em receber. Espero que meu sorriso transmita meu agradecimento, porque as palavras me faltam.

— Aqui — Sable diz, correndo em nossa direção. Ela estende um boné azul-escuro com um logotipo do Denver Broncos.

Denver, sério? Estou cansada daquela cidade.

Eu reprimo um gemido porque é melhor do que nada, e eu realmente aprecio o esforço dela.

— Sei que não deve ser exatamente o que você esperava, mas foi tudo o que pude encontrar. Podemos pedir alguns gorros se você decidir que é isso o que quer.

Não serei capaz de torcer todo o comprimento do meu cabelo debaixo dele, mas já é alguma coisa. Eu posso fazer um coque baixo para que não fique tão evidente.

— Obrigada. — Aceitando o boné que obviamente era usado por um cara, ajusto a parte de trás e o coloco, puxando a aba sobre a testa.

Ash me dá um sorriso tranquilizador antes de agarrar minha mão e me arrastar até as portas da cafeteria. Ela para logo antes da entrada e me observa com um olhar fixo.

— É hora de ser corajosa — declara, abrindo as portas.

CAPÍTULO SEIS

O fator chocante não é tão ruim desta vez, mas ainda está presente. Ash me leva através de um labirinto de mesas a uma longa bancada na parte de trás do refeitório. Pilhas de comida são dispostas sobre a superfície, criando o *buffet* mais luxuoso que já vi.

O aroma de pães assados frescos e rosbife fatiado faz meu estômago rosnar, embora eu já tenha comido hoje. Espio tigelas de frutas e pratos de hambúrgueres, batatas fritas, feijão verde, até mesmo frangos assados inteiros. Este banquete rivalizaria com a melhor refeição de Dia de Ação de Graças.

Com admiração e descrença, eu me viro para Ash. Ela pegou algumas bandejas de plástico da pilha em frente ao balcão e as deslizou sobre a beirada gradeada e metálica. Percebendo meu olhar, ela baixa seus ombros.

— O que posso dizer? Somos uma espécie de comilões devoradores.

Sem dúvida.

Só então, um toque de consciência faz com que os pelinhos finos na minha nuca arrepiem. Por um momento, eu havia esquecido os alunos da academia atrás de mim. Mesmo coberto com um boné e enrolado em um coque, meu cabelo loiro está em exposição total.

Abaixo a cabeça e mantenho o olhar grudado no chão conforme passo ao lado de Ash, respondendo a perguntas sobre quais alimentos gosto – o que é basicamente tudo e qualquer coisa –, sempre que ela pergunta.

Eu me engano em pensar que se não olhar ao redor, ninguém vai ficar olhando.

Depois que ela empilha meu prato com tanta comida quanto pode caber, Ash me conduz em direção a uma mesa redonda. Quando me sento, olho para cima a tempo suficiente para notar os rostos de vários outros estudantes sentados ao redor. Seus olhares curiosos me deixam desconfortável. Mantendo o olhar fixo no prato à minha frente, e dou uma checada para ter certeza de que nenhum fio escapou do coque apertado à nuca.

Encolhendo o máximo que posso, tento fazer de mim um alvo menor. Tenho um forte desejo de me contorcer em meu assento, mas o movimento só atrairia mais atenção.

É impossível não notar o resto da sala zumbindo com as conversas enquanto nossa mesa é um buraco negro de silêncio. Mexendo com a comida no prato, finjo não notar.

— Então, eu estava pensando — começa Ash. — É melhor se apenas arrancarmos o curativo rápido.

Oh, meu Deus. O que ela está fazendo?

— Pessoal, esta é a Emberly. Ela é, obviamente, nova e tenho certeza de que está superentusiasmada para responder a todas e quaisquer perguntas. Além disso, caso vocês não tenham notado, sob esse boné elegantérrimo ela tem uma juba cheia de cabelo loiro platinado e ruivo. Sim, eu sei que todos estão com inveja, mas é melhor superar, porque ela é uma garota muito legal e todos vocês vão querer ser amigos dela.

Não. Ela não acabou de dizer tudo isso.

Solto um gemido baixo e curvo ainda mais a cabeça. O calor sobe pelo meu pescoço e se instala nas minhas bochechas.

— Emberly. — Ash me acotovela, e tenho que me segurar para não lhe dar um soco no nariz. — Deixe-me te apresentar aos meus amigos.

Acho que o som que escapa da minha boca se assemelha a um grunhido em concordância. Pelo menos é isso que eu sinto.

Forçando-me a erguer o olhar, vejo as pessoas sentadas à direita, à esquerda e na minha frente. Várias expressões de divertimento iluminam seus rostos.

Acho que eles estão acostumados com a personalidade impetuosa de Ash. Infelizmente, eu não.

Ash anda em volta da mesa, anunciando nomes.

Kenna, a garota sentada à minha direita, agita os dedos em saudação. O cabelo dela, cor de mogno, é cortado em um estilo da moda, as bordas desfiadas em linha reta, bem ao nível do queixo. Seus olhos verdes lembram um campo de pradaria na primavera, a leve cor bronzeada de sua pele faz com que eles saltem, lhe dando um ar de outro mundo.

A garota ao seu lado é Hadley. Quando ela é apresentada, ela ajusta os óculos de aro de tartaruga que estão na ponta de seu nariz.

— Eles não são necessários — explica ela. — Todos nós temos uma visão perfeita. Eu só gosto do visual. — Seu sorriso é meio tímido, e ela pigarreia de leve antes de prender uma mecha do cabelo ondulado cor de carvão atrás da orelha.

Eu gosto dela.

Sterling e Greyson, os dois caras em nossa mesa que estão sentados do meu lado, acenam quando seus nomes são anunciados.

Eu imediatamente esqueço qual é qual. Eles são muito parecidos, com cabelos escuros, apenas uma tonalidade acima do preto, e longos o suficiente para encaracolar nas pontas. Ambos têm queixo quadrado e olhos azul-esverdeados.

— Greyson e Sterling são gêmeos — anuncia Ash. Continuo a observá-los por baixo da aba do boné. Quanto mais tempo fico olhando, mais posso distingui-los. Há uma semelhança óbvia, mas eles não podem ser idênticos. Algo muito parecido com *déjà vu* faz cócegas no meu cérebro, mas eu balanço a cabeça para afastar.

— Somos todos alunos do primeiro ano — explica um dos irmãos. — Até o Sterling aqui, embora não pelo seu nível de maturidade.

Certo, então você deve ser Greyson.

Eu aceno como se soubesse do que ele está falando.

— Ei! Golpe baixo, mano. — Sterling briga com o irmão e atira uma bolinha de guardanapo na cara dele, que desvia o projétil facilmente e continua:

— O primeiro ano é o equivalente ao terceiro ano do ensino médio das escolas humanas... pelo menos aqui nos Estados Unidos. Mas, infelizmente, todos nós ainda temos três anos na Academia Serafim. Não nos formamos até os vinte anos.

— Bem, isso é uma droga. — As palavras saem da minha boca sem pensar. Eu ouço o riso de Ash ao meu lado. As sobrancelhas de Hadley e Kenna se erguem e Sterling encobre sua reação com uma tosse.

Greyson simplesmente dá de ombros como se não tivesse uma opinião formada.

— Você tem mais liberdades e participa das operações em seus últimos anos, então não é tão ruim assim.

Dois anos extras de escola não é o meu conceito de diversão. De jeito nenhum vou ficar por aqui para isso. Quero descobrir como funcionam meus supostos poderes, entender como sobreviver tanto no mundo real quanto no espectral e depois sair de Dodge.

— Pare de entediá-la com as coisas da escola, Grey. Além disso, há algo mais que todos nós queremos saber. — Sterling inclina de leve o grande corpo, com um sorriso de bobo da corte no rosto. — Você realmente pensou que estava sendo sequestrada?

— Sterling — adverte Ash.

— O quê? — Seus olhos se arregalam em inocência fingida.

— Ah, tire esse olhar do seu rosto. Não tá colando. — Ash lança uma batata frita em sua cabeça.

Pegando facilmente, ele a põe na boca.

— Delícia. Valeu, Ash. Você é uma fofa.

Os olhos dela se viram para o teto antes que ela se incline na minha direção.

— Ignora. Você não tem que responder.

É fácil para ela dizer. Ela não tem cinco pares de olhos fazendo buracos na sua cabeça.

Minhas bochechas esquentam sob os olhares deles. A maldição de ter pele clara é que nunca posso esconder meu constrangimento.

— Hmm. — Engulo para molhar a garganta... e para enrolar. — Mais ou menos? Todos se atiraram sobre mim de uma só vez. Quero dizer... — Poxa, por que falar com as pessoas é tão difícil? — Fui carregada por um grande peru gordo em algum momento. A coisa até me deixou cair do céu. Então, sim. Eu pensei que estava sendo sequestrada.

Acabo dando de ombros, sem saber o que mais dizer. Não me preocupo em apontar que, tecnicamente, fui sequestrada. Ninguém pediu minha permissão para me levar para sua academia chique.

Depois de uma pausa, Sterling se volta para seu irmão. A troca de olhares rápidos deles não passa despercebido.

— Deve ter sido, certo?

— Quem mais poderia ter feito algo assim? — Greyson responde com um sorriso.

— Ah, mano, aposto que Deacon ainda tá brigando com ele.

— Não que isso o incomode.

— Real. Eu ainda gostaria de ser uma mosca naquela sala.

— Se ao menos pudéssemos nos transformar em algo tão pequeno.

— Verdade, mano.

— Perdão — interrompo, surpreendendo a mim mesma. — Vocês estão dizendo que sabem quem é o menino-pássaro?

Os sorrisos gêmeos se alargam ainda mais.

— Sim. O peru gordo é nosso irmão, Steel.

Eu, definitivamente, me lembro desse nome. Esse é o babaca que me chamou de esquisita.

Eu não me preocupo em esconder a reação e passa apenas um segundo antes que os irmãos tenham um ataque de riso. Não posso culpá-los de verdade. Se eu tivesse que adivinhar, diria que pareço ter comido algo particularmente nojento.

— Foi ele que você viu? — Greyson aponta para a esquerda.

Examino o refeitório até encontrar um cara que me parece vagamente familiar. Ele tem a mesma mandíbula que os gêmeos sentados do meu lado, mas parece um pouco mais velho do que eles. Cabelo escuro semelhante, porém mais curto nos lados e um tom mais escuro – o preto me lembra as penas de um corvo. Seus lábios carnudos se torcem em um sorriso enviesado enquanto ele escuta alguém falando do outro lado de sua mesa.

Entrecerrando os olhos e com uma inclinação da cabeça, continuo registrando informações sobre o cara.

Ele está recostado confortavelmente na cadeira pequena demais, com o braço preguiçosamente estendido no encosto do assento da linda garota de cabelo castanho-escuro, cacheado e solto até a cintura, ao seu lado. O rosto dela é a forma perfeita de um coração. Mesmo daqui de onde estou, vejo seu nariz delicado e os grandes olhos verdes emoldurados por cílios grossos.

Rindo, ela coloca a mão sobre o bíceps de Steel em um gesto de familiaridade.

O gesto me irrita, mesmo quando sei que não deveria.

— Pode ter sido ele — confesso, me obrigando a focar a atenção à minha própria mesa.

— Cara! — Sterling dá um tapa na mesa. — Este é o melhor dia de todos. Ela não só o chamou de peru gordo, mas também quebrou o nariz dele e não consegue nem se lembrar de como ele é. Eu vou jogar isso na cara dele para sempre.

É um milagre que toda a agitação não tenha atraído o olhar da cafeteria inteira. Na verdade, várias das mesas mais próximas pararam suas conversas para lançar olhares curiosos à nossa.

Não vou sobreviver com este grupo.

Quantas pessoas notariam se eu escorregasse por baixo da mesa e me escondesse?

Esconder é o meu forte. Eu sou boa nisso.

— Você está certo — acrescenta Greyson, parecendo estar adorando isso, seja lá o que for, tanto quanto seu irmão. — Isto deve enfraquecer um pouco seu ego.

Para meu horror absoluto, Sterling começa a agitar os braços no ar e grita acima da algazarra:

— Ei, Steel! Parece que você não tem mais um histórico perfeito.

Um olhar azul se vira para nossa mesa e aterrissa em Sterling antes de deslizar para mim. A garota ao seu lado continua a falar, apesar de não ter mais a atenção dele.

Eu tento desviar o olhar, juro que tento, mas não consigo.

— Grey, isto é muito irado. — Sterling está de pé agora e apontando para seu irmão mais velho. — Aquilo ali é um olho roxo?

É difícil dizer de tão longe, mas parece que a pele sob o olho direito de Steel está ligeiramente descolorida em uma tonalidade amarelo-esverdeada. Lembro-me do murro que dei antes de ser colocada sobre o seu ombro. Mas não consigo sentir a menor pena dele. De fato, estou feliz por ter esmurrado ele ao invés de Sable.

— Você lhe deu um soco? — A voz de Ash está cheia de admiração. Rompo o contato visual com Steel para responder:

— Ele estava tentando me sequestrar.

As risadas escandalosas dos irmãos me fazem revirar os olhos.

— Eu não estava tentando te sequestrar. Eu estava te resgatando dos Caídos.

Um surto de consciência dispara sobre minha coluna quando as palavras são pronunciadas no profundo timbre familiar. Posso não ter reconhecido seu rosto, mas sua voz, certamente, deixou uma impressão.

Greyson e Sterling riem tanto que seus rostos ficam vermelhos e inchados. Não fica bem em nenhum deles. Os olhos de Sterling até mesmo começaram a lacrimejar.

Bem, estes dois são obviamente inúteis.

Kenna e Hadley olham de soslaio para um ponto acima da minha cabeça, presumivelmente onde Steel está. Seus olhos assumem uma aparência de inseto e se não me engano, algumas estrelas também flutuam neles.

Depois de um momento, o olhar de Hadley se desloca para mim antes que ela olhe para seu prato como se ele tivesse as respostas para as grandes questões do universo.

Kenna continua olhando para Steel com aqueles olhos de outro mundo. Aquilo é baba?

Ela não disse uma palavra desde que cheguei na mesa. Talvez ela seja muda?

Ash é a única razoável. Seu cenho franzido transmite as suas desculpas.

Cobrindo meu rosto com a mão, dou um beliscão no meu nariz. Minha nuca está quente, imagino que seja porque Steel está tentando queimar um buraco ali com seu olhar.

Eu giro lentamente em meu assento e dou de frente com seu peito largo. Poxa, talvez este cara seja mais velho do que eu pensava? Ele é muito grande.

— Escute, eu não queria te ofender nem nada... — Por vontade própria, meus olhos percorrem o restante do peitoral e se conectam com o fogo azul.

Cara, grande erro.

A intensidade em seu olhar congela as palavras em minha língua. E eu simplesmente... fico ali... olhando fixamente para ele.

E ele apenas... fica ali... olhando de volta.

O refeitório ficou desconfortavelmente abafado e suspeitosamente quieto. Apostaria que sou mais uma vez a estrela da noite, mas estou muito ocupada para verificar.

Por que ele não está dizendo nada?

Por que só está me encarando assim? Como se não notasse ou não se importasse com mais ninguém na sala.

É incrivelmente inquietante. Eu gostaria que ele parasse.

— Eu... ah... tinha... hmm — gaguejo, em uma confusão ininteligível.

Estou considerando seriamente rastejar para debaixo da mesa quando um alarme soa alto o suficiente para me sobressaltar. As luzes do refeitório piscam em vermelho.

O que está acontecendo?

Ofegos ecoam por toda a sala. Uma voz mecânica se sobressai acima do alarme, repetindo as palavras "violação de nível um" continuamente.

Só consigo ouvir o som das cadeiras se arrastando sobre o piso de linóleo enquanto os alunos saltam e se dispersam em algum tipo de caos organizado.

Ash agarra meu braço e tenta me levantar. Minha confusão me deixa lerda para responder.

Hadley e Kenna já sumiram. Greyson e Sterling contornam a mesa e ficam ao lado de seu irmão. E Steel... ele se agiganta acima de mim, olhar desfocado e cabeça inclinada a um ângulo de quarenta e cinco graus, como se estivesse ouvindo algo. O que ele pode ouvir sobre o alarme, a gravação e o bater dos pés enquanto as pessoas fogem da sala, eu não tenho ideia.

— Emberly, vamos. — Os olhos de Ash estão arregalados e selvagens. Não gosto nem um pouco desse olhar. O pânico já está subindo pelo meu estômago.

A voz de Steel se infiltra por entre minha ansiedade.

— Grey. Sterl. Nem pensem em transfigurar.

Transfigurar?

— Não nos venha com esse lance de irmão mais velho — Sterling rebate.

— Eu não vou discutir com vocês dois. Eu sou superior em idade e classe. Vocês seguirão ordens conforme foram treinados.

Ao comando de Steel, Sterling fecha a boca. Se ele fosse o Super-Homem, os lasers estariam incinerando o Steel agora mesmo. Grey não parece muito feliz também.

Esfregando o rosto com a mão, Steel tenta suavizar o golpe:

— Escutem, vocês precisam ajudar a levar a novata para um dos *bunkers*. Ela não faz a menor ideia de para onde ir. Então encontrem o abrigo e certifiquem-se de que Blaze e Aurora estejam lá. Mas não estou brincando, não transfigurem.

— Sim, claro, mamãe — Sterling resmunga baixo, mas não silenciosamente o suficiente para passar despercebido.

— Vamos, meninas. — Greyson balança o queixo em direção à saída, aparentemente despreocupado com a velocidade.

— Se mandem! — Steel grita, de repente. — Eles estão aqui.

Em um piscar de olhos, Steel desaparece. Eu ofego enquanto os gêmeos e Ash me conduzem em direção à saída.

— Metido — murmura Sterling.

— Para onde ele foi? Ele está bem?

O que diabos está acontecendo?

— Steel sabe cuidar de si mesmo.

Seus comportamentos um tanto tranquilos diante da situação obviamente tensa não me ajudam a acalmar. Na verdade, meu batimento cardíaco se eleva e posso sentir meu pico de adrenalina.

Luzes multicoloridas explodem ao redor da borda externa da minha visão.

Não haverá como impedir a mudança de realidades agora.

Basta aguentar um pouco mais, Emberly. Talvez você consiga encontrar um lugar seguro para se esconder.

Cometo o erro de olhar para trás antes de sairmos. As cores explodem, e, de repente, entro no mundo espectral.

As mãos que me impulsionavam para a frente desaparecem. O zumbido do alarme desvanece, mas trechos de conversa chegam aos meus ouvidos. Soa como se as pessoas estivessem falando muito longe de mim.

— Onde está…?

—… sfigurada parcialmente, porque isso…

—… vê-la, mas não consigo tocá-la…

— O que devemos…

A confusão me cerca até que meu olhar aterrissa em um leão muito grande, muito dourado e muito familiar no meio da sala.

Seus pelos estão eriçados e um rosnado baixo emana de seu peito. Eu vejo um pouco de cabelo preto entremeado entre a juba.

Steel. Tão certa quanto estou de meu próprio nome, sei que tem que ser ele.

A besta dourada começa a rondar para frente e para trás e meu coração sobe na garganta. Um homem pálido e magro se agacha no chão logo na frente do leão.

Envolto em uma névoa de escuridão, ele se lança como um inseto, em movimentos bruscos, mas rápidos. O cabelo escuro do homem toca os ombros e se eu tivesse que adivinhar, diria que não é lavado há meses. Um bocado de fios ficam pendurados em mechas frouxas e gordurosas que obscurecem a maior parte do seu rosto.

Através dos fios, seus olhos brilham em azul gelo. Seus lábios ensanguentados estão repuxados e revelam dentes afiados.

O homem, ou melhor, a criatura, sibila para Steel, que rebate com um rosnado baixo e forte.

Isso é um vampiro? Primeiro os metamorfos e agora vampiros? O que mais existe que não sei?

Eu tinha avançado, só percebendo isso quando o rosnado de Steel me fez parar bruscamente e derrubar uma cadeira. O som agudo ecoa na sala quase vazia.

56   **JULIE HALL**

A cabeça do homem-vampiro gira na minha direção. Sua língua rosada sai de sua boca, lambendo ao longo do lábio superior antes de acariciar os dois caninos.

Eu vou vomitar.

A criatura se move em minha direção com velocidade sobrenatural. Meus olhos só veem um borrão de movimento.

As mandíbulas de Steel agarram sua perna e ele cai no chão com um grito a apenas um metro e meio de onde estou.

De costas, eu me choco contra algo duro. Um par de mãos agarra meus ombros e eu bato no que quer que esteja me segurando.

— Ei, se acalme. Nós estamos aqui — sussurra Ash. — Temos que sair agora.

— Sim, de preferência antes que Steel perceba que transfiguramos. — Sterling surge do meu outro lado, com Greyson junto.

Eu paro de lutar quando percebo que são Ash e os gêmeos atrás de mim, todos envolvidos em uma aura branca suave, como a minha. Mais uma confirmação de nossa diversidade compartilhada.

— O que é essa coisa? — A curiosidade mórbida se sobrepõe ao meu senso de autopreservação, algo que não acontece com frequência.

— É um Abandonado. Nós realmente precisamos sair daqui — responde Greyson.

— Não podemos simplesmente deixar essa coisa com o Steel. — Eu me viro para o gêmeo. Com certeza, ele concordaria comigo.

Um momento depois, Steel atira a carcaça do vampiro – ou seja lá que criatura é aquela – pela sala. O corpo se choca contra a parede com um som nauseante de ossos triturados.

— Acho que ele tem tudo sob controle — responde Greyson, secamente.

Sterling se move na minha frente e saltita no lugar, claramente desejando entrar na luta.

— Nem pense nisso, cara. — Greyson aponta um dedo para o irmão, com a sobrancelha arqueada.

— Sim. Sim, eu sei. Certo, vamos cair fora daqui.

Estamos quase saindo quando uma gargalhada descontrolada perfura o ar. Até mesmo o mundo espectral odeia o som. Ondas furiosas de luz vibram das paredes.

— Sim, corram seus pequenos híbridos nojentos. Nós gostamos tanto da perseguição quanto da caça.

O gelo salpica através de minhas veias quando disparamos pelas portas da cafeteria. A voz se transforma em um grito bárbaro que é interrompido pelo som de coisas se quebrando.

Meu Deus, meu Deus. Não olhe para trás, Emberly.

Pela primeira vez, obedeço a mim mesma.

Estamos na metade do caminho do corredor quando as portas do refeitório se abrem e golpeiam a parede.

Meus nervos estão tão agitados que mal reajo à nova intrusão.

Um rosnado baixo faz Greyson parar.

Ash esbarra nele, eu me choco contra ela, e Sterling tropeça em cima de mim.

Eu me viro assim que se afasta.

— Ai, merd... — Sterling murmura ao encarar seu irmão em forma leonina.

Steel explode como fogos de artifício de luz branca. Fico perplexa quando as partículas de luz formam o corpo masculino antes de pulsar uma última vez revelando a figura de um Steel irado.

— O que estava pensando? — Ele caminha até defrontar Sterling.

Greyson aparece e coloca uma mão sobre o ombro do irmão mais velho.

— Calma, mano. Estávamos apenas protegendo a novata.

Ótimo, eles já esqueceram o meu nome.

O olhar de Steel se volta para mim. Suas sobrancelhas negras acentuam o fogo azul incendiando seus olhos.

Dou um passo para trás, mas me recuso a dar a ele a satisfação de abaixar o olhar em submissão.

— Está tentando se matar? Ou causar algo pior?

Espere. O quê?

— Só um completo idiota transfiguraria sem nenhuma defesa com um Abandonado no recinto.

Seus olhos percorrem o meu corpo e os lábios levemente curvados indicam que ele me considera alguém inferior.

Surpreendentemente, isso magoou.

— Você tem o quê, 16? É jovem demais para ter passado pelo treinamento.

— Eu tenho 17. Mas o que isso importa? Eu cuido de mim há tempo suficiente para saber que não preciso de você.

Ele ergue as sobrancelhas escuras e eu faço o mesmo.

Ele não é o único surpreso com essa resposta. Em situações de fuga ou luta, eu geralmente sou do tipo que foge. Sobrevivi todo esse tempo me misturando e me escondendo nas sombras. Ser corajosa não é meu estilo.

Steel mal abre a boca para responder quando Sterling o interrompe:

— Ela transfigurou pela metade. Não conseguimos tirá-la de lá de outra forma.

— Pela metade? — pergunta ele, em descrença.

— É sério — Greyson concorda. — Nós podíamos vê-la no plano terreno, mas ela só reagia ao reino espiritual. Não tinha o que fazer.

O olhar raivoso de Steel se volta para mim. Eu me forço a não me acovardar. Já lidei com valentões antes. Steel não é novidade para mim.

— Transfigure de volta — ordena.

Pisco sem entender, rugas se formando entre minhas sobrancelhas.

— Claro, assim que vocês me disserem o que isso significa e me ensinarem como fazer.

Um rosnado bem humano ressoa através do peito de Steel quando ele passa a mão pelo seu cabelo.

Ash se posta à minha frente, os cachos de seu cabelo quase bloqueando completamente a minha visão do criançâo furioso na minha frente.

— Dê um tempo a ela, cara. Tudo é muito novo. Além disso, não deveríamos conversar sobre isso agora. Temos que chegar ao *bunker*.

Steel agita alguns dos cachos de Ash ao exalar. Passando por ela, ele agarra meu braço e me puxa para longe de sua proteção.

— Ei! Qual é o seu problema? — resmungo, me livrando do seu agarre, mas sua atenção está em seus irmãos.

— Vou garantir que ela chegue em algum lugar seguro. Vocês transfigurem de volta para o plano terreno. Vão direto para o grupo de Blaze e Aurora para ter certeza de que eles chegaram em segurança, e fiquem lá.

Quando Sterling abre a boca para discutir, Greyson cobre a boca do irmão com a mão para impedi-lo e o puxa de volta.

— Vamos te encontrar quando tudo isso acabar.

Os gêmeos desaparecem no ar e eu sacudo a cabeça, não acostumada a ver pessoas sumirem dessa forma.

Ash mordisca o lábio, inquieta, o olhar intercalando entre mim e Steel.

— Você tem certeza de que pode levá-la? — ela pergunta.

Steel solta uma risada desprovida de humor.

— Você realmente acha que não vou conseguir cuidar dela?

— Pouco convencido? — zombo.

A boca de Ash se transforma em um meio-sorriso.

— Eu te encontrarei quando a ameaça tiver sido eliminada. — Seus olhos me imploram para concordar.

Eu não tenho muita escolha. Além disso, parece que o que quer que esteja acontecendo, é mais seguro para ela não estar no mundo espectral. Eu posso ter acabado de conhecê-la, mas não quero que se machuque.

Eu respondo com um aceno de cabeça, e, logo após, ela também desaparece.

Olhando para mim com arrogância, Steel se vira e segue pelo corredor.

— Tente me acompanhar — dispara, por cima do ombro, sem desacelerar.

Isto vai ser interessante.

CAPÍTULO SETE

Eu começo a ficar tonta à medida que tento acompanhar Steel. A parte do subsolo da academia é mais extensa do que eu havia imaginado; meu sentido de direção está confuso. Sem um guia, eu provavelmente andaria por esse labirinto de corredores eternamente.

Nós não passamos por nenhuma outra pessoa até agora, mas os gritos que ecoam através dos corredores são o suficiente para me deixar alerta.

Balançando a cabeça, afasto os meus medos. Não tenho tempo a perder para emoções frívolas no momento.

Medo pode te matar.

Minha mente evoca uma visão de um Abandonado pálido. Seus dentes pontiagudos visíveis e seu sibilar desumano. Cabelo oleoso e ralo nas laterais da cabeça, dedos finos como gravetos curvados e prontos para agarrar sua presa.

É apenas um pequeno momento de distração, mas longo o suficiente para me distrair do fato de que Steel havia parado. Ergo as mãos quando me choco com força às suas costas e seu cotovelo golpeia minha barriga. Perco o fôlego na mesma hora com a pancada.

O corpo de Steel mal se move com o contato.

Para não cair, enlaço sua cintura, pressionando o rosto entre suas escápulas. Erguendo o olhar, vejo Steel me encarando por sobre o ombro, com uma sobrancelha erguida.

Abro os braços e recuo vários passos. Minhas bochechas queimam enquanto ele se vira.

— Desculpe. — Sem saber o que fazer com as mãos, eu as ocupo com meu cabelo, checando se o boné ainda está no lugar. — Não percebi que você tinha parado.

Obviamente.

Devo revirar os meus olhos para mim mesma. Não vou culpá-lo se ele fizer.

Ao invés disso, ele ergue ainda mais a sobrancelha e sua boca se curva ligeiramente. Vários segundos passam, segundos constrangedores, e apenas nos encaramos. Então, como se ele se lembrasse de algo, seu rosto enrijece como granito.

Um calafrio percorre meu corpo ao vislumbrar a mudança.

— Ótimo. Você é desastrada. — Até mesmo sua voz mudou.

Não sou, gostaria de dizer, mas mordo a língua para ficar quieta. Não teria sobrevivido por todos esses anos sem a minha habilidade de engolir as palavras.

Como se lesse minha mente e considerasse meus pensamentos divertidos, seus lábios se retorcem num sorriso cruel. Meu estômago se agita conforme a vontade de socar sua cara aumenta. Cerro os punhos e forço meus olhos a procurarem outras coisas ao invés de pontos vulneráveis no seu corpo para esmurrar.

— Por que paramos? — pergunto, entredentes.

Eu nunca reajo dessa maneira com pessoas que não conheço. Eu aperfeiçoei a habilidade de deixar insultos passarem ao longo dos anos. É uma necessidade quando você é alvo constante de *bullying* nas escolas.

— Eu ouvi... — Um grito interrompe suas palavras. Como se fôssemos um, viramos a cabeça na direção do grito. Veio de um corredor abaixo, logo disparamos até lá.

Assim que contornamos o corredor, um corpo atravessa a parede na nossa frente, destruindo a mesma. Poeira, lascas de madeira e pedaços de concreto voam para todos os lados enquanto a pessoa se choca à parede oposta e cai ao chão.

Fico plantada no lugar. Steel corre para verificar a figura encurvada.

— Potestades, pelo flanco esquerdo! Guardiões, pela direita! Domínios, pela frente!

A voz de comando que veio através do buraco recém-criado me tira do meu estado de choque e liberta meus membros. Corro até onde Steel está agachado sobre o corpo.

Sangue escorre do nariz e da orelha esquerda do homem enquanto Steel pressiona dois dedos contra o seu pescoço. Acredito estar vendo seu peito se mexer, mas minha atenção é roubada por um ruído alto que irrompe pelo ar. Uma nova onda de adrenalina induzida pelo medo é liberada em meu corpo.

Steel se levanta e corre em direção ao perigo. Tomada pelo pânico, seguro o seu braço firmemente quando ele passa por mim.

O corpo dele vibra com violência incontida. Tenho certeza de que ele não parou apenas com a minha força. Tenho a impressão de que se a mente de Steel estiver fixa em algo, somente Deus pode pará-lo.

— O quê? — esbraveja.

A selvageria em seu olhar embrulha meu estômago. Mesmo em sua forma humana, sua raiva é descomunal.

Olhando para a figura no chão, encontro uma desculpa qualquer para não revelar minha própria covardia.

— Você simplesmente vai deixá-lo assim? — Minhas palavras são temperadas por irritação.

Irritação direcionada a mim mesma por minha falta de coragem, ao invés de ser pela forma que ele está deixando o homem ferido sozinho, mas isso é algo que ele não precisa saber.

— Mark está vivo. Ele estará mais seguro aqui do que lá dentro. — Aponta o queixo para o lugar de onde Mark foi arremessado. Homens e mulheres de cabelos escuros estão enfileirados, ombro a ombro, ao redor de uma ameaça não identificada.

Caramba, alguns deles têm asas.

Steel se livra de minhas mãos, me desequilibrando, e eu acabo tropeçando. Meus pés se embaralham e o meu corpo atravessa o buraco.

Com um ganido, meu ombro golpeia a parede e passo pela abertura. Uso as mãos para suavizar a queda, mas antes que eu desabe no chão, braços fortes enlaçam minha cintura e sou erguida até ficar de pé novamente.

Recostada a um peito forte e quente, reprimo um tremor.

— Você vai ter que trabalhar na sua coordenação se quiser ficar viva.

A respiração de Steel aquece minha bochecha, arrepiando os pelos da minha nuca. Seus braços me soltam à medida que ele se afasta antes que meu cérebro derretido me lembre de que devo me afastar dele.

— Steel! Emberly! O que raios vocês estão fazendo aí? — Sable se encontra à nossa esquerda.

Seu cabelo antes perfeito agora está emaranhado na lateral. Sangue escorre de um pequeno corte em sua testa, descendo pelo rosto e por sobre um machucado que já começou a inchar no queixo. Sua aparência desalinhada quase me incomoda tanto quanto os gritos da criatura que os guerreiros nefilins estão enfrentando.

Os olhos dela disparam entre mim e ele.

— Vocês dois deveriam estar em um *bunker*. — Seu olhar recai em Steel. — Você conhece o protocolo. Eu sei que pensa que pode enfrentar o mundo. Mas nós temos planos de emergência criados exatamente por esse motivo. Eu não que...

— Um deles adentrou o refeitório enquanto todos estavam fugindo. — As palavras de Steel exprimem sua frustração. — Eu me engatei em uma luta contra ele, mas a novata aqui transfigurou sem querer e não sabe como voltar.

O olhar surpreso de Sable retorna para mim.

Eu me encolho. O que eles esperavam? Até algumas horas atrás eu não fazia ideia de que existiam outras pessoas no mundo como eu, quanto mais saber o porquê e como eu vejo as coisas que vejo.

Ainda estou esperando descobrir se consigo fazer magia.

— Certo. — Sable acena, aceitando a explicação. — Leve Emberly para o *bunker* superior. Se ela não transfigurar de volta, lá será o lugar mais seguro para ela.

— Sable, você sabe que posso ajudar se eu me transf...

— Não. Nós não sabemos se eles não estão aqui por ela.

Endireito a postura.

Eles acham que essas criaturas podem estar aqui por mim? Por quê? O que posso ter feito para atrair sua atenção? Eu nunca nem havia visto um deles antes.

— Você precisa escondê-la, e precisa fazer isso agora — Sable continua. — Vamos atrás de vocês quando eliminarmos a ameaça.

Steel enfia a mão em seu cabelo escuro. O azul em seus olhos parece ainda mais brilhante.

Os seus olhos... estão incandescentes?

Truque maneiro.

Praguejando baixinho, ele solta o cabelo e abaixa o braço.

— Tudo bem.

Segurando minha mão, ele me leva pelo corredor.

Cerro os dentes. Na próxima vez que ele fizer isso, vou morder sua mão.

Se eu não obtiver respostas concretas logo, eu caio fora daqui. É, as ruas não eram seguras, mas nunca encontrei vampiros feios e nojentos antes de ser sequestrada por "minha segurança".

— Steel — Sable chama antes de sairmos —, quem era?
Quem era o quê?
Volto meu olhar para Steel. Seus lábios estão firmemente pressionados.
— Gabe.
Sable cobre a boca com a mão, e com olhos tristes ela me dá um curto aceno de cabeça antes de se virar.
Com outro puxão, Steel nos apressa para longe da batalha.

CAPÍTULO OITO

— Você quer que eu coloque o quê, aonde?

Há uma pequena fenda na lateral da montanha. Não deve ser maior do que sessenta centímetros em diâmetro. As instruções de Steel foram claras o suficiente, mas não quero acreditar nele. Felizmente, não tenho claustrofobia, mas, mesmo assim, me enfiar em um pequeno buraco no chão não é a melhor ideia para mim.

Pressionando os olhos com as palmas, Steel murmura:

— Você tem sempre que dificultar as coisas?

Com os braços cruzados, eu o encaro. Não vou falar mais nada até que ele olhe para mim.

Quando ele abaixa os braços e percebe o que estou fazendo, imediatamente cobre o rosto com as mãos outra vez.

— Você poderia, por favor, entrar? — Aponta para a fenda, depois de esfregar o rosto.

— Não é possível que este é o melhor lugar para se esconder.

— É maior do lado de dentro... Mais ou menos. Essa montanha tem algumas nascentes, que nos ajudam a esconder de vista. O aluvial entre as rochas vai disfarçar o seu cheiro.

Resistindo à vontade de me cheirar, suspiro e me agacho. Cuidadosamente passando a cabeça, ombros e braços pelo lugar apertado, me espremo até que a maior parte do meu corpo esteja do outro lado da abertura. Sou forçada a baixar a cabeça até meu queixo quase encostar no chão.

— É pra hoje — Steel diz, atrás de mim. Sua voz ecoa ao longo do abismo negro.

Reprimindo uma resposta desaforada, continuo rastejando. As rochas afiadas e pedras soltas arranham meus antebraços.

Depois de alguns minutos de esforço, só consegui avançar alguns metros, mas o ar mudou consideravelmente. Meus braços estão arrepiados por conta do frio. Eu encaro a escuridão adiante e percebo que não quero continuar.

Sério, eu *realmente* não quero continuar descendo por esse buraco.

Um par de mãos empurra as minhas costas e eu me assusto.

— Continue — Steel comanda, ríspido.

— Ei, olha os limites, cara.

— É um luxo do qual não dispomos no momento. — Uma risada baixa acompanha suas palavras. — Espere até chegarmos na caverna.

— O quê? — Viro o pescoço para tentar vê-lo atrás de mim, mas estamos tão longe da entrada que a escuridão esconde o corpo dele.

— Você precisa de mais um empurrão?

Cerrando os dentes, continuo a me arrastar. Estou detestando isso.

Após vários longos minutos, noto que o túnel se torna largo o suficiente para que eu possa, por fim, engatinhar ao invés de ter que me arrastar com a barriga no chão e de cabeça baixa.

Como Steel está conseguindo, eu já não sei dizer. Esse cara não é pequeno.

— Quase lá — ele diz.

— Ótimo — murmuro.

Consigo avançar mais um pouco e logo sou capaz de esticar o pescoço sem bater a cabeça.

— Finalmente posso me mover como uma pesso... ai!

Bato de cara contra uma parede de pedra irregular. Checo o nariz e fico feliz por não estar sangrando.

Steel chega por trás de mim, chafurdando no breu. Acho que ele está se sentando, mas sem o dom da minha visão não tenho certeza. Eu certamente não vou ficar aqui para descobrir.

— Sente-se. Nós chegamos.

— Aqui?

— É, essa é a gloriosa caverna onde esperamos a ameaça passar. Impressionada?

Minha cabeça gira numa vã tentativa de assimilar os arredores.

— Poderia ficar se eu conseguisse enxergar alguma coisa.

— Acredite em mim, mesmo assim você não ficaria. — Exala o ar que aquece minha bochecha direita. Chocada por sua proximidade, chego para trás e atinjo mais uma parede desta minicaverna.

— Ai! — O impacto reverbera pela minha coluna.

— Anda logo, sente-se. — Os dedos de Steel envolvem meu bíceps e, quando ele me puxa, caio em seu colo. — Não em cima de mim — ele reclama.

Não consigo me mexer direito. Eu tento sair de cima dele, mas acabo dando cotoveladas em seu pescoço, ao invés disso.

Isso não foi de propósito, mas serve de pagamento por me puxar de novo.

O barulho que ele faz quando acerto o joelho em seu abdômen me faz sorrir.

— Pare! Apenas pare de se mexer.

Fico parada com o joelho pressionado contra o chão ao lado do seu quadril, a outra perna por sobre a dele, e as mãos em cima de seus ombros.

A falta de visão não ajuda a diminuir a intimidade e o constrangimento do momento.

— Eu não posso simplesmente ficar assim. — Meu corpo está dolorido de tanto me arrastar por esse buraco e minhas pernas começam a tremer.

Inclinando a cabeça, inspiro em frustração, e me arrependo instantaneamente.

Ao invés do cheiro mofado e forte da caverna, o aroma masculino de Steel enche os meus pulmões.

Perfume barato de xampu que os caras usam, e um toque de detergente.

Quero sentir nojo do típico odor masculino, mas não sinto... E estranho isso.

Não me permito sentir seu cheiro novamente.

— Aqui, faça isso.

Mãos quentes guiam minha perna dobrada para o lado e viram o meu corpo até que minhas costas estejam pressionadas contra a parede perpendicular ao lugar onde Steel está sentado. Afastando as mãos dos ombros dele, eu as coloco no chão sujo e recosto meu corpo. Agora, completamente sentada, meus joelhos dobrados estão grudados ao meu peito, quase me impedindo de respirar direito.

Eu é que não vou reclamar.

— Você não é claustrofóbica, é?

Deixo escapar uma risada.

Inspiro de leve.

— Isso não é — meia respiração — algo que você deveria — outra meia respiração — ter me perguntado antes?

Eu me assusto quando minhas pernas são puxadas para frente e colocadas por cima das dele. Sem espaço para me endireitar, todo o meu corpo está pressionado contra o de Steel. Ele é forçado a passar os braços ao meu redor em um abraço constrangedor.

Isso é muito pior do que antes.

Eu me reviro e remexo, tentando me libertar, quando seus braços se fecham sobre minhas pernas, as pressionando ainda mais firmemente contra ele.

Quando paro de me debater, aceitando ficar enrolada com um estranho neste espaço minúsculo, a parte superior de seu corpo se esfrega contra as minhas pernas. Pode ter sido ele dando de ombros.

— Não ia fazer diferença. Nós viríamos para cá se você tivesse claustrofobia ou não.

Ele não vai falar nada sobre a metade do meu corpo estar aninhada no seu colo?

Ótimo, vamos ficar em negação.

Nós mergulhamos em um silêncio desconfortável. Entre o som de nossas respirações e o gotejar de alguma fonte de água por perto, nossa falta de conversa é ensurdecedora.

Tento ignorar Steel, mas os nossos corpos tão colados me deixam alerta. O calor de seus braços é capaz de alcançar minha pele através do jeans. Meus músculos estão tensos por conta da força que faço para ficar imóvel. Uma dor incômoda pela posição permeia meu corpo.

Que saco! Não consigo parar de sentir seu cheiro de menino.

O passar lento do tempo só piora as coisas.

— O que é transfiguração?

Vou tentar me distrair.

— Você realmente não sabe de nada, né?

Sem ser capaz de ver sua expressão, não consigo ter certeza se ele está me insultando, mas seu tom é cheio de curiosidade ao invés de zombaria. Mesmo assim, retruco com uma resposta afiada e tento me lembrar de que pessoas já me trataram muito pior.

— Não fui criada como você — eu o relembro. — Tive que presumir as coisas sobre o mundo espectral baseada apenas nas minhas experiências.

— Mundo espectral?

Faço o movimento para dar de ombros quando lembro de que ele não pode me ver.

— É como chamo este lugar que só nós podemos ver. O lugar com os monstros.

O ROUBO DAS CHAMAS 69

Vários momentos de silêncio se passam enquanto Steel assimila minhas palavras. Quando ele fala, eu finalmente consigo algumas das respostas que estava esperando.

— Acho que isso faz sentido. É um bom nome. Nós o chamamos de reino espiritual, a propósito. Transfigurar é quando passamos de um reino para o outro. O reino mortal é onde os humanos vivem. O reino espiritual é o lugar onde os Caídos agem; os seres que você chama de monstros. Eles são os anjos que foram expulsos do Paraíso. Nefilins, nós, podemos interagir com os dois reinos. Os Caídos não.

Quando sou puxada para o mundo espectral, meu corpo sempre permanece na realidade, mesmo que eu esteja do outro lado. Meu comportamento estranho sempre foi o motivo de nunca ficar nos mesmos lares de adoção. Será que foi diferente para eles?

— O que você quis dizer com "passar de um reino para o outro"?

Steel se mexe e reajusta minhas pernas. Finjo não notar, o que não é difícil no escuro.

— Quando transfiguramos, nossos corpos somem de um reino e aparecem no outro. No mundo dos mortais, nós somos muito parecidos com os humanos. Temos força e velocidade superior, não precisamos tanto de comida ou sono, mas apesar disso, nós nos misturamos bem com a humanidade. Só quando transfiguramos para o reino espiritual é que os nossos poderes celestiais se manifestam.

Poderes. Isso. Agora está ficando interessante.

— Então, você não pode se transformar em um animal no mundo real?

— Não, só no reino espiritual.

— Mas meu corpo não desaparece quando eu transfiguro. E não acho que tenho poderes especiais.

O silêncio se instaura por alguns instantes. Eu não acharia ruim se pudesse ver o rosto dele agora. Qualquer expressão me daria uma pista do que ele pode estar pensando.

— Várias coisas sobre você ainda são um mistério — ele finalmente admite.

Nunca gostei de ser diferente. Por muitos anos tive o sonho secreto de encontrar um lugar para pertencer, mas, mesmo aqui, ser diferente é desolador.

Sable estava errada. Quanto mais aprendo sobre esse povo, mais óbvio fica o quanto sou diferente.

Tento me desvencilhar da melancolia novamente.

— Todo mundo pode metamorfosear?

— Só os Nefilins que descendem dos Querubins. E, mesmo assim, normalmente só podemos nos transformar em uma das formas. Leão, águia ou touro. Outras linhagens de anjos têm diferentes poderes.

Minha mente está em polvorosa. Diferentes tipos de Nefilins... e diferentes tipos de anjos? Há vários tipos de poderes. E espere, alguns podem se transformar em touros? Eu espero que essa não seja minha especialidade. Com tantas perguntas na cabeça, preciso começar por algum lugar.

— Mas você é diferente. Você se transforma em leão e águia. — É mais uma constatação do que uma pergunta. Eu vi com os meus próprios olhos.

— Posso me transformar em touro também.

— Por quê?

A exalação de Steel agita os fios do meu cabelo.

— Você tem que fazer tantas perguntas?

— Por que você está sendo tão reservado?

— Por que você tem que ser tão irritante? — ele rebate.

— É o meu charme.

— Tá. — Eu não preciso da minha visão para saber que ele revirou os olhos com essa resposta.

— Qual é o problema? Só estou tentando entender como as coisas funcionam. É algo que te envergonha? Os outros alunos te zoam por se transformar em um touro?

Eu não me importo muito, mas como ele disse que estava sendo irritante, uma parte muito imatura minha me faz cutucar a onça com vara curta.

— Ah, e o que acontece com as suas roupas quando você se transforma?

— Você tá falando sério?

— É claro que sim. Nos livros, quando alguém se transforma, as roupas são sempre rasgadas e essa pessoa fica pelada. Isso, aparentemente, não acontece com você.

— Você tem lido muitos romances fantásticos com caras pelados, né?

Não responda, Emberly. Mude de assunto imediatamente.

— Tá tudo bem, você não precisa me falar sobre as metamorfoses. Eu entendo que todos nós temos nossas inseguranças. Eu só não tinha percebido que essa era uma das suas, mas entendi. Eu também não gostaria que ninguém soubesse eu me transformo em uma vaca gigante também. Não vou perguntar de novo.

O ROUBO DAS CHAMAS

— Eu não me transformo em uma vaca — ele diz, irritado. — Me transformo em um touro.

Assunto habilmente desviado. Ponto para mim.

— Ah, foi mal. Não tem muita diferença. Mas o que significa?

Minha voz exala inocência fingida. Tenho que morder o lábio para não rir. Estou grata pela falta de luz agora, ou Steel poderia ver o divertimento na minha cara.

Steel se move e seu corpo invade meu espaço.

Dou um grito quando minhas pernas são atiradas para o lado e, quando percebo estou meio deitada no chão.

Steel está sobre mim, um de seus braços apoiado na parede ao lado da minha cabeça e o outro no chão.

Mais uma vez percebo o quanto a falta de luz torna nossas interações íntimas demais.

Estou presa. Seu cheiro me envolve. Sua respiração sopra sobre minha pele.

Algo como medo e outra coisa que não sei o que é crescem em meu peito.

O que quer que seja, eu odeio.

Steel fala bem devagar, enunciando cada palavra, marcando-as em minha mente:

— O que significa, anjinho, é que sou um Nefilim muito poderoso e você deveria tomar cuidado.

Mesmo que ele não me veja, eu concordo com um aceno de cabeça.

Tudo bem, Steel, entendido.

CAPÍTULO NOVE

Quando alguém vem nos dizer que o campus já está liberado, eu já me acalmei o suficiente para voltar ao mundo real, mas a metade inferior do meu corpo ficou dormente. Depois da intimidação de Steel, ficamos em um silêncio desconfortável. Minhas pernas foram mais uma vez flexionadas contra meu peito em vez de se esticarem mais confortavelmente por cima das dele. Eu não ia deixar Steel saber como a posição era constrangedora para mim. Ele, provavelmente, encontraria alegria em minha dor.

Quando o sinal chega – uma leve cintilação de luz e um barulho que soa muito como uma coruja –, Steel começa a rastejar sem dizer uma palavra.

Não se preocupe comigo, está tudo bem. Eu só vou dar uma vasculhada até encontrar a abertura.

Meus membros protestam quando ordeno que se movam. Sinto agulhadas subindo e descendo pelas pernas enquanto o fluxo de sangue volta ao normal. Cerrando os dentes, eu tateio ao redor até encontrar a abertura e sigo Steel.

Eventualmente, um raio de luz se infiltra através do túnel e meus olhos começam a captar alguns detalhes.

Steel para e as palavras saem da minha boca sem pensar:

— É agora que eu devo dar um empurrão no seu traseiro?

Ele vira a cabeça. No espaço ínfimo e com pouca luz, percebo os olhos entrecerrados antes que ele se concentre à frente e recomece a rastejar.

— Rabugento — murmuro, baixinho.

Eu não deveria ter dito nada, porque no momento seguinte, sou sufocada pela nuvem de poeira que ele chutou no meu rosto. Seu riso baixo por conta da minha tosse seca me diz que não foi um acidente.

Na minha cabeça, eu o chamo de todo nome pouco lisonjeiro em que possa pensar, mas seguro a língua. Eu não gostaria de outro banho de sujeira.

Alguns gestos obscenos às suas costas terão que ser suficientes.

No final do trajeto, alguém estende a mão para me ajudar a levantar. O forte agarre me puxa para fora do espaço apertado e para a luz da alvorada.

Pestanejo contra o sol nascente, meus olhos lacrimejando com o brilho. Traços alaranjados pintam o céu e incidem sobre a fachada de tijolo vermelho e terracota da Academia Serafim.

Esta é a primeira olhada que dou na parte acima do solo da academia. Eu estava inconsciente quando cheguei, e o prédio havia sido envolto em escuridão ontem à noite, quando Steel e eu corremos para nos abrigar.

A estrutura sobe seis andares, duas alas estendem-se de cada lado, dando à academia uma configuração em forma de U com um gramado bem-cuidado no meio.

Meu olhar paira sobre cada um dos elementos arquitetônicos. O elaborado edifício gótico ostenta torres em cada canto do telhado, varandas esculpidas em pedra ao longo de cada janela nos três andares superiores e esculturas intrincadas que sobem e descem pelas paredes de pedra. Não consigo decidir se isso me faz lembrar mais de um palácio de conto de fadas ou de uma fortaleza medieval.

Espano a poeira dos meus olhos e me envergonho de minha aparência imunda. Lá se vai a muda de roupa limpa que eles me forneceram.

Ao tocar a cabeça, percebo que perdi o boné azul de beisebol que Sable me deu. Ele pode estar no buraco de onde acabamos de sair, ou no chão do subsolo da academia em algum lugar.

Afasto as mechas do meu cabelo comprido — agora coberto de sujeira da caverna —, por sobre meus ombros.

Parece que estou agendada para dois banhos em menos de vinte e quatro horas. Isso é praticamente inédito para mim.

— Fico feliz de ver que você está bem.

Sable tem dois adultos de cabelos escuros com ela. Um homem e uma mulher. Professores, talvez?

Todos os três parecem ter estado em uma briga, cabelos bagunçados, algumas roupas rasgadas, arranhões superficiais e hematomas, mas não vejo ferimentos graves.

Vejo a figura de Steel saindo, por cima do ombro direito de Sable enquanto ele segue até a entrada principal da academia. Duas pequenas figuras, um garoto e uma garota, irrompem pelas portas gigantescas da frente e correm para o meu relutante guarda-costas.

Ambos têm aproximadamente a mesma altura, alcançando algum lugar entre o peito e a barriga de Steel. A garota tem cabelo preto liso que chega quase até a cintura. O garotinho tem um corte de cabelo e uma cor que espelha o de Steel. Chutando, acho que eles têm apenas oito ou nove anos, mas certamente não sou especialista em determinar a idade de crianças.

Quando os pequenos chegam até Steel, ele se curva e os levanta no colo, segurando um em cada braço. Eles guincham de excitação. Seus ruídos abafados chegam aos meus ouvidos, as vozes animadas seguidas de um barítono profundo, mas eles estão muito longe para serem ouvidos claramente.

Steel os leva para dentro sem um olhar para trás; a porta se fecha atrás dele com um estrondo. Não é como se eu esperasse algo especial dele, mas ao menos verificar se eu tinha conseguido sair daquele buraco infernal teria sido bom.

Ao bufar, volto minha atenção para Sable.

— Então... ah... tudo seguro agora? — Eu adoraria que alguém me informasse sobre o que, exatamente, está acontecendo. — Não tem mais desses... você sabe... — Curvo os dedos em garras e imito os sons agudos das criaturas que eles chamam de Abandonados.

A mulher atrás de Sable dá uma risadinha e o homem tosse em sua mão, um sorriso em seu rosto.

Eu levanto um pouco os ombros. Não foi uma má impressão.

Os lábios de Sable se curvam em um sorriso fugaz, que se esvai em um segundo. Quando ela fala, é como se o bom humor nunca a afetasse:

— Sim, os Abandonados foram eliminados e nós fizemos uma varredura da academia. Nossa equipe técnica está verificando nosso sistema de segurança perimetral para descobrir como eles conseguiram entrar no prédio sem serem detectados. Um alarme deveria ter sido acionado assim que eles atravessaram o terreno, não quando já estavam nos subníveis. Os outros estudantes estão confinados nos dormitórios, mas uma vez liberados pela equipe, as restrições serão suspensas.

— Confinados? E aqueles dois garotos que acabei de ver com Steel?

O homem atrás de Sable escarnece, depois estala o pescoço.

— Não há muito que possamos fazer para controlar essa família.

A mulher ao lado dele balança a cabeça em concordância.

Interessante.

— Emberly. — Sable chama minha atenção quando coloca o que acredito ser uma mão reconfortante no meu ombro. Eu fico olhando para ela enquanto ela continua: — Quero te assegurar que isto é altamente incomum.

Não posso evitar o riso de descrença que me escapa. Este é o segundo ataque nas últimas vinte e quatro horas. Quando eu estava por conta própria, passava meses, quando era mais cuidadosa, sem cair no mundo espectral. Eu ficava fora de seu alcance. Uma ruga surge entre os olhos dela ao franzir o cenho.

— Estou falando sério. Já faz várias décadas que um Abandonado entrou na academia. Qualquer uma de nossas academias.

— Então eu sou sortuda? — Não há nenhum tom agressivo nas minhas palavras, apenas resignação sombria. Esfrego os olhos novamente enquanto a exaustão me atinge como uma onda gigantesca.

No fundo, eu esperava que este fosse um lugar seguro para mim. Que todas as fugas, esconderijos e o dia a dia tensos estavam ficando para trás. Poder viver, mesmo que por pouco tempo, sem ter minha guarda erguida o dia todo, todos os dias, seria um paraíso. Mas isso pode não ser para mim.

Quando olho para cima, o rosto bonito de Sable está sombrio. Seus lábios estão curvados para baixo com um franzido e seus olhos semicerrados, o início de linhas finas visíveis nos cantos externos.

— Cada uma de nossas academias é fortemente protegida, o que significa que temos um escudo invisível protegendo o terreno pelo qual os Abandonados e os Caídos não podem passar, pelo menos não sem sofrer ferimentos graves. A barreira os queima como a luz do sol. Vamos descobrir o que está acontecendo. E até lá, este ainda é o lugar mais seguro para você.

— Eu não sei.

Mordo meu lábio inferior. Não quero ser uma idiota ingrata, mas vamos lá. Vampiros horrorosos? Jamais quero encontrar um desses novamente. Uma onda de dúvida cai sobre mim.

— Minha vida pode não ter sido divertida, mas pelo que vi nas últimas vinte e quatro horas, o anonimato parece ter sido mais seguro.

— Mais uma chance. Dê-nos algum tempo para equipá-la com o conhecimento necessário para desbloquear suas habilidades. Agora, é tudo o que peço.

O que ela quer de mim não é irracional. Eu só…

Inspiro profundamente, prendendo o ar em meu peito por vários segundos antes de soltar. Vou ceder, novamente.

Não gosto da ideia de depender de mais ninguém, mas saber mais sobre do lugar de onde venho e as criaturas que querem me machucar é a jogada mais inteligente.

Endireitando a coluna, dou a ela um aceno firme.

Ela solta a respiração e um sorriso floresce em seu rosto.

— Ótimo. — Gesticula para as pessoas atrás dela que eu quase esqueci. — Este é Seth. — O homem acena para mim em saudação.

— E Angelica.

Uma pequena risada escapa e cubro a boca na mesma hora.

Oopsie.

Angelica, uma mulher alta que parece estar na casa dos vinte e poucos anos, sorri e balança a cabeça.

— Acontece toda vez que sou apresentada — diz ela. — Minha mãe não era muito criativa.

— Oi. — Cumprimento Angelica e Seth com um pequeno sorriso.

— Angelica vai te ensinar nossa história, e Seth será seu instrutor de combate.

— Combate?

— Pense nisso como o equivalente à educação física.

Lembrando a forma organizada como essas pessoas lutaram, duvido muito que se pareça com qualquer aula de educação física que já tive, mas de qualquer forma, concordo com um aceno educado.

— Tudo bem. — Sable gesticula para que eu caminhe com ela. — Vamos acomodá-la. — Continua depois que piso no degrau ao lado dela: — As aulas regulares recomeçam esta tarde, mas você terá sua primeira aula amanhã. Descanse um pouco hoje; você vai precisar de suas forças.

Não gosto do som disso, mas a sigo de qualquer maneira. Para o bem ou para o mal, escolhi meu destino. Só o tempo dirá se foi uma péssima escolha ou não.

CAPÍTULO DEZ

— Ai, meu Deus. Que bom que você está bem!

Ash me abraça assim que passo pela porta. Todo o ar em meus pulmões sai com esse cumprimento exuberante.

— Não consigo… respirar — digo, sem fôlego.

Ela abaixa os braços quando recua. Suas bochechas coram.

— Opa, foi mal. Eu estava tão preocupada! — Seus olhos me observam dos pés à cabeça. — Por que você está tão imunda?

Eu me engasgo e começo a rir descontroladamente.

— Nossa, foi mal de novo. É só que… você tá muito suja.

Quando adentro ainda mais o quarto, tomo cuidado para não encostar em nada. Ela não está errada. Estou coberta por uma fina camada de sujeira, dentre outras coisas.

Isso é uma teia de aranha pendurada na minha panturrilha? Eca.

— Isso rola quando você se arrasta por um túnel nojento.

Ash inclina a cabeça, os cachos pendendo sobre seu ombro esquerdo.

— Como é?

— Steel me fez entrar em um buraco na lateral da montanha, e tivemos que esperar em uma caverna fajuta até que fosse seguro sair. Fedia muito.

Na real, Steel cheirava muito bem.

Pensamentos traiçoeiros. Eu os expulso na mesma hora.

Ash estremece.

— Isso é horrível. Aquele esconderijo é para uma pessoa apenas.

— Nem me fale.

Não me surpreenderia se as minhas pernas estiverem cobertas de hematomas.

— Anda, pode ir ao banheiro se lavar. Você pode pegar algumas de minhas roupas. — Ela dá um passo atrás para me olhar. — É, acho que vestimos o mesmo tamanho. Difícil dizer com todo esse tecido extra. Você pediu pra eles te darem roupas masculinas?

Talvez… mas ela não precisa saber disso.

Apressando-se pelo quarto, ela abre e fecha uma gaveta rapidamente após pegar tudo o que precisa para mudar o meu *look* nojento. Em seguida, ela me conduz até o banheiro do outro lado do quarto.

— Todos temos banheiros privativos. Isso é ótimo. — Colocando as roupas sobre a pia limpa, ela me mostra onde as coisas estão. Quando termina, ela se recosta à pia. — Isso significa que vamos compartilhar o quarto?

Eu sugo meu lábio inferior entre os dentes. Sable esperou até que chegássemos perto do quarto de Ash para me explicar que dividiria o quarto com ela. E se Ash não quiser uma colega de quarto? Ela provavelmente gosta de ter o quarto só para ela. Essa conversa está prestes a ficar constrangedora.

— Bem, posso pedir pra Sable me colocar em outro lugar. Eu não quero me intrometer.

— Você tá brincando? Nem a pau! Eu adoraria dividir contigo. Eu sempre me senti meio sozinha, por não ter uma colega de quarto — confessa.

— Sério?

— Sério mesmo! — Se endireitando, ela se vira e se dirige para o quarto. — Mal posso esperar para fazermos compras. Você vai precisar de um guarda-roupa inteiro.

Compras. Ahn… não é muito a minha praia.

— Relaxa — ela diz, não entendendo o real motivo da minha hesitação. — A academia vai pagar por tudo. A vida longa de um Nefilim facilita o acúmulo de riquezas. Temos bastante.

— Ah. Bom saber? — Não consigo imaginar uma vida sem preocupação com dinheiro.

Com um sacudir de sobrancelhas e ombros, ela fecha a porta.

Rapidamente ligo o chuveiro e entro. Inspirando o vapor quente, descanso a cabeça contra a parede. A tensão é lentamente aliviada de meus ombros. Esse banho é ainda melhor do que o outro, de alguma forma. Sujeira avermelhada escorre pelo meu corpo como sangue seco, dando à água uma cor nojenta de ferrugem antes de ficar transparente. Eu uso um pouco do xampu e condicionador de Ash – espero que ela não se importe. O banheiro é inundado com o perfume gostoso de baunilha e jasmins.

Paraíso.

A culpa pelo meu longo banho se instala em meus ombros quando a água começa a esfriar, mas raramente tenho a oportunidade de tomar banhos quentes. A maior parte dos meus banhos no último ano envolveu toalhas de papel em banheiros de postos de gasolina.

Eu me acanho pensando em todo esse tempo que passei sem uma higiene pessoal adequada. Habituei-me principalmente ao meu constante estado de imundície, mas fazendo uma retrospectiva, não tenho certeza se poderia voltar a viver dessa forma.

Eu me esforço para me arrepender verdadeiramente de tirar proveito do luxo simples enquanto saio do chuveiro. Espero que Ash não precise tomar banho logo depois de mim.

Depois de tirar o excesso de água do cabelo com uma das toalhas que Ash me deu, eu o deixo secar naturalmente e pego uma *legging* cinza emprestada e um moletom folgado cor-de-rosa. A gola é tão larga que revela um ombro, mas já estou acostumada a isso. Roupas folgadas que escondem minha forma são mais ou menos a minha moda.

O que não estou acostumada é com as calças que marcam cada curva do meu corpo desde o tornozelo até a cintura.

Eu ajeito as roupas por alguns minutos antes de sair do banheiro. Pelo menos o moletom é longo o suficiente para cobrir minha bunda.

Assim que entro no quarto, vejo Ash sentada de pernas cruzadas em sua cama com um livro cheio de símbolos estranhos aberto à frente.

— O que é isso? — pergunto, tentando em vão fazer com que o moletom se acomode sobre dois ombros em vez de apenas um.

— É a minha cópia de O Livro dos Serafins. Você já ouviu falar dele?

Balanço a cabeça em negativa.

— É como a nossa versão da Bíblia, exceto que não é um livro religioso. É mais como uma história da nossa espécie. Só espere até que você tenha que começar a estudar este tomo. É bem difícil.

— Oh. — Existe uma resposta adequada para isso? Conversar não é meu ponto forte. — Que saco.

É, isso soou quase normal.

— Não se preocupe... — Levantando a cabeça, as palavras de Ash cessam e seus olhos se arregalam. — Ei, olhe para você. No fim das contas, você estava escondendo uma adolescente sob todas as camadas de roupas.

Ela ri de sua própria piada enquanto eu me mexo desconfortavelmente. O divertimento de Ash acaba quando não respondo. Devo parecer acanhada ou algo assim porque seus olhos suavizam com empatia.

JULIE HALL

— Ei, me desculpe. Eu não estava tentando te zoar. Eu só queria dizer que você está bonita. Mais como... você mesma. Não parece mais que está se escondendo.

— Eu normalmente me visto para não ser notada.

— Chega disso, está bem? Agora você está com os seus.

— Estou? — sondo, inconscientemente brincando com um fio úmido de meu longo cabelo loiro e ruivo; a própria característica que me faz duvidar do quanto realmente pertenço a este grupo de híbridos de anjos.

— Sei que já disse isto antes, mas esse seu cabelo é muito maneiro. Ele simplesmente cresce assim, não é?

Ficando de pé, Ash me ronda como um tubarão.

Limites serão um problema com ela, pelo jeito.

— Desde que eu me lembro. Foi uma das coisas que sempre deixou minhas famílias adotivas desconfortáveis. Bem, o cabelo, os ferimentos misteriosos, a insistência de que monstros estavam atrás de mim e que as pessoas, às vezes, se transformavam em explosões de cor. Suponho que, considerando tudo, o cabelo era a menor das esquisitices.

Ash bufa uma risadinha.

— Não me diga.

Movimento os pés, sem saber o que dizer.

— Como você está? Esses dias têm sido agitados para você.

Estou agradecida pela mudança de assunto. Pensando em todas as famílias em que fui colocada e removida... bem, é um assunto doloroso para mim.

— É sempre assim tão excitante?

— Rá, nem de perto. Fazemos exercícios de confinamento o tempo todo, mas é a primeira vez, nos seis anos em que estudo aqui, que realmente utilizo uma das salas seguras. Todos aqueles adolescentes em um espaço pequeno. — Ela abana uma mão na frente do rosto. — Que nojo. Pensei que ia desmaiar com o fedor de suor e peidos.

Franzo o nariz, imaginando o horror.

Mas, algo mais que ela disse me chama a atenção. Sable não estava mentindo sobre a frequência dos ataques à academia, afinal de contas.

Então, por que isso teve que acontecer no primeiro dia em que cheguei? Foi apenas uma coincidência? Será que acredito nisso?

— Aquelas coisas que nos atacaram... eu não tenho palavras. — Imaginando a criatura com presas que Steel enfrentou, eu só consigo evitar um tremor.

— Você nunca tinha visto um Abandonado?

O ROUBO DAS CHAMAS

— Nunca.

Ash exala, e os cachos que emolduram seu rosto sacodem de um lado ao outro.

— Garota, você deve ter uma bolha protetora ao seu redor. Ou um anjo da guarda te protegendo do mal. Evitar os Caídos por um tempo é uma coisa, mas os Abandonados caçam no mundo mortal e no reino espiritual. Eles são como cães de caça sobrenaturais quando se trata de rastrear Nefilins solitários. O fato de sermos numerosos os mantém afastados da academia, mas ser atacado no resto do mundo é bastante comum para nossa espécie. É parte da razão pela qual somos enviados a uma escola desde jovens. A força numérica é uma coisa real para nós.

Ela olha para mim como se esperasse uma explicação de como eu não sabia que Abandonados existiam. Ela vai esperar sentada, porque nem eu sei a resposta para isso.

— É uma coisa boa você estar aqui conosco agora. Agradeça ao Criador por você ter conseguido sobreviver por tanto tempo sozinha.

— O Criador? Tipo... Deus? Ele é... real?

Eu sempre me perguntei.

— Ah, sim, garota. Ele é real, pode ter certeza. A Bíblia não é brincadeira. Acontece que temos um pouco mais de informação sobre Ele e o mundo sobrenatural do que o resto da população. É divertido estar por dentro das coisas. Até que não seja.

Eu não sei. Ser ignorante, mas estar alheio, soa melhor do que unir-se a algum círculo paranormal de confiança. Mesmo assim, parece que não consigo conter as perguntas.

— Então, os Abandonados. Eles são como... vampiros ou algo assim. — Não posso acreditar que essas palavras saíram da minha boca. O mundo era, definitivamente, um lugar mais seguro quando acordei ontem de manhã, o que não é dizer muito, considerando como tem sido difícil sobreviver por conta própria.

Esfrego a testa com a ponta dos dedos quando uma dor latejante começa a martelar minha cabeça em uma cadência constante. Meu corpo pode ser mais forte que o de uma pessoa comum, e agora eu sei o porquê, mas ainda tem limites. Estou flertando com a estafa.

Ash sacode a cabeça.

— Eles são e não são. Vampiros são um mito, mas os Abandonados são o que inspirou as lendas. Eles não podem andar durante o dia e, às vezes, bebem sangue.

Muito. Bizarro.

— Então, eles são outro tipo de espécie? Eles... nascem?

— Não, não exatamente. — Ela morde o lábio inferior. Posso sentir que qualquer que seja a resposta que está por vir, é ruim.

— Eu aguento — eu lhe asseguro.

— Bem, assim, os Abandonados já foram... como nós.

Opa. Não estava esperando por isso.

— Mais precisamente, os Abandonados são Nefilins possuídos pelos Caídos. Uma vez que um Caído possui um Nefilim, ele se transforma naquela coisa que você viu hoje. Os Abandonados. Eles se tornam os receptáculos do mal para caminhar na Terra.

Um frio se alastra pela minha coluna. Quando Sable perguntou ao Steel quem foi que nos atacou, e ele disse Gabe... Será que eu vi Steel lutar – e matar – alguém que ele conhecia?

Os sentimentos mistos vêm rápidos e fortes: um flash de piedade pelo Steel, que poderia estar enfrentando um amigo. Um choque de preocupação quando percebo que os laços que unem esta família aparentemente feliz de anjos são quebrados facilmente. E, finalmente, o horror. Eu posso me tornar essa... *coisa*. Qualquer um de nós pode.

— Os Nefilins possuídos podem ser salvos?

Os lábios de Ash franzem.

— Não. Uma vez dominado, o Nefilim está perdido. A única maneira de destruir o Caído por dentro é matando o receptáculo.

Em que eu fui me meter?

— Isto deve ser muito para processar — Ash supõe, lendo corretamente minha linguagem corporal. — Você provavelmente se sente um pouco como Alice, caindo pela toca do coelho em um mundo esquisito.

Eu dou uma risada vacilante e Ash se inclina para frente, segurando minha mão fria entre as suas, quentes.

— Mas estou feliz por você estar aqui. Não sei como conseguiu sobreviver sozinha, mas te juro que mais cedo ou mais tarde eles a teriam encontrado, pois eles nos caçam.

Suas mãos apertam as minhas para dar ênfase.

— Os Caídos nos criaram como uma forma de andar no reino mortal, nunca imaginando que lutaríamos contra eles. Mas nós o fizemos, e ainda o fazemos. Lutamos contra o destino que planejaram para nós todos os dias. Lutamos para proteger o mundo de sua maldade.

Eu nem sei como responder. Minha mente está uma bagunça. De repente, meu inimigo é ainda mais terrível do que eu pensava.

Nem em meus sonhos mais loucos, eu teria sido capaz de imaginar tudo isso. Meus objetivos de vida eram permanecer viva e viver em paz.

Não tenho certeza de como me sinto em relação a tudo isso. Nefilins, Caídos, Abandonados, ou mesmo Academia Serafim. Tudo isso me assusta. Em um único dia, toda a minha existência virou de cabeça para baixo.

— Você não está mais sozinha. Nós ficamos juntos. Protegemos uns aos outros. E caçamos os caçadores.

CAPÍTULO ONZE

Eu escolho uma mesa no canto esquerdo do fundo da sala de aula. É uma sala normal, nada sofisticada. Seis fileiras de oito mesas, sendo que a do professor se localiza diante de um imenso quadro-negro. Uma parede de livros atrás de mim. Janelas alinhadas do lado direito da sala e com vista para o gramado rajado em quadrados como um tabuleiro de xadrez.

Cheguei às aulas dez minutos mais cedo, principalmente para ter certeza de que poderia escolher um assento o mais próximo possível da porta. O assento estratégico é uma das minhas peculiaridades. Tenho que estar sentada no fundo da sala. Sob nenhuma circunstância alguém pode sentar-se atrás de mim. Ao longo dos anos, fui atormentada por muitos alunos para confiar minhas costas a qualquer um.

Minha outra regra é que qualquer que seja o lado da porta, é lá que tenho que estar. Estar perto da porta significa poder fazer uma fuga rápida. Perder tempo nas salas de aula só aumenta o alvo que tenho nas costas.

Girando o lápis entre meus dedos, ajeito o tecido de minhas roupas emprestadas. O jeans de Ash se agarra a cada centímetro da minha pele. A camiseta que estou usando é simples e azul, mas só fica folgada no quadril e se estica pelo meu peito e barriga de uma maneira que não estou totalmente familiarizada.

Sinto falta das roupas masculinas extralargas, suficientemente folgadas para esconder minha forma, e longas o bastante para cobrir minha bunda — não que houvesse muito para ver lá atrás, já que prefiro usar calças masculinas ou femininas de vários tamanhos acima do meu.

Quando afasto a camiseta do meu peito, a porta se abre.

Virando a cabeça, vejo uma aluna entrar e titubear quando me vê. Ela nem sequer tenta esconder a curiosidade que se estampa no rosto enquanto se dirige para a frente.

Abaixo a cabeça e uma mecha de cabelo loiro com pontas vermelhas cobre um dos meus olhos. Prendo-a rapidamente no meu coque e me obrigo a fingir que sou a única pessoa nesta pequena sala de aula.

Essa é como qualquer outra escola que já frequentei. As pessoas ficam olhando até se acostumarem comigo. Então, se tiver sorte, eu me tornarei invisível.

Recuso-me a levantar a cabeça quando a porta se abre novamente e o burburinho do corredor se infiltra sala adentro, junto com o que presumo serem vários outros alunos. As pessoas estarão mais aptas a me ignorar se eu mantiver o olhar para baixo e evitar fazer contato visual.

Eu levei anos para aperfeiçoar meus movimentos.

— Emberly! O que você está fazendo no fundo da sala?

Ou talvez não.

Sterling senta-se na mesa à minha frente e apoia os pés na cadeira anexa. Sua cabeça se inclina para a esquerda e um sorriso aparece nos cantos de sua boca quando ele me observa.

Eu não vou me contorcer.

— Talvez ela esteja tentando passar despercebida. Já pensou nisso, irmão? — Greyson repreende seu gêmeo enquanto se senta em uma cadeira ao meu lado.

— Por que ela faria isso? Ela é a nova celebridade da academia. Eu estaria capitalizando esse status social e tiraria onda no dormitório feminino. — Sterling parece genuinamente confuso.

Esfrego o rosto com a mão, conforme os irmãos continuam sua conversa.

— Claro que você faria. — Eu posso praticamente ouvir o revirar dos olhos de Greyson. — Mas nem todos são como você, Sterling. — E então ele murmura baixinho: — Graças a Deus por isso.

Uma gargalhada silenciosa escapa dos meus lábios.

— Amém.

— Ah, ela fala. Ufa! — Deslizando da mesa, Sterling desaba no assento. — Estávamos preocupados que nosso irmão pudesse ter te assustado e te enviado de volta para dentro de sua concha.

Ao fazer esse comentário, levanto a cabeça para encará-los, irritada porque a piada de Sterling é um pouco próxima da verdade.

— Seu irmão é um criançon com uma baita crise de identidade. Ele não me assusta.

— Você tem certeza disso?

Meu coração quase salta pela garganta quando a voz profunda do Steel ressoa às minhas costas.

Eu luto contra o instinto de me encolher e baixar o olhar novamente. Em vez disso, fico olhando para Sterling enquanto ele murmura "te pegou" atrás de sua mão e vibra com gargalhadas.

Ele *viu* o Steel chegando.

Preciso fazer alguns novos amigos. Estes irmãos são ruins para a minha sanidade.

Fingindo indiferença, dou de ombros sem me virar para olhar para o irmão mais velho.

— Do que eu deveria ter medo? Você se transforma em alguns animais grandes. E daí? Isso não pode ser a coisa mais impressionante que acontece nesta escola.

As mãos de Steel envolvem o encosto do meu assento. Os nódulos de seus dedos roçam minhas escápulas e eu me endireito para evitar o contato. Quando ele fala, sua respiração arrepia minha nuca, fazendo com que meu rubor aumente.

— Acredite no que quiser — ele sussurra no meu ouvido.

No instante seguinte, ele passa por mim, parando brevemente para dar a Greyson um aperto de mão esquisito, de homem, e dar um peteleco em Sterling, que está se dobrando de rir.

Sem um olhar para trás, ele se senta no lado oposto e bem na frente da sala. Teria sido difícil para ele sentar-se ainda mais longe, mas por mim tudo bem.

Inclinando-me para frente, dou um tapa em Sterling com as costas da mão.

— Pra que isso? — pergunta ele, esfregando o local dolorido.

—Você não poderia ter me avisado que ele estava ali parado?

Ele dá uma risada curta.

— E por que eu teria feito isso?

Sacudindo a cabeça, eu me viro para Greyson.

— Você precisa de alguns novos membros da família.

— Preciso mesmo — ele concorda.

— O que aconteceu com a lealdade da família, mano?

— O que ele está fazendo nesta classe? Ele não é do nosso ano — pressiono Greyson, ignorando Sterling.

— Nem todas as aulas da academia são divididas por série. Esta é uma que todos nós temos que cursar para nos formarmos, portanto, há várias graduações diferentes aqui. Steel estava tentando escapar dessa, mas o tiro saiu pela culatra. Agora ele está preso a nós.

Meus olhos percorrem a sala de aula, avaliando a mistura de alunos de várias faixas etárias. Meu olhar pousa nas costas do Steel e depois segue para a garota sentada à sua frente. A menos que eu esteja enganada, é a mesma garota com quem ele estava sentado no refeitório ontem. Uma namorada, talvez?

A beldade de cabelo castanho está virada em seu assento, para encará-lo de frente. Ela está inclinada adiante como se precisasse eliminar o pequeno espaço entre eles para poder ouvi-lo.

Pfft. Como se estivesse barulhento demais nesta sala para ter que fazer isso.

— Olhe, Grey. Ela ataca novamente.

Hein? Quem tá fazendo o quê?

Greyson suspira.

— Se ele deixasse as coisas mais claras com ela, não teria mais que aturar isso.

Eles devem estar falando de Steel. Talvez não uma namorada, afinal de contas. Pelo menos, ainda não. Ou talvez não mais?

— Aturar? Rá. Você é cego, cara? — Sterling gesticula para Steel e a garota rindo de algo que ele acabou de dizer. — Ele parece incomodado para você?

Steel está reclinado em sua cadeira com um braço sobre o encosto. Com as pernas estendidas, uma se encontra debaixo da cadeira da garota e a outra preguiçosamente descansando no corredor. À primeira vista, ele é o retrato da naturalidade, mas ao examiná-lo mais atentamente, ele vira o pescoço como se tentasse se acalmar, além de os ombros parecessem um pouco tensos. Mas talvez eu esteja vendo coisa que não existe.

— Sim, talvez você esteja certo — Greyson relutantemente diz.

— Talvez ele esteja mantendo as opções em aberto. Além disso, se eu tivesse uma garota tão gata como Nova em cima de mim, também não teria pressa em terminar com isso.

Eu me remexo, de repente desconfortável em meu assento.

Não sei por que as observações de Sterling estão me incomodando, mas, definitivamente, estão.

Por que eu deveria me importar com quem Steel está prestando atenção? Não é como se eu quisesse que ele fosse um idiota para todos, já que é um para mim.

Está bem, isso é uma mentira.

Incomoda que ele seja capaz de ser charmoso, mas opta por não tentar ser comigo. Qual é o problema dele?

— Sterling, na moral. — Greyson gesticula para mim como se o tema da conversa fosse delicado demais para os meus ouvidos. Levanto uma sobrancelha como se dissesse "sério?"

Como se esta conversa fosse tão grosseira quanto as que já ouvi antes. Um efeito colateral de ser invisível é que as pessoas tendem a falar na minha frente o tempo todo, esquecendo que só porque estou calada, isso não significa que sou surda.

— Sério, cara. Você precisa desenvolver um filtro.

— Qual seria a graça nisso? — Sterling responde, com uma cara séria.

Eu solto uma gargalhada. Ele tem razão.

Incapaz de me conter, meu olhar se desvia para Steel e Nova.

Não tenho ideia do que eles estão falando, mas quando Steel levanta a mão e aponta um polegar na nossa direção, virando a cabeça para que possa olhar por cima do ombro, tenho um mau pressentimento de que acabei de me tornar o tema da conversa.

Está tudo quase confirmado um momento depois, quando outro cara do tamanho de uma montanha vai falar com Steel e o olhar entrecerrado da garota se volta para mim. Ela me encara por alguns longos segundos antes de voltar a atenção aos dois caras.

Isso foi bizarro.

— Uh-oh, Emberly. Talvez você queira começar a afiar suas garras.

— Hein? — Assustada, encaro Sterling.

— Não acredito que estou dizendo isto, mas ele está certo. — Greyson coça sua sobrancelha. — Você não quer ver o lado ruim dela. Ela é cruel.

Eles não podem estar falando sério.

Por que essa garota Nova pode estar com raiva de mim? Não é como se eu estivesse atrás do homem dela. Isso é ridículo. A única coisa que quero fazer com Steel é ficar longe dele.

De todos, para dizer a verdade.

— Bem, todos sabem que vocês passaram uma noite juntos. E em um espaço muito confinado. — Sterling agita as sobrancelhas sugestivamente.

— Você quer dizer a noite mais longa e desconfortável da minha vida? Não tem motivo de as pessoas estarem falando sobre isso.

— Mais uma vez detesto concordar com meu irmão...

— Credo, cara!

—... mas ele está certo. Por mais que eu gostaria de dizer o contrário, a galera desta escola não é madura para não espalhar fofocas mesquinhas. Afinal de contas, somos parte humanos. Você ficaria surpresa com o que rola. E Nova pode ser bastante... territorial.

— Sim, essa garota pode ser diabólica.

Exalo um gemido, baixinho.

A última coisa que preciso é de uma inimiga. E Steel não é alguém por quem eu esteja disposta a lutar. Ela pode ficar com ele. Na verdade, espero que ela o tenha. Se ela mantiver a atenção dele longe de mim, não terei mais que lidar com ele.

— E eu pensava que todos vocês deviam ser os caras legais.

— Oh, ainda somos os caras legais — diz Greyson —, mas não importa que nome extravagante eles deem a esta academia, ainda é o ensino médio.

CAPÍTULO DOZE

Sable olha por cima da papelada diante dela quando entro em seu escritório. Vestindo uma blusa de cor creme sob medida, ela está sentada atrás de uma resistente mesa de mogno. O sol do meio-dia brilha através da janela e forma uma auréola em sua cabeça como um verdadeiro anjo. Seu longo cabelo liso chega a tocar a mesa enquanto espera que eu me sente.

Colocando a mochila emprestada no chão, eu me sento em uma cadeira de couro bem em frente. Inclinando-se sobre a mesa, ela entrelaça os dedos.

— Como foi o seu primeiro dia de aula até agora?

Não sabendo exatamente como responder, curvo os lábios, inquieta.

— Bom?

— Isso é uma resposta ou uma pergunta? — A risada suave dela me deixa à vontade e parte da tensão nas minhas costas se esvai.

— Um pouco de ambos, acho. As aulas têm sido boas. Acho que não será muito difícil recuperar o atraso, mesmo com meu recesso no ano passado. Estudar em uma nova escola nunca foi a minha coisa favorita.

Isso nem abrange todo o meu sentimento.

Sable assente como se entendesse completamente.

— Fico feliz que suas aulas matutinas não sejam muito desgastantes. E começar uma nova escola deve ser difícil. Espero que os outros alunos sejam acolhedores.

Ela para de falar e me olha fixamente. Havia uma pergunta oculta nessa declaração.

— Ah, hmm, sim. Eles têm sido muito simpáticos.

— Ótimo. — Um sorriso toma conta do seu rosto. — Como você já deve ter percebido pela sua agenda, a primeira parte do seu dia é bastante convencional. Todas as aulas normais similares às de outras escolas, tenho certeza.

Para você e para os outros alunos da classe acima, a segunda parte do dia consistirá em treinamento e aprendizagem de suas habilidades. No seu caso, isso envolverá uma hora por dia comigo enquanto te ponho a par da história de nossa raça e tentamos descobrir mais sobre sua linhagem angelical.

Eu concordo. Percebi tudo isso quando recebi meu cronograma de atividades esta manhã cedo e a revisei com Ash. Tenho treino com ela depois das aulas com Sable. Ela disse para estar preparada para "esquisitices", seja lá o que isso signifique. Aparentemente, não é uma aula de educação física normal.

Estou tentando não pirar.

— Então — Sable entrelaça as mãos e se levanta —, deixe-me encontrar algo para começarmos.

Contornando a mesa, ela para diante de uma estante imensa, roçando os dedos sobre os livros à medida que procura por algo.

— Ah, achei.

Tirando o que deve ser o maior livro do planeta, ela o coloca na minha frente e volta para o seu lugar.

A capa feita em couro está ressecada e rachada. Não há título algum, e, sim, um intrincado símbolo de redemoinhos e riscos entrelaçados no meio. Isso me faz lembrar o livro que Ash estava estudando ontem.

Acaricio o símbolo em relevo e uma centelha de eletricidade perpassa o meu dedo. Ao afastar a mão, esfrego o polegar e o indicador.

— O que foi? — pergunta Sable.

Eu continuo a esfregar o dedo onde levei o choque. A sensação elétrica ainda permanece.

Eu não gosto disso.

— Tomei um choque.

— Isso é… estranho. O couro normalmente não transporta uma carga estática. — Pegando um bloco de notas de sua mesa, ela escreve algo. Ao me flagrar tentando dar uma olhada, ela sorri e explica: — Todos os Nefilins são descendentes de certas linhagens. Certos tipos de anjos, se preferir. Mesmo que dois nefilins de linhas opostas tenham filhos, as crianças sempre herdarão um dos genes angelicais dos pais, não dos dois. Um de nossos objetivos, especialmente porque não sabemos quem são seus pais, é determinar de que linhagem você é. Portanto, de vez em quando, provavelmente lhe farei algumas perguntas bem bizarras. Estou apenas tentando te ajudar a descobrir. Quando descobrirmos, seremos capazes de treiná-la nas habilidades que você já deveria estar desenvolvendo.

Considerando minha conversa com Steel, isso faz sentido.

— Você já tem uma ideia de qual linhagem eu descendo?

— Receio que não. Muitas coisas sobre você são um enigma para nós neste momento.

Uma inesperada onda de tristeza envolve meu coração. Não deveria. A resposta dela é o que eu esperava.

Ao ver minha decepção, Sable segura minha mão e a cobre com a outra.

— Não se preocupe. Nós vamos descobrir. Este é um bom lugar para começar. Deixe-me explicar os princípios básicos da hierarquia angelical. Quem sabe alguma coisa ressoe e nos ajude a desvendar seu mistério.

— Eu gostaria disso.

Ao final de nossa hora juntas, Sable tira um quadro branco e desenha um diagrama.

— Então existem três grupos diferentes de anjos e três tipos diferentes em cada um? — pergunto.

— Isso, mas os grupos são chamados de esferas. Cada uma das nove diferentes academias Nefilim espalhadas pelo mundo tem o nome de uma linhagem diferente de anjos. Cada tipo de anjo realiza serviços diferentes, e suas habilidades os ajudam a realizar suas tarefas. Se eu virar o quadro, você acha que vai se lembrar quais são as diferentes esferas e seu propósito principal?

— Eu posso tentar.

Sable vira o quadro branco para que eu não consiga mais ver o que está escrito. Os nomes dos diferentes tipos de anjos flutuam em minha cabeça enquanto tento me lembrar de tudo o que ela disse.

— A primeira esfera inclui os Serafins, Querubins e Tronos. Eles guardam o trono de Deus. Eu acho.

Com ambos os pais sendo querubins, Steel e seus irmãos pertencem a este agrupamento.

— Muito bem. E os tronos podem manipular e construir proteções extraindo a energia contida na água natural da fonte que corre através das fissuras e fendas abaixo de nós. Toda a academia é construída acima das nascentes naturais para este fim. E não há serafins nefilins. Você se lembra por quê?

— Porque nenhum dos serafins se rebelou contra Deus, por isso não foram lançados na Terra.

— É isso mesmo. Continue.

— Os anjos na segunda esfera são os Domínios, Virtudes e Potestades. — Eu sou mais insegura sobre os deveres desta esfera. — Eles... governam as coisas?

O ROUBO DAS CHAMAS 93

Eu acredito que Ash faz parte desta esfera. Talvez um domínio? Eu poderia estar errada sobre isso, porém.

— Você não é a única que se confunde com isso. Este é o grupo mais esquivo de seres celestiais. Seu trabalho é regulamentar os deveres dos anjos inferiores, assim como governar as leis do nosso universo. Eles se certificam de que tudo está funcionando como deveria, desde a gravidade mantendo os planetas em órbita, até a grama crescendo sob nossos pés. Os nefilins descendentes desta esfera têm algumas habilidades únicas.

— Eles são todos únicos para mim.

Sable sorri e verifica seu relógio.

— Falaremos sobre essas habilidades em uma outra sessão, hoje estamos quase sem tempo. Mas e o último grupo?

— Certo, a terceira esfera inclui Principados, Arcanjos e Anjos. O que não é nada confuso já que nos referimos a todos eles como anjos. — O canto da minha boca se ergue em um sorriso antes de eu continuar: — Eles são os guias, protetores e mensageiros da humanidade.

— Exatamente. Ótimo. Podemos retomar isto amanhã. Não quero que chegue atrasada. — Ela verifica o relógio de novo e franze o cenho. — Ou melhor, te atrasar mais do que você já está para o treinamento de combate. Você sabe como encontrar o ginásio?

— Sim, pode deixar.

O ginásio fica em um dos subníveis da academia. Eu não vou lá desde o ataque. Não estou assustada, mas também não estou exatamente entusiasmada por ficar debaixo da terra novamente.

— E quanto ao livro? — pergunto, apontando para o grande livro encadernado em couro que ainda repousa sobre sua mesa. Nós ainda não o abrimos.

— Ah, verdade! Por que você não o pega emprestado? Você não conseguirá lê-lo ainda, mas ele será útil depois.

Meus dedos pairam sobre a capa mais uma vez, mas não permito que toquem os símbolos.

— O que são esses? — sondo, apontando para os pergaminhos estampados no couro envelhecido.

— A língua dos celestiais. Os escritos angélicos. Este é O Livro dos Serafins. Basicamente, a história de nossa espécie. Começaremos a estudar isso no final da semana. Uma vez que você tiver uma compreensão geral dos símbolos, o instinto assumirá e você será capaz de lê-lo em pouco tempo.

Hesito alguns instantes antes de pegar com cautela o tomo antigo. Depois de enfiar o livro dentro da mochila, eu a coloco sobre meus ombros.

Sable se acomoda atrás de sua mesa e me dá um curto aceno de despedida quando saio de seu escritório.

Meus passos ecoam pelo corredor vazio conforme sigo até o elevador. As aulas já começaram, o que significa que vou interromper a sessão quando chegar.

Ótimo, mais pessoas me olhando fixamente.

Erguendo a mochila mais acima no ombro, dou a volta por uma esquina. Como estou olhando para baixo – que é meu hábito em público –, quase me choco contra outra aluna. Nós duas paramos a tempo, basicamente em cima uma da outra.

Depois de recuar vários passos, levanto a cabeça, preparada para pedir desculpas. As palavras grudam na garganta como insetos no mel.

O sorriso no rosto de Nova não combina com o olhar frio.

— Se você olhasse para cima, isso te ajudaria a ver para onde está indo.

Há doçura suficiente em sua voz para que alguém confunda as palavras com gentileza.

Eu não estou convencida. Já me deparei com inúmeras "Novas" em minha vida. Todas as escolas têm pelo menos uma.

Não consigo me impedir de lhe dar uma rápida olhada. Exceto pelas tranças artísticas e bagunçadas que ela tem no topo da cabeça como uma tiara, seu cabelo pende solto em ondas fluidas. Ela está usando uma camiseta rosa apertada com a palavra "princesa" escrita em lantejoulas. Sua saia jeans curta é totalmente inapropriada para um dia de outono nas montanhas, mas deixa uma extensão de pernas tonificadas em exposição, sem dúvida, exatamente o que ela pretendia.

Seus pés estão ostentando saltos agulha vermelhos de mais ou menos 10 centímetros, tornando-a ainda mais alta do que já é. Ela está se sobrepondo a mim em minhas belas rasteirinhas. Tendo quase 1,80 m, e isso raramente acontece.

Isto é uma piada? Ela não poderia ser mais clichê neste momento. Bem, talvez se estivesse vestindo um uniforme minúsculo de líder de torcida, mas uma camiseta que diz princesa? É inimaginável.

— Obrigada, vou me lembrar disso — digo, sem rodeios, enquanto tento evitá-la. Quando me movo para a esquerda, ela se inclina para a direita, bloqueando meu caminho.

Eu suspiro.

O elevador está logo atrás dela. Eu posso ver as portas. Temos mesmo que jogar este jogo?

— É Emberly, certo?

Sim, acho que os jogos já começaram.

— É isso mesmo. — Agarro a alça da mochila emprestada com as duas mãos e espero que ela chegue logo ao ponto.

— Ouvi falar de seu primeiro dia aqui, quando o Abandonado atacou. Deve ter sido muito perturbador. — Mais uma vez, sua voz carrega todos os tons certos para transmitir simpatia, mas seus olhos ligeiramente semicerrados dizem outra coisa.

Por que todas as garotas acham que precisam impor suas reivindicações sobre um rapaz? Elas são realmente tão inseguras que têm que mijar figurativamente um círculo ao redor de um homem para mantê-lo fora das garras de outra mulher?

Como se essa besteira sequer funcionasse.

E se for *isso* o que você tem que fazer para manter alguém interessado, por que você gostaria de ter essa pessoa, para começar? É tão difícil esperar por um cara que não seja levado por um rosto bonito?

Estou pensando muito a respeito disso. Está na hora de encerrar este pequeno encontro.

— Sim, foi um choque, com certeza. Ainda bem que ninguém ficou seriamente ferido.

Ela acena com a cabeça para concordar.

— Ainda bem que Steel estava por perto. Com você não sendo capaz de transfigurar corretamente e tudo mais. Ele estar lá para salvá-la, e pela segunda vez, foi um golpe de sorte. Não consigo nem imaginar como seria não poder fazer algo tão simples como uma transfiguração correta. Isso é algo que as crianças aprendem antes de ir para a escola primária.

Bem, essa foi uma alfinetada sutil.

Eu fico em silêncio, decidindo apenas esperar que ela acabe a palhaçada. Seus lábios, os olhos e as sobrancelhas se contraem em irritação quando percebe que não vou morder a isca que ela colocou na minha frente.

Interessante. Esta garota gosta que sua presa reaja ou comece a correr. Ela quer ter certeza de que suas palavras atinjam o alvo.

Desta vez, meus olhos se estreitam.

— Você deveria estar realmente trabalhando nessas habilidades básicas, pelo menos. Da próxima vez, o Steel pode não estar por perto, ou pode não estar interessado em salvá-la quando...

— Escute. — Não sei o que me levou a falar quando já segurei a língua tantas vezes. Talvez seja apenas exaustão por ter reprimido repetidamente minhas palavras? Em algum momento, o silêncio deixa de ser a saída mais fácil. — Vou ser bem clara com você. Não estou nada interessada no Steel. Acho aquele garoto incrivelmente frustrante e, na boa, um brutamontes valentão. Ele é todo seu, pode ficar tranquila. Ficarei feliz em me afastar dele. E não porque você queira, mas porque não estou interessada em estar perto dele. Está bom pra você? Já terminamos aqui?

Olha só, ela está sem palavras.

Nova me encara como se tivesse brotado asas incandescentes em mim e incendiado o corredor. Seus olhos não são mais fendas estreitas de suspeita, mas, sim, esferas redondas tomadas pelo choque. Ela dá meio passo atrás, martelando o piso com o salto de seu sapato ridiculamente alto.

Não posso evitar a risada que brota em meu peito. Esta garota não está acostumada às pessoas falando com ela dessa maneira.

Aproveitando a surpresa, passo por ela e me dirijo aos elevadores, sem olhar para trás. Essa última parte foi a mais difícil. Já fui atacada pelas costas em muitas ocasiões.

Aperto o botão para descer, três vezes mais do que o necessário, e rezo para que o elevador apareça logo.

Ela só vai ficar em seu estupor chocado por algum tempo.

— Ei, espere.

Inclinando a cabeça para trás, resmungo para o teto.

Por que eu? Por que as coisas sempre acontecem comigo?

Com um *ding*, as portas se abrem e eu salto para dentro, não me preocupando em olhar para Nova quando ela vem na minha direção.

As portas se fecham lentamente e eu sorrio.

Talvez se você não estivesse usando sapatos tão ridículos, você teria chegado aqui mais rápido.

Assim que as portas estão prestes a se fechar, uma mão bem-manicurada brota entre elas.

Não!

Com os sensores acionados, as portas se abrem novamente para revelar uma garota Nefilim irritada.

— Você não me ouviu chamando?

— Você realmente quer a resposta para isso?

Os olhos dela flamejam enquanto ela entra no elevador comigo. Por que não fiquei calada e engoli os insultos dela? Agora vou ter...

— Eu gosto de você.

Como é?

— Hein?

Ao cruzar os braços, ela inclina a cabeça antes de se encostar à parede metálica do elevador.

— Você não leva desaforo pra casa. Isso é ousado. Eu gosto disso.

É a minha vez de encará-la, atônita, conforme descemos. Será que entrei em um universo alternativo?

Ainda estou olhando para ela, com a boca aberta, quando chegamos ao piso.

Nova sai do elevador com um andar naturalmente confiante, e dá três passos no corredor antes de perceber que não estou acompanhando. Lançando um olhar por sobre o ombro, ela revira os olhos.

— Sério, feche a boca. Você parece uma truta.

Minha mandíbula se fecha. Okay, então.

— E se apresse. Fui enviada para te buscar. Eles pensaram que você se perderia e precisava de uma babá. Não tenho muita paciência... mesmo com pessoas de quem gosto.

Eu me apresso para acompanhar seus passos graciosos pelo corredor, a caminho do ginásio, completamente confusa quanto ao que acabou de acontecer. Porque, eu poderia jurar que fiz outra amiga.

Este lugar é esquisito.

CAPÍTULO TREZE

Nova me aponta na direção do vestiário e me dá um breve resumo de onde encontrar as roupas de treinamento. Ainda estou em estado de choque, por isso, aceno diversas vezes antes que ela saia. Ela ergue uma mão ao sair e diz que espera que eu não quebre o pescoço. Tenho sessenta e dois por cento de certeza de que ela está sendo sincera.

Saindo do vestiário, vejo Ash acenando para mim do outro lado do ginásio. Seu cabelo está preso em um montinho de caracóis escuros que saltam com seus movimentos.

Estamos usando roupas parecidas – short de lycra preto e uma camiseta, um uniforme óbvio da classe de combate. Estes são, de longe, meus trajes menos favoritos da academia. Não me importa se todas as outras garotas estão vestindo a mesma coisa, ainda tenho vontade de cobrir a bunda quando ando.

Começo a caminhar em direção a Ash, tentando não me distrair enquanto atravesso o espaço abafado, mas isso é impossível.

O ginásio é certamente a maior sala do complexo, o que é impressionante, já que está localizado no subsolo. O teto se estende por quatro andares acima da minha cabeça. O espaço do piso é dividido em seis zonas diferentes. Aproximadamente vinte alunos estão em cada uma das zonas, com cerca de um a quatro professores supervisionando e instruindo.

Eu ando pelo meio da sala, três zonas em cada lado. À minha esquerda está uma área que mais se parece com uma academia normal. Pessoas escalando cordas, jogando basquete, correndo e malhando.

Meu olhar se intercala por entre as atividades que classifico como normais e faz uma pausa nos treinos dos alunos à direita. Eles duelam com espadas largas e armas de aparência antiga cujos nomes não faço ideia.

Os alunos percorrem um complexo percurso de obstáculos enquanto entram e saem do reino espiritual, desaparecendo em pontos aparentemente aleatórios e aparecendo em outros. O mais bizarro de tudo é uma jaula montada no canto mais distante.

Os estudantes ali dentro usam capacetes com viseiras cobrindo os olhos. Um braço de metal com várias articulações pende do teto e se prende ao redor de suas barrigas. Os alunos saltam pelo ar com a ajuda do instrumento articulado. Eles chutam, golpeiam e agitam armas imaginárias.

Talvez seja algum tipo de realidade virtual de alta tecnologia?

Ainda estou refletindo sobre o assunto quando me acomodo no tapete ao lado de Ash.

— Por favor, explique. — Aponto para a gaiola.

— É uma simulação. As habilidades Nefilim de cada pessoa são carregadas no programa, e elas treinam lutando contra os Caídos e Abandonados virtuais. Maneiro, né?

— É, tem quem goste.

— Senhoritas, estão prontas para começar ou devemos deixá-las conversar mais alguns minutos?

Ai, meu Deus. Fecho os olhos e me escondo atrás de Ash.

— Desculpe, Seth.

O instrutor assente e depois se dirige à classe:

— Como todos sabem, tivemos um susto na semana passada. Para alguns de vocês, este foi o mais próximo que chegaram de um Abandonado. Vocês são os afortunados. Para o resto de nós, esta experiência foi muito familiar. Qualquer que tenha sido sua experiência com os Abandonados até agora, o que todos nós temos em comum é que não será nosso último confronto.

Não, não gosto do som disso. Lutar contra as criaturas vampíricas nojentas possuídas por Caídos não está na minha lista de metas na vida.

— O que isso significa é que intensificaremos o treinamento. Vou delimitar sua zona de conforto para impulsioná-los para o próximo nível. — Ele bate palmas. — Hoje, começamos com um pouco de duelo. Emberly, venha aqui em cima. Precisamos avaliar seu nível.

Ah, não. Não, não, não, não, não, não. Ele não disse meu nome.

Merda. Mas ele disse. Porcaria, porcaria, porcariiiiia.

Onde vou me esconder?

Ash me acotovela. Os olhos dela dizem "qual é o problema?" e os meus respondem silenciosamente, "o que não é?"

Minhas bochechas coram quando me levanto e ando até a frente. Meus olhos permanecem focados no tapete preto esponjoso e não em qualquer um dos alunos.

— Onde você gostaria que eu fosse?

Por favor, diga 'uma sala sem testemunhas'.

— Espere aqui em cima por um segundo. Deixe-me escolher um parceiro de luta.

Tentando levantar a cabeça, vejo Seth dar uma corridinha e colocar as mãos em concha na boca.

— Ei, Steel.

Ah, não. Ah, não. Nem rola.

Isto não está acontecendo.

Steel está esmurrando um saco de pancada pendurado na seção ao lado da nossa. Ele vira a cabeça quando seu nome é chamado e seu olhar se conecta com o meu antes de se desviar para Seth.

— O que foi, cara? — Usando o antebraço, Steel limpa o suor na testa dele. Seus nódulos dos dedos estão vermelhos por bater no saco de pancada. As pessoas normais não usam equipamento de proteção para esse tipo de atividade? Eu desloco meu olhar para o chão para evitar encará-lo.

— Pode vir aqui por um minuto? Preciso avaliar o conjunto de habilidades da Emberly.

Basta dizer não, cara. Você sabe que nenhum de nós quer fazer isso.

Há um silêncio constrangedor antes que Steel responda:

— Claro.

Por que eu?

Seth nos posiciona dentro de um círculo sobre o tapete preto. Deve ter uns quatro metros de largura. Meus olhos ficam colados no chão. O olhar coletivo da classe me chamusca, e o olhar de Steel incendeia o meu rosto.

— Acabe com ele, Em! — Ash grita.

— É, mostre ao meu irmão quem é que manda!

Fantástico, Sterling também está nesta classe. O que significa que Greyson provavelmente terá também um lugar na primeira fila para assistir a minha humilhação.

Ignorando os gritos, Seth se posta à minha frente.

— Muito bem, Emberly, Steel vai até você. Apenas faça o seu melhor para se proteger.

Eu aceno, ainda não levantando o olhar.

Os pés de Seth desaparecem da vista. Eu desloco meu peso para frente e para trás e flexiono os braços à frente. Encurvando os ombros, tento me tornar o mais invisível possível.

Gostaria de ter o poder de derreter no chão. Não posso acreditar que eles estão me forçando...

Um rochedo se choca ao meu estômago, me derrubando e arrancando o ar dos meus pulmões. Num piscar de olhos, estou de costas no chão, piscando diversas vezes e me perguntando o que acabou de acontecer.

Eu não estava de pé agorinha?

Espio a figura acima de mim até que ela se inclina, bloqueando a luz que incidia em meus olhos. O cabelo preto azulado de Steel cobre sua testa enquanto ele me observa ofegar em busca de ar. Sem uma palavra, ele oferece uma mão para me ajudar a levantar. Eu me viro de lado, ignorando a ajuda, e fico de pé. Algo obscuro cintila em seus olhos antes de desviar o olhar.

Foi um golpe baixo.

Desta vez, mantenho o olhar colado nele, mas isso não faz diferença.

Mais rápido do que minha visão pode rastrear, ele estende a perna e estou novamente no chão, sem fôlego. Fico ali deitada, com o corpo doendo em lugares que eu nem sabia que existiam, por vários longos segundos.

Com as sobrancelhas arqueadas, Seth se junta a Steel e fala com ele em tons abafados. Steel acena com a cabeça antes que ambos se virem em minha direção.

Fico de pé quando Seth chega até mim.

— Você está bem para continuar? — ele pergunta.

Dou um curto aceno de cabeça.

— Todos os Nefilins têm instintos naturais de luta. Estou tentando ativar o seu para avaliar onde estão suas forças, mas não quero que se machuque no processo. — Ele tenta encontrar meu olhar, mas estou encarando meu oponente. — Steel não vai te derrubar desta vez. Apenas faça o que puder para se defender. Veja se pode fazer algo.

Interessante. Eu devo aprender rapidamente a ler a linguagem angelical e as habilidades de combate. Eu não odeio esse pensamento. Há coisas piores para as quais se tem uma aptidão natural.

Já que não respondo, Seth se afasta.

Steel avança devagar, os passos enganosamente casuais.

Não tenho certeza do que ele tem em mente, mas estou mais do que cautelosa dessa vez.

Ele inclina a cabeça para o lado, estreitando os olhos enquanto me observa.

Uma sensação desconfortável de consciência me impulsiona a esconder, mas eu me mantenho firme.

Um sorriso cruel curva o canto de seus lábios.

Ele está rindo de mim.

Eu lanço meu corpo contra o dele. Sou um borrão de braços flácidos e pernas desajeitadas conforme me dirijo a ele em um ataque descoordenado. Minha mente não está calculando lugares estratégicos para atingir os golpes, ou em qual membro posso causar o maior dano. Ao invés disso, sou um caleidoscópio giratório de emoções.

A fúria e o constrangimento dançam juntos em meu peito enquanto disparo os braços em golpes descuidados e facilmente desviados.

Steel não está fazendo nada além de esquivar-se e bloquear meus golpes. Estou me cansando e ele ainda nem deu um único soco.

Minha raiva se avoluma, tornando meus movimentos ainda mais desajeitados.

Perdendo o equilíbrio, tropeço alguns passos depois de Steel se esquivar de um chute mal direcionado. Depois de me recuperar, giro para enfrentá-lo e rosno em desagrado.

Seus olhos se arregalam com o som desumano que sai da minha garganta, mas um momento depois seus lábios se curvam nos cantos com um sorriso irritante. Quero dar um tapa na cara dele.

— Muito bem, Steel. Pare de brincar com ela! — grita Seth.

O sorriso de Steel se alarga ainda mais.

Ah, você acha isso engraçado, amigão?

O sorriso não se desfaz quando ele ergue os braços na postura de um lutador e gesticula a mão, ao estilo Matrix.

Eu o ataco, aplicando toda a força no soco que pretendo dar em seu rosto perfeitamente simétrico. Mas quando avanço, a cabeça dele não está mais onde deveria estar.

Registro seu braço estendido tarde demais para conter o impulso e evitar me chocar contra ele... com minha garganta.

Steel mal se move com a pancada. A inércia mantém minha parte inferior do corpo em movimento, mesmo quando a parte superior é forçada para trás. Sou lançada pelo ar por um segundo antes de meu corpo golpear o chão forrado, pela terceira vez.

Agarro meu pescoço, resfolegando.

Ele quebrou minha traqueia? Estou morrendo?

Pontos pretos tomam a minha visão enquanto luto por ar.

Estou morrendo e ninguém se importa. Por que ninguém está me ajudando?

Finalmente, um trago de oxigênio chega aos meus pulmões. Quero respirar, mas meu corpo não colabora. Cada inspiração sobe queimando pela garganta.

Virando a cabeça, capto as expressões mistas de meus colegas de classe. Elas variam de horrorizadas a divertidas. Uma careta está congelada no rosto de Sterling. Ash me observa com olhos tristes, uma mão cobrindo a boca. Alguns dos caras da fileira de trás estão rindo com vontade.

Caminhando para o Steel, Seth coloca sua mão apaziguadora no ombro dele, depois olha para mim com um ar preocupado. Depois de abanar a cabeça, Seth dá palmadinhas nas costas do garoto, no gesto universal de "bom trabalho".

Com um único movimento, Steel estala os nódulos de seus dedos e caminha em direção ao saco de pancada na zona vizinha.

Nem a pau que isso vai terminar assim.

Sei que não tenho o treinamento deles. Entendo que só agora descobri a verdade de quem sou, e todos eles foram criados para abraçar sua herança.

Mas nada disso significa que sou fraca.

Nada disso significa que sou inferior que o resto deles.

Posso não ter a técnica, mas sou desenrolada.

Não me lembro de ficar de pé. Não sei como alcancei Steel, mas estou plenamente consciente quando salto sobre as costas dele e me agarro como um macaco-aranha.

Steel vacila sob meu peso – afinal de contas, não sou uma garota pequena –, dando alguns passos para frente e tropeçando antes de se equilibrar.

— Cai fora!

Você não manda em mim, seu brutamontes.

Os braços fortes se agitam para trás, e ele tenta agarrar minhas roupas para me arrancar de cima dele.

Eu não vou permitir.

Apertando as pernas ao redor da sua cintura, enfio as mãos em seu cabelo, segurando-o firmemente. Usando toda a minha força e peso, puxo sua cabeça para trás com brusquidão, desequilibrando-o.

É um movimento elaborado?

Não.

Será que eu me importo?

Não, de forma alguma.

Com um rugido, o gigantesco corpo de Steel tomba para trás.

Madeira!

Nenhuma quantidade de força abdominal vai mantê-lo em pé com todo o meu peso puxando-o para baixo e seu pescoço inclinado em um ângulo tão antinatural.

Eu me agarro com força durante a queda. Consigo virar o corpo para o lado antes de ser esmagada sob o seu físico avantajado.

Minha perna esquerda e meu braço estão presos sob um Steel atordoado, mas não deixo que isso pare meu ataque.

Usando a energia que tenho, espanco o peito de Steel com a mão direita. Só consigo aplicar alguns golpes sólidos antes que ele se recupere do choque de ter sido derrubado.

Esses poucos momentos são gloriosos.

Com a fluidez de um caçador nato, Steel me vira de costas e tenta me subjugar com todo o seu corpo.

Não vai rolar.

Eu uso cada parcela de força que tenho para atacar. O que quer que eu consiga mover, torna-se uma arma. Minhas unhas e meus dentes são punhais, meus braços e pernas são porretes.

Empinando debaixo dele como uma pessoa possuída, tento me livrar de seu peso. Eu me debato, sacudo, esmurro e chuto como se minha vida dependesse disso.

Steel rosna e xinga, lutando para subjugar a besta em que me transformei.

Noto o brilho do suor cobrindo seu rosto com uma quantia saudável de satisfação.

Depois de um pouco de esforço de sua parte, suas mãos capturam meus pulsos e os seguram com força. Depois ele recua, erguendo meu tronco do tapete antes de me bater contra o chão.

Meu cérebro chocalha dentro do crânio, mas não alivia meu instinto de luta.

— Pare com isso! — ele ruge.

Vários cortes furiosos em seu rosto vazam sangue.

Ótimo, deixei uma marca.

Seu corpo se move acima de mim enquanto ele prende meus braços sobre minha cabeça.

Eu sorrio para mim mesma. Alinhamento perfeito.

Concentrando toda a minha energia, enfio meu joelho na junção entre suas pernas.

O corpo dele congela.

Sem protetor? Tsc, tsc, menino anjo.

Eu observo com satisfação quando seu rosto fica vermelho e ele cai em cima de mim com um gemido.

Empurrando seu peso para o lado, eu me levanto. Só então noto como o ginásio ficou incrivelmente silencioso.

Ao examinar a área, percebo que toda a atividade ao redor parou. Os outros Nefilins, tanto professores como os estudantes, assistiram a nossa luta.

Meus colegas de classe estão de pé. A maioria dos caras estão fazendo careta, seus rostos em agonia solidária conforme veem o Steel rolar no chão. Alguns têm até mesmo as mãos sobre as virilhas, se protegendo de um ataque imaginário.

Os rostos das garotas são uma mistura de sorrisos satisfeitos, olhos arregalados e bocas abertas.

Encolho os ombros por hábito e coloco a mão na minha cabeça para aliviar uma coceira imaginária.

Meu cabelo está uma bagunça. Metade se soltou do rabo-de-cavalo e a outra está desgrenhada como se um guaxinim tivesse feito um ninho ali no inverno.

Eu pensava que já estava envergonhada antes. Isso não foi nada.

O peso de cem pares de olhos me faz encolher ainda mais.

Por que estão todos olhando fixamente? É realmente assim tão surpreendente que alguém ousasse desafiar o poderoso Steel? Ou será que esses moleques-anjo extremamente resguardados nunca viram alguém lutar sujo?

Certamente, todos já viram uma garota dar uma joelhada nas pérolas de um cara antes.

É admirável?

Não muito.

Mas este não é um duelo do século XVIII, e "honra" não é a palavra que me interessa. Entendo que é treinamento, mas no mundo real é vida ou morte. Uma verdadeira sobrevivente usará todas as habilidades que tiver ao seu dispor, mesmo as desagradáveis.

Os gemidos baixos de Steel se transformam em tosse.

Ele vacila ao se levantar, o rosto ainda vermelho, com as mãos sobre os joelhos fazendo algum tipo de exercício respiratório.

Reviro os olhos.

Inclinando a cabeça, ele capta meu olhar. A fúria está agitada como lava derretida em seus olhos.

— O que... foi isso? — resmunga.

Eu pensava que antes havia ódio em seu olhar. Eu estava errada. O que certamente não era mais do que fria indiferença transformou-se em fogo infernal ardente em seus olhos.

Caminho em direção a ele com uma frágil fachada de tranquilidade disfarçando minhas verdadeiras emoções.

Pausando brevemente antes de passar por ele para chegar ao vestiário, coloco o máximo de frieza em minhas palavras:

— Foi assim que sobrevivi por conta própria.

Caminho por entre a multidão de Nefilins, que me dão uma ampla abertura. Eu não me permito olhar por sobre o ombro para ver a reação de Steel. Afinal, nunca ninguém chegou ao destino olhando para trás.

CAPÍTULO CATORZE

— Você está louca se acha que vou entrar lá depois do que aconteceu esta tarde.

Ash fica na minha frente com os braços cruzados, com o quadril empinado para o lado, determinada a me encarar.

Pfft, como se isso fosse me intimidar. Vou esperar pelo menos uma semana antes de mostrar meu rosto novamente.

— Você tem que comer.

— Você sabe que não tenho. Eu comi ontem. Levará mais três dias para eu começar a sentir dor por causa da fome. Boa tentativa, porém.

Por causa de nossos estranhos hábitos alimentares, a academia serve apenas uma refeição por dia. Nossos dias de escola também são extralongos, porque precisamos de apenas algumas horas de sono por noite. Eu tenho muito menos tempo livre do que estou acostumada. Não me importo muito, mas neste momento não estou ansiosa para me misturar.

Por que não deixei Steel me humilhar em vez de dar uma de Mulher-Hulk na frente de toda a classe?

Entrecerrando os olhos, esfrego o rosto com a mão. O calor do constrangimento do meu ataque de antes ainda não se dissipou.

— Emberly! — Ash bate um pé. Baixando a mão, reprimo o sorriso. Estou mais do que contente de ficar na minha cama no momento. Não é a belezura da cama de dossel na qual acordei há alguns dias, mas ainda é uma das camas mais confortáveis em que já dormi.

— Não é que eu não queira passar tempo com você, é só que…

Um estrondo brusco me interrompe.

— Ei, Ash! Emberly! Vamos! — Sterling grita através da porta.

Um sorriso desabrocha no rosto de Ash. Sua expressão me deixa, definitivamente, desconfortável.

JULIE HALL

— Bom apetite — digo.

— Entre, Sterling.

A porta se abre para revelar Sterling e Greyson. Sterling tem uma mão cobrindo os olhos e a outra estendida adiante como se estivesse tateando o caminho em frente.

— Todas decentes aqui dentro? — grita, desnecessariamente.

Greyson está alguns passos atrás dele, sacudindo a cabeça.

— Não, não olhe! — Ash grita, fingindo desespero. — Emberly e eu estamos nos atracando e precisamos de alguma privacidade.

— O quê? — Sterling descobre os olhos e verifica o quarto. — Ei, vocês não estão lutando na lama. Vocês não estão nem mesmo de biquínis. Isso é propaganda enganosa. — Há um descontentamento claro em sua voz.

Eu rio tanto a ponto de quase desabar no chão.

Ash balança a cabeça.

— Em que mundo estaríamos fazendo isso em nosso quarto? Em que mundo estaríamos fazendo isso em qualquer lugar?

— No meu mundo, obviamente — grunhe Sterling.

— Sai da minha frente, seu gorila. — Greyson empurra Sterling para frente e passa por ele.

— Não muito brilhante, mas ainda é bonito de se ver. — Ash inclina a cabeça como se estivesse analisando Sterling.

— Você não está errada — concordo. Sterling encosta na cama ao meu lado e passa um braço sobre meu ombro.

— O que você está fazendo? — Tento encolher os ombros para me livrar dele, mas ele o ajusta.

— Você disse que me achava um gostoso. Estou simplesmente tornando seu sonho não expresso em realidade. — Ele sacode as sobrancelhas para cima e para baixo.

Eu pisco, incrédula, e inclino a cabeça, sem ter certeza de como lidar com isso. Ele é uma verdadeira figura.

— Vejo que te deixei sem palavras. — Sterling se aproxima mais.

Afastando seu braço dos meus ombros, dou um tapinha em seu bíceps.

— Continue tentando se convencer disso.

— Ah, eu vou.

Não estou acostumada com este nível de flerte inofensivo, mas há algo engraçado nisso.

— Certo, hora de deixar a linda garota em paz, Sterling.

O ROUBO DAS CHAMAS

Sterling faz careta para seu irmão, mas se levanta da cama.

— Você está certo. — Ao menos ele se recupera rapidamente. — Muita atenção irá deixá-la metida.

— Muito bem, já chega disso. Você vai me deixar doente — diz Ash.

— Não estou te dando atenção suficiente, querida? — Sterling vai até ela, que simplesmente o afasta com um bufo.

— Continuando, eu preciso de sua ajuda. Emberly se recusa a ir jantar por causa do que aconteceu hoje durante o treinamento. Ela está envergonhada.

— Ash! Sério? — Essas crianças precisam aprender a se filtrar. É como uma epidemia. Ela levanta as palmas das mãos, como se quisesse dizer: "O quê? É verdade".

Eu olho para os caras. Eles estão protegendo suas partes com as mãos em concha.

— Você está brincando comigo? Viu? — Aponto para eles. — É exatamente por isso que não vou.

Greyson se pronuncia primeiro:

— Na verdade, foi bastante épico. Acho que você pode acabar ganhando um status lendário por aqui. Você deve aproveitar seus quinze minutos de fama. Não há muita gente que consiga bater no nosso irmão.

Nego com um aceno.

De jeito nenhum, não vou enfrentar a população de meninos angelicais.

— Emberly, tenho uma pergunta muito séria para você — começa Sterling.

— Eu duvido.

Ele prossegue como se eu não tivesse falado:

— Você está planejando, ou pretende, dar uma joelhada nas minhas partes íntimas?

— Não, claro que não!

— Era tudo o que eu precisava ouvir.

No momento seguinte, sou atirada sobre o ombro de Sterling como um saco de batatas e carregada pelo corredor.

— Sterling! — grito. — Me ponha no chão agora!

— Não vai dar. Você precisa manter as forças. Não pode pular nenhuma refeição. Você vai ficar fraquinha.

Esmurro suas costas, sem sucesso. Antes de me dar conta, estamos no elevador, descendo para o refeitório. Ash e Greyson estão contra a parede distante, tentando evitar meus golpes.

— Vocês estão ferrados!

As portas do elevador se abrem. Eu paro de me debater quando, sob o braço de Sterling, vejo o refeitório lotado nos encarando.

Este dia não poderia ficar pior.

— Se eu te soltar, você concorda em jantar conosco? E sem retaliação?

Eu não quero concordar com nenhuma dessas coisas. Mas também não quero ser levada para a cafeteria com a bunda no ar.

— Tudo bem — digo.

Sterling me abaixa lentamente até o chão. Independentemente de qualquer promessa, esbarro em seu ombro antes de andar pela multidão.

Ele mereceu.

As pessoas se separam para me dar passagem como as águas do Mar Vermelho.

— Ai. — Ouço Sterling reclamar atrás de mim. — Você tem muita força, garota.

Balanço a cabeça e continuo caminhando, fazendo o melhor que posso para ignorar os olhares que me seguem. Ash chega até mim na fila do *buffet* e oferece um sorriso fraco e apologético.

— Não me odeie, por favor.

Não consigo ficar brava com ela. Ela é minha primeira verdadeira amiga. Por isso, serei sempre grata. Essa garota pode contar comigo para qualquer coisa.

— Eu não te odeio — admito. — Só estou muito desconfortável com toda essa atenção.

Meu olhar percorre as mesas redondas espalhadas por toda a sala e sei que não é minha imaginação. Estudantes por todo o lado estão olhando para mim enquanto conversam com seus amigos. Não consigo ouvi-los, mas posso imaginar o que estão dizendo. É o que as pessoas sempre dizem sobre mim.

Olhe para ela. Ela não é esquisita?
Por que ela não se parece conosco?
Você viu o que ela fez hoje?

Sinto um ponto formigando entre as escápulas, então curvo os ombros para aliviar a dor.

Pego um prato e amontoo comida sobre ele, mal prestando atenção no que estou colocando. Meu olhar permanece colado aos pés de Ash enquanto ela escolhe uma mesa. Não demora muito para que algumas pessoas se acomodem nos assentos ao meu lado. Supondo que seja Greyson e Sterling, nem me preocupo em levantar a cabeça. Ao invés disso, me concentro em fatiar um bife grosso em pedaços pequenos.

Passam-se vários minutos até que eu perceba que um silêncio antinatural brotou sobre nossa mesa. Levantando o olhar, verifico o problema. Greyson e Sterling se sentam à minha frente com um ar confuso, as sobrancelhas franzidas e as bocas torcidas para o lado.

— Vocês dois nunca viram uma garota bonita ou algo assim? Chocados demais?

Eu me assusto com a voz ao meu lado.

Sentada à minha direita com os braços e as pernas cruzados, olhando fixamente para os irmãos, está Nova. Um rápido olhar para Ash revela que ela está observando Nova com olhos estreitos de desconfiança.

— Nova, o que... ah... seus amigos ainda não estão aqui? — Não sei mais o que dizer. É estranho que ela esteja sentada conosco, e pelas reações dos gêmeos e Ash, sei que não sou a única que pensa assim.

Nova se volta para mim com uma sobrancelha perfeitamente delineada erguida em um arco gracioso.

— Eu vi seu showzinho no ginásio esta tarde.

Ótimo, ela está aqui para me repreender por bater no Steel. Talvez ela esteja preocupada que o trauma nos órgãos de fabricação de bebês dele vá estragar seus planos de ter seus filhos perfeitos.

— Oh, hmm... — Ela está esperando que eu responda a isso?

Ela curva o canto da boca e se vira para a comida à sua frente.

— Ah, bom, Coisa Um e Coisa Dois, finalmente, descobriram como comer.

— Superoriginal — resmunga Sterling, com a boca cheia de comida.

— Eu também acho — ela rebate.

O que está acontecendo aqui?

— Você não está zangada? — Quero engolir as palavras assim que elas saem. Por que não consigo ficar de boca fechada?

Ela ri. E não apenas uma risada educada, mas uma gargalhada de sacudir o corpo todo. Depois de bater na mesa algumas vezes, ela se recompõe.

— Você está brincando? Agora sei que você não estava mentindo para mim antes. Se você tivesse algum interesse no Steel, não teria de modo algum o derrubado daquela maneira. E se estivesse procurando uma maneira de ser ignorada por ele, bem... parabéns. Duvido que ele venha a ficar a menos de três metros de você.

Eu pisco para ela, descrente, com certeza com a boca escancarada.
Ela ri de novo e espeta um feijão verde com seu garfo.
— Não, nós estamos bem — assegura, antes de enfiar a garfada na boca.
Okay, então.
Eu olho para Ash. Quando ela encontra o meu olhar, dá de ombros. Eu retribuo o gesto e finalmente começo a comer.
Acho que isto significa que fiz outra amiga... e que estava certa. Este lugar é realmente esquisito.

CAPÍTULO QUINZE

As semanas seguintes passam voando. Longos dias de aulas e treinamento são interrompidos pelas horas de dormir, comer e passar tempo com meus novos amigos. Ainda me esforço para entender esse conceito – ter amigos –, mas acho que ter pessoas com quem conviver é... agradável. Até mesmo Nova se junta a nós para refeições de vez em quando, e embora isso me assuste um pouco, estou gostando do senso de humor dela.

Nova estava certa sobre Steel: ele me dá muito espaço e age como se eu não existisse. Sua atitude poderia me ofender se eu já não estivesse acostumada com esse tipo de tratamento. Tive anos de experiência sendo ignorada e intimidada. Se tiver que escolher um tratamento entre os dois, prefiro o primeiro em vez do segundo.

Mas, mesmo assim, se eu for honesta comigo mesma, a indiferença dele incomoda uma parte secreta e escondida dentro de mim. Como uma farpa irritante que não consigo tirar. É irritante e começa a infeccionar.

Não ajuda o fato de nos encontrarmos o tempo todo. Temos várias aulas em comum, sou amiga de seus irmãos, e tem os encontros aleatórios. As vezes que dou a volta em um corredor e dou de cara com ele, ou quando saio para caminhar pelo terreno sozinha e ele tem a mesma ideia. De vez em quando, até pedimos para sair de aulas diferentes ao mesmo tempo e nos encontramos acidentalmente no corredor.

E a cada encontro casual, Steel reage da mesma forma – com indiferença.

Mas isso é bom... não é?

Um peso recai sobre meus ombros e me livra dos meus pensamentos.

— Você está pronta para uma empolgante viagem à cidade? — Sterling me guia em direção à van estacionada em frente à academia.

114 JULIE HALL

Duas vezes por mês a escola organiza um passeio para que os alunos interessados visitem Glenwood Springs. A pequena cidade das montanhas possui três restaurantes, uma sorveteria e muitas lojas peculiares voltadas para os turistas que visitam a cidade e seus Spas termais.

Não é exatamente uma metrópole movimentada, mas quando se está preso nos mesmos poucos acres de terra por tempo suficiente, uma viagem a qualquer lugar é um passeio muito bem-vindo.

— Estou pronta para um pouco de ar fresco.

— Nós vivemos nas montanhas. Tudo o que temos aqui é ar fresco.

Bem colocado.

Abro a boca para responder quando o ruído de um motor me interrompe. Eu viro a cabeça em direção ao barulho, e Greyson vem na nossa direção enquanto Steel passa pelos portões da frente em sua moto cromada.

Somente estudantes do segundo ano podem ter seu próprio transporte no campus. A moto de Steel é, de longe, o veículo mais chamativo daqui.

— Ah, agora entendo o que você quer dizer.

— Hein?

Há um brilho familiar em seus olhos quando lanço para ele um olhar perplexo. Fico imediatamente desconfiada.

— Você precisa de uma pequena folga de alguém a quem está fazendo o seu melhor para não dar bola.

— Do que você está falando?

O sorriso de Sterling aumenta.

— Você não precisa se fazer de desentendida comigo. Mulheres inferiores foram cativadas pelos encantos dele. Nossos genes familiares são bastante irresistíveis. — Ele pontua seu comentário com seu clássico movimento de sobrancelha.

Ele é realmente um galanteador.

— Eu não discordo — acrescenta Greyson, juntando-se a nós ao lado da van. — Os homens da nossa família são conhecidos por terem um certo fascínio sombrio, mas de que meu irmão está tentando convencê-la desta vez?

— Nada. Absolutamente nada. — Subo no veículo ao som do riso de Sterling e me sento em um lugar vago ao lado de Ash.

— Pode continuar fingindo, Em. Mas, se vale alguma coisa, acho que ele está fingindo bastante para que seja 'nada' também.

Ash arqueia uma sobrancelha questionadora. Eu balanço a cabeça uma vez. Sterling adora criar problemas, algo ao qual Ash está tão acostumada que nem sequer me pressiona para obter mais informações. Com a cabeça encostada ao banco, espero que o resto dos estudantes se acomode. Espero que quando chegarmos ao centro da cidade, Sterling já tenha esquecido esse assunto.

— Então você está dizendo que Sable ainda não sabe de qual esfera você é descendente?

— Sim — respondo, antes de tomar um gole do meu chocolate quente cremoso.

Delícia. Simplesmente o equilíbrio perfeito de chantili e chocolate.

O líquido doce escorrega pela garganta, aquecendo meu ser. Há séculos que não provava essa bebida. Estamos amontoados em uma pequena cafeteria com pisos de madeira gastos, tijolos expostos e paredes caiadas de branco. A decoração é um pouco pesada na *vibe hipster*, mas eles sabem como fazer um copo celestial de chocolate.

A satisfação de pequenos luxos como este me ajuda a me sentir humana novamente depois de seis meses seguidos sem uma casa, ou pelo menos, meio-humana.

— Ela deve ter uma ideia. — Greyson rola seu copo de café vazio entre as mãos distraidamente.

— O melhor palpite de Sable é que sou descendente da classe de anjos, simplesmente, já que fico presa em uma meia-transfiguração. Como não sabemos quem são meus pais, uma teoria é que eles faziam parte de uma linhagem de anjos não registrada.

— Ah, cara, isso é um saco.

Ash dá um soco no estômago de Sterling... com força. Um *"oof"* deixa sua boca junto com um jato de *macchiato* de caramelo.

— Não dê ouvidos ao Sterling. Ele é um idiota.

— Ei!

Ash o silencia com um olhar.

Eu dou um aceno apaziguador.

— Não importa.

— Você está brincando? — Sterling começa, mas depois de um olhar para Ash, ele espera para continuar até que se afaste para longe do alcance de qualquer ataque. — Você pode não ser capaz de fazer nada legal.

— Ah, claro, como se eu fosse chorar por não ser capaz de me transformar em uma vaca.

— Eu não me transformo em uma vaca!

Cubro o sorriso tomando outro gole do chocolate celestial. Sterling é um querubim, como seu irmão, mas ainda não sabe quais — se é que existem –, habilidades de metamorfose que ele herdou. Estou cruzando os dedos para que ele só se transforme em um touro.

Na verdade, saber que, provavelmente, descendo de uma linhagem de anjo — o mais fraco de todos os seres celestiais — é uma decepção. Não porque tenha vergonha de não ter um poder incrível, mas porque não serei capaz de me defender tão bem quanto os outros Nefilins. Aparentemente, a linhagem dos anjos foi aniquilada há mais de mil anos, porque eles não eram capazes de se defender contra os Caídos ou Abandonados tão bem quanto os outros descendentes. Se meus pais eram Nefilins anjos, isso significa que a descendência não está extinta, o que, segundo Sable, não é apenas excitante, mas uma enorme descoberta para nossa raça. Porém isso também significa que sou de uma linhagem sobre a qual eles menos sabem e, portanto, desconhecem como me ensinar minhas habilidades. Aprender o máximo que posso sobre como me manter viva é fundamental se vou deixar a academia quando fizer dezoito anos.

Uma parte enterrada dentro de mim também chora por mais um beco sem saída no que diz respeito à história de minha família. Sable tem passado as últimas semanas verificando cada caso de Nefilins desaparecidos, entrando em contato com outras academias em todo o mundo, e até mesmo indo ao encontro do Conselho de Anciãos — um grupo de Nefilins bem antigos a que todos se submetem para resolver grandes problemas, ou quando o mundo está à beira da destruição. Mas mesmo eles não sabem quem eram meus pais.

Um sentimento de vazio pesa sobre minha alma devido à falta de respostas. Eu só quero saber a qual lugar pertenço.

— Já que todos pensam que todos os Nefilins descendentes de anjos simples foram exterminados há séculos — continuo —, uma teoria é que alguns poucos sobreviveram escondidos. Esse é o melhor palpite no momento. Talvez seja a causa da minha... ah... cor de cabelo. Genes diluídos e tudo mais.

Greyson me observa pensativamente.

— Genes diluídos? Mas os Nefilins só podem se reproduzir com outros Nefilins. Eles realmente acham que seus pais eram humanos?

Eu levanto as mãos. Dado o que sei agora sobre os Nefilins, parece improvável para mim também.

— É um palpite tão bom quanto qualquer outro — diz Ash. — Talvez a linhagem Nefilim da Emberly fosse capaz de fazer bebês Nefilins mágicos com humanos e o Conselho nunca soube? Talvez tenha sido assim que eles se misturaram e sobreviveram? A verdade é que, neste momento, ninguém realmente sabe.

— Bebês mágicos? — Greyson lança a Ash um olhar divertido.

— Ei, a Emberly é, definitivamente, mágica. Todos vocês já viram o treino dela.

Greyson e Sterling se encolhem, sem dúvida lembrando os danos que infligi a seu irmão. Tenho quase certeza de que Steel estava andando engraçado por uma semana inteira depois de nossa luta. Relembro esta semana com carinho. Mas Ash tem um ponto: aquele pesadelo inicial de luta à parte, tenho arrasado nos treinos de combate.

É quase como se este treinamento fosse feito à mão, só para mim. Eu pego ataques defensivos e ofensivos após a primeira tentativa e minha forma é sempre impecável. Até mesmo o treinamento com armas está indo bem. Sem dúvida tem algo a ver com o sangue celestial que corre em minhas veias, mas não estou reclamando. Tentarei levar vantagem em qualquer área que puder. Especialmente considerando que minha transfiguração ainda é esporádica e nenhuma habilidade especial aparece quando entro no mundo espectral.

Estou grata por qualquer vantagem que possa obter.

— Como estão indo suas sessões com Sable? — pergunta Greyson.

Ai, esse é outro ponto doloroso. Sable começou a me ensinar a ler símbolos angelicais. Normalmente saio de seu escritório com uma dor de cabeça por causa de todo o excesso de raciocínio.

— É muita informação a ser absorvida.

— Sim, eu aposto.

— A linguagem angelical é difícil. — Pressiono as têmporas com as pontas dos dedos e gemo.

Sterling salta de seu assento, surpreendendo a todos nós. Seus olhos estão colados ao celular em sua mão.

— Doc Holliday's Saloon para o jantar. Vamos.

Ele se apressa para a saída sem esperar para ter certeza de que vamos seguir, mas isso é a cara do Sterling, sempre procurando pela próxima balada.

— Ei, espere um minuto. Vocês disseram que iriam comigo ao Luna's depois que parássemos para tomar café. Quero comprar um novo par de jeans e ver os vestidos — Ash resmunga, enquanto jogamos fora nosso lixo e deixamos a cafeteria.

Sterling já está na metade do quarteirão quando Greyson se vira para Ash com uma careta.

— Está tudo bem, Grey. Eu fico com Ash. Nós os alcançaremos dentro de pouco tempo.

Um sorriso de gratidão irrompe em seu rosto.

— Obrigado, Em.

— Ei, não fique tão aliviado!

Levantando as mãos em rendição, Greyson caminha para trás, na direção que seu irmão tomou.

— Não sei o que você quer dizer! — ele grita, depois de certa distância, antes de girar e correr para alcançar Sterling.

Entrelaçando meu braço com o de Ash, eu a puxo na direção oposta.

— Vamos lá, vamos antes que feche.

As noites chegam muito rápido nas montanhas. Agora, o céu está repleto de tons alaranjados e rosados que desvanecem rapidamente em púrpura. Em pouco tempo estará completamente escuro.

Ao entrar na boutique a vários quarteirões da via principal, Ash segue direto até a seção de roupas. Ela é uma compradora compulsiva. Como nunca tive mais do que o essencial, não entendo a necessidade de tantas roupas diferentes. Percebo que uma parte feminina minha é, provavelmente, subdesenvolvida, mas não me importo.

— Oh, Emberly, olha este vestido! — Ash grita, do outro lado da loja, atraindo a atenção da lojista, assim como de alguns dos outros clientes. — Você ficaria fantástica com isto!

Eu me apresso para o lado dela por nenhuma outra razão a não ser para silenciá-la. A atenção me deixa sem-graça.

Ash estende um pequeno pedaço de tecido azul-escuro.

— Isso é uma regata.

— Não, é um vestido.

Inclino a cabeça para o lado.

O ROUBO DAS CHAMAS 119

— De jeito nenhum isso cobre todas as partes importantes.

— Ele estica. Olha! — Ela puxa o tecido e, para seu crédito, ele se alonga. Mas ainda não estou convencida. — Eu juro. Toma. — Ela enfia o vestido na minha cara, forçando-me a segurar o cabide. — Experimente. Vai ficar incrível com seu cabelo.

Lanço uma olhada de zombaria.

— Eu vou parecer uma bandeira americana.

— Não vai. Experimente! — Ela bate palmas com entusiasmo.

Eu penduro o vestido minúsculo de volta na arara.

— Não, obrigada.

— Por favor?

— Eu nunca usaria algo assim.

— Quem se importa? Vá lá, se não for por outra razão que não seja para provar que estou errada.

Estou prestes a recusar novamente, mas Ash começa a pular, entoando "Experimente" várias vezes. Eu me escondo em um provador para me afastar dela.

Amiga abusada. Mas amiga, apesar de tudo.

Cinco minutos depois, eu me viro para o espelho. Tecnicamente, Ash estava certa, este é de fato um vestido, mas jamais vou usá-lo em público.

O tecido azul elástico se agarra a mim do busto ao meio da coxa. Duas faixas de tecido envolvem meus braços, logo abaixo dos ombros. Pareço estar pronta para ir a uma boate.

— Ash — chamo. — Este vestido é ridículo.

Está muito silencioso do outro lado da porta.

— Ash?

Enfio a cabeça para fora do provador, mas não a vejo em lugar algum. Curvando os ombros, sigo na ponta dos pés para fora da sala e a ouço falando com alguém do outro lado da parede.

Ah, ela deve estar pedindo algo ao vendedor.

— Não posso acreditar que você me convenceu a... — As palavras congelam na minha língua quando dou a volta e deparo com Ash na companhia de Nova e Steel. Três pares de olhos se voltam na minha direção.

Merda.

O olhar de Steel me percorre da cabeça aos pés algumas vezes.

Eu deveria estar correndo para o provador. Por que não estou fazendo isso?

Seus olhos endurece quando se conecta ao meu, mas não rápido o suficiente para que eu não perceba o calor que eles contêm.

Cruzo os braços sobre o peito para me esconder e recuo.

— Caramba, garota! — Ash solta antes que eu possa escapar. — Eu estava certa. Você sabe como usar isso! — Ela me avalia com um olhar presunçoso.

O olhar de Nova intercala entre mim e Steel, uma pequena ruga marcando seu rosto perfeito.

— Estou saindo. Te encontro no Doc's, Nova.

Virando rapidamente, Steel sai da loja. Nova o observa com a sobrancelha erguida. Nos dando um aceno distraído, ela o segue.

— Você tem que comprar.

Minha atenção se volta para Ash.

— Você está louca? Por que eu compraria isso?

Ela parece ofendida.

— Você está brincando? Se eu ficasse assim tão linda em qualquer coisa, usaria toda hora. — Ash faz uma pose. — Ah, estes trapos? Eu só coloquei para ficar confortável.

Rir dela só a encorajará, então me obrigo a ficar séria.

— Nunca vai rolar — digo, me retirando para a segurança do provador.

Ash bate à porta enquanto tento me livrar do tecido que parece não querer sair do meu corpo.

— Ei, pode me entregar o vestido? Vou pendurá-lo de volta.

Quando, por fim, estou livre, eu o atiro por sobre a porta. Adeus.

— Ei, minha bebida acabou de fazer efeito. Você sabe como o chá funciona rápido no meu sistema. Acho que não consigo segurar por muito tempo.

Muita informação, Ash.

— Você se importa que eu vá ao Doc's na frente? Vou guardar um lugar pra você.

— Hmm.

— Valeu. Você é a melhor.

Eu ouço as passadas de Ash ecoando antes que possa responder completamente.

Sério que ela me deixou mesmo aqui? A única razão de eu ter vindo a esta loja foi por ela, e ela nem sequer experimentou alguma coisa.

Eu me visto às pressas, mas quando saio do provador, Ash já desapareceu.

— Você só pode estar de sacanagem.

O ROUBO DAS CHAMAS

— Ei, sua amiga esqueceu o recibo. — Uma mulher de meia-idade acena com um papel branco por trás do balcão da frente. Tirando o recibo de sua mão, confiro a nota ao sair porta afora. Tem uma única compra listada para um vestido azul.

— Ash... — gemo e dobro o papel, enfiando o recibo e as mãos nos bolsos. Isso explica por que ela estava com tanta pressa. Eu nunca a teria deixado comprar aquele vestido e ela sabia disso.

Com os ombros curvados, começo a descer a rua. O ar frio açoita minhas bochechas e reveste minha garganta a cada inalação. O sangue angelical correndo pelas minhas veias mantém a rigorosidade das temperaturas geladas à distância.

O sol se pôs e a iluminação dos postes é quase insuficiente nesta parte da cidade. As sombras sempre foram minhas amigas, portanto, não me importo.

Meus pés se afundam na neve gelada que ainda permanece no calçadão. Cada passo ecoa na rua deserta. O cair da noite é tão calmante para mim que não percebo quando as primeiras luzes da rua acendem.

Não percebo quando os sons noturnos das montanhas emudecem.

Não noto que sou a única pessoa caminhando pela calçada em qualquer direção, e não reparo na figura escondida sob o véu da escuridão, acompanhando meus movimentos enquanto passo.

Não noto nada que eu deveria notar e, quando o faço, já é tarde demais.

CAPÍTULO DEZESSEIS

Um frio sobe pela minha coluna uma fração de segundo antes que a figura saia da escuridão. A cerca de três metros de distância, ele não está exatamente invadindo o meu espaço, mas a maneira como se mantém imóvel me deixa inquieta.

Envolto em sombras, sua cabeça e altura são as primeiras coisas que reparo. Posso ver melhor que qualquer humano à noite, mas é como se a escuridão se misturasse ao estranho, ondulando como uma névoa ao seu redor.

Isto não é natural.

— Ember-ly — uma voz feminina cantarola.

Olho ao redor e deparo com uma mulher na calçada atrás de mim. Ela é linda, com o cabelo escuro cobrindo os ombros. Seus braços estão cruzados sobre o peito e um rastro de névoa permeia por entre suas pernas.

Meu alarme interno foi disparado no segundo em que o homem pisou na calçada à minha frente, mas agora ele está ressoando.

Não sei quem são essas pessoas, mas sei que preciso sair daqui.

— É difícil te pegar sozinha — ela ronrona.

Eu me coloco em uma posição defensiva, angulando o corpo para manter as duas ameaças à vista. O homem dá um passo adiante. O brilho do luar ilumina os contornos de seu rosto, revelando um Adônis com olhos negros.

— Que adorável. Eles ensinaram alguns de seus movimentos para ela — a mulher fala com o cara. Seus lábios formam um sorriso. Apesar de sua beleza, isso me faz pensar no Coringa do Batman, de tão maníaca.

— O que vocês querem? — disparo para a dupla, meu olhar se alternando entre os dois enquanto eles continuam a dar passos comedidos em frente, diminuindo a distância entre nós.

Meu instinto de luta ou de fuga deu um grande impulso e já estou planejando correr.

Há um beco que me levará até a estrada principal. Só tenho que atravessar a rua e descer algumas casas. Esta não é uma metrópole movimentada, mas uma garota gritando e correndo pela rua ainda causará uma cena.

— O que nós queremos, irmão?

— Que tal deixarmos isso um mistério por enquanto? — ele responde.

Estou apenas ouvindo pela metade. Eles estão perto o suficiente para que parte da névoa que os rodeia me alcance.

Não, não vou deixar que isso me toque.

Eu corro para a abertura entre os prédios. Surgem explosões de cor na minha visão. Meu coração afunda. Se eu transfigurar, ficarei vulnerável tanto no mundo real quanto no espectral.

Eu me esforço para ficar firme, e por um momento funciona. As luzes dançando na minha visão periférica desaparecem.

Sem olhar para trás, chego ao beco e mudo a trajetória. Virando uma esquina, minhas botas derrapam em um pedaço de gelo preto. Recuperando o equilíbrio, lanço um olhar atrás de mim. Não há sinal dos perseguidores de cabelos escuros e a Rua Principal fica a apenas um quarteirão de distância.

Eu vou conseguir.

Sou jogada contra uma parede antes que tenha tempo de experimentar uma onda de alívio. A parte de trás da minha cabeça se choca ao tijolo com um baque nauseante.

Minha visão fica embaçada antes de clarear. Quando isso acontece, um terceiro estranho é revelado. Seu rosto está a apenas alguns centímetros do meu.

Por que não consigo respirar?

Ergo a mão até o pescoço e deparo com os dedos circundando minha traqueia.

Eu agarro a mão dele enquanto o estranho inclina a cabeça e me encara com os olhos negros entrecerrados.

As explosões de cores que indicam que estou prestes a transfigurar estão de volta, explodindo não apenas na periferia, mas em toda a visão.

O pânico não pode ser reprimido desta vez. Ele cai sobre mim como uma chuva torrencial, apagando meu captor da vista, mesmo quando permaneço presa à parede.

Em um piscar de olhos, vou de um beco escuro para um mundo inundado por um arco-íris escuro de púrpura e azul.

Bonito, mas mortal.

Mal conseguindo respirar, continuo a lutar contra a figura que me imprensa à parede. Desesperadamente, chuto à medida que a pressão aumenta, mas meus ataques selvagens não surtem efeito.

Minha visão começa a desbotar. A falta de oxigênio vai me apagar.

— Brincando com sua presa novamente, Ronove? — A voz da fêmea de cabelo negro ecoa no beco. O mundo espectral reage violentamente aos sons melodiosos, como uma pedra jogada na água; ondas de raiva percorrem em zigue-zague o ar e se espalham antes de se dissiparem.

A pressão no meu pescoço bloqueando o fluxo de ar diminui à medida que uma figura se materializa à minha frente.

Eu arquejo e ofego enquanto a criatura me prende – um monstro com a aparência de um homem – me olha de frente.

— Acho esta tarefa entediante — a criatura sibila as palavras entre as presas alongadas.

— Mesmo assim, não devemos danificar a mercadoria... demais.

A fêmea sem nome aparece por trás do ombro do meu captor Abandonado, Ronove. Suas longas mechas ultrapassam os ombros em *dreads* grossos. A pele dela é privada de cor. Seus olhos não são apenas escuros, mas a área que deveria ser branca também é escura. É como olhar para as cavidades oculares de alguém.

Roupas ondulam sobre sua figura enquanto ela coloca uma mão nas costas da besta horrorosa à minha frente.

Como isso é possível?

Eu acabei de ver estas pessoas no mundo real. Elas não eram Abandonados, eram lindas. Mas o mau cheiro que exala deles, assim como as características físicas de um cadáver, provam que são Abandonados e não humanos. Eles fedem como se estivessem apodrecendo de dentro para fora.

— Como? — A criatura na minha frente ri. Devo ter falado parte disso em voz alta. — Oh, meu bichinho de estimação, você tem muito que aprender.

Que nojo.

— Não sou seu animal de estimação. — Minha voz está rouca.

Um meio-sorriso curva seus lábios rachados. *Nojento*.

— Veremos.

— Você tem certeza de que é a certa? — O outro macho aparece na entrada da viela. Também um Abandonado. — Ela ainda nem sequer foi totalmente transfigurada. Ele inclina a cabeça enquanto me estuda. — Acho que ela pode estar com defeito.

Ótimo, até mesmo monstros acham que estou abaixo das normas.

— Cala a boca, Aamon — a fêmea esbraveja.

Aamon se inclina contra a parede, assistindo ao espetáculo.

Só então percebo que estes Abandonados não são bem os animais selvagens que atacaram a academia no mês passado. Sim, eles são assustadores, terríveis e seriamente carentes de higiene pessoal, mas possuem uma medida de inteligência e contenção que as outras criaturas não possuíam.

Se os Abandonados no mês passado eram bestas raivosas, estas três são... bestas inteligentes? Bestas, pode ter certeza, mas de uma raça diferente.

O que me mantém em cativeiro, Ronove, coloca sua mão livre, é... garra no meu ombro. Suas unhas afiadas fincam a carne, e ele aperta até dilacerar a pele. Um filete de sangue quente escorre pelo meu braço.

Ele rasga o tecido do meu ombro até o pulso, tanto do casaco quanto do suéter, até que a ferida seja exposta.

Fico ainda mais agitada à medida que ele aproxima seu rosto e...

Vou vomitar.

... lambe o sangue da minha pele.

Ele se inclina para trás e fecha os olhos, lambuzando o excesso de sangue em seus lábios pálidos.

Um arrepio de repulsa percorre todo o meu corpo.

— É ela. Eu posso sentir o gosto...

Um rosnado baixo interrompe suas palavras.

Em um movimento sincronizado, as cabeças dos meus três captores se voltam para a direita. O que me faz lembrar de marionetes conectadas às mesmas cordas. Em outra ocasião, eu teria achado cômico, mas considerando a gravidade da minha situação, não é nada engraçado.

Também viro o pescoço o máximo que dá para a direita, e o alívio me inunda.

Um enorme leão dourado com uma mecha negra na juba pisoteia o chão. Os pelos nas costas dele ficam eriçados enquanto outro rosnado profundo irrompe de sua garganta.

Steel chegou.

CAPÍTULO DEZESSETE

Ronove era assustador antes, mas o rosnado ameaçador de Steel liberta seu monstro interior. O Abandonado na minha frente se transforma em uma verdadeira criatura das trevas. Suas presas crescem ainda mais, quase tocando a ponta de seu queixo. Seus dedos se enrolam ao redor do meu ombro, perfurando a carne novamente, gerando novos fluxos de sangue.

Engulo o grito de dor que borbulha na garganta e me esforço para usar minhas toscas habilidades.

Usando o braço livre e sem ferimentos, soco a garganta de Ronove.

Com um uivo agudo, o monstro usa as garras ainda incrustadas em meus músculos para me atirar para longe dele, contra uma parede de tijolos.

Minhas costas racham a superfície dura e eu desmorono no chão.

Estou muito consciente de que meu coração palpita duas vezes antes de recobrar a consciência. Steel está rugindo com raiva e os gritos furiosos dos Abandonados ricocheteiam nas paredes estreitas das vielas.

Steel pula sobre Ronove e eles rolam em uma confusão de patas, garras e mandíbulas abertas.

Aamon junta-se à luta, fazendo com que sejam dois contra um.

— Ele é forte! — grita a fêmea. — Não o matem. Nós também podemos usá-lo.

Espere, o quê?

Até onde sei, os Abandonados só têm duas utilidades para os Nefilins: usá-los como pele, ou comê-los.

Não vou deixar que Steel, ou eu, sejamos usados para nenhum desses propósitos.

Colocando meu instinto de fuga no fundo de uma caixa selada, fico de pé, pronta para igualar a luta. Estou prestes a correr para o meio da batalha quando a Abandonada pula na minha frente.

— Ah, não. Você não vai a lugar algum, exceto conosco. Está na hora de apagar um pouco as luzes para você. — Seus lábios se abrem em um sorriso grotesco que me faz lembrar de um cadáver reanimado.

Eu corro contra ela apenas para me deparar com o chão com uma vaga ideia de como cheguei lá.

— Isso foi patético. Por que não fica no chão enquanto os adultos resolvem as coisas?

Ela examina as garras curvas como se estivesse verificando as unhas à procura de tinta lascada, e não me dá nem um segundo de atenção com seus olhos desalmados.

Atrás dela, Steel continua seu ataque a Ronove e Aamon.

Sua pele está salpicada com seu próprio sangue vermelho, assim como o sangue negro dos Abandonados. Com um pico de velocidade, Ronove sobe nas costas de Steel e morde seu ombro musculoso.

Incisivos de sete centímetros afundam na pele de Steel, enquanto ele sacode o corpo de Aamon para frente e para trás pelo antebraço. Levantando sua cabeça de leão gigante, ele ruge; o corpo de Aamon cai, depois se agita no chão como um peixe moribundo.

A fêmea que tão facilmente me derrubou, dá um olhar sobre seu ombro.

Ela fecha a cara, os traços retorcendo a face encovada enquanto observa Steel acertar uma patada na criatura em suas costas, atirando Ronove contra a parede de tijolos. Steel então pega Aamon pela perna enquanto ele rasteja para longe. Ao puxá-lo de volta, sua pata gigante balança e atinge Aamon na face, rasgando a pele e arrancando metade de sua garganta.

Um grito gargarejado irrompe do Abandonado antes que Steel baixe uma garra em direção à cabeça, separando-a de seu corpo com um golpe forte e decisivo.

Impressionante.

A fêmea grita em ultraje. Eu pressiono as mãos sobre meus ouvidos quando o som estridente perfura meus tímpanos. As ondas de choque martelam minha cabeça e vibram o ar enquanto os dois Abandonados pulam no Steel.

Estou quase esquecida, sentada atordoada no chão gelado.

A batalha na minha frente é uma confusão de sons, membros agitados e garras ensanguentadas. Os Abandonados são ainda mais selvagens que Steel em sua forma animal. Os gritos raivosos das criaturas profanas se misturam com os poderosos rugidos de Steel, distorcendo o mundo espectral ao redor do grupo como se estivessem lutando em uma tigela de água turva.

Um rugido furioso ressoa pela viela antes que seja subitamente interrompido.

Quando o ar se dissipa, Steel, em forma humana, está inconsciente sobre o asfalto imundo. Uma poça crescente de líquido vermelho mancha o solo sob sua cabeça.

Os Abandonados pairam acima dele, ofegantes, com sangue carmesim pingando de suas garras e bocas.

Não. Steel tem que estar fingindo.

Os Abandonados são terríveis, mas Steel é treinado. Steel é imbatível.

Ou pelo menos eu pensava assim.

Deitado no chão com os olhos fechados, ele parece dolorosamente vulnerável.

— Vamos levar este também. — Ronove se abaixa e agarra o corpo de Steel debaixo dos braços. — Só porque ele me irritou. Pegue a garota, Lilith. Temos que ir.

O terror me agita por dentro, mas quando Ronove coloca o corpo inerte de Steel sobre o ombro, uma onda de raiva me inunda, não deixando espaço para o medo.

Ao me levantar, avanço até Ronove, ignorando completamente Lilith bloqueando meu caminho.

Garras de navalha afiadas rasgam minhas roupas e carne, mas eu mal noto a dor quando me livro de seu alcance.

Chego ao Abandonado em um instante, arrancando o corpo inanimado de Steel para longe dele.

A imprevisibilidade de minhas ações é, provavelmente, a única razão pela qual sou capaz de arrancar o Nefilim inconsciente do Abandonado.

Com meus braços envoltos em sua cintura, arrasto Steel até a entrada do beco. Deixando-o cair sem cerimônia no chão, tomo posição na frente dele, deixando claras minhas intenções.

— Nós não vamos a lugar algum.

Os lábios de Ronove se abrem com um rosnado, e ele me dá uma boa olhada com as presas manchadas de vermelho. Ciclones raivosos brotam em meu ser e se espalham pelo meu corpo.

É o sangue de Steel pingando da boca do monstro, e ele vai pagar.

CAPÍTULO DEZOITO

Como se compartilhassem uma só mente, os dois monstros avançam simultaneamente.

Estou pronta para eles. Estive treinando para este momento e tenho certeza...

Oof.

Não. Eu estava errada. Com certeza, ainda não estou pronta.

Estou exatamente como estava quando enfrentei Lilith pela primeira vez: deitada no chão, sem fôlego, olhando para o céu noturno em cor púrpura do mundo espectral.

— Que chatice. Você tem certeza de que não podemos matá-la? — Pedaços dos fios fibrosos do cabelo de Lilith cobrem metade de seu rosto pálido.

Ótimo. Isso significa que só tenho que ver metade do seu rosto feio.

— Você sabe que não podemos. Agora, cale a boca e a subjugue. Já tive o suficiente por uma noite. — Ronove se inclina para pegar o corpo de Steel.

— Não — digo, tossindo, com a dor apunhalando as costelas. A dor aguda é familiar, devem ser algumas costelas quebradas ou rachadas.

Virando o corpo, fico sobre minhas mãos e joelhos. Eu sei que já perdi, mas algo lá no fundo se recusa a desistir.

— O que ela está fazendo?

Ignoro o desprezo de Ronove e foco no esforço de meus pés. Lilith me observa com a cabeça inclinada.

— Acho que ela ainda quer lutar.

— O desafio é tão patético, que já nem sequer é divertido.

Ai.

— Cala a... boca — bufo.

Estas respostas são tão fracas quanto eu.

Ignorando minha presença, Ronove joga Steel sobre seu ombro, e eu fico irada. Desprendendo completamente meu senso de autopreservação, eu me lanço sobre Ronove uma segunda vez, tentando chegar em Steel mesmo quando o Abandonado me segura com apenas um braço.

Eu poderia muito bem ser um esquilo enfrentando um gigante com todos os danos que estou infligindo, o que quer dizer, nenhum.

— Basta matar o macho — diz Lilith, de algum lugar atrás de mim. — Ela obviamente tem um apego a ele e é tão...

— NÃO!

Uma bomba de calor se forma em meu peito e detona, disparando fogo abrasador através de meus membros e para fora em uma explosão que atinge os Abandonados, lançando-os pelo ar. Seus corpos esmagam a parede da ruela como um caminhão, mas eles se recuperam rapidamente, pousando agachados.

Devo ter me agarrado ao Steel, porque seu corpo está esparramado aos meus pés.

Ondas de luz branca muito mais brilhantes do que o habitual para Nefilins emanam de mim.

Os Abandonados sibilam para mim com os dedos curvados e as garras estendidas. O ódio escorre de seus olhos negros. Eles virão até mim a qualquer momento.

O calor abrasador ainda está se acumulando no meu peito e dançando desconfortavelmente através da minha pele. Ele tece e enrola ao redor do meu tronco, deslizando para cima e para baixo em meus braços e pernas como uma carícia ardente.

— O que foi isso? — Ronove lança um olhar à sua companheira.

— Ela deve ter uma arma escondida.

Postando-me à frente de Steel mais uma vez, me mantenho firme. Ele pode ter um sério problema de atitude e, provavelmente, me odeia sem uma boa razão, mas não vou deixar estes dois monstros machucarem um fio de cabelo em sua cabeça.

O calor me açoita quando uma enxurrada de possessividade me perpassa. Uma única palavra brota das profundezas do meu peito.

— Meu.

Uau.

Não, não é meu. Eu não quero Steel. Eu simplesmente quero mantê-lo seguro neste momento em particular.

Ele, definitivamente, não é *meu*. Agora não. Não será nunca. Eu o entregarei alegremente à Nova ou a quem mais quiser tolerar esse homem arrogante.

Como se um ser diferente vivesse dentro de mim, a vontade de bater o pé e discordar de mim mesma me assola com força. Cerrando os dentes, luto contra meus pensamentos e me concentro nas criaturas hediondas que estão do outro lado.

— Acabe com ela. O outro pode ser um belo troféu, mas não temos tempo para isso. Nós o descartaremos depois que ela cair. Esta missão já se estendeu demais.

Com um aceno de cabeça quase imperceptível, ambos atacam.

Lilith corta com suas garras, forçando-me a me abaixar e rolar para fora do caminho, saltando vários metros acima do corpo de Steel. Há espaço suficiente para permitir que os monstros me cerquem. Mas não me importo, porque isso significa que a atenção deles está em mim ao invés de Steel.

Eu recuo alguns passos para aumentar ainda mais a distância, mas mantenho seu corpo na minha linha de visão.

Ronove dispara; eu giro para a direita, levantando a perna em um chute giratório que deveria acertar seu rosto.

Teria conseguido, se ele não fosse tão rápido e fedorento de uma maneira sobrenatural.

A falta de contato com meu alvo me faz perder o equilíbrio e tropeçar um passo antes de me recuperar. Essa é toda a distração que as criaturas precisam. Elas trombam com meu corpo e nós caímos num emaranhado.

Lilith envolve as pernas ao redor do meu tronco e os braços circulam meu pescoço, em um aperto brutal. Ronove dá um soco rápido no meu rosto.

Uma explosão de dor explode na minha bochecha direita e, de repente, vejo estrelas.

Os braços ao redor do meu pescoço se apertam enquanto Lilith tenta cortar meu suprimento de ar, esperando que eu desmaie. Se eu deixar isso acontecer, está tudo acabado. Não serei capaz de me defender, muito menos ao Steel.

O calor que se envolveu ao meu redor como uma jiboia contorce sobre minha pele em um frenesi, imitando meus pensamentos frenéticos. O brilho que emana do meu corpo pulsa. Um som grave ressoa na minha cabeça, sacudindo meus tímpanos à medida que o ritmo e o volume aumentam.

Lilith amaldiçoa.

O próximo soco de Ronove acerta meu estômago e me deixa ofegante.

Eu me encolho, tentando afrouxar a imobilização de Lilith sobre mim, mas minha força diminui junto com o oxigênio.

Minha resistência se torna inútil e fraca.

— Eu a dominei — Lilith rosna. — Ela apagará a qualquer momento. Livre-se do garoto.

Eu olho para a esquerda.

A escuridão ameaça as bordas da minha visão, mas vejo Steel tentando ficar de quatro. Ele sacode a cabeça, completamente alheio às intenções de Ronove.

Eu tento gritar um aviso, mas ele sai como um sibilo patético.

Ronove persegue Steel como o predador experiente que é. Suas unhas são punhais alongados esperando para penetrar a carne de Steel.

Não! Meu!

Minhas costas se curvam em um esforço renovado para escapar.

Quando Ronove levanta a mão para dar um golpe fatal em Steel, o calor que surge através do meu corpo corre para o meu peito e sobe, como se um milhão de volts de eletricidade tivessem sido forçados a entrar no meu coração.

Meu grito ofusca o barulho ao redor à medida que meu corpo se curva.

Meus músculos se contraem dolorosamente. Meu corpo se eleva no ar, cabelo voando ao redor da cabeça em um tornado.

Estou em chamas.

Pelo menos, é o que parece.

Minha pele derrete por baixo de um inferno incontrolável.

A dor se espalha do meu peito para os braços e pernas, depois para cima do meu pescoço e para o meu rosto antes de envolver o meu corpo e consumi-lo inteiro.

A luz dourada engloba minha visão.

Algo afiado me atinge nas costas, forçando músculos, tendões e tecidos a rasgarem e a expandir.

Inspiro uma lufada seca de ar fervente quando a nova parte de mim se arqueia.

Um membro fantasma que tem sido guardado e escondido por muito tempo se endireita em um alongamento cheio de prazer e dor.

Meus pés tocam o chão e a luz dourada diminui, me permitindo ver o beco mais uma vez.

O ROUBO DAS CHAMAS

O mundo ao redor é banhado pela luz que emana de mim. Os dois Abandonados estão se acovardando contra a parede de tijolos do outro lado do meu caminho. E um Nefilim muito confuso está à esquerda.

Steel dá um passo determinado na minha direção. Seu cabelo está desgrenhado, as roupas cobertas de sujeira e molhadas pelo gelo e pela neve, as mãos cerradas em punhos. Mesmo sem uma arma, ele é uma visão feroz. Com luz dourada iluminando suas feições, ele me lembra um Adônis dos tempos modernos, vestido com uma camisa Henley e calças jeans escuras.

— É você. — Suas palavras sussurradas são cheias de espanto e flutuam para mim em ondas.

Eu começo a perguntar o que ele quer dizer, mas capto um movimento à esquerda e viro a cabeça a tempo de ver os dois Abandonados desaparecerem na esquina do edifício.

Meu instinto diz para segui-los, mas quando dou um passo na direção deles, sou barrada pelo corpo de um anjo de 1,98 m, de cabelo negro.

— Eles vão... — Minhas palavras morrem rapidamente quando a mão de Steel afasta um emaranhado de cabelo da minha bochecha. O pequeno toque causa um tremor que percorre seu corpo.

Ele fecha os olhos e se aproxima de mim.

Eu recuo um passo.

— Finalmente — ele suspira, inclinando a cabeça para esfregar suavemente a ponta do nariz no meu pescoço antes que seus lábios esfreguem o lóbulo de minha orelha.

É a minha vez de tremer.

O que ele está fazendo? Minha mente grita. *E eu me importo?* Ela sussurra em resposta.

Sacudindo a cabeça, dou mais um passo atrás.

Sim, eu me importo. O menino deve ter tomado uma pancada na cabeça mais forte do que eu pensava.

— Ouça, Steel, não temos tempo para isso. Você está fora de si agora.

Eu levanto as mãos para empurrá-lo, pois ele está invadindo o meu espaço.

Quando chego para frente para lhe dar um empurrão, ele agarra meus pulsos e usa meu movimento para me aproximar ainda mais.

O cara tem pegada, isso é certo.

Basta conferir seu olhar para ter certeza de que ele não está completamente são. Suas pálpebras estão entrecerradas e seu olhar passa preguiçosamente sobre minhas feições.

Steel dá mais um passo à frente, forçando-me a recuar até que ele me imprensa contra os tijolos ásperos. Uma sensação estranha se acopla ao longo de minha coluna, como se algo pesado fosse fundido a cada vértebra, me pesando para baixo. Não tenho a chance de descobrir o que é, porque a cabeça de Steel está se inclinando novamente e não tenho para onde me mover dentro da prisão de seu corpo.

Eu congelo, totalmente despreparada para a situação. Isso dá a Steel a oportunidade perfeita para conseguir o que ele quer.

Um tremor me desestabiliza quando seus lábios tocam os meus.

Ele está... *me beijando?*

A pressão suave de sua boca nos meus lábios fechados, e a maneira como está persuadindo-os a ceder com persistência parece sugerir que, sim, ele está, de fato, me beijando. Mas eu apenas fico ali com meus braços inertes ao lado, com os olhos bem abertos.

Não vou retribuir o beijo.

Eu nunca fui beijada antes. Quando teria tido a oportunidade, considerando que até me mudar para a academia, todos que conheci ou me enchiam o saco ou tentaram fazer da minha vida um inferno?

Eu não tenho ideia do que fazer. Não estou nada preparada para um momento como este.

Recuando, encosto a cabeça contra a parede de tijolos. O movimento interrompe a conexão com Steel.

Se ele ficou surpreso, não demonstrou. Um sorriso se insinua nos cantos de sua boca, e ele segura meu rosto com a mão áspera.

Calosidades não deveriam ser boas de sentir, não é?

Eu resisto ao impulso de esfregar a bochecha à sua mão. O que ele está fazendo comigo?

— Olha, eu não acho...

— Ótimo, não ache — diz, antes de abaixar a cabeça novamente.

Ele captura meu suspiro surpreso e aumenta a pressão sobre meus lábios.

Desta vez, fecho os olhos sem perceber e minhas mãos encontram o caminho até o peitoral forte.

E, de repente, eu o estou beijando com vontade.

O ROUBO DAS CHAMAS

CAPÍTULO DEZENOVE

Estou perdida em uma enxurrada de sensações. Meus lábios se movem contra os dele ao ritmo do meu frenético batimento cardíaco.

Steel faz um barulho profundo em seu peito. Enrolando o outro braço em torno da minha cintura, ele me puxa para mais perto. Neste momento, perco o controle sobre qualquer tipo de realidade que não o inclua e a maneira como ele me segura, seu gosto na minha língua, a maneira como derreto sob seu toque.

A parte de mim que tomou posse de sua figura indefesa irrompe na superfície e se regozija.

— Meu.

A palavra é sussurrada pelos meus lábios em um sopro, mas é suficiente para romper qualquer encantamento sob o qual ele esteja. O corpo de Steel tensiona sob minhas mãos. Seu aperto na minha cintura se desfaz e a mão se afasta do meu rosto.

Meus olhos se abrem lentamente – ressentidos do que quer que tenha causado a perturbação – e captam a expressão de pânico no rosto de Steel. Seus olhos estão tão arregalados que vejo o branco ao redor de suas íris. Suas sobrancelhas e nariz franzem como se ele sentisse um cheiro desagradável.

Afastando-se de mim, ele cambaleia vários passos para trás, sua graciosidade habitual completamente perdida.

Ele gira a cabeça para assimilar as cercanias. É quase como se só agora ele estivesse percebendo onde está.

— O que estávamos fazendo?

Uma onda de calor aquece minhas bochechas. Não é óbvio o que estávamos fazendo? De jeito nenhum vou explicar.

Steel passa uma mão pelo cabelo, a agitação emanando dele em ondas.

— O que aconteceu?

Ele não pode estar falando sério. Um nó doentio de mal-estar agita meu interior, como uma serpente enrolada em si mesma.

— Os... Abandonados? — murmuro, como uma pergunta e não como uma explicação.

Esfregando o rosto com a mão, ele vira seus olhos confusos para mim.

— Não era um sonho — rebate. A agonia em seu rosto é pontuada pela mão que está enfiada em seu cabelo. — Eu pensei...

O que ele pensou?

Meu cérebro ainda está confuso por causa daquele megabeijo e da loucura do ataque dos Abandonados.

Um desses eventos é, definitivamente, mais importante do que o outro, no entanto, minha mente continua se agarrando ao primeiro quando tenta se concentrar no segundo.

Steel e eu estamos em lados opostos no beco, nos encarando.

Eu observo quando ele ergue a mão e limpa a boca, e com essa simples ação, meu coração se parte em dois.

Não achei que Steel tivesse o poder de me machucar, mas eu estava errada.

Atirando os pedaços estilhaçados para longe, endireito a postura com a intenção de voltar ao mundo real.

— Eu não preciso disto. Especialmente não de você.

De cabeça erguida em indiferença, marcho para longe dele. Pelo menos era esse o plano, mas só consigo dar meio-passo antes que meu corpo seja puxado para trás.

Eu giro e me encosto à parede. Ao inclinar o pescoço para a esquerda, finalmente tomo nota do peso estranho ancorado a cada lado da minha coluna vertebral. Um flash dourado me chama a atenção.

— Mas o que...?

Piscando, vejo toda a extensão das asas brilhantes anexas às minhas costas. Compostas de fileiras de penas douradas brilhantes, elas se envolvem atrás de mim como uma capa, as pontas roçando o chão. A envergadura das asas deve ser de pelo menos dois metros em cada direção.

Respirando fundo, e confiando no instinto, estico os novos apêndices, experimentando a mobilidade. As asas flamejam para a esquerda e direita, obedecendo aos meus comandos mentais para expandir e retrair como qualquer outra parte do meu corpo. Como qualquer membro subutilizado, elas protestam. A queimação do movimento eventualmente dá lugar a uma liberação satisfatória.

Curvando-as ao redor do meu corpo, inspeciono as penas, maravilhada. Toda a pluma é colorida com um tom dourado cintilante, mas os últimos centímetros – a parte mais pontiaguda –, parecem ser feitos de ouro.

Eu certamente não rejeito a ideia. Elas são pesadas o suficiente para serem quase de metal. Posso senti-las ancoradas ao longo da minha coluna. É um mistério como não notei o peso antes.

— Essas asas brotaram do nada?

— Isso não é tudo.

A voz de Steel me acerta como uma bofetada. Eu tinha esquecido momentaneamente de sua presença. A ferroada de sua rejeição sobe logo atrás de suas palavras. Eu lanço um olhar em sua direção antes de fazer um diagnóstico de mim mesma. As feridas que o Abandonado infligiu cicatrizaram completamente. E também...

Muito. *Muito*. Ouro.

Meu corpo está repleto de ouro. Em vez de um suéter e um casaco, estou coberta por uma couraça dourada. Ela envolve meu tronco e cinge às costas como um espartilho. Dou-lhe uma batida e soa como uma bainha de metal.

Em volta do meu pulso esquerdo há um bracelete dourado. Quando fecho o punho, espinhos se sobressaem do bracelete. Uma braçadeira, também dourada, enrosca meu bíceps direito. Quatro raios dourados estão presos a ela, com as pontas voltadas para baixo.

Minhas pernas estão revestidas de calças douradas de um tecido similar a couro. São maleáveis, leves e macias.

Envolvendo cada coxa, há outros adornos. Uma pequena besta está presa à perna esquerda, e uma adaga de trinta centímetros à direita.

Estou armada e pronta para a batalha, isto é, se estiver planejando lutar em uma encenação de guerra.

— Por que estou vestida como uma super-heroína medieval?

Sua testa franze e ele balança a cabeça, muito provavelmente clareando a mente. Ele encolhe com o movimento, tocando a cabeça com as pontas dos dedos. Ao abaixar a mão, nota que estão machados de sangue, então os limpa no jeans antes de se concentrar em mim.

— Se eu tivesse que adivinhar, diria que você, finalmente, transfigurou por inteiro, e saltou direto para a fase metamórfica de seu desenvolvimento.

Nunca vi um Nefilim se transformar em... o que quer que seja que você é agora. É apenas mais uma prova de que você descende provavelmente de uma linhagem de anjo. Talvez todos os seus antepassados tenham se transformado dessa forma.

Rá! Talvez meus antepassados não fossem tão fracos afinal de contas.

Steel pressiona uma mão no corte novamente e fecha os olhos. A lesão se encontra do lado direito da cabeça, no couro cabeludo. Como não consigo ver, não tenho certeza se é grave ou não. No entanto, deve ter sido um golpe bem forte, já que o deixou inconsciente.

Abrindo os olhos, seu olhar está em partes vidrado e exaurido. Tentáculos de preocupação cavam seu caminho no meu coração endurecido.

— Precisamos sair daqui e voltar para a academia. Encontre Sable ou outro instrutor e informe-os do que aconteceu.

— Vamos voltar ao mundo mortal e encontrar os outros alunos.

— Ainda não sei como voltar de propósito. — É fisicamente doloroso admitir.

Os lábios de Steel tensionam em uma linha rígida. Ele havia esquecido esse detalhe. Ele olha para o céu, estudando as ondas de profundos tons azuis e roxos antes de chegar a alguma conclusão com um aceno de cabeça.

— Muito bem, vou me transformar em águia e nos levar de volta. Os sensores da academia serão disparados quando chegarmos. — Steel apruma os ombros, preparando-se para se metamorfosear.

— Espere! — Levanto a mão e me apresso para o lado dele. O volume nas minhas costas torna os movimentos rápidos embaraçosos e o peso extra faz com que a parada seja um problema. Eu quase desabo em cima dele. Ele me segura e envolve os dedos ao redor de meus braços, mantendo-os ali enquanto eu vacilo.

Que vergonha.

Eu me afasto assim que paro de me tremer toda.

Olhando para qualquer lugar, exceto seus olhos, dou uma explicação para minha ação repentina:

— Você acabou voltar à consciência, e parece que pode cair de novo a qualquer momento. Não pode se deslocar, muito menos voar montanha acima.

Vários segundos desconfortavelmente silenciosos se passam antes que eu me permita olhar para ele. Steel me observa com uma leve inclinação da cabeça. Seus olhos saltam sobre meu rosto, absorvendo tudo de uma só vez.

O ROUBO DAS CHAMAS

Não gosto desse olhar. É como se ele visse algo que não vejo. Ele me dá uma sensação de comichão que me faz tremer.

Pigarreando, eu me afasto dele. As asas repuxam às costas, me dando uma ideia.

Fazendo uns movimentos de teste, um sorriso se espalha no meu rosto.

— Eu tenho uma ideia.

— Nem pensar. — As palavras ríspidas não fazem nada contra o meu humor.

— Você sabe o que eles dizem. Um conjunto de asas é tão bom quanto o outro.

— Ninguém diz isso.

— Bem, eles deveriam. Eu só preciso descobrir como usar essas coisas. — Usando mais força e acelerando os movimentos, sou capaz de agitar ar suficiente para me elevar a cerca de alguns centímetros do chão.

— Não vai rolar. Você não faz ideia de como voar com elas.

Estou apenas meio atenta a ele enquanto me concentro na tentativa de me manter no alto. Isto é um trabalho duro. Suor brota ao longo da minha testa, minhas forças quase completamente esgotadas, mas estou determinada.

— Me dê apenas alguns minutos. Eu vou resolver isso.

Cruzando os braços, ele me lança um olhar idiota.

— Digamos que você descubra como voar mais do que um metro do chão. Como acha que vai nos levar para a academia?

Eu paro de bater as asas e desço flutuando até o chão.

— Hmm, eu poderia segurar você?

Talvez eu não tenha pensado bem nisto.

— Ah, é? — Steel avança e se posta à minha frente. Eu tento não inspirar seu cheiro de especiarias, mas é impossível.

— Vá em frente. Então, me pegue. — Ele desafia e levanta os braços.

Muito bem, ele tem razão.

Mesmo que eu pudesse voar, não quero ser pressionada contra ele durante todo o voo.

Steel baixa os braços e me dá um olhar penetrante.

— Somos alvos fáceis como patos sentados, nesse beco.

— Eu não pareço um pato.

Ele ergue uma de suas sobrancelhas.

— As penas combinam.

Idiota.

— Ah, tanto faz. Você só está tentando ser esperto.
— Isso não é algo que eu tenha que tentar, querida, eu simplesmente sou.
Reviro os olhos. Ele poderia ser mais arrogante?
— Escute...
Sons rápidos de passos interrompem meu raciocínio. A cabeça de Steel vira para a esquerda, o olhar colado na entrada do beco.
Eu saco a adaga na minha perna. A arma desliza facilmente da bainha de metal quando meus dedos se enrolam ao redor do punho de couro liso.
Steel se desloca à minha frente, bloqueando meu corpo.
— Deixa comigo. Afaste-se — ele ordena.
Eu bufo uma risada.
Dobrando meus joelhos, eu salto e dou uma poderosa agitada em minhas asas. Lançando-me acima dele, pouso vários metros à sua frente com uma facilidade que não consigo explicar, mas não vou reclamar.
— Não. Deixe *comigo*.
Assumindo uma posição defensiva, meu sangue dispara com um influxo de adrenalina.
— Segundo round — sussurro.

CAPÍTULO VINTE

— Verifiquem os becos, pessoal!

Espere. Eu conheço essa voz.

Meio segundo depois, Sterling contorna a esquina. Quando ele me avista, ele derrapa.

— Uau, Emberly! — Seu olhar sobe e desce pelo meu corpo. — Curti o visual.

— Hmm, obrigada?

Steel se move atrás de mim.

— Ei, eu também estou aqui, caso você se importe.

— Não. Ninguém se importa, mano — responde Sterling, nunca desviando o olhar.

— Algum sinal deles? — Greyson chama de algum lugar fora de vista.

— Aqui! — grita o gêmeo, ainda me encarando.

Cruzo os braços sobre o peito e sacudo as asas.

— Isso é de verdade? — Os olhos do Sterling estão arregalados. — Muito legal.

Outra pessoa cruza a abertura da viela e para bruscamente.

— Emberly? — Greyson exclama, boquiaberto.

Meu Deus, ninguém jamais viu um Nefilim vestido completamente de armadura dourada e asas com pontas metálicas?

— Sim, sou eu. Eu tenho asas. Olha, posso até fazer truques. — Bato duas vezes para levitar do chão antes de cair no asfalto. — Não, eu não sei como isso aconteceu. Não, eu não sei o que isso significa. Sim, estou um pouco assustada. Alguma pergunta? Não? Ótimo. Vamos aceitar isto e seguir em frente.

Greyson dá uma sacudida na cabeça.

142 JULIE HALL

— Sim, é claro. Podemos falar sobre tudo isso mais tarde. Em primeiro lugar, vocês estão bem? — O olhar preocupado dele salta de Steel para mim.

— Ah, sim. — Sterling se aproxima, dando-me outra olhada. — Sem dúvida, falaremos sobre isso mais tarde. Acha que seu traje também se manifestará no reino mortal?

Eu inclino a cabeça para o céu. Sterling não passa de um paquerador nato. Pelo menos estou finalmente me acostumando a isso.

— Cai. Fora — adverte Steel, invadindo o espaço de seu irmão.

As sobrancelhas de Sterling se erguem ao mesmo tempo que as mãos.

— Calma, mano.

Vendo que o rosto de Steel não suaviza de forma alguma, Sterling se afasta. Só então Steel relaxa e a tensão no ar desvanece.

Inclinando a cabeça para o lado, Sterling analisa o irmão mais velho.

— Então, vai ser assim, não é?

— Pare imediatamente esse pensamento — Steel esbraveja. —Você não faz ideia do que tá acontecendo aqui.

— Verdade? — Um sorriso se espalha pelo rosto do garoto. Ele parece tão contente quanto um gato que pegou um rato.

Greyson se coloca entre os irmãos.

— Sterling, pare de encher o saco — ele ordena. — E Steel, se controle, beleza? Precisamos verificar essa lesão na sua cabeça.

Ah, verdade!

— Ele ficou inconsciente por um tempo.

Os olhos entrecerrados de Steel se viram na minha direção com um aviso claro.

— O quê? — Dou de ombros. — É a verdade. Encare a real. Você não é invencível.

Ele caçoa:

— Estou perto de ser.

— Só um pouco arrogante?

— Não é arrogância se for verdade. — Abre os braços. — São apenas fatos.

Eu arreganho os dentes. Estou muito irritada para um simples revirar de olhos.

— É, você não é o presente de Deus para a humanidade.

— Na verdade, isso é exatamente o que sou. — Com um sorriso manhoso ele acrescenta: — Mais especificamente para as mulheres.

— Você me enoja.

— Duvido muito que seja essa a emoção que você sente quando pensa em mim.

— Gente? — Eu mal noto a voz de Greyson através do sangue martelando meus ouvidos.

— Como você saberia como eu me sinto?

Eu nem sequer tento esconder o veneno em minha voz. Em vez disso, disparo as palavras como balas. Steel rebate a pergunta com os olhos semicerrados:

— Como eu poderia não saber? Você exala suas emoções como um frasco aberto de perfume barato. Eu não poderia deixar de notar nem se quisesse.

— Pelo menos tenho emoções — cuspo de volta. — Você tem certeza de que tem um coração palpitando nesse peito? — Não posso impedir a detonação agora. — Nada passa por essa casca endurecida, não é mesmo? E se alguém se aproxima, você os afasta para longe. Afastar... esse é um verbo muito suave. Tá mais para socá-los e chutá-los até que eles saiam correndo e gritando na outra direção. Mas quem se importa se você machuca alguém, né? Enquanto você puder ficar protegido em sua ilha, os fins justificam os meios. O que foi exatamente que te transformou em um zumbi emocional?

— Emberly!

Ash?

Estou tão concentrada em minha raiva, que ignorei o mundo espectral ao meu redor, escolhendo hiperfocar no objeto da minha frustração. A voz da minha amiga me arrebata da névoa da raiva.

Eu me deparo diante de Steel, respirando com dificuldade e com o dedo cutucando seu peitoral.

Quando eu fiz isso?

Virando a cabeça, vejo Ash e Nova com Greyson e Sterling, todos com choque estampado em seus rostos.

Eu fui longe demais. Ultrapassei uma linha que não sabia que existia.

Dando um passo para trás, abaixo a mão.

Steel me fuzila com o olhar, e não posso dizer que o culpo.

— Isso. Foi. Incrível! Que maneira de colocar meu irmão no lugar dele, Em.

— Você pode calar a boca? — Greyson suspira.

— Do que você está falando? — Sterling dirige um olhar magoado para o seu gêmeo. É fugaz e, muito provavelmente, nem um pouco sincero.

— Você acabou de receber cinco minutos de silêncio completo de mim. Isso foi como ver um Steel mais jovem puxar as tranças de uma garota no playground e depois ser esbofeteado com uma torta de lama em troca. Impagável, cara.

Steel avança e agarra a nuca do irmão, forçando-o a se curvar.

— Cale a boca, Sterling.

— Por que todo mundo fica me dizendo para ficar quieto? — Sterling se livra das mãos de Steel, apenas para ter o braço torcido atrás das costas. — Ai, ai! Tudo bem, me rendo, me rendo! Eu me rendo!

— Temos que voltar para a academia — Steel diz, acima dos protestos de Sterling, e começa a percorrer o beco com seu irmão ainda subjugado.

Um feito impressionante, já que Sterling não é um cara pequeno.

— Por que não voltamos ao reino mortal? — Greyson pergunta, com o olhar atento ao lugar em que seus irmãos desapareceram, e o cenho franzido.

Esfrego a testa, sentindo a dor de cabeça latejar.

— Por minha causa. Eu estou presa... novamente. Devíamos ir andando.

Começo a avançar, mas paro quando uma morena esquentada entra no meu caminho.

— O que está acontecendo? — Ash exige saber. — Por que você está vestida dessa maneira? E quando você desenvolveu as asas? — A voz dela fica progressivamente mais aguda à medida que ela prossegue.

— A resposta curta é: eu não sei.

Ash inspira fundo pelo nariz e coloca as mãos sobre os quadris. Ela entrecerra os olhos, não aceitando essa resposta.

— Confie em mim, a resposta longa é apenas uma explicação do porquê de eu não saber. — Minha dor de cabeça passa de um doloroso palpitar para uma explosão de calor, e eu me encolho na mesma hora. — Podemos voltar para a academia e falar sobre isso lá? Tenho certeza de que Sable vai querer uma explicação passo a passo e seria ótimo não ter que repetir a história.

A raiva se esvai de Ash, mas é substituída por um olhar magoado. Dor similar a uma punhalada atinge minhas têmporas. Não estou pensando claramente.

— Ash, sinto muito. Acho que só preciso chegar a um lugar seguro e me sentar ou algo assim. — Sua figura ondula na minha visão e eu pisco para clarear as vistas.

O ROUBO DAS CHAMAS

Meus olhos estão lacrimejando?

— Eu só... — As mãos de Ash estão sob seu queixo. O lábio inferior dela treme e ela puxa ar. — Foi minha culpa você estar aqui sozinha. Eu nunca teria me perdoado se algo tivesse acontecido com você. Eu sou tão...

Eu me ajoelho quando um parafuso doloroso perfura minha cabeça pela parte de trás.

— Emberly! — Ash grita. Sua voz é uma exclamação abafada aos meus ouvidos quando uma chama invisível engloba o mundo ao meu redor.

Eu fecho os olhos com força conforme o fogo me toma e se assenta atrás de minhas pálpebras.

Estou sendo assada viva.

Ash grita por socorro. Quase não escuto seus gritos de pânico acima das chamas que me carbonizam de dentro para fora.

Estou morrendo. Eu devo estar. Não tem como sentir tanta dor e sobreviver.

Mas não quero morrer, quero viver. Então luto contra a dor. Forçando as pálpebras a se abrirem, capto figuras borradas correndo na minha direção. Elas entram e saem do foco como uma tela de televisão antiga.

Uma outra onda de calor me envolve e meu pescoço se inclina para trás; minha boca se abre em um grito silencioso enquanto a visão se enche com o espectro do mundano céu noturno, a beleza em um contraste agudo com a agonia que se estende por todo o meu corpo.

— Os olhos dela! —Alguém arfa. Estou além de ser capaz de identificar as pessoas neste ponto.

Alguém agarra meu rosto e força minha atenção de volta à Terra. As mãos que pressionam minhas bochechas resfriam o inferno onde tocam.

Eu me pressiono à carícia enquanto a visão desvanece. Os olhos de safira chamam minha atenção mesmo quando a dor continua a atravessar meu corpo do pescoço para baixo. Eu foco em qualquer alívio que possa obter e percebo vagamente que não estou realmente em chamas.

— Respire fundo. Inspire e expire. — A expressão de Steel é séria, mas não indelicada.

— A dor... — suspiro, vagarosamente. Ele não consegue entender o que estou passando.

Seu polegar enxuga uma lágrima que escapou do meu olho.

— Ela vai passar. Eu prometo.

Apesar de tudo, eu acredito nele.

JULIE HALL

Eu puxo um pouco de ar e me inclino para frente. Dobrando-me o máximo possível em seu abraço frio, eu permito que Steel me conforte.

Meu corpo treme com a força da batalha que se desenrola por dentro. O calor abrasador faz uma tentativa desesperada de me subjugar, oposta apenas pelo toque frio das pontas dos dedos no meu rosto e nos meus braços.

Minhas asas curvam-se para frente, encapsulando a nós dois.

— Está quase acabando.

Eu me agarro às palavras sussurradas por Steel, como se fossem uma corda destinada a me salvar de uma queda.

Magma líquido embebe cada uma das minhas vértebras e sobe pelas asas douradas. Eu as estendo para proteger Steel do fogo, mas um momento depois elas se comprimem firmemente contra minha coluna por sua própria vontade.

Eu grito quando uma costura se abre em minhas costas e as asas se dobram para dentro de mim.

Com um último raio de luz, o mundo fulgura em branco antes de voltar ao normal. O calor deixa meu corpo em um alívio doce, tomando seu lugar.

Eu voltei ao mundo real. A provação me deixou completamente ofegante, suada e lânguida nos braços de Steel. Tento me afastar dele, mas meus membros trêmulos não cooperam.

— Ela está bem? — O rosto de Ash aparece sobre o ombro de Steel. Eu tenho dificuldade para me concentrar. Meus olhos piscam preguiçosamente e se recusam a ficar abertos, apesar dos meus esforços.

— Eu acho que sim. — As palavras vibram pelo peito dele até o meu.

Acho que é hora de uma sonequinha.

Minha cabeça concorda.

Definitivamente, é hora da soneca.

— Emberly. — Uma pessoa muito mal-educada me faz acordar. — Não durma agora.

— Você não manda em mim — resmungo.

— Ela é mal-humorada até quando está meio consciente. Eu gosto disso.

— Cale a boca, Sterling.

— Vamos levá-la de volta para a academia. — Oh... Nova. Ótima ideia. Minha cama na academia é incrível. — Steel, talvez seja melhor deixar um de seus irmãos levá-la? Você ainda está ferido.

— Não, eu estou bem. Eu posso cuidar dela. — Sou erguida no ar. — O resto de vocês fiquem de vigia. Aqueles Abandonados ainda estão à solta.

Espere, Steel está me carregando? Não, obrigada. Eu posso andar por conta própria. Vamos lá, corpo, hora de voltar a funcionar.

Eu me contorço contra o peito forte. Meus olhos só se abrem algumas vezes, mas vejo o flexionar do maxilar dele. Parece que ele está rangendo seus dentes.

— Você pode parar de se mexer? Eu a deixarei cair se não parar.

— Me. Solte. — Por que é tão difícil formar palavras?

— Ei. — Ash dá um aperto tranquilizador no meu braço. — Fique quietinha, está bem? Nós vamos levar você de volta e descobrir o que está acontecendo.

Abro as pálpebras usando apenas a mais pura força de vontade. Minha cabeça balança em sincronia com os passos do Steel. Tentar me concentrar me deixa um pouco enjoada.

— Nunca mais fale sobre isso. — Obrigo as palavras a saírem.

— Sobre sua transformação? — ela pergunta.

— Não — sacudo a cabeça para o lado e acomodo no tórax de Steel. — Dele. Me carregar.

Um riso irrompe de seu peito.

— Não prometo nada.

Ótimo.

Permito que meus olhos se fechem e o corpo relaxe. Mais vale aproveitar o passeio. Vou pagar por ele mais tarde.

CAPÍTULO VINTE E UM

O escritório de Sable parece menor com sete corpos amontoados ali dentro. Nova está empoleirada no assento da janela, sentada com os braços e as pernas cruzados. Ela se inclina contra o peitoril, verificando se o esmalte das unhas está lascado. Ela é a representação do tédio.

Greyson e Sterling estão apoiados contra as prateleiras embutidas atrás de mim. Não me virei para olhar para eles desde que entrei na sala, mas de vez em quando ouço um livro bater no chão. Aposto tudo que foi Sterling.

Ash flanqueia meu lado esquerdo como uma sentinela silenciosa. Ela me dá um aperto suave no ombro quando reconto as partes mais intensas da história, mas além disso, permanece em silêncio.

Estou sentada em uma das duas cadeiras do outro lado da mesa de Sable. Tirei uma minissoneca quando Steel me levou de volta à academia, e agora posso realmente manter os olhos abertos. Minha energia parece estar voltando exponencialmente, quase me sinto normal de novo.

Steel está largado na outra cadeira, com a cabeça está inclinada para trás enquanto observa o teto.

Sable está sentada atrás de sua mesa, com as mãos apoiando o queixo conforme escuta o relato. Além de algumas perguntas esclarecedoras, ela me deixa retransmitir a história em sua totalidade, bem, a maior parte dela de qualquer forma. Há alguns detalhes sobre o Steel e sobre mim que não vou contar a ninguém. Nunca.

— Então, isso é praticamente tudo — finalizo. Eu olho para Steel para ver se ele quer acrescentar alguma coisa, mas ele ainda está examinando algo no teto.

O ambiente fica em total silêncio por um minuto antes de Sable falar:

— Então, você completou sua metamorfose mais cedo. E a dor que sentiu quando transfigurou de volta gradualmente, não deve acontecer de novo. A primeira vez que você retrocede após a metamorfose é conhecida por ser particularmente desgastante.

— Era isso que eu estava pensando — acrescenta o Steel.

Desgastante?

Suponho que seja uma forma de definir. Isto se você considerar que sua pele está sendo queimada e que os membros estão derretendo de dentro para fora como sendo "desgastante".

— Vou ter que alertar o Conselho de Anciãos.

A sala entra em erupção.

Ash se inclina sobre a mesa e grita com Sable. Greyson e Sterling abandonam seus postos atrás de mim e avançam. Eles se alternam entre discutir um com o outro e gritar por cima de Ash. Nova se revira no assento da janela, mas até ela parece alarmada. Seus olhos estão arregalados e saltam entre as pessoas gritando na sala.

Sable faz o seu melhor para acalmar meus amigos, mas até agora não está fazendo muita diferença.

Somente Steel parece não ser afetado pelas notícias, seu olhar é introspectivo. Eu não consigo decifrar suas expressões.

Estou simplesmente confusa.

Não tenho certeza do que é uma metamorfose, ou porque ela me fez brotar as asas. Já ouvi falar do Conselho antes, mas não tenho certeza do porquê da confusão.

— Basta! — Sable grita, se pondo de pé. —Todos vocês sabem que existem regras pelas quais vivemos. Nós nos reportamos a um órgão governante, como qualquer outro grupo. Não podemos simplesmente andar por aí fazendo o que quisermos sem repercussões.

— Mas, Sable — argumenta Ash —, você sabe o que eles farão com ela.

Eita, não gosto da implicação disso.

— O que eles vão fazer comigo?

— Eles vão mandar você embora — responde Greyson.

— Ou fazer experimentos em você — acrescenta Sterling.

— O quê? Você está zoando comigo?

— Sterling. — Sable belisca a ponte do nariz. — Você sabe que isso não é verdade.

Sterling se aproxima da lateral da mesa.

— Nós não sabemos disso. Só eles podem saber. Ela já é uma anomalia.

Quem pode dizer que os Anciãos não vão querer abri-la para ver como ela funciona?

Eu salto tão rápido que a pesada cadeira tomba no chão. Corro em direção à porta de entrada, meu instinto de fuga enlouquecido.

Não vou deixar ninguém me abrir.

Steel voa de seu assento e bloqueia a saída. Derrapo apenas alguns centímetros antes de me chocar contra seu peito amplo.

Virando a cabeça, procuro outra rota de fuga.

Nova percebe que estou olhando para a janela e sacode a cabeça lentamente.

— Nem pense nisso.

Mas é exatamente isso que estou fazendo. Estamos no quarto andar. A queda vai doer, mas acho que não vai me matar.

Eu corro para a janela, a única outra rota de fuga nesta pequena sala. Um par de braços circundam ao meu redor e sou levantada do chão.

— Me solte, Steel — rosno, por entre os dentes cerrados. As luzes do mundo espectral começam a cintilar nos cantos da minha visão.

Steel me larga na cadeira.

— Acalme-se. Ninguém vai te dissecar.

— Nós não sabemos disso com...

— Sterling. — O som da voz de Steel emite um aviso claro para o irmão, e Sterling fecha a boca. — Talvez esta sala esteja um pouco lotada para esta conversa. Você não acha, Sable?

Sable examina a sala antes de concordar.

— Steel está certo, todos fora, menos ele e Emberly. Eu preciso fazer mais algumas perguntas, de toda forma.

Ash, Greyson e Sterling começam a discutir entre si novamente e Sable range a mandíbula para frente e para trás, a frustração claramente descrita em cada um de seus movimentos.

Nova salta do parapeito e caminha para a porta sem uma palavra, lançando um olhar preocupado entre mim e Steel antes de sair da sala. Eu verifico a reação de Steel com o canto do olho, mas o encontro me observando e não a sua suposta namorada. Não estava esperando por isso, e uma onda de calor infunde em minhas bochechas.

Olhando para o outro lado, inclino a cabeça para que meu cabelo forme um véu entre nós.

As portas se abrem com um estrondo e duas pessoinhas entram correndo.

— Steel! — guincha uma pequena menina de cabelo preto liso até a cintura. Ela se lança em seu colo e envolve os ombros largos com os bracinhos, enterrando o rosto em seu pescoço. Steel a envolve com um braço e esfrega a mão em círculos nas suas costas.

Um jovem rapaz vem logo atrás, saltitando na frente de Greyson e Sterling.

— É verdade? — ele pergunta, todo animado. — Ouvimos dizer que o Steel deu uma surra em uns Abandonados. — Ele bate seu pequeno punho na palma aberta da outra mão. — Aposto que ele derrubou uns oito ao mesmo tempo, certo? Ele estava na forma de leão? Ou talvez de águia? Provavelmente não o touro, porque eu sei que ele é sensível a essa forma. A mãe disse para não falar nisso, porque...

— Blaze — Steel geme, com a garotinha ainda agarrada ao pescoço. — Já chega.

Isso é um pouco de rubor nas bochechas de Steel?

Virando o olhar para Greyson e Sterling, posso dizer que eles estão lutando contra os sorrisos.

— Mas, Steel — Blaze choraminga —, eu só estava dizendo o que mamãe me disse.

— Eu sei, amigão. Mas agora não é a hora, está bem?

O rosto de Blaze assume a expressão perfeita da decepção, mas ele acena com a cabeça para o irmão mais velho.

— Você está bem? Quando soubemos, eu fiquei com tanto medo por você.

A pequena fada nos braços de Steel finalmente levanta o rosto. Ela é adorável. Seus olhos redondos, azuis-celestes, brilham com lágrimas não derramadas, a pele de porcelana é completamente imaculada, e os lábios têm a forma perfeita do arco do cupido. Ela vai ser de tirar o fôlego quando crescer.

Tanto ela quanto seu irmão parecem bem jovens. Estudantes do primário, provavelmente.

Afastando o cabelo do rosto dela, Steel responde:

— Eu estou bem, Aurora. Você sabe que nada pode me machucar. Afinal, sou feito de aço.

Aurora ri da piada horrível.

É difícil não derreter um pouco, vendo-o interagir com os irmãos mais novos. Este é um lado dele que nunca vi. E fica mais do que óbvio que Steel se importa muito com eles.

— Como vocês dois souberam disso? — pergunta Greyson.

Aurora concentra os grandes olhos de boneca em seu gêmeo. Blaze vira a cabeça, evitando o contato visual com qualquer pessoa na sala, e empurra um livro no chão com o pé.

— As pessoas estão falando. Porque você entrou carregando aquela com o cabelo branco de fogo.

Blaze aponta para mim, mas mantém o olhar colado ao chão.

Cabelo branco de fogo? Até que não é tão ruim.

— E talvez tenhamos escutado um pouco através da porta.

Sterling pressiona os lábios, os cantos curvados para cima. Em seguida, cobre a boca com a mão. Greyson geme e Steel apenas olha para o teto e balança a cabeça.

— Você é uma princesa? — pergunta uma voz suave. Os olhos claros de Aurora estão fixos em mim.

— Eu? Hmm, não? — Isso não era para ser uma pergunta.

— Você tem certeza? — O olhar dela é desconcertante, e eu me remexo no lugar.

É uma pergunta inocente de uma garotinha, mas ainda me incomoda. As princesas nunca tiveram que comer de lixeiras ou dormir em parques públicos; elas dão banquetes e dormem em mil colchões em palácios luxuosos. As princesas não são órfãs, solitárias e antissociais; elas sabem exatamente quem são seus pais e têm exércitos de pessoas que as amam e as adoram. As princesas não são deixadas sozinhas para se defender em um mundo selvagem; elas são protegidas e cuidadas.

Estou tão longe de ser uma princesa quanto qualquer outra menina poderia ser.

— Sim, tenho certeza. — Sorrio, porque ela parece tão decepcionada com a minha resposta. — Não há nada de especial em mim.

Ela sacode a cabeça. Fios finos de cabelo preto-azulado flutuam no ar ao redor de seu rosto.

— Não, isso não é verdade. O ar ao seu redor brilha. Você é muito especial!

Eu pestanejo e depois olho para Steel. *Brilha?*

Ele está me observando com uma expressão pensativa que endurece após um momento.

— Grey, Sterling, vocês podem levar estes dois de volta para seus quartos? Está tarde.

Sterling expira, frustrado, percebendo que ficar no escritório não é uma batalha que ele vai vencer.

— Claro. Vamos lá, manés, parece que vocês ainda precisam de seus manos para colocá-los para dormir.

Aurora desce do colo de Steel e bate palmas em júbilo. Ao mesmo tempo, Blaze solta um gemido, uma carranca contorcendo suas feições.

— Eu não sou um bebê — ele argumenta. — Vocês não precisam me levar de volta para o meu quarto.

Greyson leva os dois até a porta, com Sterling na retaguarda.

— Ah, sabemos que você é capaz de chegar ao seu quarto, pestinha. Só achamos que você é sorrateiro o suficiente para encontrar um novo esconderijo em vez de ir até lá.

Um sorriso malicioso irrompe no rosto de Blaze. Seu irmão o pegou. Ele já deve ter dado a seus pais alguns cabelos grisalhos. Um tufo de cabelo escuro cai em seus olhos e ele o afasta, piscando para mim quando sai da sala.

— Você viu isso? Ele está tentando me paquerar? — pergunto ao Sterling quando ele passa.

— O que posso dizer? Ele puxou ao irmão. — Sterling pisca de volta para mim e segue o grupo porta afora. Aurora pode ser ouvida ao fundo do corredor.

— Grey-Grey, espere até ver o novo esmalte que a mãe me mandou. Ficaria ótimo com sua pele.

Eu e Ash gargalhamos antes que a porta se feche por completo.

— Receio ter que te pedir que saia também — diz Sable a Ash. Ela levanta uma mão para impedir as reclamações de Ash. — Ambas sabemos que ela vai te contar tudo quando voltar ao dormitório de qualquer maneira. Por favor, deixe-me apenas tratar do assunto entre os dois.

— Você promete não a mandar embora?

— Não vou mandar Emberly a lugar nenhum. Ela é bem-vinda para ficar aqui o tempo que quiser.

Ash cruza os braços, arqueando as sobrancelhas.

— Mas e se os Anciãos exigirem?

— Falaremos sobre isso na hora certa.

Ash não parece completamente satisfeita, mas assente em concordância.

— Eu espero por você, está bem? Tenho certeza de que vai ficar tudo bem.

— Claro. — Como ela pode dizer que tudo vai ficar bem quando, obviamente, está preocupada com o fato de que serei mandada embora da academia por este chamado Conselho de Anciãos?

Quando a porta se fecha, apenas nós três ficamos. A atenção de Steel está presa em Sable.

— Você sabe o que eles vão querer. Eles vão esperar que ela lute.

CAPÍTULO VINTE E DOIS

O couro range quando Sable se inclina de volta em sua cadeira. Seus braços estão dobrados na frente dela e a cabeça está inclinada para trás.

O que há lá em cima que todos acham tão interessante? Eu não vejo nada além de tinta branca no teto.

— Eu gostaria que você estivesse errado, Steel, mas não posso dizer que você está. — Enchendo os pulmões de ar, ela se reclina para a frente e pega o telefone em sua mesa. — Preciso ligar para Deacon.

— Espere. — Cubro o telefone com a mão. — Antes que algo mais aconteça hoje à noite, alguém precisa me explicar o que é uma metamorfose. Vou me transformar em uma borboleta ou algo assim? E por que todos estão tão assustados com o Conselho de Anciãos? Eles são um grupo de velhos descendentes de anjos que usam longas vestes cinza e cantam em línguas esquisitas ou algo assim?

— Cantar em línguas esquisitas? Sério?

Eu falo por cima de Steel sem olhar na sua direção:

— Como devo saber o que seus Anciãos fazem? Eu nem sabia que eles existiam antes de vir para cá. — Relaxando a mandíbula, eu me acomodo em meu assento.

— Isso é justo — Sable diz. — Metamorfose é a etapa final no desenvolvimento de um Nefilim. Você sabe que novos poderes só se manifestam em nós uma vez por ano, em nossos aniversários.

Mas não é o meu aniversário.

— Nossos jovens adultos geralmente passam por uma fase em que poderes mais fortes se desenvolvem. Normalmente, começa no décimo oitavo aniversário e termina no vigésimo. É por isso que nossos alunos não se formam até os vinte.

— Você está dizendo que estou passando pela puberdade Nefilim neste momento? Porque isso é um saco cheio de injustiças.

— Suponho que você pode pensar dessa maneira. Mas os efeitos colaterais são diferentes. Você não precisa se preocupar com surtos hormonais e acne. E pelo jeito, parece que você pode ter acabado de passar por toda a fase. Não consigo imaginar que você tenha mais habilidades que se desenvolverão. Sem mencionar o quão rápido isso aconteceu.

— Alguém mais já passou por isso cedo? — Mordo meu lábio inferior, sem ter certeza do que quero que seja a resposta dela. Os olhos de Sable se voltam para Steel.

Ah, ótimo.

— Acontece ocasionalmente. O Steel aqui começou em seu décimo sétimo aniversário e recentemente terminou a última fase quando completou dezenove anos. É por isso que ele tem saído em algumas missões. Tecnicamente falando, ele poderia ter se formado mais cedo e deixado a academia para sair em alguma missão em algum lugar.

Eu me viro para Steel. Sua mandíbula está contraída e o olhar está fixo à frente.

— Bem, por que você não saiu então? — pergunto.

Flexionando a mandíbula, cerra os dentes com mais força e depois relaxa os punhos. Ele não vai me responder.

Sable pigarreia.

— O assunto mais urgente é que não é o seu aniversário.

Exatamente.

— Começar e até mesmo completar a metamorfose cedo não é particularmente alarmante. O fato de ter acontecido em um momento aparentemente aleatório, é. Você pode me dizer outra vez o que aconteceu logo antes de suas asas aparecerem?

— Bem, hmm, o Abandonado disse que eles iam matar o Steel e eu meio que reagi.

— Hmm, interessante.

— Você não acha que tem algo a ver com ele. — Aponto o polegar para o idiota silencioso ao meu lado.

— Provavelmente, não, mas é uma possibilidade. Receio dizer que ainda há uma tremenda quantidade de mistério ao seu respeito. Quem me dera

O ROUBO DAS CHAMAS 157

ter mais respostas. O melhor que posso fazer neste momento é educar e treinar você com todas as minhas habilidades, e tentar ajudá-la a passar por tudo isso.

Recosto a cabeça contra o espaldar da cadeira e fecho os olhos com força.

— Tem tanta coisa que não sei. Ser uma mulher misteriosa pode parecer excitante, mas é muito inconveniente em um mundo angelical.

O olhar de Sable é simpático quando levanto a cabeça.

— Então, sobre este Conselho...

— Certo, eles são um pouco mais fáceis de explicar. O Conselho é formado pelos Nefilins mais antigos de cada linhagem. Portanto, há sete Anciãos, um de cada linhagem de Nefilins existentes.

— Então não há Serafins ou Anjos Anciãos, certo?

— Correto. Uma cadeira no Conselho só fica vaga se alguém morre. Então, o próximo mais velho toma o seu lugar.

— E se essa pessoa não quiser ser um Ancião? Ou não souber liderar?

— Não importa. Eles conseguem a posição quer queiram ou não, quer a tenham merecido ou não.

Bem, isso parece um desastre prestes a acontecer.

— O que há de tão especial neste grupo? Presumo que eles não sejam apenas representantes.

— Os Anciãos podem controlar sua vida, se lhes apetecer — Steel, por fim, em voz alta. — É do maior interesse de cada Nefilim ser discreto o máximo de tempo possível. Pelo menos se eles valorizam sua liberdade. Que pena para você, eu acho.

— Ah, seu moleque insensível. Meu Deus, você sequer sabe como fingir compaixão?

Steel se inclina para mim, quase colando o nariz no meu. Inspirando seu cheiro, minha mente fica um pouco confusa.

Mmmm, delicioso. Sacudo a cabeça sutilmente. *Não, que nojo, Emberly.* Suor masculino e cheiro de desodorante barato não são deliciosos.

— A compaixão não te fará nenhum favor neste mundo, Em. — Ele está perto o suficiente para que seu hálito quente acaricie meu rosto. Tão perturbador. — O que eu ofereço é muito mais útil.

Reclinando para trás, ele gesticula com o queixo na direção de Sable, indicando que ela pode continuar.

Meu cérebro meio que divaga.

O que ele oferece. O quê, exatamente? Sarcasmo e uma dose considerável de humilhação?

Não posso acreditar que uma parte de mim o tenha reivindicado como "meu". Mesmo que tenha sido uma parte enterrada do meu subconsciente que o fez, ainda assim foi errado. Se Steel não tivesse se metido, eu estaria me escondendo em algum canto, com medo da minha própria sombra.

— Isso é um pouco dramático, Steel, você não acha? — Sable ri, baixinho, provavelmente tentando dissipar a tensão na sala.

Não funciona.

Steel apenas dá de ombros, como se dissesse: *"acredite no que quiser, mas eu sei que estou certo".* A gargalhada de Sable cessa abruptamente e ela pigarreia antes de continuar:

— Os Anciãos se certificam de que nossas regras estão sendo aplicadas e, em ocasiões muito raras, acrescentam uma norma ou emendam outra. O atual sistema de governo foi criado há milênios, quando o primeiro Nefilim revoltou-se contra os Caídos. A única maneira de nossa raça conseguir escapar da escravidão era através de uniões. Cada linhagem tem uma palavra e um voto de igual valor. Mas, sim, eles também atribuem a alguns de nossa espécie certas tarefas.

Mordisco meu lábio inferior e o solto com um estalo.

— Por que todos estavam tão contra que você entrasse em contato com eles?

— Porque a palavra do Conselho é definitiva.

— Eles serão seus donos — acrescenta Steel.

— Mas nenhum de seus jovens amigos jamais teve contato direto com eles — continua Sable, ignorando completamente Steel. — Acho muito provável que o Conselho concorde que manter você em nossa academia e continuar a deixá-la aprender e treinar seria o melhor. — Ela inspira profundamente e prende o fôlego por um momento, depois exala audivelmente. — Sim, tenho certeza de que essa é a conclusão a que eles chegarão.

— Certo. E eu sou o Coelhinho da Páscoa — zomba Steel.

— Steel, já chega. — Ela lhe lança um olhar irritado e, os milagres existem, porque Steel fecha a matraca. — Está tarde. Nada tem que ser decidido hoje. Vou ligar para Deacon e discutir este assunto com ele. Os dois estão dispensados.

— Mas eu quero decidir o que acontece comigo. Não você. Não um grupo de Nefilins supervelhos que nunca conheci. Esta é a minha vida.

Inclinando-se à frente, Sable cobre minha mão, mas eu me afasto de seu toque. Não vou deixar que minhas emoções manipulem meu bom senso.

— Nada será feito esta noite, eu prometo. Você teve um dia extremamente difícil, e precisa descansar. Nenhum de nós é de ferro.

Eu a encaro com ceticismo.

— Você não vai chamar o Conselho?

Ela nega com um aceno.

— Não. Eu vou apenas relatar ao Deacon sobre a situação. Falarei com você amanhã.

Concordando, eu me levanto. Estou exausta.

— Está bem, então. Acho que nos veremos amanhã.

Dirijo-me à saída, ignorando Steel bem atrás de mim.

— Emberly — Sable chama. Eu paro e olho por cima do meu ombro. — Você se saiu bem. Estou orgulhosa de você.

Abaixo a cabeça para esconder o embaraço explícito no meu rosto. Não posso evitar o sentimento que seu elogio me causa. Esta é a primeira vez que alguém disse que estava orgulhoso de algo que fiz. No geral, é exatamente o oposto. Cresci pensando que não consigo fazer nada certo, e que me manter escondida é a melhor maneira de ficar fora de problemas.

— Obrigada — respondo, a voz não mais que um sussurro.

Minha mente está revisitando os eventos da noite quando meu braço é agarrado e sou imprensada à parede. O grande corpo de Steel me domina. Um lapso de consciência e aborrecimento corre da minha cabeça até os dedos dos pés.

Meu corpo me trai.

— O que você acha que está fazendo? — Empurro o peito largo.

O grande idiota nem se mexe. Suas mãos estão plantadas na parede, ladeando minha cabeça. Estou tão enjaulada pelo seu corpo que o brilho das luzes do teto não me alcança.

— Já tivemos uma conversa sobre espaço pessoal, Steel. Saia da minha frente.

— Você precisa ficar longe da minha família. Cada um deles. Não quero mais ver você andando com Greyson ou Sterling. E, certamente, não quero ver você conversando com Aurora ou Blaze.

A raiva fervilha em meu interior como ácido. Ela se espalha pelo estômago e se instala no meu peito.

Steel está tentando comandar de quem posso ser amiga. Mais do que isso, ele está tentando controlar com quem interajo.

Eu estou lívida. E odeio admitir isso, mas também estou extremamente magoada.

— Eu não sei o que você está pensando...

Steel paira acima de mim, nossos peitos quase se tocando. A ínfima distância entre nós está carregada de ressentimento mútuo.

— Eles são minha família, e eu farei qualquer coisa, *qualquer coisa*, para protegê-los. E neste momento isso significa mantê-los longe de você, porque você é perigosa.

— Perigosa? — Eu quero contra-atacar, mas não tenho o que dizer.

— Você tem um alvo pintado nas costas, e até que ele desapareça, não quero você perto dos meus irmãos.

— Só pra você saber: não estou nem aí para o que você quer. — Estou tão nervosa que minha respiração sai em ofegos. Considero dar uma joelhada nele, mas dispenso a ideia. Isso é, literalmente, um golpe baixo e não estou interessada em descer a esse nível... outra vez.

Steel me fuzila com o olhar.

— Eu não estou brincando. Isto não é um jogo.

Empurro seu peito com força, que ainda assim não se move. É hora de virar esta tática de intimidação contra ele.

Ficando na ponta dos pés, aproximo meu rosto do dele, afastando-me da parede até chegar bem perto. Em vez de empurrá-lo, coloco as mãos sobre seus ombros e quase grudo nossos corpos, inclinando a cabeça para trás e o encarando com atenção. Em seguida, umedeço os lábios com a ponta da língua e vejo o olhar de Steel se concentrar no gesto, as pupilas agora dilatadas.

— Oh, eu sei que isto não é um jogo. — Espero saber o que estou fazendo. Isto é brincar com fogo, mas se alguém merece ser queimado, é o Steel. — Seus irmãos podem tomar decisões por si mesmos. Não vou ignorá-los de propósito só porque você quer que eu o faça.

Steel afasta a cabeça com as minhas palavras. Perfeito.

— Mas vou lhe dizer o que vou fazer.

Seus olhos se estreitam. *Garoto esperto.*

O olhar dele me acompanha enquanto arrasto uma mão desde o seu ombro até o tórax.

— Eu lhe mandarei para o inferno e farei o que eu quiser.

— Se você pensa...

Não o deixo terminar quando empurro meu antebraço contra sua garganta.

O ROUBO DAS CHAMAS

Estamos tão próximos que ele não tem tempo de me deter, apesar de seus olhos alargarem uma fração de segundo antes que meu braço se conecte com seu pomo-de-Adão.

Tossindo, ele tropeça para trás, agarrando a garganta.

Eu me afasto da parede e sigo em direção ao meu quarto.

Não era minha intenção esmagar o pacote dele, mas socos na garganta são um jogo justo.

Dou um último conselho por cima do ombro antes de sumir de vista. Steel ainda está tentando controlar sua respiração.

— Pare de se meter no meu caminho. Você só vai se machucar. Como você mesmo disse: eu sou perigosa.

CAPÍTULO VINTE E TRÊS

— Que. Idiota!

A porta fecha com força suficiente para chacoalhar os anjinhos de porcelana de Ash em nossa estante. Ela se levanta na cama, totalmente vestida, mas obviamente estava dormindo.

— O quê? Quem? Sim, um imenso idiota. Espere. Hein? — Esfregando os olhos sonolentos, ela pisca em confusão.

Deitando-me na minha cama com um grunhido, acaricio o tecido macio do edredom. Deve ter, provavelmente, um milhão de fios. Uma coisa que não falta a esta academia é dinheiro. Talvez a sensação acalme meus nervos.

— Desculpa. Eu não deveria ter entrado assim. É melhor você voltar a dormir. — As palavras saem ríspidas, passando longe do sincero pedido de desculpas que estou tentando fazer.

— O quê? Não! — Com as pernas agora na beirada da cama, ela me encara com um olhar expectante. — O que aconteceu depois que eu saí?

— Não muito.

Esmurro meu travesseiro em um esforço para desabafar minha frustração persistente, antes de voltar a desabar no colchão. Eu recapitulo os acontecimentos com os dedos.

— Sable explicou a metamorfose e o Conselho dos Anciãos. Steel tentou me amedrontar. Sable vai atualizar Deacon sobre os eventos e falar comigo pela manhã. Ah — aceno uma mão agitada no ar —, e Steel mandou que eu deixasse de ser amiga de seus irmãos e que nunca mais tivesse contato com Blaze e Aurora.

Ash fica boquiaberta.

— Não acredito.

— Pois é, acredite. O que ele fez esta noite já foi ruim o suficiente, mas este é um novo golpe baixo.

Meu coração aperta. Steel tentou apagar o brilho da esperança de que eu poderia fazer alguns amigos de verdade. Meus instintos estavam certos — eu não deveria ter me apegado a ninguém. Baixei a guarda nas últimas semanas. Eu já não deveria ser mais esperta?

Que mico.

— O que ele disse exatamente? Talvez você o tenha entendido mal? — Ash chega para a frente até se sentar na beiradinha do colchão. — Espere, o que ele fez antes?

Oh, droga.

— Ah, não foi nada. — Os olhos de Ash não perdem nada enquanto eu me sento e afofo o travesseiro, me acomodando contra a cabeceira.

Meu Deus, consigo parecer mais culpada?

Não é como se beijar fosse um crime, mas lembrar disso não apaga o vestígio do engano da minha consciência.

O escrutínio de Ash pesa muito sobre mim.

— Em poucas palavras, Steel disse que, desde que os Abandonados me perseguiram, eu sou perigosa. Ele acha que se associar comigo fará com que um dos membros de sua família se machuque.

É uma preocupação absurda. Eu dou uma risada seca.

Mas as sementes da dúvida começam a se enterrar em minha mente. Elas penetram através da frágil barreira que construí para me proteger, enraizando-se nas profundezas do meu subconsciente e me fazendo questionar a situação.

E se ele estiver certo?

Envolvo os braços em torno de mim mesma. O que pode parecer uma postura de rebeldia é realmente uma postura de autoconforto. Tendo vivido uma vida privada de consolo físico dos outros, meus braços cruzados são minha versão de um abraço.

Minha mente está sobrecarregada, disparando pulsos de negação em intervalos regulares. Mas e se eu estiver colocando seus entes queridos em perigo?

Steel é um dos Nefilins mais poderosos da Academia Serafim, e esta noite quase teve sua vida ceifada. Se algo assim acontecer novamente quando um de seus irmãos estiver comigo, o conflito pode ser mortal.

Estou acostumada a enfrentar perigos e a me proteger, mas ser responsável por outra vida... Um raio de terror atinge meu coração.

Até este momento, nem considerei que Steel pudesse estar certo.

— Que cara é essa? — Ash pergunta. — Não estou gostando.

— Acho que é só... — Mordisco meu lábio inferior, rangendo os dentes. A indecisão me apunhala com força, enquanto a culpa parece pronta a me engolir inteira. Se alguém se machucasse por minha causa, eu nunca me perdoaria.

— Quando penso nisso, ele tem um pouco de razão.

Por que não posso ser uma daquelas pessoas que não se importam? Considerando que cresci sem ninguém pensando nos meus melhores interesses, eu deveria ser programada para me manter concentrada só em mim. Por que não posso ser tão dura e insensível como a armadura que visto?

Ash descruza as pernas e percorre a curta distância até minha cama. Sentando-se suavemente aos meus pés, ela espera até saber que tem a minha atenção.

— Não, não tem. Lutar contra Abandonados, isso é algo que todos nós temos que enfrentar um dia. É parte de nosso propósito, divinamente gravado em nosso DNA. Os Abandonados podem ter nos criado para ajudá-los, mas nossos instintos de luta contra o mal prevaleceram. O Steel só tem mais trauma do que a maioria de nós.

Com os joelhos curvados e pressionados ao peito, deixo os braços pendendo sobre eles.

— Você quer dizer por ele já ter participado de missões?

Ash sacode a cabeça, os cachos se agitando sobre os ombros. Ela enrola o cabelo em um coque alto, prendendo-o com um elástico.

— Não, Steel tinha uma irmã gêmea, Silver. Ela...

— Espere, você está me dizendo que todas as crianças daquela família são gêmeas?

Ash coça a testa.

— Sim, é uma coisa da família Durand. Eles sempre têm filhos em pares. Não sei todos os detalhes, foi há uns seis ou sete anos, mas isso aconteceu quando a família de Steel estava de férias nos Alpes Suíços. Steel e Silver desapareceram uma noite. Ouvi dizer que houve uma nevasca, mas talvez isso tenha sido um exagero. De qualquer forma, os grupos de busca não os encontraram naquela noite. No dia seguinte, Steel voltou. Silver não.

— Será que ela... morreu?

— Isso, ou pior. Eles nunca encontraram o corpo dela. Pelo que ouvi,

Steel estava meio congelado quando encontrou seu caminho de volta. Ele não conseguia se lembrar de nada. Silver poderia ter sido facilmente soterrada em algum lugar na neve. Partes das montanhas naquela área nunca descongelam e, mesmo sendo resistentes, ainda podemos congelar até a morte.

Ela faz uma pausa antes de continuar:

— Acho que Steel nunca fala sobre isso, mas considerando que ele já perdeu um membro da família, faz sentido ele ser tão protetor com o resto. Mesmo que seja de um jeito radical. Não o conheço bem, mas tenho a impressão de que ele leva muito a sério seu papel de irmão mais velho.

Isso é um eufemismo. Ele não desempenha apenas o papel de irmão mais velho, mas também de protetor.

Exalo com força e me recosto à cabeceira novamente.

— Há quanto tempo você disse que isso aconteceu?

— Eu não me lembro exatamente. Eu me transferi para esta academia no meu sexto ano, isto é como a oitava série em uma escola humana, então eu não estava por perto quando aconteceu. Mas acho que ele não era muito mais velho que Blaze e Aurora.

Experimentar uma perda tão traumática, sendo tão jovem... Não consigo nem imaginar todas as formas em que isso mexeu com Steel.

— De vez em quando, Greyson ou Sterling mencionam algo sobre Silver, mas isso não acontece com frequência. Nunca pensei que fosse meu lugar para me intrometer.

Alguns segundos passam enquanto eu tento processar estas informações. Não tenho certeza se consigo... pelo menos não totalmente em uma noite.

— Pelo que eu entendi, Silver era o coração da família deles. Todos eles a adoravam. Acho que Steel costumava ser muito mais tranquilo do que ele é agora.

Passo uma mão pelo meu cabelo, com sensação de graxa. Com que rapidez me acostumei à limpeza.

— Isso é uma coisa horrível de acontecer a qualquer um, mas tão novinho, e depois de ter estado com ela naquela montanha... — Deixei que minhas palavras ficassem no ar.

A atitude de Steel está começando a fazer um pouco mais de sentido agora. É fácil ficar com raiva de alguém por ser um idiota, quando se pensa que é simplesmente por ser um idiota. É muito mais difícil quando você percebe que eles têm camadas, que provavelmente existem razões para o modo como eles são e as coisas que fazem.

Fechando os olhos, pressiono as palmas contra eles até que estrelas brancas dancem por trás das pálpebras fechadas.

— O que vou fazer, Ash?

Sua mão gentil aperta meu joelho antes de ela descer da minha cama.

— Eu não lhe disse isso para que você deixasse de ser amiga de Greyson e Sterling. Acho que você não deve deixar os medos de Steel atrapalharem o seu caminho. Como eu disse antes, monstros e perigos fazem parte da nossa realidade, e Steel precisa se adaptar a isso por conta própria. Ele não pode colocar uma concha protetora ao redor de todos que ama.

Uma concha protetora. Eu não ficaria surpresa se isso fosse algo que ele tivesse tentado.

— Eu só queria que você soubesse os motivos dele para não levar isso como ofensa pessoal. Só porque somos parte anjo, não significa que somos perfeitos, sabe?

Eu concordo com ela.

— Sim, está certo.

Ela segue até o banheiro, mas se vira antes de fechar a porta.

— Não deixe isso te incomodar, está bem? Acho que você passou a maior parte de sua vida com pessoas dizendo que você é menos que merecedora, ou não merece de alguma forma. Mas, isso é uma mentira. Você é digna de amizade, de lealdade e de amor. Você é digna de todas as coisas boas que a vida tem a oferecer. Você está construindo verdadeiras amizades aqui, não desista delas facilmente. Você, provavelmente, mais do que qualquer um de nós, sabe como elas são especiais.

Minha garganta se fecha de emoção, então eu simplesmente aceno com a cabeça e ofereço o máximo de um sorriso que consigo reunir. Não é muito, mas é o suficiente para Ash.

Assim em que ela desaparece da vista, eu permito que a umidade que inunda meus olhos desça livremente.

Ela está certa: passei a vida inteira com pessoas que menosprezaram minha própria existência. A amizade é um dom precioso que me foi negado, e eu sou a última pessoa que deveria levar isso levianamente. Mas sabendo o que Steel já perdeu, será que posso, de maneira consciente, colocar em perigo um de seus entes queridos simplesmente para ter algo que desejo?

E se eu o fizer, isso não faz de mim o monstro no fim das contas?

CAPÍTULO VINTE E QUATRO

Espeto o pedaço de peito de frango com o garfo. O molho já deve estar frio, o que é uma pena. Acontece que gosto de frango e não tenho o hábito de deixar passar comida de graça. Mas quem consegue comer quando se está sendo observado?

Esta garota não.

Na minha última escola eu costumava levar meu almoço para o porão para escapar dos olhares curiosos de meus colegas estudantes. Estava sempre úmido e cheirava a mofo e, às vezes, fedia a carniça, mas por um momento de paz eu pagava esse preço.

Sumir sempre foi minha especialidade. Esta noite eu queria fazer isso, ou não jantar, mas Ash é uma coisinha mandona e não quis nem saber.

— Eu te juro que ninguém está olhando.

Lanço um olhar de escárnio para a minha 'sargento', com o máximo de irritação que posso infundir em minhas características. Só tenho que virar o pescoço um pouco para a direita ou para a esquerda para ver pelo menos seis pares de olhares me analisando furtivamente.

Blaze e Aurora não são os dois únicos que souberam do que aconteceu durante o fim de semana. Eu sou a garota esquisita de novo.

Os alunos da Academia murmuram por trás de suas mãos. As conversas sussurradas deles fazem cócegas nos meus tímpanos. Seus olhares pesam em minhas costas, queimando a pele, através das roupas, como brasa quente.

O pior foi durante a educação física, quando Seth tentou me levar à transfiguração. Consegui entrar algumas vezes no mundo espectral, mas nenhuma asa mágica ou armadura dourada apareceu. Quando voltei ao mundo real, os rostos dos estudantes demonstravam decepção. Fiquei tentada a perguntar se eles queriam um reembolso pelos ingressos, pois obviamente contavam que eu seria o entretenimento do dia.

— Basta ignorá-los, Em. Eles encontrarão algo novo para falar em um dia ou dois.

Pegando minha faca, esfaqueio meu frango e depois lanço um olhar cortante para Sterling. Tenho quase certeza de que ele fez apostas sobre se eu me transformaria ou não durante o treinamento.

Eu aponto o garfo para ele.

— Nem uma palavra.

Ele tem o bom senso de franzir os lábios. Greyson irrompe em uma gargalhada.

— Eu te disse para não usar a experiência da Emberly para aumentar seu vício no jogo, mano. Você trouxe a ira dela sobre si.

Sterling abre a boca, mas suas bochechas coram.

— Não. Eu sou muito charmoso. Emberly nunca poderia odiar um rosto tão bonito como o meu.

Infelizmente, ele não está errado, ele é, de um jeito muito irritante, impossível de odiar.

O que vou fazer com ele? O que farei com toda a família dele?

Posso usar esta coisa das apostas como uma desculpa para me distanciar dos gêmeos Durand. O pretexto seria bobo, mas posso usá-lo para criar uma rixa entre nós.

Sinto uma dor no peito e esfrego o local.

Ainda estou destroçada por dentro sobre o que fazer com os irmãos de Steel. Eu posso, e ficarei, facilmente longe de Blaze e da Aurora. Não quero que eles se envolvam em nada que possa conter uma pitada de perigo. Steel e eu pensamos igual em relação a isso.

Mas Greyson e Sterling são uma história diferente. Nas poucas semanas que os conheci, eles se tornaram como irmãos que nunca tive, aqueles que eu teria desejado se soubesse o que estava perdendo.

Greyson se aproxima, arrastando a ponta do dedo indicador por um caminho entre meus olhos e pela ponte do nariz.

— Por que o cenho franzido, lindinha? Você não sabe que se franzir as sobrancelhas desse jeito, elas podem acabar ficando assim?

— Oh, hmm...

O que posso dizer a ele?

— Não ligue para o Sterling. Ele não se controla. Ele é doido assim mesmo. — Não consigo evitar um sorriso. Greyson sempre tem desculpas divertidas para as brincadeiras de seu irmão.

— Eu ouvi isso! — Sterling grita do outro lado da mesa, olhando de cara feia.

— Eu sei. — A atenção de Greyson se volta para o irmão antes de se concentrar em mim de novo.

— Não, está tudo bem. Quero dizer, é irritante, mas não é isso que...

Um ruído agudo seguido por um corpo que se senta ao meu lado desvia minha atenção da Greyson. Quando viro na direção oposta, deparo com Steel na cadeira à minha direita. Seus braços fortes estão apoiados sobre o encosto da cadeira e ele está me encarando.

Eu pisco duas vezes.

— O que você está fazendo? — pergunto.

— Comendo o jantar. — Passando por mim, Steel pega meu garfo e espeta um punhado de aspargos no meu prato antes de levá-los à boca.

Eu rosno, irritada, e pego meu garfo de volta.

— Não toque na minha comida. Eu. Vou. Te. Cortar. Todinho.

Ele encolhe os ombros despreocupadamente e arrisca sua vida uma segunda vez, roubando uma batata frita do meu prato. Tiro a batata de sua mão antes que ele possa comê-la.

— Você está pedindo para ser esfaqueado, sabia?

Ele dá de ombros outra vez e encara o meu frango. Eu afasto o prato, colocando um braço entre ele e minha comida, e agarrando o garfo como uma adaga. Eu o desafio com o olhar a tentar roubar outra coisa.

Não se mexe com a comida de uma ex-menina desabrigada.

Uma voz clara me faz lançar um olhar rápido para o outro lado da mesa antes de voltar a Steel.

— Hmm... Oi, Steel. — A voz de Ash carrega um forte indício de cautela. — Você precisa de alguma coisa?

— Sim. — Ele dá uma risada zombeteira. — Preciso ter certeza de que sua amiga Emberly não nos mate.

Um suspiro fica preso na minha garganta. Sério que ele acabou de dizer isso?

Um acesso de tosse vem da minha esquerda e eu me viro a tempo de ver o leite pingar do nariz de Greyson. Do meu lado, Sterling está rindo tanto que começa a se engasgar com a comida meio mastigada em sua boca. Em pouco tempo, os dois gêmeos ficam com a cara vermelha.

JULIE HALL

— O que está acontecendo aqui? — As palavras de Nova espelham meus pensamentos conforme ela coloca a bandeja à direita de Steel. Tenho dificuldade de vê-la por conta do corpo avantajado dele.

Quando ninguém responde, ela se inclina para frente e me dá um olhar.

— Sinceramente, não faço ideia. Você o conhece melhor do que eu. — Gesticulo a cabeça para Steel para que ela saiba a qual irmão me refiro. É a única parte do corpo que estou disposta a mover, uma vez que ainda estou em posição defensiva em relação à minha comida.

Os ruídos de Grey e Sterling cessam.

— Ah, cara. Isso ardeu — Greyson assoa o nariz. — O Steel está sendo esquisito — anuncia ele, por fim, a título de explicação.

— Eu, não. — Steel pega um punhado de batatas fritas do prato de Nova e as joga na boca, falando entre as mastigações: — Emberly é atualmente um ímã de monstros. Ela se recusou a ficar longe de vocês dois. — Ele gesticula para seus irmãos com um par de batatas fritas moles. — Então, vou ter que tomar conta dela até descobrirmos o que os Abandonados e Caídos querem com ela.

Há um momento de silêncio antes que toda a mesa entre em polvorosa, todos menos eu. Eu estou processando o que ele disse, e as repercussões.

Ele está assumindo a tarefa de me proteger? Não gosto nem um pouco disso. Não há a menor possibilidade de eu e Steel coexistirmos pacificamente no mesmo espaço. Isto só pode dar em desastre. E não é como se ele pudesse estar comigo vinte e quatro horas por dia. O que exatamente está passando pela cabeça dele?

— Uau, cara. Isso não é legal. — A queixa de Sterling me faz voltar ao aqui e agora. Seu rosto quase voltou à cor normal após sua quase morte por asfixia. — Você não acha que Grey e eu podemos cuidar de nós mesmos? Ou Emberly, nesse caso?

— Podemos ainda não ter passado pela metamorfose, mas isso não significa que somos indefesos — acrescenta Greyson.

— O que você quer dizer com "tomar conta dela"? — Nova pergunta.

Ash encerra os questionamentos comentando:

— Você já perguntou à Emberly como ela se sente a respeito disso?

Steel parece totalmente indiferente ao caos que acabou de criar. Ele surrupiou outra das batatas fritas de Nova e eu tenho o pensamento errante de que é melhor ela afastar o prato se quiser comer.

— Eu nunca disse que vocês estavam indefesos — ele se dirige aos irmãos. — E sobre perguntar para ela — responde a Ash —, isto é vida ou morte. E não estou preocupado com os desejos dela.

Ash fica boquiaberta.

— Você percebe o quão imbecil está sendo agora? — pergunto a Steel.

— Parece que eu me importo?

É assim, é?

Eu me reclino na cadeira e cruzo os braços.

— Qual é o seu plano, então? Pretende dormir no chão, perto da minha cama? Me seguir no banheiro? Se sentar atrás de mim nas aulas?

Ele vira um pouco a cabeça na minha direção.

— Se for preciso.

— Espere um segundo. Não vamos nos precipitar. — O rosto de Nova está ligeiramente amargurado. — Se você acha que Emberly precisa de proteção, tenho certeza de que Sable poderia destacar umas pessoas para essa tarefa. Mulheres.

Steel rouba comida do meu prato e, antes que eu possa fazer alguma coisa, já está comendo minhas batatas. Considero arrancá-las de sua boca, mas logo deixo para lá. Ele provavelmente morderia meu dedo.

— Já conversei com Sable — declara, de boca cheia. — Ela acha que Emberly não precisa de proteção dentro da Academia. Eu discordo.

— O quê? Você foi até Sable pra me arranjar um guarda-costas sem me consultar? — Minhas bochechas queimam, e pela primeira vez não é por vergonha. Minha comida passa a ser um pensamento secundário enquanto cerro os punhos. — Você não tinha esse direito.

O rosto e olhar de Steel endurecem. A transformação da postura indiferente para uma austera é tão nítida que um nó se forma em meu estômago e eu recuo um pouco. Quando ele fala, não é muito mais alto do que um sussurro, mas ele poderia muito bem estar gritando comigo:

— Quando se trata da segurança da minha família, eu tenho todo o direito. Não há nada que eu não faria para protegê-los. É bom que se lembre disso.

Ele nem se aproximou de mim, mas parece que agarrou meu pescoço e me esganou. Eu preciso de alguns segundos para respirar normalmente.

— Ei, o que tá rolando aí? — Ash pergunta. Seu olhar intercala entre mim e Steel.

Ele me lança um último olhar sério antes de ocultar suas emoções com um ar de leveza.

— Tá tudo bem. Só estávamos esclarecendo algumas coisas. Alguém mais tem batatas?

Olhando para baixo, noto que todas as minhas acabaram, mas naquele momento, não me importo mais.

Eu me deito na cama, caindo de cara no travesseiro. Gritar contra ele libera um pouco da minha frustração, mas não o suficiente.

Steel está por toda parte.

Depois de uma refeição muito desconfortável, escapei do refeitório apenas para tê-lo como um cão seguindo meus passos. Ele me seguiu até a biblioteca, a sala de ciências e o ginásio para o meu treino noturno.

Encostado à parede, ele observava cada movimento meu. Eu tropecei em meus saltos de caixas, agachamentos e flexões, machuquei as costas durante os levantamentos e quase tropecei em meus próprios cadarços durante a corrida.

Não consegui despistá-lo até entrar no vestiário feminino para tomar banho e me trocar. E a única razão pela qual ele não me seguiu é porque um dos instrutores o pegou tentando entrar depois de mim e lhe negou o acesso.

Tive que sair do vestiário por outra porta de acesso e andar pelos corredores furtivamente para chegar ao meu quarto, desacompanhada.

O cara é persistente.

Um clique suave soa à direita e eu viro a cabeça para o lado. Ash, de pijama, abre a porta do banheiro. O vapor quente a segue, envolvendo-a em uma nuvem perfumada de baunilha e coco.

O sabonete dela tem um cheiro surpreendente; posso ter usado uma ou duas vezes. Espero que ela não se importe.

Alguns segundos passam antes que ela olhe para cima ao esfregar o resto de seu creme cor de pêssego no braço. O pigmento desaparece, deixando um revestimento brilhante em sua pele. Eu noto quando ela me avista, porque seus olhos lampejam. Se apressando, ela pula na minha cama, fazendo-a saltar.

— O jantar foi intenso.

Eu gemo e agarro meu travesseiro, pronta para cobrir a cabeça, quando batem na porta. Ash e eu trocamos um olhar antes que ela saltasse para atender. Seus passos percorrem a distância muito rápido, e eu afundo meu rosto mais uma vez na cama. Não estou com vontade de falar com ninguém.

— O que você quer? — A voz dela é dura como pedra. Ash pode ter sido simpática com Steel ontem à noite, mas depois de seu pequeno show no refeitório, ela não o está aturando.

Eu sorrio para o travesseiro. *Boa, garota.*

— Estou aqui pela Emberly. Precisamos conversar.

Minha mandíbula contrai a ponto de eu ter que obrigar os músculos a relaxarem antes de eu sair da cama e atravessar a porta aberta.

— Sim, nós precisamos — concordo. Se passaram apenas algumas horas, mas já estou farta disso.

Agarrando meu braço, ele me puxa para o corredor.

— Vamos ficar um pouco a sós, certo?

— Acho que já tive tempo a sós contigo suficiente para uma vida inteira.

Ash pigarreia atrás de mim. Virando-me, eu a vejo de pé com as mãos nos quadris, sobrancelhas erguidas, um milhão de perguntas estampadas em todo o rosto. Preciso acabar com isto.

— Eu já volto.

— Tudo bem. — Ela se retira para nosso quarto e, gentilmente, fecha a porta.

Quando ouço o clique suave, encaro meu inimigo. Seu corpo longilíneo está casualmente encostado à parede, um ombro apoiado contra a superfície dura e os pés cruzados nos tornozelos.

Seu queixo está inclinado para baixo enquanto ele brinca com um canivete. Ele ergue o olhar, mas não a cabeça, e me observa por trás das mechas de cabelo escuro que lhe cobrem os olhos. Um lado de sua boca se curva em um esgar pecaminoso enquanto estou ali, o secando.

Tem algo mais atraente do que um cara que sabe que é bonito?

Espere, não é atraente. Irritante. Tem algo mais irritante?

Eu me aproximo. O som dos meus tênis martelando o piso a cada passo me dá um pouco de bom senso.

Minhas mãos gesticulam no ar mesmo antes de as palavras dispararem da minha boca:

— Isto não vai funcionar.

Fechando seu canivete, Steel o enfia no bolso.

— Preciso de seus horários de aula.

— O quê?

— Seus. Horários. De. Aula — enuncia cada palavra. — E bela fuga que você me deu, a propósito. Vou ter que ficar mais atento contigo.

Se ele ficar mais atento, terá que me observar no chuveiro, e sem chance que vou deixar que isso aconteça.

Pressiono os dedos em minhas pálpebras fechadas até ver rajadas de luz branca.

— Não vou te dar meus horários de aula.

Eu o ouço se afastar da parede e descubro o rosto. Ele avança na minha direção, os movimentos fluidos como os de um felino. Isso me faz sentir como uma presa.

Parando a poucos centímetros de distância, ele inclina a cabeça e entrecerra os olhos.

— Se você não me der seus horários de aula, eu cumprirei minha ameaça de dormir em seu quarto.

Duas batidas fortes na porta atrás de mim são seguidas por Ash gritando:

— *Você não vai dormir em nosso quarto a menos que não se importe de perder uma de suas peças sobressalentes!*

Não posso evitar o riso que brota do meu peito. Acho que tenho uma doida como colega de quarto.

Steel olha para a porta por cima da minha cabeça e arreganha os dentes antes de se voltar para mim.

— Basta facilitar isso para nós dois e me dizer quais são suas aulas do segundo e quarto períodos para que eu possa me preparar.

— Facilitar para nós dois? — Dou uma risada forçada e repleta de descrença. — Seria fácil para nós dois se você simplesmente me deixasse em paz. Você não precisa fazer isso.

Esfregando o rosto com a mão, Steel mostra os primeiros sinais reais de cansaço. Ele massageia o pescoço e suspira.

— Olha, vou tentar não ser tão invasivo, está bem? Mas você está errada; eu tenho que fazer isso.

Meu olhar examina seu semblante, observando as olheiras escuras, os tufos de cabelo caindo sobre a testa, e as acentuadas linhas de expressão entre suas sobrancelhas e cantos dos olhos.

Não entendo os motivos de Steel, mas acho que ele acredita que isso é algo que precisa fazer.

Com dois dedos contra minhas têmporas, eu massageio em círculos. Uma dor de cabeça vai me atingir a qualquer momento. Steel tem esse efeito sobre mim. Não tenho mais a energia ou o desejo de lutar contra ele esta noite. Eu só quero que ele se mande para que eu possa dormir.

— História e matemática.

Sugando seu lábio inferior para dentro da boca, ele o morde e acena uma vez com a cabeça.

— Vejo você pela manhã.

Enquanto o observo se afastar pelo corredor, penso no final do nosso jantar desta noite. Greyson e Sterling evitaram seu olhar, Ash o fuzilava e Nova mal comeu sua refeição. Esta atitude dele, por mais justificada que ele pense que seja, já está causando algumas repercussões feias.

— Steel. — Ele para quando o chamo e vira apenas a cabeça, e só consigo ver o seu perfil. — Desse jeito, só está afastando as pessoas mais próximas de você.

Vários segundos passam antes que ele responda:

— Não ter amigos não é a pior coisa que pode acontecer em nosso mundo.

Quando ele se vira e desaparece de vista, não posso deixar de concordar.

CAPÍTULO VINTE E CINCO

O interesse das pessoas é pior do que no dia anterior. Curvando os ombros, eu me concentro nos pisos brilhantes de mármore e coloco um pé na frente do outro, andando rapidamente.

Será que fingir que não estou sufocando sob o peso do olhar de todos tornaria a caminhada entre as aulas mais suportável?

Não. Não torna.

— Isto é horrível — sussurro para Ash, abaixando a cabeça ainda mais e quase cravando o queixo no esterno.

— Vai passar. Eu prometo.

Meus nódulos dos dedos ficam brancos conforme agarro a pilha de livros didáticos grudados ao meu peito.

— Com que rapidez?

Ontem foi ruim, mas hoje me trouxe a um novo nível de inferno. Não só os olhares e sussurros aumentaram, mas também tenho hoje uma "sombra" Nefilim de quase dois metros de altura. Steel me acompanhou de um lado ao outro, para todas as aulas desta manhã. Só isso já é ruim o suficiente, mas ele insiste em seguir cerca de três metros atrás. É sua ideia de não ser intrusivo, eu acho, mas, na verdade, é só constrangedor.

Eu não preciso me virar para saber que ele está lá agora. Sinto seus olhos em mim como uma marca ardente. Eu estou louca para escapar.

Um grande corpo me pega de lado antes de passar um braço no meu pescoço. Eu viro para a esquerda antes de ser puxada para trás.

— Olá, mana! Bem-vinda à família.

— Sterling, do que você está falando? — Eu colocaria meus dedos nas minhas têmporas se meus braços não estivessem cheios de livros.

— Agora que você está com meu irmão, somos praticamente parentes. — Ele se inclina e iguala à minha altura de 1,77. — Cá entre nós, eu gosto de ter uma irmã gostosa.

Consigo soltar um dos meus braços e empurro o crianção gigante para longe.

— Eca. Isso é nojento. Você não deve achar sua irmã é gostosa.

Ele mexe as sobrancelhas para mim.

— Mas isso não tem nada a ver com a questão. O que é isso sobre mim e o Steel?

— Ah, vejo que você ainda não ouviu esse rumor suculento. — Ele inclina a cabeça para checar por cima do ombro antes de continuar.

Há um flash de raiva em seus olhos que nunca captei antes em seu comportamento sempre jovial. Reflexo das ações de Steel, sem dúvida. Sterling e Greyson não estão felizes com seu irmão mais velho no momento. Se ele não estivesse tornando minha vida tão difícil, poderia ter sido capaz de despertar alguma simpatia por ele, mas, como a situação se apresenta, estou cag...

— Aparentemente, os bons anjos nesta instituição pensam que o cuidado é um sinal de amor verdadeiro.

— O quê? — dou um grito agudo.

— Pessoalmente, acho que é culpa daquele vampiro cintilante dos filmes. Aquele relacionamento foi esquisito. Mas, por alguma razão, as garotas acham que a codependência é sexy.

Ah, não. Não, não, não, não! Essa é a última coisa que quero que circule nesta Academia.

— Muito sutil, Sterling. — Greyson aparece ao lado de seu irmão, lançando um olhar de advertência ao gêmeo. — Pare de tentar enchê-la de suas epifanias de Crepúsculo. Ninguém quer ouvi-las.

Eu paro no meio do corredor movimentado. Meus amigos param alguns passos à frente e se viram quando percebem que não estou acompanhando o ritmo deles.

— Eu não estou namorando Steel Durand! — berro.

Um cobertor de silêncio cai sobre o corredor. O calor inflama minhas bochechas.

Ash, Greyson e Sterling me olham com a mesma cara.

Isso foi idiota. Eles sabem que não estou namorando Steel. Minha minibirra provavelmente criará ainda mais burburinho entre meus colegas de classe.

— Vamos. Nós temos um encontro — uma voz ressoa por trás.

— Como é?

Steel me contorna e depois se posta no meu caminho. Uma sobrancelha está arqueada e tem um indício de um sorriso dançando através de seus lábios.

Não tem como ele não ter ouvido minha explosão. E ele acha... *engraçado*?

Isto está tão longe de ser engraçado.

— No escritório de Sable. Você esqueceu?

Putz, eu tinha esquecido. Sable me chamou ontem e disse que nos encontraríamos com ela e Deacon esta manhã. Mas eu não sabia que Steel estaria lá.

— Vamos? — Ele me impulsiona. Eu sinto os olhares de meus colegas de classe enquanto eles passam por nós.

Endireitando a postura, sigo até o escritório de Sable, deixando Ash e os gêmeos no corredor e não me preocupando em verificar se Steel está seguindo. Eu já sei que ele está.

Quando chego à porta de seu escritório, a mão de Steel dispara e agarra a maçaneta, abrindo a porta antes que eu tenha a oportunidade de abrir por mim mesma. Eu me impeço de agradecer e entro de uma vez, atirando-me na primeira das duas cadeiras em frente à mesa.

Steel fecha a porta e calmamente toma o assento à minha direita. Sable olha para cima, o olhar alternando entre nós dois por vários segundos antes de falar:

— Ótimo, vocês dois estão aqui. — Há um livro aberto à sua frente, que ela fecha e põe de lado.

— Por que ele está aqui? — Aponto um polegar na direção de Steel. Ele sorri e se reclina em seu assento, pernas estendidas ao lado da mesa de Sable, braços sobre os apoios de cada lado dele. É possível pensar que ele é um príncipe mimado, sentado em um trono em vez de estar sentado em uma cadeira de escritório de couro rachado. O convencimento praticamente irradia dele.

Sable inclina a cabeça e entrelaça as mãos antes de se inclinar para trás.

— Há várias razões para ele fazer parte desta reunião. Uma delas, muito importante, é que ele foi a única testemunha que temos do incidente de algumas noites atrás.

A porta se abre para revelar um homem gigante, vestido com jeans escuro e uma jaqueta preta de motociclista. Ele está usando óculos de aviador e se move como um predador. Ele deve ter cerca de dois metros, muito mais alto até mesmo para os padrões Nefilim.

Seu cabelo é raspado nas laterais e alguns centímetros mais comprido no topo. O corte me lembra de uma versão mais conservadora do estilo de Steel.

Eu já vi este homem antes. No Anita's, no dia em que os Nefilim me encontraram.

Sable se levanta e cruza o escritório, estendendo a mão para o gigante.

— Deacon, obrigada por se juntar a nós.

Ah, é. Deacon.

Depois de retornar o cumprimento, Deacon tira os óculos e se vira para mim. Olhos azuis-claros me observam antes que seu olhar gelado se estreite. Algo em sua inspeção me arrepia.

— Eu me lembro dela. Ela é bem rápida. — Recentrando sua atenção no Steel, ele inclina o queixo em uma saudação padrão. — Steel, é um prazer vê-lo novamente.

— Você também, cara. — Dando uma olhada para Steel, percebo que ele retraiu as pernas e está sentado mais ereto.

Interessante. Este é alguém que Steel ou respeita ou quer impressionar.

Deacon cruza os braços sobre o peito, fazendo com que os bíceps se projetem até o tamanho de troncos de árvores. É impossível não notar.

Um olhar para Sable prova que não sou a única que reparou. Há um leve rubor em suas bochechas. Piscando rapidamente, ela pigarreia e toma seu lugar mais uma vez.

Eu reprimo um risinho.

— Eles acabaram de chegar, por isso ainda não os atualizei.

— Sério que Steel realmente precisa estar aqui? Isto realmente não tem muito a ver com ele. — Eu me remexo no assento como uma criança petulante. *Quando eu me tornei essa pessoa?*

— Eu pensei que, considerando seu relacionamento, você o desejaria aqui.

— Como é?

Ah, não, é melhor que este boato não tenha se espalhado também para o corpo docente.

— Agora que vocês dois têm um lance, quero dizer.

— Steel! — grito, antes de me lançar a ele. Vou arrancar os olhos dele com minhas unhas e ver rios de sangue escorrendo pelo seu rosto.

Mas não chego perto o suficiente para me atracar com ele. Mal fico de pé antes de ser levantada e carregada pela sala. Sou colocada no chão ao lado de Deacon, seu corpo gigante é uma muralha de músculos entre mim e minha presa.

— O que está acontecendo? — Sable se levanta. A pergunta é dirigida a Steel.

Ele dá de ombros.

— Hormônios?

— Eu vou te matar!

Deacon coloca um braço de tronco de árvore na minha frente, frustrando mais uma vez o meu ataque.

Analisando a sala, eu vejo uma pedra de ametista em cima da mesa de Sable. Está em cima de uma pilha de papéis e tem, aproximadamente, o tamanho de uma bola de softbol.

Pegando-o, eu a atiro na cabeça de Steel, que consegue agarrar no ar bem antes que acerte seu nariz.

É uma pena. Uma cicatriz faria bem para desinflar seu ego gigante.

— Emberly! — O grito de Sable me sacode de volta à realidade. — O que deu em você?

Deacon vira a cabeça e levanta uma sobrancelha.

— Belo arremesso.

Eu aponto um dedo acusador para Steel.

— A academia inteira acha que estamos namorando.

— E vocês não estão? — pergunta Sable.

Ergo os braços no ar, meu corpo vibrando em fúria.

— Por que as pessoas acreditam nisso? E quanto a Nova?

— Nova? — Steel questiona. — O que isso tem a ver com ela? — Ele parece genuinamente perplexo.

— Porque você está com ela, não comigo.

Steel faz uma careta como se tivesse chupado um limão.

— Nova e eu não estamos namorando. Ela é só uma amiga.

Meu corpo congela enquanto tento lembrar se alguém, alguma vez, me disse explicitamente que os dois estavam juntos. Eu nunca procurei esclarecer o fato. Eu presumi a natureza do relacionamento deles este tempo todo? Eu balanço a cabeça, sem acreditar que poderia ter inventado tudo isso. Aposto minhas asas de ouro que os sentimentos da Nova pelo Steel vão mais fundo do que a amizade. Steel não é tão burro. Deve estar faltando algumas partes da história.

O ROUBO DAS CHAMAS   181

Deacon se posta na minha frente novamente. Seu grande corpo bloqueia minha visão do Steel e me tira dos meus pensamentos.

Sable inclina a cabeça em direção ao Steel.

— Certo, agora que temos a situação sobre a Nova esclarecida, vamos falar sobre este rumor. Isso é algo que você começou? — A desaprovação está clara em todo o rosto dela.

Eu espreito ao redor do corpo de Deacon, vendo Steel se remexer desconfortavelmente na cadeira.

— Ei, não olhe para mim desse jeito. Isto não é culpa minha. Eu não disse nada.

— Bem, de alguma forma os estudantes tiveram a impressão de que vocês dois são namorados. Circulou bastante rápido, devo acrescentar. Explique.

Steel fica com uma cara inexpressiva durante trinta segundos antes de confessar:

— É porque eu a tenho acompanhado no último dia, está bem? As pessoas simplesmente tiveram a ideia errada. Eu não comecei os rumores.

— Você tem feito o quê? — Sable se afasta um passo, boquiaberta. O olhar em seu rosto só pode ser descrito como irritação. — Nós já tivemos esta conversa. Eu lhe disse que ela está segura nos recintos da escola.

— Ela é um desastre ambulante à espera de acontecer. — Steel passa a mão pelo cabelo. Sua atitude fria está se desfazendo. — Preciso ficar perto dela para garantir que ninguém mais seja pego no fogo-cruzado quando o próximo monstro vier atrás dela. Tem sido os Abandonados até agora. E se da próxima vez for um exército de Caídos?

— Acho que você está um pouco paranoico. — Sable encara o teto e belisca a ponte do nariz.

— Não é uma ideia horrível — diz Deacon, em um tom de voz áspero.

— Como é? — Eu me movo atrás das costas dele.

Virando o pescoço, ele me olha outra vez.

— Você já está mais calma? Seria bom poder me dirigir a todos nesta sala ao mesmo tempo.

Pressionando os lábios, dou um aceno cortês com a cabeça. Ele gesticula com a mão para a cadeira desocupada. Eu seguro o apoio de braço com cuidado e puxo para o mais distante possível de Steel antes de me sentar.

— Deacon, tenho que concordar com Emberly. Colocá-la em uma posição em que ela tem que fingir uma relação com Steel não é legal, por muitas razões.

— Não é isso que quero dizer. Só estou dizendo — continua Deacon — que o fato de Steel ficar perto da Emberly enquanto está na Academia não é uma má ideia. Ele pode agir como seu guarda-costas enquanto estiver na propriedade. E eu poderia me valer de sua ajuda também durante o treinamento complementar dela.

Dou uma risada de escárnio. *Como se eu precisasse dele para me proteger. Treinamento complementar?*

— Hmm. — Para meu horror, Sable parece estar duvidando de sua decisão anterior ao se sentar.

— Treinamento complementar? — As palavras de Steel refletem minha pergunta não dita.

— Certo. — Sable retorce as mãos, voltando a se concentrar em nós. — Deacon e eu discutimos a situação e decidimos que, uma vez que você só passou pela metamorfose uma vez, Emberly, não é imperativo que alertemos o Conselho por enquanto.

Que bom.

— No entanto, estamos interessados em fazer com que passe a controlar e explorar mais o que está acontecendo com você. Ainda não sabemos o que os Abandonados querem contigo, mas pensamos que descobrir alguns de seus segredos é necessário para ficar um passo à frente deles.

Não tenho certeza se estou gostando do rumo que isto está tomando.

— Num futuro próximo, quando Deacon não estiver em uma missão, você treinará diretamente com ele. Esperamos que a atenção individual te ajude. E, sob supervisão, encontraremos mais respostas.

Eu olho para Deacon. Ele está ao lado de Sable, mas, de alguma forma, não vi quando isso aconteceu. Ele estava ao lado da porta há pouco. Seu rosto parece uma pedra pela falta de emoção.

Eu me pergunto brevemente qual é a idade dele. Se ele fosse humano, eu diria que tem trinta e poucos anos, mas sendo um Nefilim, não sei.

— E vocês querem que eu ajude? — Steel pergunta.

— Acho que devemos tentar — confirma Deacon. — Você estava lá na primeira vez que ela se transformou, talvez possamos replicar alguns dos elementos para ajudá-la a fazer isso novamente. E se você estiver lutando com ela parte do tempo, isso me dará um ponto de vista diferente para a análise.

Eu inclino a cabeça na direção do Steel.

— Você realmente quer se arriscar a lutar comigo de novo?

Ele cerra a mandíbula e levanta o lábio superior em um rosnado animalesco. Eu sorrio, mostrando o máximo de dentes possível.

— Não tenho certeza do que vocês dois têm... — diz Deacon.

— Nada, não há nada entre nós. Ainda não estabelecemos isso?

—... mas você precisa deixar isso de lado. Sei que ainda está se acostumando com nosso mundo, mas você está em uma posição muito séria neste momento. Abandonados muito raramente visam um determinado Nefilim. Há algo acontecendo aqui, e se não descobrirmos logo, isso pode significar coisas muito ruins para você.

Eu me contorço na cadeira, sem querer fazer contato visual com o olhar azul-claro de Deacon.

Sable deixa seu assento e começa a andar até a porta, uma clara indicação de que nossa reunião terminou.

— Muito bem, então, está resolvido. Steel continuará a se manter perto da Emberly e ajudará nas suas sessões de treinamento.

— Espere. — Eu me levanto. — E quanto aos boatos?

Sable e Deacon trocam um olhar.

— Steel, cuide disso — ordena Sable.

— Eu? — Steel encara Sable como se ela tivesse brotado uma segunda cabeça. — Eu te disse que não dei início a nada disso.

Suas mãos pousam sobre seu quadril. Uh-oh. Ele está prestes a ouvir.

— Isso pode ser verdade, mas também sei que você poderia tê-los impedido de circular em primeiro lugar. Você pode tirar esse olhar inocente do seu rosto. Tenho certeza de que você tinha ideia de que isto poderia acontecer quando decidiu implementar seu plano de guarda-costas.

O assento de couro ao meu lado range enquanto Steel se mexe desconfortavelmente. Ele não nega as acusações dela.

— Então você quer que a Academia inteira saiba que designou um guarda-costas para Emberly?

— Não particularmente, mas é melhor do que a alternativa. — Sable faz uma pausa, tomando tempo para nos prender com um olhar indutor de culpa antes de continuar: — Vocês dois não podem simplesmente aprender a ser amigos? Isso resolveria um monte de problemas.

Steel e eu trocamos um olhar cauteloso. Quero argumentar contra a amizade, mas depois do pequeno sermão de Deacon, minha resistência parece mesquinha.

Steel se levanta de seu assento.

— Sim, Sable. Podemos ser civilizados.

Isso não foi exatamente concordar com o que Sable pediu, mas não vou apontar a diferença.

— Vão para o ginásio depois de suas aulas matinais. O treinamento começa hoje.

Steel responde Deacon com um aceno de cabeça. Seu rosto está inexpressivo, mas as mãos estão cerradas em punhos ao lado.

O que o deixou assim desta vez?

— Vou esperar por você no corredor — ele me diz antes de sair porta afora. O corredor além está livre de estudantes.

Franzo os lábios conforme a porta se fecha. Não sei se a sensação de inquietação em minhas entranhas é de estar tão fora de controle, ou de ser induzida por Steel. Seja qual for o motivo, acho que talvez eu tenha que me acostumar com isso.

CAPÍTULO VINTE E SEIS

Os bastões de treino se chocam uns contra os outros em rápida sucessão.

Crack, crack. Crack, crack.

A vibração de cada impacto envia uma onda pelo braço que deixa minha mão latejando.

O ar gelado não ajuda. Meu corpo está, igualmente, cansado e congelado. Algumas partes de mim pingam com o suor, enquanto outras partes são puro gelo.

A temperatura de grau negativo e a neve afetam minha pele exposta. O ar da montanha congela a umidade nas narinas a cada inspiração e vaporiza ao exalar. As condições climáticas não estão afetando Steel em nada. Seus ataques são furiosos e não diminuem, por isso estou lutando com uma dor constante tanto nos pulsos quanto nos braços.

Se ele não conseguir penetrar minhas defesas, sua estratégia é me forçar a largar as armas.

Eu não vou deixar que isso aconteça.

Cerrando os dentes, ignoro o suor que está pingando em meus olhos e ordeno aos meus membros que continuem funcionando.

Disseram-me que os Nefilins possuem reservas de energia superiores aos humanos, mas neste momento me sinto tão fraca quanto uma pessoa normal.

Ao notar uma pequena abertura na defesa do Steel, dou um chute frontal contra a suas costelas. Com um resto de forças, dou um chute giratório na sua mão, que faz com que um de seus bastões voe para longe.

— Boa, Emberly! — Deacon grita de algum lugar fora de vista.

Meu bastão balança em direção à cabeça de Steel enquanto ele rola para a direita, enviando um tornado de flocos de neve cristalizados para o ar.

Girando ao redor, vejo-o se levantar de um pulo, fora do alcance de ataque.

Ele agarra seu bastão remanescente com ambas as mãos e estala lentamente o pescoço.

O vento frio sussurra sobre minha pele, fazendo com que os pelos finos dos meus braços arrepiem. O olhar gelado de Steel não ajuda em nada. Meus instintos gritam para eu correr e me esconder, mas me obrigo a ficar em posição.

Além disso, o terreno árido das montanhas ao nosso redor não oferece muitos esconderijos. Uma arena natural de rochas vermelhas e laranjas cobertas de neve nos cerca. Deacon está nos observando de cima.

A coisa toda tem um ar de arena de gladiadores ultrapassada, incluindo o olhar assassino de Steel.

No instante seguinte, sua arma assobia pelo ar em direção à minha barriga.

Saltando para trás, bloqueio o ataque com meus bastões à frente. Ele contra-ataca minha defesa ao golpear meu bíceps.

Eu ofego com a dor que explode pelo braço, mas consigo segurar o bastão enquanto recuo.

Isso vai deixar um hematoma feio.

— Não retroceda! Você dará ao seu oponente a vantagem.

Eu lhe direi onde enfiar sua vantagem, Deacon.

Steel vem contra mim com uma série de ataques tão rápidos que, mesmo com duas armas contra a dele, não consigo acompanhar o ritmo.

A cada quatro golpes, um atinge meu corpo em algum lugar. Meus movimentos se tornam desleixados quando o pânico toma conta. Luzes cintilantes começam a piscam na minha visão periférica.

Steel levanta seu bastão acima da cabeça e o agita na minha direção.

Eu levanto minhas armas para bloquear, mas já sei que serão um escudo frágil.

As luzes agora dançam diante dos meus olhos; em vez de lutar contra a transfiguração, eu a abraço, vendo uma chance de escapar.

Fecho as pálpebras, e quando as reabro, estou de pé no mundo espectral colorido, com os braços ainda erguidos.

Sem o Steel à vista.

Em alívio, aproveito a oportunidade para recuperar o fôlego. Mal encho os pulmões de ar antes que Steel apareça diante de mim.

— Você não pensou que seria tão fácil, não é? — ele zomba.

— Honestamente, eu meio que esperava que fosse.

Em vez de continuar nossa brincadeira, ele deixa seu bastão falar.

Não falta muito para que eu fique com uma formação rochosa me cercando por cima, por baixo e pelas minhas costas.

Meu tornozelo torce quando piso em algumas pedras soltas e caio de joelhos, largando uma das armas para aparar minha queda.

Erro de principiante.

O sorriso no rosto de Steel me irrita.

— Você se rende, ou quer que eu a nocauteie... de novo?

Render-me seria a coisa mais inteligente a fazer, o curso de ação razoável. Mas ao olhar para Steel, não consigo proferir as palavras.

O sorriso dele se amplia.

— Como queira.

Atiro o resto do meu bastão contra a cabeça dele com o grito de um guerreiro.

Steel desvia e a arma estilhaça em pedaços ao se chocar com a pedra acima de nossas cabeças.

O olhar de Steel se volta para mim.

— Impressionante.

Eu rosno.

Um estrondo de diversão irrompe do peito do Steel.

Estou tão feliz por ele estar achando isso engraçado.

O riso trovejante ecoa enquanto eu me levanto. Abro a boca para resmungar quando pedrinhas caem sobre a cabeça do Steel. Olhamos para cima ao mesmo tempo, deparando com uma fissura se formando na rocha, enviando pedregulhos para todo lado.

Apavorada, observo a cena, paralisada.

Steel agarra meus ombros e me empurra para longe da cavidade da rocha, e eu acabo caindo no chão com um grunhido.

Ao erguer o olhar, vejo a fissura da rocha acima de Steel crescer até o chão, soterrando-o.

Fico de pé e corro em direção a ele, mesmo quando rochas soltas continuam a cair.

Uma bola de fogo faísca e depois explode em meu peito, partindo de seu ponto de detonação até as pontas de cada um de meus dedos das mãos e dos pés.

Brasas quentes incendeia minha coluna e as asas se libertam à costas.

Alcançando o ponto onde Steel está, estendo as mãos e atiro uma bola de fogo carregada de energia contra a maior pedra, estilhaçando-a em pó.

Como fiz isso?

Descubra depois, minha mente grita. Encontre Steel primeiro.

Com o maior pedaço das pedras removido, escavo o resto dos escombros com as próprias mãos.

Acho um pé de bota primeiro.

Por favor, que esteja grudado ao resto dele.

Eu chafurdo com as mãos trêmulas até desenterrá-lo na altura dos joelhos.

Rastejando até onde sua cabeça deveria estar – minhas asas pesadas e com pontas de metal fazem o movimento se tornar meio desajeitado – começo a cavar novamente.

A parte de trás de sua cabeça aparece primeiro e eu me arrasto através da sujeira e das rochas para agarrar o tecido de sua camisa. Puxando para cima, tiro seu corpo dos detritos. Tomando o máximo de cuidado possível, deito-o e o viro de face para cima.

Seu cabelo, normalmente negro, está sujo de poeira e o rosto está marcado pela sujeira misturada com sangue. Sua pele apresenta uma palidez assustadora debaixo de toda a imundície.

Partes de suas roupas estão rasgadas, mas a maioria ainda se encontra intacta.

Arrasto as mãos por cima e por baixo desde sua cabeça aos pés, por cada membro, em busca de alguma fratura.

Apesar de estar enterrado debaixo de centenas de quilos de rocha, Steel parece relativamente ileso. Os cortes visíveis estão sangrando, mas não parecem profundos. Há um sangramento na lateral do torso, manchando a camisa, então levanto o tecido para investigar.

Há uma ferida aberta cerca de dez centímetros abaixo de sua caixa torácica, mas nenhum órgão está tentando escapar por ali, logo, isso tem que ser um bom sinal.

Inclinando-me para frente, levanto um pouco mais a camisa e inclino a cabeça para observar por um ângulo melhor.

— Você já olhou o suficiente?

Com um gritinho, eu me afasto de Steel, caindo de bunda no chão ao perder o equilíbrio. Minhas asas se abrem, enviando cascalho e poeira vermelha em um redemoinho ao nosso redor.

Ambos começamos a tossir.

— Não tenho certeza se há uma resposta certa para essa pergunta — resmungo, entredentes

— O que aconteceu? — Virando de lado, vejo Deacon saltar de seu poleiro e correr até nós. Parece que alguém, finalmente, decidiu entrar no mundo espectral conosco, com seu céu rosa-pálido com uma rajada alaranjada o atravessando. Delicados flocos de neve roxos começam a cair quando ele se junta a nós.

Deacon se abaixa para ajudar Steel a se levantar.

Assim que se coloca de pé, Steel passa uma mão pelo cabelo para sacudir um pouco da poeira, tossindo para limpar o pulmão. Movimentando cautelosamente seus membros, ele verifica se há ferimentos.

— Estou um pouco machucado, mas acho que é tudo superficial.

— O que aconteceu? — Deacon repete, alternando o olhar entre nós quando me junto a eles.

Minhas asas são tão longas que as extremidades roçam o chão. Eu as levanto o melhor que posso para mantê-las limpas, sem saber o porquê me importo com isso.

— Deslizamento de pedras? Avalanche? Não tenho certeza de como você chama. Costumava haver uma saliência bem ali. —Indico o local de onde arrastei Steel. — A rocha simplesmente se partiu e depois enterrou Steel.

O olhar de Deacon avalia a bagunça.

— Que rocha?

Os olhos curiosos de Steel seguem para a pilha de pedras, sem dúvida percebendo que ela é composta, principalmente, de pedregulhos do tamanho de nossas cabeças ou menores.

— Oh, certo. — Levo uma mão à testa e coço o couro cabeludo acima, expondo a braçadeira dourada em meu bíceps. Dando uma olhada no meu visual, reparo que estou ostentando a armadura completa.

Suponho que isso faça sentido. Foi o que aconteceu da última vez em que abri as asas.

— Eu meio que... explodi a rocha que caiu.

Deacon vira o rosto para mim e estreita o olhar.

— Explodiu?

JULIE HALL

— Sim, eu atirei uma bola de fogo ou algo assim e *poof*, a rocha se desintegrou. — Ergo as mãos, mantendo as palmas para cima. — E antes que você pergunte, não tenho ideia de como fiz isso. — Gesticulo ao redor de toda a minha grandeza dourada. — Ou isto.

— Você parece estar como antes.

O corpo de Steel não está inclinado por completo na minha direção, mas também não está totalmente de lado. Seu olhar está fixo em algo acima e além do meu ombro, mas quando dou uma espiada atrás de mim, não vejo nada tão interessante.

Os flocos de neve roxos estão começando a se acumular nos cabelos de Steel e Deacon, e só então percebo que não estou com frio.

Erguendo a mão, mexo no meu cabelo vendo que está molhado ao invés de coberto de neve.

Estranho.

— Mas você conseguiu se metamorfosear, isso é uma boa notícia. — Deacon me avalia com o olhar imparcial de um professor. — Não posso dizer que já tenha visto algo assim. Como você sabe, alguns Nefilins manifestam asas no reino espiritual quando atingem a maturidade plena, mas nunca vi nada como as suas. E a armadura que a envolve... — Ele deixa a frase morrer conforme me rodeia lentamente.

Bem, isto é constrangedor.

— Acho que Steel acionou a metamorfose — ele conclui.

— O quê? O que Steel teria a ver com isso?

Deacon para de me rodear e apoia as mãos nos quadris.

— Não estou dizendo que foi Steel, por si só. Quero dizer que você precisava ajudá-lo. Foi a mesma coisa antes. Talvez seu desejo de proteger seja a chave, ou pelo menos parte dela.

— Ah, sim, pode ser isso.

Ele não está errado. A primeira vez que isso aconteceu, os Abandonados estavam prestes a matar Steel. Desta vez, eu estava aterrorizada que ele estivesse morrendo sob o peso daquelas rochas e pedregulhos.

Minha transformação também não foi premeditada; eu simplesmente reagi. Dessa forma, minha transfiguração é semelhante – é mais provável que eu escorregue para o mundo espectral enquanto estiver sob pressão.

— Muito bem, vamos trazer vocês dois de volta. Steel precisa ser examinado, e eu preciso ter uma conversa com Sable.

— Hmm... — Sacudo as asas, ainda me acostumando com o peso delas. — Só tem um probleminha.

O ROUBO DAS CHAMAS

CAPÍTULO VINTE E SETE

O sol alaranjado se encontra no horizonte enquanto nós três voltamos para a academia. As faixas cítricas atravessam o céu atrás da faixa oeste. Um aglomerado de nuvens escuras se aproxima do leste, pronto para engolir a última parte da luz do dia.

Steel caminha em frente, lembrando-me da escuridão acima. O chão coberto de neve amortece seus passos, mas estou surpresa por não sentir os tremores de cada impacto. Ele está tão agitado.

Demorou quase uma hora para eu sair gradualmente do mundo espectral.

Deacon encorajou Steel a sair várias vezes – suas feridas precisavam ser tratadas –, mas ele recusou. Não tenho ideia do porquê. Talvez eu tenha sido capaz de sair da transfiguração mais cedo se ele não tivesse me distraído. Ao final da primeira meia hora, o sangue fresco que havia manchado as roupas de Steel e gotejado em seu rosto estava seco e congelado.

Dizer que ele era uma visão mórbida não era um exagero.

Ele havia passado a maior parte daquela hora tortuosa murmurando baixinho e exercendo pressão sobre sua ferida no torso.

Ficar pairando sobre mim me torna autoconsciente.

Deacon estava tentando me levar a meditar sobre o reino mortal – esperando que a visualização me ajudaria a ganhar controle sobre a transfiguração – quando Steel veio até mim e prensou meu rosto entre as mãos, ordenando que eu voltasse a me transformar.

Curiosamente, meu corpo obedeceu.

A mudança foi, felizmente, sem nenhuma dor desta vez. O calor percorreu meu corpo, derretendo minhas asas, mas o desconforto foi silenciado, o que me deixou mais do que grata.

No momento em que transfiguramos, Steel afastou suas mãos e saiu marchando em direção à academia. Deacon observou a troca com um olhar aguçado e um silêncio estoico. Depois de um minuto, ele foi atrás de Steel e fez um gesto para que eu o seguisse.

Recebemos o tratamento de silêncio de Steel durante toda a caminhada de volta. O que não posso dizer que não seja agradável, mas se alguém tem que estar irritado, esse alguém sou eu. Precisar de Steel para qualquer coisa é humilhante. Nas duas vezes em que me transformei, ele teve que me ajudar a voltar ao mundo real — um fato que odeio com toda a minha alma.

Contornando a última colina, a parte de trás da academia aparece à vista.

— Steel, vá para a ala médica — Deacon ordena.

Ele ergue uma mão para indicou que ouviu o comando e segue adiante, os passos rapidamente diminuindo a distância entre ele e a entrada lateral da escola. A porta de madeira range quando ele a abre e desaparece sem olhar para trás.

— Preciso falar com Sable — Deacon explica, antes de seguir atrás de Steel.

Graças a Deus.

Meus ossos doem e meus músculos tremem por causa do cansaço e da adrenalina extra. Tudo que quero é encontrar meu travesseiro, beijá-lo e dormir por alguns dias.

Virando a esquina do edifício Mammoth, traço um curso até a entrada principal. Só quando estou na frente dos degraus é que noto uma figura toda encolhida, com a cabeça inclinada sobre algo e encostada no pilar que sustenta o arco.

Nova ainda não me viu, ainda bem. Isso me dá um tempo para organizar meus pensamentos.

Ela tem sido um fantasma nos últimos dias; quando a avisto, ela desaparece de novo antes que eu possa alcançá-la. Se tivesse sorte, veria o brilho fulminante que ela lançava na minha direção antes de desaparecer.

Quero acreditar que sua ausência é coincidência, mas sei que não. Algo está errado.

Eu a observo à medida em que subo as escadas, forçando um pé na frente do outro. Anseio por falar com ela tanto quanto temo fazer isso. Desde o dia, há duas semanas, em que Steel anunciou sua intenção de me vigiar, um muro se formou entre nós. Até que eu descubra exatamente o porquê, nunca conseguirei derrubá-lo.

Seus pés estão apoiados no degrau superior e ela debruçada sobre um livro ou a um bloco de papel no colo. O lápis em sua mão se move em arcos preguiçosos, fazendo-me pensar que ela possa estar desenhando. Seu cabelo está preso em um coque bagunçado no topo da cabeça. Seus dedos e a ponte de seu nariz estão manchados de preto, e ela está vestindo uma *legging* preta e um casaco bufante azul que esconde a maior parte de suas curvas.

Não é seu estilo chique habitual, mas ela não parece mal, ela parece... confortável. Tenho quase certeza de que é impossível para Nova ostentar nada menos que um visual lindo de morrer.

Estou três degraus abaixo dela quando ela levanta a cabeça e nossos olhares se conectam. Seus olhos verdes e felinos se arregalam antes de se estreitarem.

O ruído de seu lápis quebrando ao meio ecoa pelas paredes externas da academia e me dá uma bofetada na cara.

Puxando contra o peito seja lá o que estivesse escrevendo, ela se levanta em um movimento rápido e se afasta.

— Espere. Por favor.

A mão de Nova espalma a porta. Seus dedos se curvam contra a superfície áspera como se ela estivesse se segurando para não afiar as garras... ou talvez ela esteja imaginando que sou eu.

— Nova, deixe-me...

Deixe-me explicar? Como posso explicar quando não entendo verdadeiramente a questão? Talvez ela simplesmente precise ter certeza de que não há nada acontecendo entre mim e Steel?

Por fim, tive coragem de perguntar a Ash qual era o lance entre a Nova e Steel, mas o que ela sabia sobre o relacionamento deles era ínfimo. Sterling não ajudou em nada – apenas recitou algumas banalidades sobre o "coração querendo o que quer" e "lutando por amor". Eu gostaria muito desses cinco minutos da minha vida de volta.

Somente Greyson me deu uma visão real da situação. Steel e Nova são próximos há anos. Ele acha que tiveram um lance de novo alguns anos atrás, mas até onde ele sabe, nada está oficialmente "rolando" há algum tempo. É do conhecimento geral que Nova é super a fim do Steel, mas Greyson fez questão de mencionar que o irmão não é do tipo que revela seus assuntos pessoais, então a verdadeira natureza de seu relacionamento é pura especulação.

Parece uma situação complicada para mim, mas sou péssima quando se trata de coisas como romance e relacionamentos. Caramba, as habilidades sociais básicas são um desafio para mim na maioria dos dias. Parece que estou entrando em toda esta situação com Nova com um braço amarrado atrás das costas.

Depois de vários momentos de tensão, Nova faz uma careta e apoia os punhos nos quadris, o caderno fino ainda entre os dedos da mão direita. Ela inclina o quadril para um lado, erguendo o queixo. A postura é a marca registrada "Nova", mas o fogo habitual não alcança seus olhos. Atrás da bravata, ela parece devastada.

— O que você quer?

— Eu quero… ter certeza de que você está bem? — Isso não era para ser uma pergunta.

— Eu estou bem. Obrigada. — Cada palavra está repleta de sarcasmo.

Tenho que inclinar o pescoço para manter contato visual. De pé alguns degraus abaixo dela, Nova agora tem pelo menos uns bons 45 cm de vantagem em altura. Ela está no nível perfeito para me dar um chute no rosto e me fazer rolar pelos duros e implacáveis degraus de mármore.

Desloco-me para a direita e subo até o patamar superior – só para prevenir.

— Nova, não tenho certeza exatamente do que está acontecendo aqui — admito com sinceridade. — Mas eu gostaria de resolver as coisas.

— É mesmo?

Não foi exatamente isso que eu disse?

— Hmm, sim?

— E como exatamente você pretende fazer isso?

Boa pergunta. Sou nova demais com amizades para entender todas as regras. Seja honesta, mas não brutal. Seja sincera, mas não se deixe levar por isso. Seja aceita, mas não tenha medo de dizer quando alguém vier com merda para o seu lado.

— Hmm. Você está chateada por causa do Steel?

Seus olhos se acendem e o fogo que estava ausente em seu olhar, momentos antes, volta à vida. Quero permanecer nesse tópico, mas não há uma boa maneira de abordar o assunto de modo que não envolva aspereza:

— Não há nada acontecendo entre mim e o Steel. Você sabe que Sable está fazendo com que ele fique perto de mim. Tenho certeza de que ele se afastaria do encargo se pudesse. Essa porcaria está desgastando a nós dois.

Se toda essa angústia é decorrente de sua ansiedade sobre os sentimentos de Steel em relação a ela, eu me sinto duplamente mal por ela. Não sou especialista em relacionamentos, mas o que quer que ela tenha feito com Steel não me parece saudável. Se ele está ignorando seus sentimentos voluntariamente, ou devido à ignorância, não importa de verdade. A questão é que a ambiguidade em seu relacionamento a está fazendo sofrer. Eu quero o melhor para ela. Se estivesse em sua situação, eu também desejaria o melhor para mim.

— Você é inacreditável. Sabia disso?

— Hmm. — Isso não era para ser um elogio.

— Meu Deus. — Com uma risada desprovida de humor e um meneio de cabeça, ela gira de volta para a porta, pronta para abri-la. — Nem tudo no mundo é sobre você.

Espere... o quê? Dando um passo para trás, eu me remexo no degrau superior antes de me endireitar e me inclinar para frente. Agarro seu braço e a viro de frente para mim.

— Nova, me desculpe, não entendo o que...

Ela se solta com brusquidão.

— Você está certa, você não entende. Porque não foi você que foi feita de boba. Fui eu. — Ela aponta um dedo para seu peito e seu lábio inferior treme de leve.

Isso é uma lágrima, ou o ar gelado está fazendo seus olhos lacrimejarem?

— Eu... sinto muito.

— Sente? Isso é ótimo. Isso torna tudo melhor. — Ela cruza os braços e as pálpebras pestanejam, mas as lágrimas não caem. — Tenho certeza de que isso fará desaparecer toda a fofoca sussurrada sobre como continuo me atirando no Steel. E tenho certeza de que isso fará com que as pessoas simplesmente esqueçam quão desesperada... — As palavras se prendem em sua garganta antes de pigarrear. — Quão desesperada eu parecia tentando chamar a atenção dele.

Meu coração dói. Nova não está realmente zangada comigo, ela está zangada consigo mesma. Não sei o que posso fazer por ela. Não posso reverter o tempo e desfazer suas ações. O arrependimento é uma emoção que se sente de forma intensa até mesmo entre os mais fortes de nós.

— Ninguém pensa que você está desesperada.

Ela morde os lábios e me lança um olhar que diz que não acredita nisso. A garantia não é o que ela precisa neste momento, mas o que mais posso dar a ela?

— O que eu posso fazer?

Ela fica em silêncio por vários segundos antes de falar. A maneira cautelosa como ela olha para mim está atada à vulnerabilidade.

— Você sabe o que pode fazer por mim? Você pode ser honesta consigo mesma. Esconder a verdade não está ajudando ninguém.

Espere... Pensei que isto não era sobre mim.

— Eu não sou cega. — Uma aflição verdadeira surge em seu rosto. Detesto ter feito algo para causar essa emoção. — Posso ver que há algo entre vocês dois.

— Desagrado mútuo e desconfiança?

— Muito engraçada. — Irritação volta à sua expressão, limpando qualquer vestígio de vulnerabilidade.

— Eu não estava tentando ser — resmungo baixinho.

Nova arqueia uma sobrancelha perfeita.

— Você não pode me dizer honestamente que não sente nada pelo Steel. Que não há nenhuma parte de você que queira chamá-lo de seu.

Abro a boca para responder e a memória do mundo espectral aparece. Alguma parte minha considera Steel como "meu". É uma parte que estou tentando extinguir, mas que ainda está lá.

Droga, talvez eu não tenha sido sincera em relação aos meus sentimentos. Mas mesmo que haja emoções distorcidas em relação ao Steel, quem disse que tenho que fazer algo sobre isso? Da última vez que verifiquei, o livre-arbítrio ainda era uma coisa existente.

Mordo meu lábio inferior, revirando o cérebro para descobrir uma maneira de explicar uma situação que não compreendo completamente.

Nova dá uma risada de escárnio, não esperando que eu vasculhasse meus pensamentos internos.

— Sim, foi o que pensei.

— Não é tão simples quanto você está dizendo...

As portas atrás dela se escancararam e Ash aparece. Seus olhos estão tão selvagens quanto os de um cavalo assustado quanto nos vê.

— Vocês viram os gêmeos?

— Greyson e Sterling? Não desde o segundo período. Aconteceu alguma coisa com os irmãos?

— Não, Blaze e Aurora. Eles estão desaparecidos.

— Como assim, eles estão desaparecidos? — Nova exige saber, preocupação surgindo na mesma hora em seu rosto.

— É, como assim? — acrescento.

— Ninguém os viu desde o meio-dia. Eles não apareceram em suas aulas à tarde. Os professores acharam que estavam brincando em um dos *bunkers* da academia... parece engraçado esconder-se neles, mas todos eles foram verificados.

— Bem, eles têm que estar em algum lugar por aqui, certo? Eles não teriam deixado o prédio, não é?

— Rá. — O riso de Nova é desprovido de qualquer graça. — Você obviamente não conhece muito bem os gêmeos Durand mais jovens. Esses dois podem encontrar problemas em qualquer lugar.

— Pode não ser nada, mas as alas orientais abaixo são mais distantes. Eles podem ter caído por acidente, mas considerando que... — Ash enfia uma mão no cabelo. — Simplesmente não parece bom.

As alas orientais? Essa é a direção da qual Deacon, Steel e eu acabamos de vir.

— Acabamos de sair de lá. Não notamos nada fora do comum. Alguém já revistou o terreno? — A noite tomou conta de tudo. Há uma leve claridade pela iluminação proveniente da academia, mas além disso, a escuridão reina. — Será que eles poderiam ter transfigurado? Talvez estejam se escondendo no outro reino?

Procurar tanto no reino mortal quanto no espectral levará o dobro do tempo. Mas, se eles tivessem transfigurado, alguém poderia passar por eles sem perceber. É como ser invisível.

— Na verdade, é onde a maioria já está procurando. Considerando os recentes ataques dos Abandonados, todos estão um pouco mais preocupados do que o normal.

Um barulho do outro lado das portas faz com que eu me assuste. Ash e Nova giram na direção do ruído, braços erguidos em combate.

— Não me importo se estou ferido — uma voz abafada diz do outro lado. — Eu vou encontrá-los.

Então, Steel sabe sobre os gêmeos mais jovens.

As portas se abrem e se chocam contra a parede exterior da academia. Steel sai pisando firme, terminando de vestir uma camisa limpa e com Greyson e Sable logo atrás.

Recuo vários metros para sair do seu caminho.

— Steel, volte imediatamente para a ala médica — Sable exige, mas ele desce os degraus sem lhe dar atenção.

Seu rosto e braços estão limpos da sujeirada de cascalho e sangue de nossa sessão de luta, mas tive um vislumbre de sua ferida não enfaixada quando ele puxou a camisa de manga comprida por sobre a cabeça.

Greyson coloca uma mão no braço de Sable.

— Eu vou com ele. Ele vai ficar bem.

— Ele nem sabe por onde começar a procurar. Sem mencionar que vai morrer por exposição se sair dessa maneira. Se ele apenas esperasse alguns momentos...

— Não! — Steel se vira de uma vez e fica cara a cara com Sable. — "Alguns momentos" foi, provavelmente, o que bastou para que alguém os agarrasse. Eles poderiam ser...

Devo ter feito algum ruído, porque a cabeça de Steel vira depressa na minha direção.

— Você. — Ele aponta um maldito dedo para mim e eu me encolho na mesma hora. A fúria emanando dele em ondas palpáveis. — Isso é culpa sua.

— Eu? O que eu fiz?

— Existir é o suficiente.

Algo perfura meu peito, e eu olho para baixo, crente que encontrarei um objeto afiado saliente no meu coração e meu sangue derramando para o chão. Estou confusa ao descobrir que estou ilesa.

— Os Abandonados estão aqui por você. Eu sabia que era apenas uma questão de tempo até que alguém fosse apanhado por causa da sua bagunça. Eu sabia!

— Steel. Já chega! — Greyson choca o ombro contra o do irmão e para de pé na minha frente. — Ele não está falando sério. Ele só está assustado.

— Eu sabia que isso iria acontecer — Steel esbraveja antes de descer as escadas e seguir noite afora.

— Steel, espere! — Greyson grita e corre atrás de seu irmão.

Sable os observa sair, com os dedos pressionados contra seus lábios.

— Emberly, sinto muito — ela começa a pedir desculpas, mas levanto a mão para impedir o seu fluxo de palavras.

Virando-me de costas para ela, caminho até a porta aberta.

— Eu irei com você — Ash oferece, mas eu a dispenso.

— Não, é importante que todos procurem os gêmeos agora mesmo. Eu ajudo assim que trocar essas roupas por algo mais quente.

Tenho que contornar Nova para escapar. Seu olhar dispara entre mim e a noite escura, a mente provavelmente tentando dar sentido aos eventos que acabaram de se desenrolar. Alguém que cuida de mim não teria falado comigo como Steel acabou de fazer.

Dói no fundo da alma que ela saiba a verdade, mas isso não tardaria. Mal estou sendo capaz de segurar meus pedaços e preciso de alguma privacidade para colar minha alma fragmentada.

Sem olhar para trás, enfio o rabo entre as pernas e corro para meu dormitório compartilhado. Encontrando uma sacola de livros, coloco ali um par de jeans, duas camisetas e alguns artigos de higiene pessoal essenciais.

Isso é o suficiente. Eu já vivi com menos.

Tirando as roupas de treinamento, visto o traje mais quente que consigo encontrar. Acaba sendo o único par de jeans que tenho que não tem rasgos – só comprei um par desses online – e um suéter de lã que pinica horrores.

Pegando um casaco revestido em nosso armário compartilhado, eu me proponho a dois objetivos: encontrar os gêmeos Durand mais jovens e depois deixar a Academia Serafim de vez.

CAPÍTULO VINTE E OITO

A neve não está apenas polvilhando o chão, mas é um denso cobertor branco que toma conta do terreno.

Meus pés afundam na suavidade enquanto caminho. Sem a capacidade de transfigurar corretamente, sou relegada ao reino mortal para procurar Blaze e Aurora.

A maioria dos estudantes e professores está procurando no reino espiritual. A transfiguração não-autorizada não é permitida para os alunos do primeiro ano, mas, aparentemente, esgueirar-se para o mundo espectral é um dos passatempos favoritos dos gêmeos.

O que preocupa a todos hoje é que eles estão fora há muito tempo. No passado, os desaparecimentos dos gêmeos passaram despercebidos porque eles não foram pegos até já estarem de volta. O próprio conhecimento do fato de estarem desaparecidos é o que preocupa a todos.

Isso, junto com os duplos ataques dos Abandonados este mês, é claro.

Ventos glaciais açoitam meu rosto enquanto me arrasto pelo deserto da montanha. Ergo os ombros até quase grudar nas orelhas, recusando-me a deixar que os elementos me dissuadam.

Procuro por Blaze e Aurora por mais de quarenta e cinco minutos – os últimos quinze sem nenhuma evidência de vida humana além das pegadas que deixo na neve. Entre o vento e a queda livre, até isso começa a desaparecer também.

Parando, viro as costas para o vento, deixando o pesado pacote que carrego amortecer algumas das rajadas. Com apenas a lua cheia para me guiar e a neve caindo pesadamente agora, é difícil ver mais do que alguns metros em cada direção.

A luz da lua é obscurecida em sua maioria pelas nuvens de tempestade. Nem minha visão melhorada ajuda muito.

Levando as mãos à volta da boca, grito:

— Aurora! Blaze!

O som é engolido pelo abismo.

Prendo a respiração e aguço os ouvidos para captar qualquer som, mas não consigo ouvir nada além do vento uivante.

Eu estava viajando para o leste, em direção à fenda que Ash mencionara. Mas partir a pé sozinha está começando a me fazer sentir tola.

Dentro das botas, meus dedos dos pés ficaram dormentes há cinco minutos. Tenho que manter as mãos enfiadas nos bolsos do casaco porque não peguei nenhuma luva antes de fugir da academia. Os fios do meu cabelo, úmidos pela neve, estão começando a congelar, criando estalactites de cabelo.

A náusea revira meu estômago.

Se estou assim congelada depois de menos de uma hora, e com uma quantidade decente de proteção contra o frio, os gêmeos já podem muito bem ter se tornado picolés a esta altura.

O que os impediria de voltar ao calor e à segurança da academia?

Por mais que eu queira acreditar que eles estão simplesmente pregando uma peça de mau gosto em todo mundo, não posso. Para permanecer de boa vontade neste clima, eles têm que estar feridos ou presos em algum lugar.

Ou pior ainda.

A culpa se espalha por dentro de mim e transborda.

Logicamente, eu sei que não é minha culpa se os Abandonados tiverem capturado os irmãos. Não faço ideia do porquê as criaturas sombrias estão atrás de mim e não é como se eu tivesse ordenado que eles capturassem alguém. Odeio que Steel esteja me culpando pelos atuais problemas de monstros da academia.

E ainda assim, parte de mim concorda com ele.

Se verificarem que esta caça aos gêmeos é realmente uma missão para resgatá-los dessas criaturas, não tenho dúvida de que Steel vai colocar a culpa sobre mim. É claro que ignorava a ameaça, mas ele pode fazer com que o argumento de que eu tive algo a ver com esses eventos sinistros seja válido, mesmo que não tenha sido intencional. E eu nem tenho mais certeza se o culparia mais.

Os pensamentos sombrios me fazem pensar em partir depois que os gêmeos forem encontrados. As coisas voltarão ao normal para todos, e isso é o melhor.

Meus olhos queimam e embaçam. Digo a mim mesma que é apenas uma reação à rajada do ar congelado.

Certo, Emberly, se recomponha. Você vai continuar procurando até que os gêmeos estejam a salvo, ou seu nariz caia de uma queimadura de congelamento. O que vier primeiro.

Você vai parar de se sentir mal por si mesma e fazer o que é necessário. Você já esteve por conta própria antes – você certamente pode fazer isso de novo. Voltar para sua própria vida será mais seguro para você e para todos os outros.

Meu discurso encorajador me faz continuar em frente. Faço uma pausa a cada cinco minutos, mais ou menos, para chamar os nomes dos gêmeos, mas só sou respondida pelos elementos. Não falta muito para eu chegar ao limite florestal e as árvores sempre-verdes e álamos desapareçam, abrindo-se para uma extensa tundra branca.

Minha caminhada se torna uma espécie de escalada de montanha, e penso na ideia de voltar. Afinal, não estou fazendo muito mais do que vagar sem rumo pela encosta da montanha, esperando tropeçar nas crianças desaparecidas.

Meu plano foi mal concebido, na melhor das hipóteses, mas meu orgulho – e meu medo real pelos gêmeos – não me permitirá desistir.

A temperatura congelante aliada à exaustão devem estar me pregando uma peça, porque na próxima vez que analiso a área, vislumbro um rastro de... brilho?

Isso é... pó de fada?

Pisco os olhos, certa de que o luar está refletindo na neve em um ângulo estranho, mas então os raios cintilantes aparecem novamente antes de virarem em uma curva e desaparecerem.

Não tenho o pensamento de não seguir a estranha luz, mas deveria.

Há algo de hipnotizante no brilho que sou incapaz de resistir? O frio adormecido congelou células cerebrais demais? Ou é apenas uma curiosidade no momento errado?

Seja qual for a razão, não paro para refletir sobre minhas motivações enquanto cambaleio atrás da luz bizarra.

Meus pés afundam na neve até os joelhos, e meus olhos marejam por conta dos flocos congelados que atingem meu rosto. Uma rajada de vento sopra contra mim, como se me avisasse para não ir mais longe.

O ROUBO DAS CHAMAS

Quando isto terminar, vou ter que considerar seriamente a possibilidade de me mudar para algum lugar tropical. As temperaturas geladas das montanhas, os montes de neve e as tempestades implacáveis estão realmente ficando cansativas.

Chego à curva na frente da montanha onde o pó das fadas desapareceu. Respirando fundo o ar da montanha, espreito ao virar a esquina.

Uma parede de rocha vertical e cerca de vinte e quatro centímetros de um caminho de terra batida são as únicas coisas ali – isto é, além da queda livre.

Não faça isso, Emberly. Nem pense nisso.

Mordo meu lábio enquanto meus instintos de sobrevivência lutam contra os de proteção. Estes últimos são aqueles que eu não sabia que possuía até recentemente, mas, afinal, eles são fortes. Somente uma pessoa louca sairia desse limiar para seguir algo que poderia ter visto. Mas pode haver duas crianças esperando por resgate na outra ponta daquela trilha.

Já sei qual apelo vencerá, porém são necessários alguns minutos para reunir a coragem de sair pelo estreito parapeito.

Adiante, abraço a parede de rocha – literalmente –, e me movo um centímetro de cada vez.

Meu coração para quando uma rajada de vento sopra na face da rocha, mandando meu cabelo para todas as direções.

Meu coração bombeia o sangue através das veias tão rapidamente, que as pontas dos meus ouvidos esquentam.

Bocados de pedra e sujeira caem sobre mim. A rocha áspera rala as pontas dos meus dedos e bochechas enquanto me encosto contra a montanha sem vida e espero que a rajada passe.

Posso ser mais forte do que uma pessoa comum, mas não sou imortal. Pelo menos, não completamente.

Esta é uma ideia estúpida. Esta é a rainha das ideias estúpidas. Você é uma idiota da mais alta ordem, eu me repreendo silenciosamente enquanto esgueiro pelo caminho.

Há uma boa chance de que a essa altura os gêmeos já tenham sido encontrados. Eles provavelmente estão se aquecendo na Academia, entretendo os alunos com a história de sua aventura enquanto os professores tentam decidir sobre uma punição eficaz para eles.

No entanto, aqui estou eu, praticamente escalando o lado de uma montanha, perseguindo a Sininho com apenas um rastro de pó de fada para me guiar.

Meu pé escorrega em um pedaço de gelo e eu caio de joelhos. Pedras soltas rolam pelo abismo escuro abaixo e meu estômago se agita.

Preciso voltar. Isto é muito perigoso. Basta uma rajada poderosa e eu serei engolida pelo poço de escuridão abaixo.

Eu viro cuidadosamente meu corpo na outra direção, planejando voltar pelo caminho que vim, quando um vislumbre de luz dança na frente do meu rosto.

Recuando, bato a cabeça contra a parede de rocha e gelo com força suficiente para chacoalhar meu cérebro. Uma dor aguda floresce no ponto de impacto, agarrando meu crânio e apertando.

Tateio o ferimento, piscando quando entro em contato direto com a área sensível. Meus dedos voltam molhados com sangue carmesim.

Ótimo, exatamente o que eu precisava. Uma ferida na cabeça enquanto escalo uma montanha no meio de uma nevasca crescente em uma tentativa de resgate mal concebida.

Eu sou um gênio.

Nesse momento, as faíscas cintilam à minha frente novamente. Elas se movimentam em círculos, disparam e giram. O efeito contra o pano de fundo da neve caindo é vertiginoso, e eu fecho os olhos para não despencar dali.

— Tudo bem, eu entendi. Eu posso te ver. Já chega.

Abrindo lentamente os olhos, encontro uma bola de luzes cintilantes do tamanho do meu punho pairando no ar a vários metros de distância.

Suas faíscas tremeluzem e disparam em todas as direções, como fogos de artifício. Flocos de cristal chicoteiam em um vórtice ao redor da bolinha de luz, mas não se movem.

É como se a coisa estivesse me encarando. Está começando a me assustar.

— Eu vou voltar por ali. — Aponto com um polegar às minhas costas, e me mexo, pronta para sair de Dodge.

A bola voa direto para mim, vibrando em frente ao meu rosto.

Com um guincho, caio de bunda. Uma das minhas pernas escorrega ao longo do caminho e chega a balançar sobre a beirada.

Eu a recolho, contorcendo meu corpo de modo que ele esteja totalmente deitado em solo sólido.

O brilho esvoaça em movimentos bruscos, sua cor mudando de metálico para vermelho irado.

A coisinha está obviamente agitada.

Levantando a mim mesma — e minha dignidade — do chão, começo a me contorcer na direção que estava indo e o pequeno duende, ou seja lá o que for, parece se acalmar. Voando na minha frente, ele ilumina e guia o caminho. De vez em quando, ele se projeta à minha frente e depois volta para garantir que ainda estou seguindo.

Seus maneirismos me lembram de um cachorrinho em um dos meus antigos lares adotivos. Ele se comportou de forma semelhante quando quis que o seguisse. A luz até salta, lembrando-me do cachorro que corre através de um campo.

—Timmy está preso em um poço, garota? — pergunto.

A faísca, que cintila em vermelho antes de retornar à sua cor branco-dourado, ignora a pergunta e continua me levando mais longe.

Eventualmente, o caminho estreito ao longo da beirada do penhasco simplesmente desaparece. Não há mais para onde ir, exceto para cima ou para baixo.

Para baixo é uma queda livre, quem sabe até onde. Não consigo ver o chão sob a luz da lua.

Para cima é uma subida muito inclinada, eu só tentaria com o equipamento certo e uma corda de segurança.

— Muito bem, pequenina. — A faísca está me rodeando numa tentativa óbvia de me manter em movimento. — Este é o fim da linha.

Estou andando para trás, determinada a ignorar a faísca desta vez, quando ela gira ao redor do meu corpo e me atinge no traseiro.

— Uau.

A coisa é corpórea.

Balançar a mão para afastá-la quando ela volta para outro empurrão é inútil. O pequeno mosquito é rápido e forte. Ele me impulsiona para frente a meio metro e quase perco o equilíbrio.

— Pare com isso! Você vai me fazer cair!

Ele circunda ao meu redor e repousa sobre a fenda de apenas 30 centímetros no penhasco.

Essa criaturinha realmente quer que eu escale uma montanha... no meio da noite... durante uma tempestade de neve... com botas!

Ele desce cerca de um metro e repousa em outro pequeno parapeito — em algum lugar onde eu possa colocar meu pé. Depois voa e faz círculos na minha cabeça.

Minha cabeça lateja. Abro e fecho os punhos algumas vezes para ter certeza de que minhas mãos ainda estão trabalhando. Sem luvas, perdi a sensibilidade há muito tempo. Espero realmente conseguir sair desta situação com todas as partes do meu corpo – mesmo as menores.

— Oh, acabei de seguir uma fada subindo uma montanha. — Coloco a mão na fenda que me foi mostrada. — Nada demais. Eu não estava fazendo nada importante, então pensei: 'Ei, por que não? Não tive um evento que me colocasse em risco de vida nos últimos dias'.

Puxando um sopro profundo de ar congelante, desloco meu peso para o pé e oro para que não despenque.

— E agora? — pergunto.

Durante os dez minutos seguintes, a pequena luz salta de ponto a ponto na encosta da montanha, mostrando-me exatamente onde colocar as mãos e pés. Eventualmente, chegamos a um terreno plano. Lanço meu corpo sobre ele e recosto a testa no chão coberto de neve.

Alguma vez fiquei tão entusiasmada por estar deitada sobre terra congelada?

Eu acho que não.

Meus membros estão molengas como gelatina.

Como consegui fazer essa escalada sem transfigurar, acidentalmente, é um mistério. Meu corpo treme com os efeitos secundários da adrenalina.

Quando estabilizo a respiração, rastejo em direção à parede de rocha. O platô tem a forma de um triângulo com cume pontiagudo em dois lados, e uma queda assustadora diretamente para baixo na extremidade curta. É como se alguém tivesse cortado uma fatia de torta da encosta da montanha.

Engatinhando para frente, inclino a cabeça para cima e observo o céu noturno.

A que altura estes penhascos sobem?

Minha mão pousa em algo fresco e um pouco mole – isto é, em comparação com a rocha abaixo de mim.

Um monte é coberto por uma camada de neve fresca à minha frente. Quando esfrego um pouco a neve solta, uma mão é revelada.

Gritando, caio de bunda para trás. Por sorte, essa parte do meu corpo está meio congelada, então mal sinto a pancada.

Tem uma pessoa enterrada ali embaixo.

Uma pessoa morta pelo que parece.

Não consigo detectar nenhum movimento que indique que a pessoa está respirando.

Com coragem para olhar mais de perto, percebo que apenas cerca de um centímetro de neve cobre o corpo, por isso não pode ter ficado aqui por muito tempo.

Eu não sei o que fazer.

Ignorar faria de mim uma pessoa horrível?

O bichinho irritante entra e se agita sobre o monte, pulando para cima e para baixo em várias partes do corpo.

Eu o espanto como a uma mosca. Suas ações parecem desrespeitosas.

O pequeno pontinho cintilante não parece ter gostado disso e toca minha cabeça antes de fazer círculos para frente e para trás sobre a pessoa congelada.

— Você só pode estar brincando comigo. Você quer que eu toque nele?

A criatura para no que presumo ser a cabeça e não se move mais.

Está tentando me encarar?

— Este dia não para de piorar — resmungo, enquanto me inclino para frente.

Fazendo uma careta, estendo uma mão trêmula e limpo um pouco da neve, revelando uma parte superior das costas e ombros largos.

Definitivamente, é um cara.

Não pense muito nisso, reflito enquanto continuo a limpar o corpo.

Deixo a cabeça para o fim. Ele está virado para baixo e eu estou mais do que um pouco preocupada que o rosto dele tenha se esborrachado quando ele caiu, o que não deixará muito para ninguém identificar... e será supernojento.

Nefilim ou não, rostos esmagados não são algo com que meu estômago esteja preparado para lidar.

Protelando, deixo meus olhos percorrerem o pobre homem.

Este cara pode ser um Nefilim. Ele, definitivamente, tem o corpo para isso. Vestido apenas com jeans escuro e uma camiseta de manga comprida. Ele não está usando casaco. Quem iria vaguear pelas Montanhas Rochosas no inverno sem equipamento apropriado?

Meu olhar se volta para os pés dele. O ponto mais distante de sua cabeça enterrada, e meu pulso começa a bater três vezes mais rápido.

Ah, não.

Disparando para frente, afasto a neve que cobre a cabeça da pessoa. O cabelo preto incrustado no gelo é exatamente o que não quero encontrar.

Agarrando seus grandes ombros, ergo o corpo e olho para o rosto congelado de Steel.

CAPÍTULO VINTE E NOVE

O rosto de Steel tem um tom doentio de branco-azulado. Suas pálpebras estão fechadas, as sobrancelhas congeladas.

Pressiono uma de minhas mãos geladas sobre a boca e a outra contra meu peito para me segurar e não gritar. Uma gota escapa do meu olho e desliza pela metade do meu rosto antes de congelar na bochecha.

Tenho que verificar se ele está realmente morto... mas eu não quero.

O estúpido bicho brilhante está de volta e desta vez ele puxa meu cabelo, me empurrando para frente e para cima do corpo frio de Steel.

É como me deitar sobre um cubo de gelo gigante. O frio de sua carne glacial infiltra-se na minha.

Apertando as mãos contra seu peito, eu o empurro. Meu peso força o ar de seus pulmões, que escapa de suas narinas e boca como névoa branca e é acompanhado por um baixo gemido antes que ele caia em silêncio novamente.

Isso foi porque eu o pressionei, certo? Cadáveres frescos ainda fazem barulho, não é mesmo?

Não tenho certeza. Tudo o que sei sobre a morte está limitado aos poucos episódios de C.S.I. que assisti.

Eu sei que cadáveres podem peidar, então talvez eles também possam exalar?

Inclinando-me à frente, pressiono as mãos de volta no peito do Steel e o massageio. O corpo dele se agita com a compressão do peito e outra lufada de ar nebuloso sai de sua boca.

Ainda pairando sobre ele, coloco dois dedos na sua garganta e procuro pelo pulso. Sem sentir nada, deito a cabeça em seu tórax e pressiono o ouvido no rumo de seu coração.

Acho que ouço uma batida lenta.

Erguendo-me, examino a área ao redor.

Se Steel ainda estiver vivo, ele não vai ficar por muito mais tempo. Será um milagre se seu coração ainda estiver bombeando. Talvez de alguma forma a hipotermia o tenha mantido vivo?

Não consigo ver atrás da curva do precipício, mas no mínimo, lá estaremos protegidos do vento.

Agarrando os braços de Steel, eu o arrasto para longe da beirada do precipício e em direção à área onde a luz da lua não penetra.

Piscando, tento forçar minha visão Nefilim a se ajustar à luz fraca.

Está tão escuro.

E tão frio.

Meu corpo inteiro estremece.

Esfregando meu ombro contra a parede, eu carrego o corpo de Steel de volta para a encosta da montanha.

Tropeçando quando a parede termina, largo o fardo pesado no chão, mas permaneço de pé.

— Que m...

A escuridão me cega, então uso minhas mãos para sentir a forma da estrutura de pedra em que tropecei.

Tanto quanto posso dizer, é uma pequena caverna de cerca de três metros de diâmetro. É um buraco gigante na montanha.

Meu estômago ronca, me lembrando de que não como desde o dia anterior. Ignorando o desconforto físico, começo a tatear o chão, procurando por Steel. Encontro um de seus braços e o puxo para dentro do lugar.

Agora que estamos um pouco abrigados contra o vento, caio de joelhos.

Steel ainda está muito frio. Ele precisa ser aquecido, mas não tenho ideia de como fazer isso. Não tenho nada comigo para acender uma fogueira. E mesmo que tivesse, não há nada, exceto terra e pedra neste lugar. Não tenho nem madeira para usar numa fogueira.

A faísca voadora entra na caverna conosco. Seu brilho se reflete nas paredes de pedra lisas.

Começando pelos braços, arranco a camisa gelada de Steel e a coloco no chão. Espero que o ar do Colorado a seque um pouco, agora que estamos protegidos contra a neve que cai inclemente. Talvez eu consiga fazer com que aquela coisa cintilante o aqueça?

Voltando ao Steel, engulo um suspiro. Seu peitoral é uma extensão de mármore polido de cor azul, a ferida que ele sofreu durante nossa sessão de treino é apenas uma fina linha branca em seu peito. Se eu não ouvisse os batimentos letárgicos do seu coração, juraria que estou olhando para um cadáver.

Tirando a mochila das costas, puxo a escassa quantidade de roupas para fora. Elas nunca lhe servirão, mas pelo menos não estão molhadas ou congeladas como as dele estão no momento.

Eu passo a gola do maior dos dois suéteres por sua cabeça, depois enfio um de seus braços. Ele é muito largo para conseguir cobrir mais do que uma parcela de seu peito. Eu tenho dificuldade em enfiar o outro braço pela manga do segundo suéter, mas consigo puxar o tecido para cobrir a pele exposta.

O foco na tarefa evita que minha mente mergulhe em um lugar sombrio. Ver Steel tão vulnerável e talvez perto da morte me leva à beira do pânico. Mas tenho que estar centrada. A vida dele está em jogo.

Sentada sobre meus calcanhares, examino meu trabalho manual.

Steel parece ridículo, com o tecido felpudo cor-de-rosa e cinzento o cobrindo, mas e daí? Pelo menos a maior parte de seu corpo está aquecida.

Agora, para a metade inferior.

Sem pensar muito nisso, tiro seus jeans junto com as meias e sapatos, colocando as peças de roupa no chão ao lado de sua camisa.

Mantendo os olhos fixos na tarefa, coloco um par de meias secas sobre seus pés gigantes. De jeito nenhum vou conseguir vesti-lo com minhas calças jeans reserva.

Sacudo o cobertor fino que tinha embolado na mochila e o coloco sobre sua cintura e pernas.

— Por que você tem que ser tão grande?

Os pés dele estão para fora do cobertor.

Estalando os dedos, mordisco o lábio inferior. O vento sopra com força e envia um punhado de flocos em nosso santuário. O bichinho desce e paira sobre o corpo de Steel, vigiando meus esforços descuidados. Ele para na minha frente, como se estivesse pedindo uma explicação.

— O que mais devo fazer?

O pequeno duende voa ao meu redor e me empurra para frente. Eu caio em cima do Nefilim congelado. As pontas dos meus dedos tocam partes de pele exposta.

Caramba! O calor corporal. Essa é uma lição básica de Sobrevivência na Natureza.

Resmungando, me acomodo acima de Steel. Enrolando minha última peça de roupa – um par extra de jeans – em uma bola, levanto sua cabeça e enfio peça como um travesseiro. Em seguida, eu envolvo seus ombros com meus braços e entrelaço as pernas às dele, fazendo de tudo para não notar que partes minhas estão alinhadas com as dele.

— Se você sobreviver a isto, você me deve muito. Pela minha contagem, esta é a terceira vez que salvo sua vida. Vou abrir uma conta para você.

A luz se acende ao redor da caverna por alguns minutos antes de assentar no chão em cima das roupas descartadas de Steel, e depois escurece.

— Iluminação ambiente. Incrível.

A secura do meu tom seria mais evidente se meus dentes não estivessem batendo. Aconchegar-me a um Steel congelado é como abraçar uma escultura de gelo.

Minha bochecha repousa metade sobre meu suéter rosa, e metade sobre sua pele gelada.

Seu coração continua batendo em uma cadência lenta. É a única garantia que tenho de que ele ainda não morreu.

Eu espero que isso dê certo.

Fechando os olhos, tento fingir que estou em outro lugar. Em algum lugar quente e aconchegante. Os arrepios e tremores que varrem meu corpo tornam a ilusão particularmente difícil de conjurar.

Como me encontrei nesta posição? Não sou mais esperta do que isto?

Sobrevivi ao mundo por mais de dezessete anos sem ninguém que realmente cuidasse de mim. Eu costumava pensar que era inteligente, mas ouvir meus dentes batendo enquanto tento aquecer um meio-humano inconsciente, presos em uma montanha deserta, me faz questionar essa suposição.

— Siga a Sininho em uma escalada livre. Sim, me pareceu uma boa ideia na época.

A bola de luz cintilante vibra e brilha em vermelho antes de escurecer novamente.

— Você é sensível, é? — pergunto.

Escurece ainda mais, mergulhando nosso abrigo temporário nas sombras.

Por mim tudo bem. Eu fico bem nas sombras.

Minhas pálpebras se fecham, a exaustão ou a hipotermia levando a melhor. No momento, não me importa qual é a razão, pois faz com que meus músculos relaxem e os tremores que sacodem meu corpo diminuam.

A pele debaixo da minha bochecha não está quente, mas também não está mais tão fria.

Quando minha mente começa a vaguear, eu permito que ela alcance a escuridão. Talvez quando a consciência voltar para mim, eu descubra que tudo isso foi um pesadelo.

Essa é uma explicação tão boa para esta situação como qualquer outra.

Pouco antes de ser engolida pelo doce esquecimento, faço um apelo silencioso pelo homem meio-morto que está abaixo de mim.

Posso não gostar dele, mas alguma parte minha é estranhamente protetora em relação a ele. Há uma conexão entre nós que nenhum de nós quer reconhecer, mas uma parte enterrada bem lá no fundo sabe que eu nunca me recuperaria se acaso o perdesse...

— Mmmmm. — Eu abraço ainda mais a pedra quente abaixo de mim e ignoro o torcicolo, porque o calor é delicioso.

Alguma coisa me atinge entre as costelas e eu me afasto dela. Com os olhos fechados, estico uma mão para massagear o ponto doloroso, apenas para ser espetada do outro lado.

— Ai!

Curvando de lado, escorrego de onde estava e pulo no chão irregular. O golpe me desperta completamente.

Ao abrir as pálpebras, vejo meu reflexo em um par de olhos verdes-azulados.

— O que aconteceu? — A voz sonolenta de Steel ressoa.

Pela primeira vez, respiro tranquilamente.

— Você está vivo! Quero dizer, você está acordado.

Eu me sento.

Usando seus braços como suporte, Steel rola lentamente a parte superior de seu corpo para que também consiga se sentar. Ele range os dentes e fecha os olhos, privando-me daquele belo azul dos mares caribenhos.

— Sim, estou acordado... e vivo.

Com os olhos ainda fechados, ele gira o pescoço de um lado ao outro. Os estalos das vértebras ecoam no espaço fechado ao nosso redor. Levando uma mão na cabeça, ele coça a parte de trás antes de abrir um olho e ver o suéter rosa enrolado ao redor de seu bíceps.

— O que estou vestindo?

Cruzando meus braços, ergo uma sobrancelha.

— Suéter de angorá. É bem quente. Você deveria estar grato por eu ter pegado esse em vez do de tricô de algodão.

Arreganhando os dentes, ele deixa claro que não está achando a menor graça. Um olhar de repulsa cruza o rosto dele enquanto examina o resto do corpo desde o peito até os dedos dos pés.

— Você tirou minhas calças? Estou usando suas meias?

É óbvio que tirei, então não respondo.

Coçando a cabeça, ele me lança um olhar de descrença.

— Você me despiu e tentou me vestir?

— Você era um pedaço de gelo humano quando o encontrei. Eu pensei que você estivesse morto. Além disso — aceno uma mão despreocupada pelo ar —, todos sabem que você tem que tirar a roupa molhada para se aquecer.

— É também por isso que você estava deitada no meu peito? — O sorriso em seus lábios é perverso. — Para me aquecer?

— Claro que sim! Por que mais eu estaria deitada em cima de você?

Seu sorriso se alarga.

— Vai sonhando, cara. Você é um idiota de primeira. A única razão pela qual subi em cima de você foi porque era vida ou morte.

— Você está dizendo que subiu em cima de mim porque teria morrido se não o tivesse feito?

— Pare de deturpar minhas palavras... e ser grosseiro.

Eu fico de pé e depois lanço um olhar ao redor do recinto, procurando por meu pequeno amigo cintilante. A luz entra pela abertura da caverna, portanto, deve ser de manhã. A pequena fada cintilante não se encontra em lugar algum.

Estranho.

Steel deixa escapar uma série de grunhidos e gemidos agonizantes atrás de mim.

Ao verificar por cima do meu ombro, vejo que ele conseguiu se levantar. Ele está vasculhando o chão – provavelmente procurando por suas roupas – enquanto segura o pequeno cobertor ao redor da cintura. Ele cobre ainda menos enquanto está de pé, mostrando as canelas e tornozelos nus.

Eu me viro para frente para rir. Ignoro o resmungo atrás de mim, presumindo que Steel está tentando vestir a própria roupa.

— Afinal, como você chegou até aqui? Além de estar congelado, eu não vi nenhum ferimento.

A caverna fica desconfortavelmente quieta. Estou prestes a me virar quando a pergunta do Steel me traz à tona:

— Quão de perto você me verificou? — O timbre profundo de sua voz está repleto de insinuações.

— Steel — advirto, passando uma mão no meu cabelo. Ela fica preso na metade de seu comprimento. Eca, eu realmente preciso de um banho. — Basta responder à pergunta.

Um par de flocos de neve preguiçosos dançam no ar fora da abertura da caverna. O ar da manhã tem um cheiro fresco de pinheiros. Espero que não esteja nevando ainda.

— Pelo menos estão secos.

Hein?

Irritada, eu me viro e deparo com ele vestindo a camisa e já de jeans.

Minhas roupas e o cobertor estão no chão a seus pés. Eu me abaixo e recolho as roupas, sacudindo-as antes de enrolar e guardar de volta na mochila.

— Como nós dois chegamos aqui? — Steel pergunta.

— Era exatamente isso que eu queria saber.

Levantando o queixo, lanço um olhar mortal capaz de derreter metal. Mas ele está perdido. Seu olhar está muito distante.

Após quase um minuto, ele sopra uma lufada de ar frustrado e responde asperamente:

— Não tenho certeza.

— Você não tem certeza?

Eu me levanto e aprumo a postura. De perto, sou forçada a inclinar a cabeça para trás para encarar seu rosto.

— Você deve ter caído pelo menos trinta metros, talvez mais. Você está dizendo que não se lembra de como acabou no topo de uma montanha? Você não se lembra de como quase morreu?

— Pare de ser tão dramática. Somos difíceis de matar.

Sou atingida por um pânico repentino.

— Alguém estava tentando te matar?

Ele balança a mão pelo ar.

— Figura de linguagem. Então, o que aconteceu com você?

— Eu segui uma bola de luz. Tropecei em seu corpo quase todo congelado e completamente coberto de neve e o arrastei até aqui.

O ROUBO DAS CHAMAS

— Você seguiu o quê?

— Uma bola de luz flutuante. Pensei que estava me levando ao Blaze e à Aurora. Fiquei bastante chateada quando encontrei você.

Steel estremece quando menciono seus irmãos; suas costas se endireitam e os dedos se curvam nos punhos cerrados.

— Certo, eu tenho que sair daqui.

Ele passa por mim e sai da caverna. Eu pisco antes de voltar aos sentidos.

— Steel, espere. — Correndo em frente, meus dedos se enrolam em torno de seu ombro. Ele se afasta com um safanão.

— Fique fora disso. Você já fez o suficiente.

A faca que ele enfiou em mim ontem torce. A dor me faz dar um passo antes de me endireitar.

Ele está sendo um cretino e eu sei disso. Mas saber isso não impede a hemorragia interna.

— Por que você continua me tratando como o inimigo?

Chegamos ao lugar onde o encontrei – não que seja fácil dizer. O vento e a neve cobriram os rastros que fiz na noite anterior.

A cabeça de Steel se vira para trás e ele examina os penhascos.

— Ouça, não é nada pessoal — diz, por cima do ombro, enquanto se move em direção à borda do platô.

— Como é? — Espelho seus movimentos, ressentida de como ele está me tratando com suas palavras cortantes. — Como poderia não ser pessoal? Você me culpou por tudo de ruim que aconteceu desde que me raptou e me arrastou para a Academia Serafim. Você me depreciou, me tratou como lixo e aproveitou todas as oportunidades possíveis para me dizer que não pertenço a este lugar junto com os outros Nefilins. Diga-me como nada disso não é pessoal.

Vejo um lampejo de arrependimento se mostrar em seu rosto quando ele se move na minha direção, mas depois ele se volta para sua tarefa — seja lá o que for.

— É assim mesmo que tem que ser.

Meus pés estão plantados e meus olhos acompanham seus movimentos enquanto ele caminha lentamente pelo perímetro do platô.

É realmente tudo o que vou conseguir extrair dele?

É assim mesmo que tem que ser?

Tenho tão pouco valor como pessoa?

Eu ando de volta para as sombras. Os braços da escuridão estão sempre lá, esperando para me confortar. É onde pertenço. Escondida da vista. Observando das sombras.

— Eu encontrei.
— Encontrou o quê?
— Uma maneira de sair daqui.

CAPÍTULO TRINTA

Estendendo uma mão trêmula, agarro a última pedra. Minha musculatura da perna tensiona ao me levantar e, depois de subir a beirada, deito-me no chão seguro.

Meus membros, agora reduzidos a gelatina, queimam com o esforço.

Meus pulmões enchem e esvaziam, agitando os pós de neve fresca acumulada no chão.

Músculos sobre-humanos ou não, essa subida foi um desafio.

Com um grunhido, ouço Steel alcançar o topo. Ele não está respirando como um cavalo de corrida, como eu, mas escalar um penhasco vertical de vários metros não deve ter sido fácil para ele, considerando seu tamanho.

— Lembre-me do motivo de você não ter transfigurado e depois voado até aqui em sua forma de Grande Pássaro. — Eu me viro, o volume da mochila tornando a posição desconfortável.

Steel paira na beira do penhasco, os pés afastados na largura dos ombros, os braços ao lado enquanto observa ao redor.

— Por que você não fez isso? — ele rebate. O ácido de suas palavras não derrete seu tom gelado.

— *Pfft*. Como se isso precisasse de uma explicação. Eu não consegui.

— Bem, aí está — ele resmunga ao passar por mim.

Eu me aprumo e vou atrás dele.

Tudo está branco aqui em cima, exceto o céu. A tempestade de neve da noite passada limpou as nuvens, abrindo caminho para um dia perfeito e um céu azul. Em outra ocasião, eu poderia apreciar a beleza da cordilheira coberta de neve diante de nós. Mas com a possibilidade de que Blaze e Aurora ainda estejam desaparecidos, minhas entranhas se contraem de apreensão.

— Você não pode transfigurar? — Dolorosas picadas alfinetam meu coração, encorajando as batidas a surgirem.

Os ombros de Steel se erguem até as orelhas. Seus músculos das costas se contraem sob a camiseta Henley de manga comprida, que atualmente está grudada por conta do suor.

Seu silêncio é resposta suficiente.

— Por que não? E desde quando?

Seus lábios permanecem selados.

Por que sempre tem que ser uma das duas maneiras com ele? Ou ele está dizendo coisas que não quero ouvir, ou ele se cala quando quero respostas.

Ao seguir em frente, agarro o antebraço dele.

Steel solta um rosnado frustrado e levanta o braço capturado, quase me levando com ele. Eu o solto e endireito a coluna, precisando de cada centímetro da minha altura para enfrentá-lo.

— E agora, você pode me indicar para onde estamos indo. Devemos começar a procurar sua irmã e seu irmão em toda esta neve fresca? Porque caso você não tenha notado, eles não estão aqui. — Ergo bem os dois braços. Minhas palavras ecoam ao nosso redor. — Não há nada aqui!

— Você é uma dor tão grande no meu...

— Steel! — esbravejo. — Nem comece. Apenas responda as perguntas.

O ar aquecido sai de suas narinas como se ele fosse um touro furioso de desenho animado, curvando-se no ar ao redor de seu rosto antes de evaporar. Eu espero que ele se transforme em sua forma de touro a qualquer momento. Dou um meio passo atrás, só por precaução. Não quero ser esmagada sob a bunda de uma vaca.

Por um longo minuto, tenho certeza de que ele vai passar por mim e continuar sua busca aleatória no terreno congelado. Em vez disso, ele morde o lábio inferior em um movimento agressivo e depois chupa o sangue. Seu olhar se afasta de mim para observar o horizonte.

— Desde o momento em que recuperei a consciência, tenho tentado transfigurar. Não tenho sido capaz disso... e não sei por quê. — É como se as palavras tivessem que ser arrancadas dele, aos gritos.

— O que está diferindo? — eu me pergunto em voz alta. — Espere, você ia transfigurar enquanto eu estava dormindo em cima de você? Você ia me largar no chão e seguir seu caminho?

Flexionando a mandíbula, Steel massageia a nuca com ambas as mãos e olha para o céu.

— É realmente isso o que importa aqui?

O ROUBO DAS CHAMAS

— Certo, tudo bem. Não é importante... seu bosta. — Não posso deixar de insultar no final. — E você não tem ideia de por que as coisas estão diferentes esta manhã?

— Talvez estejam desde ontem à noite. Mas não consigo lembrar, então... — Enquanto as palavras cessam, seus dentes batem com força. Eu estremeço com o barulho. É quase tão ruim quanto pregos em um quadro-negro.

Admitir falhas, mesmo as fora de seu controle, não está na natureza do Steel. Imagino que confessá-las a mim, em particular, seja ainda mais doloroso. Eu tento não desfrutar muito do desconforto dele.

— Qual foi a última coisa que você se lembra de ontem?

Ontem. Eca. Esse foi um dia ruim. Não quero revisitar essas lembranças. Elas carregam um monte de mágoas.

Digo a mim mesma que a punhalada que sinto por dentro é do frio. É uma mentira fácil de acreditar.

Uma rajada de vento levanta um pouco da neve e a revira em um tornado ao nosso redor. O ar frio do inverno sopra contra o meu pescoço. Depois de puxar as mangas do casaco para baixo, para cobrir as mãos, cruzo meus braços sobre o peito. Isso ajuda a me manter quente.

— A última coisa que me lembro foi... — Steel esfrega a testa com os dedos, como se pudesse trazer as lembranças de volta à existência com o movimento. — Brigar com Grey. — Seu olhar se volta para mim antes de baixar. — Nós discordamos sobre um, lance. E a transformação...

Steel ergue a cabeça e olha para algo por cima do meu ombro.

Girando, procuro o que quer que tenha atraído sua atenção. Não há nada ali, exceto neve, gelo e rocha.

— O quê?

— Eu me transformei em uma águia. Estava rastreando algo de cima. Talvez eu não tenha caído, afinal. — Com isso, ele dispara em sua velocidade Nefilim. A neve está até os nossos joelhos em alguns pontos, mas o ritmo de Steel nunca diminui.

Minha mochila bate contra minhas costas enquanto luto para ficar de pé.

Com uma parada abrupta, Steel torna-se uma estátua imóvel – uma silhueta contra o pano de fundo branco.

Um som estrangulado espreme sua garganta um momento antes de eu dar de cara com suas costas sólidas.

— Acho que acabei de quebrar os ossos do meu rosto em sua omoplata. Você tem placas de metal aqui atrás ao invés de músculos?

Levanto os dedos e inspeciono meu zigomático dolorido. Isso vai inchar. Talvez eu devesse colocar um pouco de neve nela?

— Steel, você percebeu que bati direto nas...? — Minhas palavras se perdem quando, finalmente, olho para o seu rosto. Seus olhos azuis estão focados em algo à distância, a expressão tão absorta que me lembra como o encontrei na noite anterior.

Um tremor horrível, carregado de mais do que o ar gelado, passa através de mim.

Em vez de falar, procuro o que quer que tenha captado sua atenção de forma tão completa. Tenho que descer a linha de visão antes de notar qualquer coisa.

Fundo, fundo, bem fundo no vale, uma cabana está situada entre as dobras de duas montanhas gigantescas. Uma fina linha de fumaça sai da chaminé da pequena habitação.

Graças a Deus por isso, ou eu não teria visto. Dessa distância, só consigo ver um pouco do telhado verde e da lateral de troncos — e isso só por conta da minha visão Nefilim.

Meu primeiro pensamento é que ela foi construída para se misturar à natureza, mas isso não é incomum nessa parte do país. Muitas casas são construídas usando elementos naturais e as cores da paisagem do Colorado. Além de estar localizada em uma área remota, não parece haver nada particularmente notável sobre a descoberta da cabana, mas Steel está com o olhar fixo nela.

— Provavelmente é apenas um morador local.

Minhas palavras são recheadas de simpatia. Estou preocupada que ele esteja depositando todas as suas esperanças naquela pequena cabana. Há muitas pessoas que escolhem viver no interior do país, longe da população em geral.

Não faz sentido que Blaze e Aurora estejam lá. Se eles saíssem por conta própria, como poderiam ter encontrado a cabana? E se eles foram levados – como todos tememos –, os sequestradores já não estariam muito longe?

— Talvez devêssemos...

— Foi o que vi ontem à noite. — Sua mandíbula está cerrada. Sua atenção não se desviou da cabana, como se ele fosse capaz de ver através das paredes pela pura força de sua vontade.

— Pensei que você não se lembrasse de nada.

— Eu me lembro daquela cabana. Blaze e Aurora estão lá.

Forçando a vista, mudo meu foco entre a cabana e Steel.

Eu tenho dúvidas. Das grandes. Mas quais são as chances de o Steel me ouvir?

— Se eles estiverem realmente lá, talvez devêssemos voltar e buscar ajuda — digo, tentando esfregar as mãos para aquecer e acalmar os nervos.

— Se alguém realmente os pegou, provavelmente será uma luta para a qual nós dois não estamos preparados.

Virando na minha direção, ele me confronta.

— Sim, por favor. Volte, Emberly. Busque ajuda. Eu adoraria isso. — Ele gesticula e dá um tapa em sua própria coxa. — Importa-se de me dar instruções? Porque eu vim voando. Mas tenho certeza de que você estava memorizando sua rota durante a nevasca.

Droga. Ele está certo.

Eu sei a direção geral que preciso tomar — acredito —, mas não sei exatamente para onde ir. Não é como se houvesse ruas marcadas aqui. Só existem obstáculos entre nós e a Academia. Montanhas, árvores, riachos, neve, rochas, gelo e vida selvagem.

— Estamos a pelo menos quinze quilômetros da Academia. Eu sei como cheguei aqui. Pode me dizer como você fez isso?

— Eu...

Não faço a menor ideia. Quinze quilômetros. Como caminhei tão longe sem me dar conta?

Sem mencionar a escalada de uma montanha na escuridão durante uma tempestade. Tudo isso parece impossível.

Steel me dá um amplo espaço enquanto repasso mentalmente os eventos da noite anterior.

Ele marcha à frente, um homem com uma missão.

— Steel... — Ando atrás dele.

— Não podemos voltar pelo caminho que viemos, então só há um caminho de qualquer maneira. — Ele não reduz o passo nem vira a cabeça para falar comigo. — Suas únicas opções no momento são congelar ou me seguir.

— Vamos pensar nisto mais um pouco.

— Faça o que quiser. Eu realmente não me importo. — A aspereza em suas palavras me faz parar. — Mas eu vou descer.

CAPÍTULO TRINTA E UM

Não leva muito tempo para que a grande figura de Steel desapareça. A montanha começa a descer a algumas centenas de metros de distância e uma vez que ele chega a esse ponto, seus largos ombros somem abaixo da linha de visão e não posso mais vê-lo.

Eu fico onde ele me deixou por um longo tempo.

Sem reação.

Vagamente, pergunto-me se ficando aqui tempo suficiente, minhas pernas crescerão raízes e plantarão no solo enterrado sob as camadas de neve? Uma parte de mim espera secretamente que sim. Seria um alívio saber que a maldição da minha vida – sempre fugir de alguém, ou vê-los se afastar de mim – chegaria ao fim.

Se meus próprios pais não ficaram, por que acho que alguém mais ficaria?

Eu digo a mim mesma que não importa o que Steel diz ou faz, mas é uma mentira. Em algum momento, comecei a me preocupar – uma aflição da qual ele, obviamente, não sofre. Ele me dispensou facilmente e se afastou sem um olhar para trás. Ele não está preocupado se vou ficar em segurança. Ele quase me disse que isso seria impossível, e então simplesmente partiu.

O vento joga meu cabelo para todos os lados. Seus dedos gelados absorvem qualquer calor que meu corpo crie.

Tudo bem. Eu quero que minha pele imite o frio que sinto por dentro.

Steel pode ter chegado ao vale abaixo, porém não sei dizer. A vegetação ao redor da cabana é muito espessa para que eu possa ver qualquer coisa entre ela.

Além disso, não quero pensar sobre alguém que me considera pouco mais que um incômodo em um dia bom, e lixo que deveria ser descartado, em um dia ruim.

Fechando os olhos, ordeno que minha mente fique em branco para que meu subconsciente vá a outro lugar.

Para qualquer outro lugar.

Viajar para o lugar escuro, tão profundo, tão distante deste mundo que nada que é real importa. Porque quando nada importa, não tem como se machucar.

Estou acabando de entrar na minha zona Zen quando a faísca brilha pelas minhas pálpebras. Meus olhos se abrem instintivamente.

A bola voadora brilhante está de volta, tecendo círculos erráticos na frente do meu rosto. Eu afasto a criatura irritante.

— Não quero ter nada a ver com você ou com seus planos malucos.

O brilho da pequena entidade assume um tom avermelhado, e ela circula minha cabeça, me atacando.

— Pare com isso! — grito, me esquivando e desviando do caminho da criatura demente.

Ao ficar atrás de mim, ela gira como um tornado. Eu saio do caminho, apenas para vê-la fazer um círculo e voltar para mim.

Ela se movimenta para frente e para trás, mais uma vez me lembrando um cachorro impaciente.

— Conheço esse movimento. Não vou seguir você desta vez. Não me importa quem está inconsciente. — Espano a neve das minhas pernas e sacudo a bola de luz do meu cabelo, e depois me ponho de pé. Virando na direção oposta, eu corro.

Só dou alguns passos antes de ser puxada... pelo cabelo.

— Ai!

Eu desabo para trás, na neve.

Em um movimento fluido, fico de pé novamente e começo a perseguir a criatura cintilante pela montanha íngreme, gritando obscenidades por todo o caminho.

— Sua fada psicótica! É melhor rezar para que você seja apenas fruto da minha imaginação ou vou te pegar e usá-la como uma lanterna.

A coisa estúpida não fica ao alcance. Pego uma mão cheia de neve e atiro-a contra a luz voadora – e erro horrivelmente.

— Ou melhor ainda! Vou prender suas asas a um quadro de insetos e deixá-la no laboratório de ciências!

A luz para no meio do voo e paira a seis metros na minha frente.

Eu uso cada pedaço desse espaço para tentar frear, enquanto deslizo pela encosta escorregadia, tentando agarrar qualquer coisa. Uma pequena sempre-verde finalmente contém minha queda. Ou talvez seja o topo de uma grande árvore. Não tenho certeza.

A pequena bola brilha mais até se tornar um pequeno sol. Suas bordas cintilam em vermelho, seu centro me cega com o tom amarelo. Agora é uma esfera pulsante de agressividade.

Caramba. Acho que fui longe demais.

Eu caminho para trás para colocar espaço entre mim e a criatura ardente. Meus braços afundam na neve que já passou dos cotovelos e meus pés escorregam por baixo de mim.

Caramba, caramba.

— Certo, Sininho. Que tal nós nos acalmarmos um pouco? Você sabe que eu nunca te prenderia nem nada, certo? Nós somos amigas, não somos? Amigos não prendem outros amigos às coisas. Ou, você sabe, os mata com pó brilhante mágico. Isso não é algo que você possa fazer, não é?

A bola vermelha e amarela cai na neve e retorna ao seu tamanho menor e menos ameaçador. Ela também muda de volta para sua cor dourada.

Meus dedos relaxam enquanto a respiração se esvai.

Nota mental: Não irrite a Sininho.

Além da criatura, a linha das árvores forma uma borda verdejante contra a topografia branca. Sem me dar conta, desci o quarto superior da montanha.

A encosta atrás de mim é íngreme. Levaria a melhor parte do dia para voltar para o topo.

Eu balanço a cabeça em resignação. Levantando a mão no ar, eu a abano como um peixe morto.

— Certo, você venceu. Mostre o caminho.

A luz me conduz pelo resto da montanha, ziguezagueando para frente e para trás para que eu não tenha que escalar para chegar ao vale. O sol paira no céu ocidental quando o nível do solo se eleva.

Sem hesitação, a Sininho voa direto para a floresta. Com um suspiro pesado e a cabeça inclinada para o céu, eu sigo a criatura.

Eventualmente, encontramos um par de pegadas frescas que espero que sejam de Steel. Quando isso acontece, meu guia desaparece na folhagem e não volta mais.

Steel tem uma distância significativa de mim, mas não sei mais o que fazer a não ser seguir as pegadas. Após a primeira hora de caminhada, perco a sensibilidade nos dedos das mãos e dos pés e espero que eles ainda estejam todos no lugar. Começo a me perguntar se haverá danos permanentes se eu mantiver esta rotina de congelamento e descongelamento.

Paro uma vez para beber o restante da água que coloquei na mochila e comer uma das barras de granola. Se eu não encontrar abrigo logo, estarei em apuros. Os Nefilins não são imunes a ferimentos ou aos elementos, só leva mais tempo para sucumbirmos a eles.

Meu corpo já está mostrando sinais de desgaste.

Ao atravessar a floresta, a neve não é tão profunda como nas encostas das montanhas. Muitos dos flocos ficam presos nos galhos das árvores. A cada poucos minutos, um torrão de lama molhada cai de uma árvore, atingindo o solo coberto com um *plop*. Além daquele som suave e da minha respiração arfante, a floresta fica em silêncio.

À medida que o dia passa, sinto cada queda de grau da temperatura. Jeans é um tecido horrível para usar no frio, e minhas pernas se unem às mãos e os pés em dormência.

Sempre tive um senso tão bom de autopreservação, mas no segundo em que me propus a esta busca para encontrar os jovens gêmeos Durand, é como se eu tivesse jogado todo o senso pela janela. Se ao menos eu pudesse voltar àquele momento em que tomei a decisão apressada de ir atrás das crianças desaparecidas... Eu...

Eu faria o quê?

Provavelmente tomaria as mesmas decisões, mesmo sabendo onde isso me levaria. Talvez tivesse apenas caminhado em uma direção diferente? Mas então, eu não teria achado Steel.

É um enigma que ocupa minha mente entediada e preguiçosa enquanto sigo em frente.

As horas passam lentamente. Eu me convenço de que perdi a cabana – não tem como ser tão fundo na floresta. Eu caí, andei e perambulei rapidamente pela montanha, mas esta caminhada pela floresta é interminável.

Estou tão cansada. Talvez eu faça uma pequena pausa?

Sento-me no chão, meus dentes batendo e cada centímetro do meu corpo vibrando para gerar calor. Resisto ao impulso de me encostar em uma árvore. As cavidades que rodeiam as bases dos troncos são profundas; será como ser sugada para areias movediças se eu tentar descansar em uma. O solo vai me engolir inteira.

Os galhos cobertos de neve e um céu roxo e azul estão à vista.

Curioso... quando eu me deitei?

O chão está aquecendo, tenho certeza disso. Meus dentes param de se chocar uns com os outros e um delicioso calor envolve meus ossos congelados.

Meus olhos se fecham e demoram uma eternidade para se abrir novamente.

Tenho certeza de que se eu os fechar por um momento, não será um problema. Nada de ruim acontece quando alguém adormece na neve em temperaturas abaixo do zero, certo?

A atração por um descanso me envolve em seu abraço e me subjuga.

Eu suspiro. Finalmente, quente. Finalmente, a salvo.

Quando me afundo na escuridão, meus pensamentos estão confusos.

Eu tento me importar, mas não me importo.

CAPÍTULO TRINTA E DOIS

Poof.

— Levante-se.

— Ash, está brincando comigo?

Eu me aconchego de volta na cama, puxando os lençóis de algodão sobre a cabeça, mantendo os olhos fechados. É um crime deixar a suavidade desta cama incrível.

Poof. Poof.

A travesseirada não dói, mas é extremamente irritante.

— Ash! Vou dar descarga na sua coleção de chá!

Jogando as cobertas para o lado, eu me levanto agitada, só para balançar meus braços pelo vazio.

Prendo a respiração quando assimilo o ambiente. A parede de madeira além do pé da cama é totalmente desconhecida. Meus olhos traçam os troncos alinhados até uma pequena lareira de pedra cinza. A cornija básica é feita de uma fatia envernizada de árvore. Uma foto de lhamas em um campo, impressa com bordas vermelhas, se encontra pendurada logo acima.

Estranho.

Quatro troncos divididos ao meio estão alocados na lareira, o fogo lambendo com voracidade. Do outro lado, mais um monte de lenha se encontra empilhada no chão.

— Até que enfim. — A voz profunda de Steel soa sobre meu ombro esquerdo, me assustando.

Afinal de contas, não era Ash.

Ele larga a almofada branca no meu colo e caminha para a cozinha do

JULIE HALL

lado oposto do quarto. O vapor sobe do bico de um bule sobre o fogão.

Pegando um pano, ele segura o cabo e despeja a água fervente em duas canecas. A etiqueta de um sachê de chá pende sobre cada borda.

— O que aconteceu?

Eu me encolho quando as palavras saem da minha boca. Pareço uma donzela em apuros, propensa a desmaiar, mas minha mente está uma confusão nebulosa.

— Te encontrei deitada na neve, meio enterrada e congelada. — Ele vira a cabeça para mim, e tenho um vislumbre de seu perfil. A sombra de um sorriso curva o canto de seus lábios. — Acho que isto significa que estamos quites.

Lembro-me de ter atravessado a neve profunda no vale rico em árvores enquanto seguia um par de pegadas que eu esperava que fossem dele. Também me lembro do frio que se infiltrava pelas minhas roupas e se agarrava aos meus ossos. A última lembrança da jornada congelante foi eu deitada no chão e pensando que uma soneca era uma ideia fenomenal.

Eu gemo, pressionando as palmas das mãos contra os olhos.

— Eu devo ter tido hipotermia. Dormir parecia uma boa ideia na hora. Caramba, às vezes sou realmente idiota.

Deslizo as pernas para fora das cobertas e as arrasto pela lateral da cama de solteiro, apenas para gritar e enfiá-las de volta sob os cobertores.

— Onde estão minhas calças? — Dou um grito meio histérico.

— Ah, sim. — Ele se afastou de mim, mas até mesmo um idiota pode ouvir o humor velado em suas palavras. — Estamos quites quanto a isso também.

Ao ver meu jeans dobrado sobre uma cadeira de madeira torta, não muito longe dos pés da cama, eu lanço um olhar irado na direção de Steel. Pena que ele não está olhando.

Como ele está ocupado na cozinha, aproveito a oportunidade para pegar a roupa e depois mergulhar de volta para debaixo dos lençóis.

Sob as cobertas, visto as calças, e quando termino, volto o olhar para Steel de pé na minha frente, segurando uma caneca de chá fumegante.

Agarrando a caneca quente entre as mãos, eu inspiro. Cheira a Natal. Canela, noz moscada e uma pitada de laranja. Meu favorito.

— Encontrei mel para adoçá-lo, mas não tem muito mais por aqui.

Franzindo o nariz, eu o encaro com uma expressão ameaçadora. Isto não significa que ele está perdoado pelo lance das calças. Sem dar a menor bola, ele se senta em uma cadeira de encosto alto atrás de uma mesa de madeira de dois lugares a vários metros de distância. Definitivamente, há um tema de madeira neste lugar.

Ele estica as pernas para o lado. Sua imensa figura faz toda a cabana parecer pequena.

Steel beberica seu chá, seu corpo inclinado para a lareira ao invés de mim. Eu tomo um momento para observar seu perfil. Uma mecha de seu cabelo escuro repousa contra a testa. A linha reta de seu nariz só é interrompida por um pequeno abaulamento na ponte. Seus lábios cheios são como cumes, o lábio inferior ligeiramente maior do que o superior. O formato de sua mandíbula é um ângulo quase perfeito de noventa graus desde o queixo até o lóbulo de sua orelha.

Ele é realmente lindo. Isto é, quando não está falando.

Voltando a concentrar a atenção em minhas mãos, sopro o líquido fumegante antes de tomar um gole. O chá escorrega pela garganta, aquecendo o caminho até o meu estômago.

Apesar do fogo, o ar da cabana ainda se encontra frio por conta do inverno. Envolvendo meu braço livre em torno de mim mesma, observo o chá na caneca.

— Como você me encontrou? — pergunto, depois de um tempo.

O som que emerge de Steel é parecido com uma risada, mas desprovida da menor graça.

— Imagino que da mesma forma que você me encontrou. — Erguendo o olhar, encontro o seu fixo ao meu. — Criatura voadora cintilante. Um pouco birrenta. Parece familiar?

Ahh...

— Sininho.

Steel franze as sobrancelhas.

— Sério? E se for um cara?

— E se for um fruto da nossa imaginação?

Ele ergue o queixo em concordância e depois toma um longo gole de sua caneca fumegante enquanto continua a me encarar.

— Eu sabia que você estava me seguindo. Uma vez que encontrei a cabana, eu estava voltando para você de qualquer maneira quando a Sininho me ajudou a localizá-la mais rápido. — Uma centelha suave surge no olhar de Steel, e sei que não estou imaginando. É como se uma camada de sua armadura tivesse derretido. Será que ele se dá conta disso? Ele não é do tipo de deixar alguém ver seu lado emocional, principalmente eu. O que significa que, provavelmente, é involuntário.

— Eu sei que o que disse antes foi... duro. Fiquei desesperado em encontrar Blaze e Aurora. Eu estou desesperado. Mas eu nunca... ou pelo menos você deveria saber...

Ele cerra os lábios, obviamente frustrado por não conseguir encontrar as palavras certas.

— Eu não deixaria que nada acontecesse com você — diz ele, por fim, rompendo o contato visual e olhando para todos os lados, menos para mim.

Talvez ele esteja sofrendo de uma pancada na cabeça? Essa é uma possibilidade.

Eu pigarreio por nenhuma outra razão a não ser para quebrar a tensão.

— Por quanto tempo estive apagada?

Steel gira a caneca entre as mãos enquanto olha para a porta da frente.

— Cerca de dez horas. Te encontrei em algum momento no meio da noite. — A atenção dele se volta para mim. — Cansei de esperar que você acordasse.

Levantando-se em um movimento fluido, ele dá alguns passos até a pia da cozinha e coloca a caneca dentro dela.

— Então você decidiu que a melhor maneira de me despertar seria me bater repetidamente com um travesseiro.

Os músculos sob sua camisa flexionam quando ele agarra a borda da pia e lança um olhar por sobre o ombro.

— Funcionou, não foi?

Expiro com força, com uma risada fingida.

— O quê, você não quis me acordar com um beijo?

Virando-se para mim, ele se recosta à bancada, com os braços cruzados. Um sorriso lento se espalha pelo seu rosto.

— Como você sabe que não tentei isso primeiro?

Só depois que esfreguei os lábios com os dedos é que me dei conta de que levantei a mão. Baixando o braço rapidamente, pigarreio outra vez. Um rubor indesejado toma minhas bochechas.

Eu odeio a forma como ele mexe comigo.

— Certo — murmuro, com calma, depositando a caneca de chá em uma pequena mesa de cabeceira, prestando atenção desnecessária à superfície de madeira. — Você encontrou alguma coisa antes de me encontrar? Algum sinal de Blaze ou Aurora?

Os olhos de Steel faíscam e seu semblante endurece, drenando a leveza de sua expressão. Feixes de luz solar brilham através da janela acima da pia atrás de sua cabeça, mas sombras ocultam a maior parte do seu rosto quando ele inclina o queixo para baixo. Movendo-se com a velocidade e a furtividade de uma pantera, ele chega na porta da frente em meio segundo e calça um par de botas de neve.

— Termine o chá e pegue suas coisas. Temos que ir — adverte em tom sério.

— Espere, o quê? Agora? Nós?

Descendo da cama, procuro minhas botas enquanto Steel veste um casaco de caça marrom que tenho certeza de que nunca vi antes.

Eu teria me lembrado de algo tão feio.

Encontrando meus calçados debaixo da cama, consigo enfiar os pés com certa dificuldade.

— Rápido. — O comando impaciente me irrita, e eu endireito a postura. Lá se vai o momento que podíamos estar tendo. O Rei Babaca está de volta.

— Espere um segundo. Você pode parar dois minutos para me explicar o que está acontecendo aqui?

Estou bem familiarizada com o olhar irritado que sempre se mostra em suas feições. Frustrado, ele enfia uma mão por entre os fios do cabelo, bagunçando tudo antes de baixar o braço e dar um tapa contra a própria coxa. Seu olhar se desvia para a janela e depois se volta para mim.

— Muito bem. Venha aqui. — Ele avança e tira um pedaço de papel amassado do bolso. Deixando-o sobre a mesa, ele o alisa e aponta o queixo na minha direção como se quisesse perguntar, *"o que você está fazendo aí?"*.

Sigo até ele e paro ao lado, olhando para o papel envelhecido. Está marrom e rasgado nas bordas; se eu tivesse que adivinhar, diria que foi arrancado de um desenho maior. Os amassados no papel distorcem a vista aérea da cordilheira retratada. Os picos mais altos são representados por manchas brancas cercadas de verde.

— O que exatamente estou olhando aqui?

— É o pedaço de um mapa topográfico desta área.

— Sim, saquei o lance do mapa, mas como você sabe que é desta área? — Virando a cabeça, eu observo Steel de perto. Seu olhar examina o pedaço de papel que não pode ser maior do que o tamanho da minha mão aberta. — Não tem nada escrito.

— Eu posso ler um mapa.

— Isto pode ser de qualquer parte das Montanhas Rochosas. Poderia ser uma cadeia de montanhas diferente. Você está planejando usar isto para voltar para a Academia?

— Voei sobre esta área, sei que é onde estamos. Mas mesmo que não tivesse feito isso, dá só uma olhada.

Eu me inclino para ver o ponto exato para onde ele aponta. Tem um ponto vermelho não muito maior que a cabeça de um alfinete. Difícil de ver.

— Aqui é onde estamos — anuncia, antes de arrastar o dedo sobre alguns centímetros e indicar outro ponto vermelho no mapa. — E aqui foi onde Blaze e Aurora foram levados. E nós vamos pegá-los.

CAPÍTULO TRINTA E TRÊS

Os ombros curvados de Steel se movimentam para cima e para baixo a cada passo dado. Parei de tentar deduzir para onde exatamente estamos indo há uma hora. Steel está convencido de que o pedaço de mapa rasgado que ele encontrou amassado no chão é uma mensagem de Blaze ou Aurora.

Não tenho tanta certeza.

É um exagero acreditar que eles encontraram um mapa, arrancaram o pedaço exato que mostrava onde estavam e onde estariam, ou até mesmo que sabiam os planos das pessoas que os levaram. E isso também presumindo que eles foram sequestrados — o que ainda não temos certeza.

Meu único consolo é que já que eu e Steel estamos fora há alguns dias, o pessoal da academia, provavelmente, está procurando por nós agora também.

Meu tédio me faz contar os flocos de neve que atravessam a espessa copa das árvores e aterrissam no cabelo escuro de Steel. Estou no número quarenta e três quando ele rompe o silêncio:

— O que a fez pensar em trazer a mochila? Você estava planejando se perder?

Steel mal falou comigo nas últimas duas horas, o que também foi mais ou menos o tempo em que deixamos o conforto da rústica cabana minúscula. Quando salientei que não havia pegadas na neve, ele apenas grunhiu e murmurou algo sobre a tempestade e a queda de neve fresca e saiu andando sem olhar para trás.

A mochila sobre a qual ele me perguntou está pesada contra as costas. Remexo nas alças antes de responder. Ele vai descobrir mais cedo ou mais tarde... ou vamos congelar até a morte. De qualquer forma, não há razão para manter em segredo minhas intenções.

Prestando atenção especial em colocar meus pés nas pegadas que Steel deixa, respondo:

— Depois que encontrarmos Blaze e Aurora, eu vou embora. Eu estava me adiantando com a bagagem.

O som da neve amassando sob as passadas pesadas de Steel cessa. Parando de repente, ergo o olhar a tempo de vê-lo se virando. Uma carranca cobre seu rosto.

— Você vai deixar a Academia Serafim?
— Sim.
— Para onde você vai?

Ele dá um passo para frente, e sua proximidade me incomoda. Seus punhos abrem e fecham, e tenho a sensação de que ele está se controlando para não me dar um chacoalhão.

— Emberly... — Há um tom de advertência em sua voz.
— Eu não sei, Steel. Eu vou dar um jeito. Sempre dou.

Desconfortável com a conversa, e também com o nível de intensidade de Steel, eu o ultrapasso, mas avanço apenas alguns metros antes que ele me pare. As alças da minha mochila caem em meus ombros quando sou puxada com força, no entanto, ele me solta da mesma forma súbita.

— Uou! — Cambaleio alguns passos antes de me endireitar e depois me viro para ele. — Caramba! Qual é o seu problema?

— Meu problema? — Ele dá um passo ameaçador para frente, forçando-me a recuar. — Meu problema é que minha irmã e meu irmão provavelmente foram sequestrados por Abandonados, ou pior. O seu problema é que você tem um desejo de morrer.

— Desejo de morrer? Do que você está falando? — Ergo as mãos.
— Deixar a proteção dos Nefilins seria suicídio.
— Agora quem está sendo dramático? — retruco. — Eu não estou tentando me matar. Só estou tentando me afastar de você.

— Há maneiras mais inteligentes de fazer isso do que fugir. — Steel franze o lábio superior. O escárnio em seu rosto exala repugnância.

Virando-me, saio marchando, sem me importar se estou indo na direção certa.

— Nem acredito que estamos tendo esta discussão! — grito, por cima do ombro. — Você está tentando se livrar de mim praticamente desde o

O ROUBO DAS CHAMAS

momento em que me tirou daquela garagem de estacionamento. Você deveria estar satisfeito, não me repreendendo.

Alcançando-me, ele agarra meu braço e me gira, porém eu me solto de seu agarre.

— Pare de fazer isso! — exijo.

Ele passa a mão em seu cabelo salpicado de neve, derretendo os flocos presos nas madeixas.

— Sim, eu quero distância entre você e minha família. Você é um ímã para o perigo. Tenho que protegê-los. — Uma pontada de desespero reveste suas palavras.

— Exatamente o que eu quis dizer. Você deveria estar radiante. Eu finalmente estarei longe de vocês. Isso é tudo o que você queria.

— Eu também não quero que você se mate! — ele esbraveja.

Pisco diversas vezes, pois Steel está mais uma vez no meu espaço pessoal, quase encostando nossos pés. Sua respiração está acelerada e as pupilas dilatadas.

— O que está rolando agora?

Estou sinceramente perplexa quanto ao motivo de ele estar tão agitado. Isso é o que ele queria. Ele não tem sido sutil quanto aos seus desejos. Ele tem me empurrado em direção à porta de saída da academia há semanas. Eu não esperava essa reação de forma alguma. Esperava dele um "Já era hora", no tom mal-humorado de sempre, não essa besta carregada de emoção e ofegante na minha frente.

— Por que você está agindo assim? Isso não faz sentido nenhum.

— Basta... pedir uma transferência ou algo assim. Existem outras academias Nefilins em toda parte do mundo. Escolha uma delas. Não consigo imaginar você estando tão exposta assim. — As palavras de Steel saem apressadamente e com uma intensidade que me faz parar. Ele parece devastado, mas por mais que eu me esforce, não entendo por quê.

Em contraste com a ansiedade que exala dele, expresso minha verdade em tom calmo, cada sílaba pronunciada de maneira tranquilizadora, pois o instinto me diz para lidar delicadamente com essa situação:

— Eu consigo lidar com o fato de estar sozinha. Tem sido assim a minha vida inteira.

— Bem, *eu* não posso mais lidar com isso.

Uma mão forte envolve minha nuca e me puxa para frente. Os lábios gelados de Steel cobrem os meus. Seu gosto de canela e seu cheiro masculino e almiscarado me envolvem em uma bolha. Tenho uma noção enevoada de que não deveria achar o suor do cara tão atrativo, mas, misericórdia, eu acho.

Em uma fração de segundo, os pensamentos mais profundos que meu cérebro produz são coisas como *uou* e *yum*.

A boca de Steel se move sobre a minha com a quantidade certa de doçura ligada à paixão. Não pode ter havido nunca um beijo mais perfeito do que este que estamos compartilhando no momento.

Posso não ter experiência nessa coisa de beijar, mas sei o suficiente para saber que ele o faz bem – ou melhor, *nós* o fazemos.

Ele devora os pequenos ruídos que sobem pela minha garganta, sons que eu nem entendo.

É como se ele tivesse a sensação de quando vou cair em mim, porque a pressão muda um instante antes que eu esteja prestes a me libertar da deliciosa névoa mental que seu toque produz.

Ele me arrasta de volta para baixo, todas as vezes – e não consigo encontrar a vontade de me importar.

Para estes momentos no tempo, eu existo em um mundo centrado em Steel.

Seu gosto, toque e cheiro são os únicos sentidos que meu corpo registra. O frio não é mais um fator, pois o sangue bombeia duas vezes mais veloz através de minhas veias.

Sua língua traça o contorno da minha boca, e eu inclino a cabeça para trás, permitindo sua entrada. Sua mão pressiona minhas costelas com mais força.

Parece uma reivindicação.

Eu quero que seja uma.

Plop. Uma pilha fria de neve derretida cai sobre nossas cabeças e desliza pelos nossos rostos, obrigando-nos a nos separar. A neve molhada – deve ter caído de um galho suspenso – infiltra-se na parte de trás do meu casaco, traçando linhas geladas pela minha coluna.

A bolha representada por Steel arrebenta e o restante do mundo nos invade. E não apenas o estalido do ar gelado na minha pele ou o cheiro de pinheiro no ar, mas as memórias muito reais de como Steel me tratou. As palavras ásperas. A indiferença. A maneira como suas atitudes e palavras me dilaceraram repetidas vezes até eu me sentir uma porcaria. Até mesmo o olhar no rosto de Nova, da última vez em que a vi.

Afasto-me dele, uma mão erguida na minha frente para mantê-lo longe.

Parece que ele está debatendo quanto a um segundo round.

— Não! Você *não* pode fazer isso.

Minha respiração sai entrecortada. A traição do meu corpo fere meu orgulho.

Posso ser embaraçosamente inexperiente com os homens, mas tenho bastante respeito próprio para saber que não deveria beijar alguém que me trata da forma como Steel faz. Sofrimento e baixa autoestima são os únicos resultados desse lance tóxico entre nós. Solidão não é uma desculpa boa o bastante. Comportamentos como esse só vão arrastar meu valor próprio para o fundo do poço. Perceber isso faz com que minha hostilidade suba a um novo patamar.

— Você não pode fazer isso! — grito outra vez. A mão suspensa no ar entre nós treme.

O volume de minhas palavras – isso ou o olhar louco que com certeza estou exibindo – penetra o cérebro enevoado pelo desejo de Steel. Ele para de olhar para mim como se eu fosse um pedaço de bolo saboroso e dá um passo para trás.

Algo semelhante com aflição cruza seu semblante enquanto sua bota se afunda na neve macia. Ele levanta uma mão para esfregar a testa, só para abaixá-la um instante depois e balançar a cabeça bruscamente.

— É o sonho. Estou meio fora de mim desde que comecei a tê-lo. Não consigo tirá-lo da cabeça.

— O sonho? Você está culpando seu comportamento errático por causa de alguma alucinação noturna? — Minha intenção é que as palavras sejam mais como um soco, mas a coisa inesperada que Steel acabou de revelar enfraqueceu essa determinação. O que seus sonhos poderiam ter a ver comigo?

Linhas finas surgem nos cantos de seus olhos e sua testa se franze em preocupação.

— Eu não sabia. — Suas alegações não fazem sentido.

— Não sabia o quê?

Meus tremores cessaram, mas parecem ter sido transferidos para Steel. Sua mão está trêmula quando ele a enfia em seu cabelo grosso e agarra os fios com tanta força que repuxa a pele de sua testa.

Sinto um anseio absurdo em tranquilizá-lo, mas ignoro.

— Eu não sabia que ela era você até aquela primeira vez. Até que você se transformou, pensei que eram apenas sonhos.

Uau.

— Você teve um sonho... comigo? — As palavras deixam minha boca em um sussurro. Não tenho certeza se quero a resposta a essa pergunta.

— Não. — Ele pisca depressa. — Eu não tive um sonho, estou *tendo* sonhos. E eles não desaparecem. E cada vez que tenho outro, sinto-me compelido...

Eu me agarro a cada palavra, aproximando-me involuntariamente um passo. O vento me acerta como uma onda, me tirando do transe.

— Acho que não estou entendendo. Compelido a fazer o quê?

— É como se eu estivesse ligado a você, contra minha vontade.

Suas mãos se estendem para frente, mas ele se detém e as encara como se não lhe pertencessem mais antes de abaixá-las.

— Eu não tenho espaço para isso em minha vida. Não posso... não vou... deixar que isso atrapalhe minha obrigação para com minha família. Eu já os decepcionei uma vez. Não o farei novamente.

Fico olhando para ele, me recuperando dessas novas revelações, totalmente insegura dos meus sentimentos sobre o assunto. Insegura também dos sentimentos dele.

Respirando fundo, Steel coloca sua armadura emocional de volta. É como ver a vida ser drenada de seu corpo enquanto outra coisa – algo falso – toma seu lugar. Como se ele fosse um robô em vez de uma pessoa viva, que respira e sente.

— Escute, eu nunca quis que você soubesse sobre isso, está bem? Vamos apenas esquecer que eu disse qualquer coisa.

Solto uma pequena gargalhada.

— Você quer que eu esqueça que está tendo sonhos sobre mim que são tão potentes que você acha que estão dominando sua vontade própria? É, eu acho que não, amigo. Você já deveria ter me falado disso há muito tempo. Eu poderia ter te ajudado a entendê-los.

— Vamos. Estamos desperdiçando a luz do dia.

E assim, sem mais nem menos, Steel se fecha para mim.

Virando-se, ele marcha floresta adentro. E uma parte enterrada dentro de mim fica feliz. Essa parte sabe que não estou pronta para lidar com todas as camadas que compõem Steel.

Com um Steel estoico, eu aprendi a lidar. Um vulnerável... não, realmente não quero isso. Porque sei que um Steel que mexe com meu coração vai fazer com que ele sangre.

CAPÍTULO TRINTA E QUATRO

Steel é a pessoa mais exasperante, irritante e contraditória que já andou nesta terra – humana, não-humana e meio-humana inclusive.

Certo, sim. Posso admitir que não quero realmente mergulhar em seu conflito interno, mas um pouco de conversa não irá matá-lo. Ou melhor ainda, talvez possamos falar sobre como, provavelmente, estamos apenas andando em círculos e não nos aproximando de encontrar os gêmeos mais jovens.

Ele caminha para frente como a máquina que é, um pé na frente do outro, o ritmo nunca vacilando. Enquanto isso, meus membros semicongelados começaram a me fazer tropeçar e cambalear há duas horas.

A noite chega cedo nas montanhas, e ainda mais no inverno; a luz minguante me deixa seriamente preocupada. Se esperamos sobreviver à noite, precisamos encontrar um abrigo. E logo.

Nos últimos trinta minutos eu havia tentado trazer o assunto à tona várias vezes, mas Steel só responde com um grunhido ou um aceno não-verbal. Como se eu fosse uma plebeia que ele pode dispensar.

O homem é insuportável e é bem capaz que será o causador da nossa morte. O que é quase cômico, considerando como ele reagiu à ideia de eu deixar a suposta segurança da academia.

Talvez ele só queira que eu morra sob as condições dele?

— Pare.

O comando claro de Steel me deixa sem palavras. Não gosto da rapidez com que me atento a apenas uma palavra que sai de seus lábios. Franzo a boca como se tivesse chupado algo azedo.

Não, não gosto disso nem um pouco.

Não digo nada – uma rebelião silenciosa que espero que irrite Steel.

— Olhe. — Outro comando de uma só palavra.

Meus dedos se enrolam, as unhas afundando na pele.

Há uma cintilação de luz na direção em que ele quer que eu olhe. Entrecerro o olhar, usando cada grama da minha visão de anjo para ver o que está à distância.

— Para o que você acha que estamos olhando?

Os olhos de Steel estão concentrados naquele único ponto.

— Pode ser eles.

Suavizo a voz, pois Steel está realmente crendo na ideia de que um de seus irmãos deixou uma mensagem secreta para ele:

— Ou pode ser alguém que vive nas montanhas. Talvez até tenhamos conseguido chegar a uma pequena cidade da região? Pode não ser eles.

Em algum momento, coloquei a mão em seu bíceps sem perceber. Ele encara meus dedos e depois ergue um olhar enregelante para mim. Afasto a mão como se tivesse sido queimada.

Mas esse é o Steel, não é? Congelante, ou efervescente. Nunca parece haver um meio-termo para nós dois. Nós só trabalhamos com extremos.

— Deveríamos verificar.

— Claro.

O que mais posso dizer? Estamos indo nessa direção, quer eu concorde ou não com a decisão.

Se tivermos sorte, podemos nos deparar com algum lugar com um telefone. Podemos ligar para a Academia Serafim e ser resgatados.

Ainda tenho esperança de que os gêmeos tenham sido encontrados há alguns dias e toda esta viagem tenha sido em vão. Eu não gostaria de nada mais do que descobrir que eles se encontram aconchegados em segurança em suas camas na academia enquanto nós congelamos na floresta selvagem.

Quando nos aproximamos da luz cintilante, as árvores se tornam mais esparsas. Através delas, posso ver a base da face de uma rocha. A noite está quase chegando, então os detalhes da parede de pedra estão embaçados.

Como muitas das montanhas na região das Rochosas, posso ver as camadas empilhadas de rochas e sedimentos, bem como veias de minerais correndo diagonalmente através do penhasco. Mas as cores e os detalhes na pedra estão escondidos na sombra.

Apesar de pouco distribuídas, as árvores crescem até a base, onde a pedra se projeta da terra. Paramos a várias centenas de metros e nos esforçamos ao máximo para nos esconder atrás dos troncos finos de alguns álamos.

A luz que estamos perseguindo é uma lanterna pendurada em uma estaca de metal acima da entrada de um velho poço de mina. Não é nada do que eu esperava ou queria que fosse.

Pelo que posso dizer, é um velho candeeiro. Um lampião como esse precisaria ser reabastecido para manter a luz acesa, o que significa que deve haver alguém – ou algo – por perto.

Estou prestes a perguntar ao Steel o que ele quer fazer quando o burburinho das vozes chega aos meus ouvidos. Somente quando duas figuras saem do buraco da montanha – carregando lanternas e, ao contrário de mim, cobertas com roupas apropriadas para o tempo – é que consigo decifrar qualquer palavra.

Meus dedos pressionam a suave casca branca do tronco enquanto me esforço para captar a conversa deles.

— É melhor que isso funcione.

— Já estou cansado desta tarefa. Se aquela aberração de cabelo branco e ruivo não aparecer logo, vou simplesmente matá-los e dizer que morreram em um acidente.

Aberração de cabelo branco e ruivo... deve ser eu.

— Eu pensaria duas vezes antes de fazer isso, se fosse você. Esta ordem veio diretamente de cima.

— Se dependesse de mim, eu teria simplesmente esmagado a cabeça dela e a trazido. Não sei como Ronove estragou tudo. Ela é apenas uma garota.

Ronove. Droga. Sim, eles, definitivamente, estão falando de mim.

É evidente que Steel fez a mesma conexão. A tensão está estampada em seu semblante e seus dedos brancos pressionam o tronco.

Ele está atrás da árvore mais próxima de mim, porém a cerca de quatro ou seis metros de distância. A largura de seus ombros é facilmente três vezes maior do que a do álamo fino atrás do qual ele se esconde, então ele tem que se virar de lado para se encobrir.

— Nós dois somos alvos fáceis.

— Vamos acabar logo com essa varredura. Mais alguns dias como babás e tenho certeza de que eles vão abandonar este plano.

— Acho que ela não estava tão apegada ao metamorfo como pensavam. Talvez a comunicação deles esteja ruim.

— Vamos esperar que não. Estou morrendo de vontade de matar de novo.

Os Abandonados se separam, cada um seguindo ao longo da base do penhasco em direções opostas. Presumo que vão dar a volta e, eventualmente, revistar a floresta, então estamos com o tempo contado. Estas árvores não nos esconderão dos olhares curiosos.

Uma vez que os Abandonados estão fora de vista, Steel aparece ao meu lado.

— Eles estão lá dentro.

Assinto.

— Sim, imaginei isso também. E...

As próximas palavras são mais difíceis de expressar. Não por causa do meu orgulho, mas porque dói que seja verdade – que aqueles dois inocentes tenham sido levados por minha causa. É um horror eu não querer me deixar acreditar, mas não se pode negar.

— Sinto muito. — Desvio o olhar para o chão, incapaz de encarar Steel quando admito: — Você estava certo. Blaze e Aurora foram levados por minha causa.

Séculos se passam antes que Steel fale:

— Não vamos nos concentrar nisso agora. Vamos apenas descobrir como tirá-los de lá em segurança.

— Por onde começamos?

Nosso plano é frágil na melhor das hipóteses, mas não temos muita escolha. Depois de repassarmos o que ambos sabemos sobre a questão – que reconhecidamente não é muito – e enfrentar a realidade da nossa situação – talvez não tenhamos uma noite inteira nos elementos, e os gêmeos não têm tempo para voltar atrás e procurar ajuda -, nossa estratégia é basicamente correr para o túnel principal e lidar com os problemas à medida em que eles surgem.

É um plano horrível, e nós dois sabemos disso.

Há uma grande chance de não conseguirmos sobreviver a esta noite. Sinto isso nos meus ossos.

O que estamos fazendo é praticamente uma missão suicida. Mas que escolha temos?

Nunca pensei de fato em morrer assim, especialmente porque não tinha conhecido os males que existiam no mundo. Então, considerando isso, estou lidando com minha morte prematura de forma bastante madura. Dou um jeito de só hiperventilar quando Steel está de costas, para que não presencie meu nervosismo.

— Você tem certeza de que não pode transfigurar? — pergunto, pela terceira vez.

Sua única resposta é um olhar irritado por sobre o ombro. Sua incapacidade de transfigurar ainda é um mistério. Eu também não consegui, mas isso não é incomum para mim.

Eu me sentiria muito melhor entrando nesse túnel escuro no mundo espectral, amparada pela forma de leão de Steel.

Steel me dá o sinal de que está tudo livre, e nós corremos em direção à entrada da mina.

Meu coração está batendo tão rápido que o sangue que corre nas veias parece sobrecarregado. Este é o momento em que eu deveria estar vendo rajadas de cor, mas o mundo está visivelmente estável. Eu nem sei por onde começar para tentar adivinhar o que nos mantém afastados do mundo espectral.

Quando chegamos à abertura da mina, e o mundo se vê envolto em escuridão, exalo um suspiro de alívio. Algo sobre quebrar essa barreira invisível me permite relaxar. Embora não devesse. Estamos em perigo mais imediato aqui do que do lado de fora, mas me sinto menos exposta nas sombras.

Sem conversar, caminhamos ao longo do túnel.

O ruído soa alto da terra sendo triturada pelos meus pés, me fazendo ganhar um olhar de advertência do meu companheiro. Em silêncio, ele me mostra como reduzir o barulho caminhando do calcanhar às pontas dos pés. Depois disso, a única coisa que consigo ouvir é minha própria respiração, e o sibilar tênue do ar soprando do lado de fora da entrada do túnel.

Não há som algum proveniente do caminho à nossa frente, e isso me preocupa. Se houver Abandonados aqui, suas vozes não ecoariam pelo túnel rochoso?

Minha preocupação aumenta quanto mais continuamos nossa lenta progressão para o abismo.

Minha imaginação vai um pouco longe, pensando nessa caminhada terminando em um lago de lava derretida, ou em um *bunker* estranho do governo onde fazem experimentos com Nefilins capturados.

Volto à realidade e percebo que não somente estava desatenta, mas também perdi Steel.

Nem uma mísera luz penetra na trilha. Meus dedos deslizam sobre a parede áspera da mina. Há sedimentos por baixo das minhas unhas curtas, mas não ouso tirar a mão da única tábua de salvação que tenho. Estarei andando completamente às cegas se fizer isso, com a chance de bater a cabeça em algo duro ou tropeçar no terreno irregular.

O que me assusta é que não sinto Steel em lugar algum. Ele pode percorrer esse caminho silencioso como um fantasma, mas alguns minutos atrás tenho certeza de que senti sua presença. Agora não sinto mais.

Cessando meus passos, eu me concentro no recinto ao redor. Mesmo que não faça diferença, fecho os olhos e aguço a audição, esperando captar até mesmo o menor ruído de seus pés ou de sua respiração, mas não sinto nada.

Isso até algo quente cobrir minha boca.

CAPÍTULO TRINTA E CINCO

— Não faça barulho.

Steel vai levar um soco na garganta mais tarde por me assustar. Pensei que meu coração estava batendo rápido antes. Eu estava errada. É como se o órgão tivesse sido substituído por um tambor.

Pressiono a palma da mão no meu peito, esperando que a pressão o acalme.

Com a mão ainda cobrindo minha boca, o hálito quente de Steel percorre a lateral do meu rosto. Quando ele se inclina para frente, seus lábios roçam o lóbulo da minha orelha.

Entrecerrando os olhos, ordeno que meu corpo não reaja.

— Há uma bifurcação nos túneis trinta metros à frente. Vamos pelo caminho da esquerda. Ouço vozes nessa direção. Fique por perto e alerta.

A mão de Steel se afasta do meu rosto depois que aceno com a cabeça, e ele passa por mim com cuidado.

Perco o fôlego quando ele segura minha mão, envolvendo-a com a sua enorme.

Não posso dizer que me incomodo. Seu aperto é quente, seco e reconfortante. Tenho certeza de que ele só segurou minha mão para garantir que eu não fique para trás de novo, mas por alguns minutos, finjo que ele se importa o suficiente para querer me oferecer uma pequena dose de conforto.

É um pensamento bobo, mas se vou morrer esta noite, queria sair com a lembrança de um menino segurando minha mão simplesmente porque ele quer. Eu nunca tive isso antes.

O toque é algo que sempre me foi negado. Não recebi beijinhos quando ralei o joelho, ou abraços depois de um dia difícil na escola. Sem que eu soubesse, meu lado Nefilim era um impedimento natural para as famílias adotivas com as quais eu vivia.

Não entendi realmente o quanto desejo o contato pele a pele até este exato momento. Algo tão inocente quanto uma pessoa segurando minha mão está ameaçando me desfazer.

De repente, fico inquieta e trêmula da maneira mais maravilhosa possível.

Quando o túnel se bifurca, eu me movo por trás de Steel. O terreno se torna um declínio íngreme e sou obrigada a colocar a mão livre na parede de rocha bruta para manter o equilíbrio. O solo rochoso abaixo de nós também se mostra irregular, atrasando nossa descida. O ar começa a ficar espesso, e sinto o gosto da sujeira na língua.

Decido então que não gosto muito de minas.

Não demora muito para que o som faça cócegas em meus tímpanos. Steel estava certo: há alguém aqui embaixo.

No início, mal passa de um murmúrio perceptível, mas com o tempo, as vozes flutuam de algum lugar à frente. Mas as palavras que detecto são pronunciadas em uma língua gutural que não reconheço.

Steel diminui os passos, e sigo o exemplo.

Em poucos minutos, vejo o brilho frio da luz azulada.

Depois de mais uma dúzia de passos, feixes de raios azuis iluminam outros cinquenta metros de túnel antes que o caminho vai para a direita.

Steel para antes da curva, e aproveito a oportunidade para analisar tudo no espaço estreito, incluindo Steel.

Ele fica parado, cem por cento de sua atenção dedicada ao que quer que esteja ao redor daquela esquina.

O aperto de sua mão em volta da minha se torna doloroso. Mordo o interior da bochecha e começo a contar mentalmente para compensar o desconforto. A parte solitária de mim não quer romper nossa conexão.

Chego ao número oitenta e seis antes de Steel soltar minha mão.

Flexionando os dedos várias vezes, tento reparar a sensação de sua mão na minha, bem como fazer o sangue fluir de novo.

Foi bom por um momento, mas não quero lembrar o que estou perdendo.

— Fique aqui — Steel sussurra, por cima de seu ombro.

É, acho que não.

Copio seus passos quando ele avança. Quando percebe o que estou fazendo, ele balança a cabeça, mas não tenta me impedir.

De jeito nenhum vamos nos separar agora.

Quando Steel está prestes a espiar pelo canto, uma das vozes fala mais alto:

— *Ishic favit nador*!

Sei lá o que isso significa.

— Quem você está chamando de feio? Você já se olhou no espelho ultimamente? — Essa voz meiga pertence a Aurora.

O suspiro que Steel reprime mal é audível, mas estando tão perto, sinto tanto quanto ouço. A inspiração é seguida por um rosnado baixo, apenas um nível acima do feral.

— Cale a boca, aberração.

— Quem você está chamando de aberração? — Desta vez é Blaze que responde seu captor. — Você e seu amigo aqui são as criaturas mais anormais desta mina.

Um rosnado arrepia os cabelos na minha nuca. É rapidamente seguido pelo som de um golpe corpo contra corpo.

— Não toque nele! — Aurora grita.

Ao pressentir que Steel está prestes a fazer algo muito estúpido, dou um passo à frente e apoio as duas mãos nas costas dele.

Seu corpo treme em fúria.

Deslizo as mãos para agarrar seus bíceps, não me iludindo de que serei capaz de segurá-lo se ele decidir dar uma de Rambo para cima de mim, mas estou cruzando os dedos para que a leve contenção lhe dê um instante para se acalmar.

Pressionando os pés no chão, apoio o meu queixo sobre o ombro de Steel e sussurro em seu ouvido:

— Shhhhh. Acalme-se um pouco, Caubói.

Virando a cabeça, nossos narizes se tocam. Ele me olha de cara feia, mas parte da tensão desaparece de seu corpo.

Missão cumprida.

Pouco depois, eu me afasto.

Steel pressiona as costas contra a parede de pedra. Descansando a cabeça contra a superfície dura, ele fecha os olhos com força. Sua mandíbula se move para frente e para trás e posso ver uma veia pulsando em seu pescoço.

Quando seus olhos se abrem, suas íris brilham em azul. Fixando aquele brilho azul em mim, ele executa vários movimentos rápidos com as mãos.

Hummmmm... Eu não tenho ideia do que eles significam. Ele está me dizendo para ir para longe?

Tenho certeza de que há um olhar de pura confusão no meu rosto e isso deve transmitir minha completa incompreensão, pois com os dentes cerrados, Steel segura minha cabeça e se abaixa para nossos rostos ficarem na mesma altura.

— Apenas me siga.

Será que ele precisava mesmo de todos aqueles gestos manuais para esse simples comando?

Respirando fundo, mas em silêncio, Steel se vira em direção à curva do túnel. Ele se inclina para frente até poder espreitar em volta. Eu me inclino junto com ele, ficando apenas a uma distância ínfima de suas costas.

Sem aviso prévio, ele avança e desaparece ao virar o canto.

Droga!

Isso está acontecendo – sem ser capaz de transfigurar ou com uma única arma real entre nós dois.

Estamos tão encrencados.

O grito de guerra furioso de Steel me impulsiona. Virando logo mais adiante, a poucos passos atrás dele, vejo-o correr com a raiva de um animal raivoso.

A dez metros de distância, o túnel se abre para uma caverna circular. Estalactites ficam penduradas como gelos enlameados no teto de rocha, vários andares acima.

Duas figuras grandes e volumosas estão agachadas no meio do espaço. A postura animalesca me diz que devem ser Abandonados. Seus dedos estão curvados e prontos para atacar, mas no reino mortal, eles não têm garras.

No chão atrás deles, iluminando tudo ao redor, está uma bola de fogo azul do tamanho de uma bola de vôlei. É difícil ver o objeto claramente com os dois Abandonados rondando à sua frente, mas eu apostaria minha armadura dourada que não é um fogo normal. É uma esfera perfeita de luz brilhante que nem sequer queimou o chão abaixo dela.

É um fogo mágico que arde ali.

Steel solta outro brado de raiva e o Abandonado sibila de volta para ele como as criaturas asquerosas que são. Enquanto meu olhar se perdia no estranho fogo, Steel se engajou na batalha.

O Abandonado nos viu chegar – não é como se nossa emboscada fosse furtiva –, mas a ira de Steel é palpável. Ele vai rasgar os dois com as próprias mãos, o que aprovo totalmente. Ele já ensanguentou bastante uma das criaturas.

O ROUBO DAS CHAMAS

Deixando as bestas para Steel – e forçando a estranha bola de fogo a sair da minha mente –, eu procuro os gêmeos. Eles estão amontoados no lado oposto da caverna com os joelhos pressionados ao peito. Os braços de Aurora estão travados ao redor de Blaze. Um lado do rosto dele está inchado e há um fio de sangue escorrendo de seu nariz.

A visão das duas crianças faz com que a fúria envenene meu sangue. Ela corre quente através de minhas veias, derretendo parte do meu ser racional. A sensação familiar da adrenalina percorre minha coluna.

Estou transfigurando?

Eu não quero isso. Aurora e Blaze estão nessa realidade, não na outra.

A sensação de uma faca quente penetra profundamente no ponto macio entre minha medula espinhal e as omoplatas. Ela corta para baixo, dividindo a carne e permitindo que meu sangue quente escorra livre.

A dor me coloca de joelhos.

Caio com força, chocando meus ossos contra a pedra, mas o ardor da minha queda não é nada comparado ao magma escaldante que sobe e desce pelas vértebras.

A faca me perfura uma segunda vez e arrasta um agonizante rastro de fogo pelo outro lado da coluna vertebral. O cheiro de carvão enche o ar, e percebo que as roupas estão sendo esturricadas nas minhas costas.

Meu pescoço gira em um ângulo aparentemente impossível. Minha nuca aumenta o espaço entre as omoplatas, a boca se abre em um grito silencioso.

A agonia chega a uma parada repentina quando lâminas correspondentes saem de ambos os lados da minha coluna e as asas douradas se libertam.

Ainda estou usando roupas normais – sem armadura dourada –, apenas os restos do meu suéter, camiseta e casaco. Apenas um centímetro de tecido mantém a parte superior coberta.

Vejo os gêmeos, agora de pé e me encarando com os olhos arregalados. Desdobrando o corpo até ficar de pé, finalmente percebo o que aconteceu.

Minhas asas apareceram, mas ainda estou no reino mortal.

Isso não é... isso não é possível.

Não há tempo para refletir sobre a impossibilidade do que aconteceu; eu tenho um trabalho a fazer.

À minha esquerda, Steel luta contra um Abandonado. Ele largou o casaco feio de lenhador e está lutando vestindo apenas sua camisa de manga comprida e jeans.

Um trio de arranhões feios percorre seu rosto desde a testa até o queixo, sangrando abundantemente, e ele está protegendo seu lado direito, mas está se saindo muito bem. Ele realmente conseguiu arrancar um braço de um Abandonado gigante.

Legal.

O coto sangrento deixado para trás goteja uma substância preta oleosa, mas a criatura está indo até Steel como se tivesse dois braços bons ao invés de apenas um.

O outro Abandonado está tombado contra a parede da caverna. Nem tenho certeza se ainda está vivo.

Procuro no chão por uma arma, mas não consigo encontrar nada. Não há nem mesmo uma pedra grande para ser usada para golpear.

Steel e o Abandonado estão lutando um contra o outro em combate corpo a corpo.

Correndo para me juntar à luta, pulo nas costas do Abandonado de um braço só. Envolvendo meu antebraço ao redor de seu pescoço, puxo com tudo para trás.

Minhas asas não são leves, então meu peso desequilibra o monstro. Ele recuou alguns passos, balançando o braço remanescente e o cotoco do outro no ar para se firmar.

Steel dá um chute frontal em sua barriga, fazendo-o cair no chão... comigo ainda presa em suas costas.

Ai.

Usando minhas asas como um par de braços extra, levanto do chão pedregoso e inverto a posição, empurrando o rosto do monstro contra a terra.

Ele se debate debaixo de mim como um peixe fora d'água, mas não afrouxo o agarre. Pelo contrário, pressiono com mais força.

Algo se esmaga sob meu antebraço, e o Abandonado embaixo de mim engasga.

Esmaguei sua traqueia, e ele está sufocando até a morte.

Ótimo.

Os sons do monstro lutando para respirar não são agradáveis, mas não me sinto mal.

Eu me tornei selvagem, insensível.

Em pouco tempo, o Abandonado para de lutar e seu corpo fica imóvel. Só então, liberto meu braço e me levanto.

CAPÍTULO TRINTA E SEIS

— Steel! Pare! — Aurora se solta de Blaze e passa correndo por mim. Virando-me, vejo Steel socando o corpo flácido do segundo Abandonado. Uma mão está segurando a camisa sangrenta e rasgada da criatura, e a outra golpeia o que resta de seu rosto — o que, digamos, não é muito.

O som molhado de pele se chocando contra o rosto pulverizado do Abandonado é um pouco horripilante, até mesmo para mim.

Aurora alcança seu irmão mais velho e envolve os braços fininhos ao redor de seu torso.

Leva um momento para ele se acalmar, até que, por fim, Steel larga o corpo espancado e quebrado do Abandonado. Soltando um suspiro trêmulo, ele envolve a forma miúda de Aurora. Pedaços sangrentos da pele e da massa cerebral do Abandonado estão espalhados na parede de pedra atrás deles, mas nenhum dos irmãos parece notar o horror que os envolve ou reveste suas roupas.

Sentindo cócegas ao longo das minhas asas, olho por cima do ombro. Blaze afasta sua mão e me encara com os olhos arregalados — ou melhor, com um olho arregalado, pois o direito está fechado de tão inchado.

— Eu só queria ver qual era a sensação delas — ele admite.

— Está tudo bem.

— Elas são demais.

Mordendo o lábio para reprimir um sorriso por conta do olhar impressionado estampado no rosto de Blaze, recolho as penas douradas para perto do meu corpo e me viro, me ajoelhando na frente do garoto.

— Posso? — pergunto, antes de erguer as mãos para examinar o rosto ferido de Blaze.

Ele levanta um ombro magro. De pé na minha frente com a camiseta fina e rasgada, manchada com gotas de seu próprio sangue, ele me parece tanto frágil quanto feroz. Seu corpo jovem é cheio de ângulos estranhos e membros finos, mas mesmo com o rosto inchado, ele fica de pé com o peito estufado e as pernas afastadas, pronto para enfrentar o mundo.

Ele será poderoso quando seu corpo alcançar o espírito guerreiro que vive dentro dele.

Examino gentilmente o rosto machucado. Não sou especialista, mas não acho que algo esteja fraturado, exceto talvez o nariz. Não há nada a ser feito a respeito disso agora. Uma varredura rápida do seu corpo me garante que ele vai ficar bem.

Calor envolve a parte de trás do meu corpo um momento antes de Steel falar:

— Venha aqui, amigão.

Balanço as asas, esperando que a reação involuntária do meu corpo à proximidade de Steel seja disfarçada com o movimento.

Blaze marcha até seu irmão e ergue o punho para um soquinho. Depois do cumprimento, Steel o envolve em um abraço de urso — um abraço que inclui levantar o garoto do chão e dar algumas sacudidas calorosas.

— Steel! — Blaze se debate e empurra o irmão. — Eu não sou um bebê — ele reclama, olhando para mim disfarçadamente.

Aurora puxa a manga de Steel depois que ele coloca o pequeno no chão.

— Não podemos ficar aqui. Há mais deles. — A preocupação flui de seu olhar enquanto ela retorce as mãos.

Ele dá um aceno brusco com a cabeça.

— Sim, nós sabemos.

— E temos que levar aquilo conosco. — O dedo delicado Aurora aponta para o fogo azul no meio do cômodo.

O semblante de Steel se mostra indecifrável. Não sei dizer se ele sabe ou não o que é a esfera. Sem lhe responder, ele dá um tapinha fraternal na cabeça de Aurora.

Quando se vira para mim, seu olhar percorre meu corpo, verificando se há ferimentos. Posso estar vendo apenas o que quero, mas parte da tensão deixa sua postura rígida quando ele percebe que estou ilesa.

— Isso é novidade. — Ele se dirige a mim pela primeira vez desde que entramos na caverna, prontos para lutar.

Inclino a cabeça, reconhecendo o fato.

— Parece que sou cheia de surpresas.

Ele ergue as sobrancelhas como se dissesse que isso é um eufemismo.

— Eu não discordo.

— Temos que estar prontos para lutar quando dermos o fora daqui. Só queria que tivéssemos uma arma ou duas.

— Talvez tenhamos. — Steel ergue o queixo e inclina a cabeça, olhando por cima do meu ombro. — Elas não podem ser só para admirar.

Abro e fecho as asas, testando o peso.

— Não tenho certeza do que posso fazer com elas — admito.

Não posso usá-las para voar em um espaço fechado tão pequeno assim. Nessa situação, seu único propósito poderia muito bem ser apenas estético.

— Essas penas são construídas de materiais mais duros do que as de um Nefilim comum. Talvez você possa usá-las em uma batalha.

— Talvez. Mas mesmo que eu pudesse, não é como se tivesse tempo para treinar com elas agora.

O olhar de Steel fica pensativo.

— Venha aqui. Eu quero tentar uma coisa. — É tanto um comando quanto um pedido.

Cerro a mandíbula, exasperada.

Suas exigências estão ficando cansativas e não temos tempo para experimentos, mas argumentar só vai consumir mais minutos preciosos que nós não temos.

Ao me puxar para uma das paredes da caverna, ele pede para que Blaze e Aurora se afastem antes de se postar às minhas costas.

— Estique-as.

O calor percorre meu rosto conforme estendo minhas asas. Steel provavelmente não tem ideia de como é desconfortável tê-lo ali me inspecionando tão de perto.

Um puxão é seguido por um pequeno estalo dolorido. Espreito sobre meu ombro.

— Você acabou de arrancar uma das minhas penas?

É uma pergunta retórica, porque Steel agora segura uma pena dourada entre o polegar e o indicador.

Irritada, eu me viro. Minha asa direita pressiona seu braço. Ele grunhe e tropeça para trás. Aproximando-me, cutuco seu peito com um dedo.

— Tire as mãos das minhas asas. Entendeu?

Em vez de responder, Steel segura a pena que roubou. Tem aproximadamente trinta centímetros de comprimento e a ponta brilha. Levantando a mão, ele espeta o dedo na extremidade. Uma gota de sangue escorre.

— Parece que temos uma arma, afinal.

Sinto-me extremamente boba ao passar pelo labirinto subterrâneo, agarrando uma pena com a ponta de metal como minha única defesa. Mas poderia ser pior. Eu poderia ser Steel agora mesmo.

Ele não só está segurando uma pena, mas tem algum tipo de esfera mágica ou bola de luz enrolada em seu casaco e presa sob o braço. Parece que ele está contrabandeando uma melancia.

Aurora foi inflexível em levar o estranho objeto conosco – ao ponto de ficar histérica quando pensou que iríamos embora sem ele. Quando ela mencionou que o globo estava nos impedindo de fazer a transfiguração, Steel finalmente cedeu.

Jogando seu casaco por cima da esfera, ele a pegou e a colocou abaixo do braço.

O material grosso do casaco horroroso manteve a maior parte do brilho do globo oculta, mas não por completo. Usamos o brilho para encontrar o caminho através dos túneis, esperando que os Abandonados em serviço de guarda ainda estejam do lado de fora, revistando a floresta.

A boca do túnel se abre na nossa frente. Feixes prateados do luar iluminam manchas do solo coberto de neve do lado de fora, nos tentando com a liberdade.

— Estão prontos para fazer isso? — Steel espera a confirmação de cada um de nós. — Blaze. Aurora. Quero que vocês dois fiquem atrás de nós. De preferência, atrás das asas gigantes de Emberly.

— Eu posso lutar — Blaze argumenta. — Você sabe que posso. — Sua carinha de menino é durona, cheia de determinação.

Os olhos de Steel suavizam.

— Eu sei que você pode, irmão. Mas quero que você se concentre em cuidar da sua irmã.

Aurora revira os olhos, mas não contradiz a afirmação de Steel. Depois de considerar o pedido, Blaze estufa o peito e acena uma vez com a cabeça.

— Vamos sair daqui. Todos nós precisamos de um banho.

Ele não está errado sobre isso.

Steel avança, os pés diminuindo a distância até a abertura do túnel. Após uma curta pausa, ele adentra a noite escura e gesticula para que nós o sigamos – desta vez, com um simples aceno em vez de um sinal complicado.

Com Blaze e Aurora se movendo depressa atrás de mim, eu me junto a ele.

Arrepios surgem ao longo das partes expostas das minhas costas. Minha blusa ainda está pendurada pelo que sobrou do meu suéter — graças a Deus —, mas não há muito mais. Os ventos impiedosos sopram as bordas recortadas das minhas roupas e passam por baixo do material. O frio enregelante desliza sobre a pele. Estou prestes a me envolver com as asas quando percebo Aurora e Blaze tremendo.

— Para onde devemos ir?

Espero, de verdade, que Steel tenha um plano, porque não há como voltarmos para a academia do jeito que viemos. Especialmente com os gêmeos, que devem estar famintos agora. Precisamos de abrigo, e rápido.

Encorajando Blaze e Aurora a ficarem ao meu lado, envolvo as bordas das asas ao redor de nós três, esperando que isso nos proteja de algumas das rajadas do ar gelado das montanhas.

Segurando minha mão livre, Aurora sorri para mim como um agradecimento.

— Temos que encontrar uma estrada. Podemos segui-la até chegarmos a uma casa ou posto de gasolina ou algo assim e ligar para Sable de lá.

Não tenho certeza se vamos conseguir, mas não vou expressar essa preocupação na frente das crianças. Em vez disso, aceno com a cabeça, sabendo que meu gesto confiante não alcança o olhar.

— Nós vamos conseguir. Somos feitos para resistir.

O olhar aguçado de Steel examina as árvores à nossa frente.

— Estou mais preocupado em evitar os outros Abandonados. Todos em alerta.

Movendo o mais silenciosamente possível, partimos em direção ao oeste. A única razão pela qual sei que essa é a direção que estamos percorrendo é porque há um pequeno brilho rosa começando a iluminar o céu atrás de nós.

Isso é bom. Abandonados não podem sair à luz do dia. Uma vez que o sol surgir sobre o horizonte, nossas preocupações se limitarão aos elementos da natureza.

Aurora puxa minha mão e quando olho para baixo, ela balança a cabeça devagar.

Franzo o cenho. Não sei o que ela está tentando dizer.

— A noite não os detém mais — ela sussurra.

Assim que as palavras saem de sua boca, o mundo explode ao nosso redor.

CAPÍTULO TRINTA E SETE

Só porque os Nefilins não podem transfigurar, não significa que as mesmas regras se apliquem aos Abandonados.

Isso é uma droga.

Também teria sido um fato agradável saber antes que mais de uma dúzia de inimigos nos cercassem.

Os Abandonados não são tão assustadores neste reino. Como a maioria é de anjos possuídos, eles retêm a beleza de seus corpos hospedeiros – exceto que todos eles têm a tez pálida dos severamente anêmicos. A incapacidade de suportar a luz do sol e uma dependência assustadora do sangue de outras pessoas fazem isso com a criatura, suponho.

Contudo, esse grupo de Abandonados é um pouco mais imponente. Não é apenas o número de criaturas nos rodeando – não me entenda mal, não adoro nossas chances de quatro contra um –, é que eles vieram claramente preparados para uma batalha.

Os Abandonados seguram em suas mãos armas de aparência perversa. Espadas com gumes serrilhados, machados bilaterais, punhais com lâminas curvas e até mesmo algumas armas de fogo. Estas são armas com as quais os Nefilins treinam, e não com as quais os Abandonados lutam. Com minha experiência limitada, e pelo que aprendi na Academia Serafim, os Abandonados favorecem uma forma de batalha mais animalesca, usando sua velocidade, força, garras e dentes para derrotar os Nefilins. Não sei o que pensar do grupo que se aproxima de nós, mas não pode ser bom.

— Steel?

Estou olhando para ele em busca de instruções. Posso ter as asas mágicas, mas ainda sou muito novata.

Steel mantém o olhar fixo em nossos inimigos, mesmo quando se dirige a mim:

— Você acha que consegue voar com Aurora?

Isso não tinha passado pela minha cabeça. Talvez porque ter asas seja novidade para mim? Independente disso, é uma boa ideia, mas meu corpo se rebela só de pensar em deixar Steel e Blaze para lutarem contra as criaturas sedentas de sangue que se aproximam de nosso pequeno grupo.

— Steel — sibilo. — Não posso simplesmente deixar você e Blaze aqui para morrerem.

Virando na minha direção, ele segura meu braço.

— Não temos tempo. Por favor, salve-a.

O desespero estampado em seu rosto faz meu coração doer.

Não sou forte o suficiente para fazer o que ele está pedindo – sacrificar alguns para que outros possam viver. Essa não deveria ser uma escolha que qualquer um tem que fazer, mas é uma que estou enfrentando agora.

As mãos de Steel apertam meus braços, seus dedos firmes o bastante para machucar.

— Por favor.

Assentindo uma vez, agacho na altura de Aurora e encaro seus olhos. Ela sabe o que está por vir. Seu queixo treme e lágrimas escorrem pelo seu rosto.

— Eu não quero abandonar meus irmãos — ela diz.

— Eu sei, também não quero abandoná-los.

— Como viveríamos com isso? — pergunta.

Essa não é uma pergunta sobre a qual eu possa me permitir pensar agora. Foi-me pedido para proteger algo precioso para Steel, e vou honrar esse desejo.

— Ponha seus braços ao redor do meu pescoço, Aurora. Vai ser uma viagem turbulenta.

Apesar de suas objeções, ela envolve seus braços finos em volta do meu pescoço. Flexionando minhas asas, estou pronta para uma decolagem que não tenho certeza de como fazer.

— Isso não é sensato, jovem. — Ouço uma voz estrondosa que ecoa pelas árvores e montanhas que cercam o vale.

— Vai! — Steel grita.

Jogando minha arma de pena para Steel, afasto o olhar de seu rosto atormentado e me projeto no ar com um balançar forte das asas. No segundo impulso para baixo, Aurora e eu estamos vários metros acima

O ROUBO DAS CHAMAS

de todos. No terceiro, nos afasto do círculo de Abandonados. Estou me preparando para o quarto impulso quando algo estranho acontece. Há um puxão brusco na minha asa esquerda e eu e Aurora caímos ao chão.

Girando da melhor maneira que posso no meio da queda, absorvo a maior parte da colisão.

Agradeço ao Criador pelos vários metros de neve acumulados sobre o solo endurecido e rochoso. A neve explode no ar ao nosso redor. Pisco os olhos atordoados com Aurora agarrada ao meu peito enquanto flocos espessos caem devagar no chão outra vez. Eu acharia lindo se não estivesse tão aturdida.

Minhas asas assumiram o impacto da queda. Há uma dor incômoda onde elas se prendem à coluna, mas fora isso, acho que estou bem.

Estou prestes a me sentar e testá-las quando sou tirada do chão.

Mãos ásperas seguram o topo das minhas asas, forçando-as dolorosamente a se dobrarem às costas, frustrando com sucesso outra tentativa de fuga pelo ar. Aurora é arrancada de meu aperto e jogada para algum lugar à minha direita. Ela solta um grito apavorado antes que o brutamontes na minha frente grite:

— Alguém cale os pequenos!

Sou forçada a me ajoelhar na neve.

Steel é jogado no chão ao meu lado. Seu rosto está coberto de flocos brancos e sangue. Ele se esforça para ficar de joelhos. Passando a mão da testa ao queixo, ele limpa a neve e cospe um coágulo de sangue no solo. Vermelho se espalha sobre o branco, sangue grotesco contrastando com a neve pálida.

Ele não está mais segurando minha pena dourada ou a estranha esfera de luz azul. O Abandonado deve ter lhe tirado ambas.

Virando a cabeça, procuro os gêmeos, finalmente os localizando atrás de nós. Eles estão amordaçados e suas mãos estão presas à frente com uma corda. Seus olhares me suplicam para fazer algo.

— Levante-os. Quero olhar melhor para eles.

Reconheço essa voz.

Dando a volta no gigante na nossa frente – esse Abandonado é realmente o maior ser humano que já vi –, é a mulher com quem lutei no beco há várias semanas.

Lilith.

Um par de mãos enfurecidas torce minha asa esquerda.

Seguro um grito de dor quando cambaleio para ficar de pé. Não quero que nossos inimigos saibam o quão sensíveis são as asas. Não há necessidade de dar munição extra ao Abandonado. As chances já estão contra nós.

— Posso me levantar sozinho — Steel rosna para o Abandonado que o segura. Isso faz com que ele ganhe um golpe na cabeça com o cabo de uma arma.

A pancada leva Steel a cair de quatro, onde dois Abandonados o puxam de volta para cima. Ele não fica firme de pé na mesma hora.

— Parece que toda aquela espera finalmente valeu a pena — Lilith diz, nos rodeando.

Ela é assustadora.

Seus olhos perspicazes nos percorrem, analisando minhas asas e todos os nossos ferimentos. Eu me sinto coberta de gosma quando ela para.

— Demorou demais — o Golias Abandonado rosna. — Aqueles pequenos foram difíceis de manter vivos.

O olhar apático de Lilith observa os pequenos irmãos Durand atrás de nós.

— Suponho que não há razão para fazer isso por muito mais tempo. Eles são tão pequenos, não tenho certeza se algum Caído de respeito iria querer sequer usá-los como hospedeiros.

— Não seja precipitado demais. Ainda não terminei com eles. — Uma voz ressoa das profundezas do bando dos Abandonados.

Não consigo ver de quem é, mas vejo o mar de corpos se separar enquanto a pessoa se move através da multidão.

Quando ela contorna o último Abandonado e se revela, alguém começa a arquejar ao meu lado.

Steel cai de joelhos. A angústia está estampada em todos os ângulos e superfícies de seu rosto.

Forçando minha atenção para a figura que vem em nossa direção, eu analiso suas características. Todas são típicas dos nascidos-anjos: alta, esbelta, cabelo escuro, linda. Não vejo nada de extraordinário nessa mulher além do que é extraordinário em todos os Nefilins.

Quer dizer, até ela ficar a apenas alguns metros de mim e meus olhos se conectarem aos dela.

Um azul-piscina me avalia. Uma cor de olhos tão única, que só vi uma vez antes.

Dou um suspiro audível. Alto o bastante para ser ouvido pela criatura cujo olhar calculista foca em meu rosto. Alto o bastante para ser ouvido pelo grupo de monstros ao meu redor.

— Talvez não uma loira burra, afinal de contas. — Um sorriso conspiratório dança em seus lábios e ela dá uma piscadinha. — Está na hora de ver melhor meu prêmio. A armadilha que preparamos para prendê-la foi bastante elaborada.

Nossa captora começa a andar em um círculo lento ao meu redor. Quando ela sai de vista, tento chamar a atenção de Steel – perguntas silenciosas gritam dentro de mim –, mas ele está muito concentrado na Abandonada me avaliando.

— Interessante. — Ela acaricia uma das minhas penas. A sensação de vermes viscosos rastejando sobre minhas asas segue por onde seu dedo passa.

— Ei, tire as mãos de cima de mim! — grito, enquanto abro as asas e me viro.

Quero que as pontas afiadas de minhas penas cortem sua pele.

Não tenho essa sorte.

Ela se afasta rápido demais para que eu possa causar um ferimento.

— Nervosinha. — Ela ergue as mãos na frente do corpo, imitando uma postura de inocência. — Eu estava apenas curiosa.

— Sil-Silver?

A palavra entrecortada é arrancada do âmago de Steel. Ele ficou de pé agora, mas longe de estar estável. Ele puxa seu cabelo – seu agarre tão forte que estica a testa.

— Em carne e osso — ela responde, erguendo os braços e dando uma rápida pirueta. — Eu pareço bem gostosa para quem está morta, não é mesmo?

Só então o choque de Steel desaparece.

Ele abaixa as mãos e cerra os punhos. Sua coluna se endireita devagar até que ele se eleva bem acima de nós.

A tristeza sangra de seus olhos, deixando-os com um aspecto morto mesmo quando uma gota úmida escorre de um deles. O rastro brilhante que se arrasta pela bochecha é agora a única evidência das emoções que se agitam por dentro.

Se essa é realmente Silver, isso significa que ela não pereceu na encosta da montanha há tantos anos. E se ela não morreu, e está aqui como uma Abandonada, isso significa que ela encontrou um destino muito mais sombrio.

Fingindo estar desapontada, Silver franze os lábios para baixo e inclina a cabeça. A luz da lua reflete em seu cabelo ébano, a cor e a textura tão parecidas com as do próprio Steel.

— Você não está feliz em ver sua irmã há muito perdida, Steel?

— Você não é minha irmã — Steel diz, entredentes.

— Não sou? — ela questiona, com uma sobrancelha arqueada. — É uma pergunta interessante, você não acha? Em toda a história dos Nefilins, é difícil acreditar que ninguém jamais parou para se perguntar quanto do nascido-anjo permanece após a possessão. Talvez a natureza dos Abandonados seja mais simbiótica do que qualquer um de vocês imagina...

— Isso não é possível. A alma de Silver foi liberta quando você colocou suas garras pútridas nela.

— Isso cria um dilema moral muito curioso, não é, querido irmão? — Ela bate um dedo no lábio inferior como se estivesse considerando algo. — Você seria mesmo capaz de massacrar seus irmãos e irmãs Nefilins tão facilmente se soubesse que eles ainda estavam habitando estes corpos? — Silver gesticula para si mesma. Um sorriso malicioso ergue os cantos de sua boca.

Se Steel é abalado por suas palavras, ele esconde bem.

— Não resta nem um pouco da minha irmã nessa casca. O que você está falando é blasfêmia.

Silver dá uma gargalhada estridente.

— Como se eu me importasse.

— Se ainda houvesse um resquício da minha irmã aí dentro, de jeito nenhum ela teria oferecido nossos irmãos como isca.

— Mas eles eram tão jovens quando fui envolta pela escuridão. Apenas bebês, na verdade. Lembra-se de quanto Aurora costumava chorar a noite inteira? Um incômodo tão grande. Por que você pensaria que eu ficaria apegada aos vira-latas depois de todos esses anos?

Algo parecido com inquietação cintila através da feição de Steel.

Algo semelhante a dúvida.

Será que sua historinha sobre Aurora chorando a noite toda poderia ser verdadeira?

Não sei se os Abandonados retêm ou não as memórias do corpo hospedeiro, mas pelo lapso momentâneo de Steel, não tenho um bom pressentimento sobre essa conversa.

Silver dá um passo na direção de Steel, invadindo seu espaço pessoal. Ela se inclina para perto de seu corpo. Sua voz se abaixa em um sussurro que mal consigo ouvir:

— Vou lhe contar um pequeno segredo, algo que os Conselhos dos

Caídos e dos Nefilins não querem que se espalhe. Há partes de nascidos-
-anjos em cada Abandonado. Para alguns, resta apenas o sussurro da alma,
mas para outros... — Um sorriso perverso se espalha pelo seu rosto. —
Bem, você vê em alguns de nós, em vez de passar uma eternidade como
espectadores em nossos próprios corpos, escolhemos viver de outra maneira. Escolhemos nos unir aos Caídos por dentro, tornando-nos uma única entidade. Um ser imortal. — Inclinando-se para trás o suficiente para
que Steel observe cada detalhe, ela finaliza: — Vou deixar você adivinhar
qual eu me tornei.

— Isso é mentira — Steel sibila as palavras.

— Eu não lhe teria dito, exceto — ela encolhe um ombro delicado
—... se eu não esperasse que sobraria muitos, sequer algum de vocês, para
espalhar a palavra.

Uma advertência que eu não pretendia soltar ruge em meu peito. Dando um passo ameaçador na direção deles, eu me coloco entre a Abandonada e Steel.

Silver vira a cabeça depressa para mim. A ação é mais parecida com a
de uma ave do que de uma humana.

— Parece que eu estava certa. Essa aqui *tem* um apego involuntário a
você. — O olhar inquietante de Silver permanece em mim, embora suas
palavras se destinem a Steel. — Se não fossem as circunstâncias, eu diria
que você teve muita sorte, irmão. Ela daria um excelente cão de guarda.

— Cuidado — Steel dispara as palavras sobre ela como balas. — Emberly não tem nada a ver com isso. É a mim que você quer.

— É isso que você pensa? — Com uma risadinha rouca, ela dá tapi-
nhas em sua bochecha com força suficiente para deixar uma marca vermelha ali. — Eu não deveria me surpreender. Você sempre foi convencido.
Mas não, você não é nossa presa desta vez. Você é simplesmente parte da
isca que a atraiu até aqui. Como eu disse antes, ela é o prêmio. Esse receptáculo mortal que ela usa logo será transformado, e ela se tornará a salvadora
pela qual todos esperávamos.

Fogo faísca nos olhos de Steel.

Antes que o medo tenha a chance de fortificar as palavras de Silver,
Steel ataca.

Seu punho se choca com a mandíbula dela, e sua cabeça vira para o lado.

Dois Abandonados avançam sobre Steel em um instante. Eles amar-
ram cordas ao redor de seus braços e o forçam a recuar. São necessários

outros dois para segurá-lo enquanto ele luta pela liberdade.

— Mantenha suas mãos longe dela! — Steel grita, ainda lutando contra seus captores.

Contorço-me para ajudá-lo a escapar, mas algo corta minha garganta, fazendo sangue quente escorrer pelo meu pescoço.

Congelo no lugar.

Silver está de pé à minha esquerda, seu braço estendido, uma espada com uma lâmina longa e levemente curva presa em sua mão. A ponta afiada da katana rasga meu pescoço.

— Eu não faria nenhum movimento brusco se fosse você — ela adverte. — Sou muito rápida.

Acredito nela.

Erguendo as mãos em rendição, recuo devagar. Mais sangue escorre pelo meu pescoço quando a lâmina se afasta, mas sei que o corte não é profundo.

Um raio de sol da manhã irrompe por entre a cobertura escassa das árvores e ilumina a lateral da face pálida de Silver.

Arregalo os olhos quando a luz natural continua a banhar sua pele em vez de queimá-la.

Percebendo meu olhar, a lateral de sua boca ergue-se em um meio-sorriso astuto.

— Somos cheios de segredos.

CAPÍTULO TRINTA E OITO

— Onde está a esfera? — Silver questiona.

Um Abandonado esquelético dá um passo adiante com a bola de fogo, ainda coberta pelo casaco de Steel. Suponho que nem todos os Abandonados são nascidos-anjos. Um humano disposto a isso também pode ser possuído. E de jeito nenhum, com sua altura de 1,80 m e estrutura óssea, esta criatura poderia ter sido um Nefilim.

— Tire essa coisa feia de cima dela — ordena.

A criatura magra afasta o casaco de Steel e o brilho do globo emana através do espaço. Muitos dos Abandonados ao nosso redor fecham os olhos e se voltam para o brilho. Inspirando fundo, seus peitos se estufam e seus músculos flexionam como se estivessem absorvendo a energia da bola pulsante de luz.

— Sabe — Silver começa a conversar enquanto afaga carinhosamente o objeto, seus dedos passando ilesos pelas chamas —, o que te impede de entrar no reino espiritual é a mesma coisa que nos protege dos raios do sol. É uma encantadora vitória... para nós, é claro. Para você, imagino que seja bastante inconveniente.

— O que é isso? — Steel pergunta.

— Só uma coisinha tirada do reino espiritual.

— Isso não é possível — ele grunhe.

Uma das primeiras coisas que aprendi ao vir para a Academia Serafim foi que nada do mundo espectral poderia ser transferido para o reino mortal, por isso entendo a descrença de Steel.

— Oh, certamente costumava ser impossível. Mas veja, nossos mundos estão em transição. Sua namorada aqui vai ajudar a trazer ainda mais mudanças.

— Do que você está falando?

— Acho que vou deixar os Caídos te dizerem quando vocês dois se transformarem.

— Eu morreria antes de deixar isso acontecer.

— Veremos.

Virando de costas para Steel, ela se dirige ao seu grupo:

— Amarrem-no e o amordacem, é a única maneira de voltarmos para a fortaleza sem ter que ouvir seus grasnidos.

Algo sibila pelo ar e ataca o Abandonado prestes a amordaçar Steel. Sua figura inclinada cai no chão – uma flecha atravessando seu rosto.

Steel aproveita o momento de surpresa para golpear outro Abandonado na garganta com seu cotovelo e se libertar.

Examino a área procurando pelos gêmeos enquanto corpos avançam contra o grupo de Abandonados. Os que amarraram os gêmeos já foram mortos. Um está agora sem cabeça, e o outro está deitado de bruços em seu próprio sangue escuro. Os gêmeos estão sendo levados para longe da batalha que eclode por Ash.

Uma onda de alívio percorre meu corpo.

O som de metal chocando-se contra metal é música para os meus ouvidos.

Por toda parte, Nefilins lutam contra Abandonados, e dessa vez os superamos, sendo quatro de nós avançando em um.

Prefiro essas probabilidades, mas a luta ainda está acirrada. Abandonados entram e saem do mundo espectral para atacar os Nefilins ou escapar de golpes.

Faço um giro, sem saber direito onde investir um ataque.

Sterling e Greyson acertam juntos um Abandonado à minha esquerda. Sempre que ele entra no mundo espectral, os gêmeos ficam de costas um para o outro para que não sejam pegos desprevenidos por seu reaparecimento.

Sterling luta com um feroz machado de duas lâminas, e Greyson gira uma lança.

Não muito atrás deles, Nova dá uma série de chutes em uma Lilith atordoada e depois pula nas costas dela, fazendo um movimento de luta livre, que parece muito legal, e que a leva ao chão. Uma vez que Nova a derrubou, Hadley, com os óculos ainda firmes em seu rosto, decapita a criatura.

Uau, quem diria que ela tinha isso dentro de si?

O ROUBO DAS CHAMAS

Um borrão atrai minha atenção e me viro para ver Sable cortar o braço de um Abandonado. O que ela não percebe é a criatura rastejando atrás dela com uma espada curva, pronta para golpeá-la.

Dou três passos em sua direção, antes de ser jogada no chão.

— Não tão rápido — Silver diz, empurrando meu rosto contra a neve salpicada de sangue. Ela torce uma asa para trás enquanto pressiona o joelho na minha coluna. — Você vem comigo.

Dou uma risada seca no gelo com odor de ferro. Ela vai ter dificuldade para me tirar daqui sem que ninguém perceba. E de jeito nenhum sairei sem lutar.

— Você pode morrer tentando.

— Hoje não.

Um clarão me cega. Quando minha visão volta ao foco, a neve abaixo de mim tem uma tonalidade de lavanda. Ondas furiosas de luz rolam pelo ar. O céu está pintado em tons pastéis.

Em um piscar de olhos, fui sugada para o mundo espectral com Silver.

— Como?

Puxando minhas asas, ela me obriga a ficar de pé.

Assisto horrorizada enquanto Abandonados aparecem e desaparecem, usando o mundo espectral para lutar e escapar dos Nefilins ainda no reino mortal.

A aparência de Silver se alterou junto com o cenário ao nosso redor. Seu outrora brilhante cabelo escuro agora pende de seu couro cabeludo em frouxos *dreads* pretos. Presas roçam o lábio inferior. Seus lábios vermelho-cereja se transformaram em um tom de roxo-azulado cadavérico. E garras negras afiadas se estendem das pontas de seus dedos.

— Só porque você não pode transfigurar com isso por perto — Silver move a esfera que carrega debaixo do braço —, não significa que eu não possa trazê-la para cá comigo.

Ela puxa minhas asas outra vez, usando-as como uma rédea para me forçar na direção pretendida. Suas garras rasgam algumas das penas e se afundam na carne ao redor da articulação superior.

Já me cansei.

Reunindo minhas forças e ignorando a rajada de dor em minhas asas por causa da manipulação de Silver, eu as abro por completo, fazendo-a perder o equilíbrio.

Girando, as pontas afiadas das minhas penas percorrem a carne macia de seu ombro. Um jato de sangue negro jorra no ar.

Apertando uma mão contra sua ferida, o globo cai de seu agarre e se afunda nos flocos de cor púrpura aos seus pés.

Estico o pé depressa, chutando seu peito e fazendo-a voar até que ela choca as costas em uma árvore. Ela cai no chão como uma boneca de pano.

Enfiando as mãos na neve, pego a esfera. No segundo em que meus dedos se conectam com o objeto, um raio dourado atravessa o céu, banhando a atmosfera do mundo espectral com faíscas de mesma cor antes de desaparecer.

O brilho azul do globo se transforma em ondas de luz dourada que se espalham da fonte como ondulações na superfície de um lago.

Mas estas ondulações trazem um golpe raivoso.

A explosão me atinge primeiro. O calor penetra em meu corpo, mas sorrio quando reconheço o que está acontecendo.

Quando a explosão se dissipa, fico de pé em minha armadura completa – armas em punho presas às braçadeiras em meus braços e pernas.

Avanço na direção de Silver, agora de olhos arregalados e com a mão pressionada contra sua ferida no ombro. Pegando a adaga na minha perna, aponto para seu olho, imaginando se cravar o metal em seu crânio é o suficiente derrotá-la.

Infelizmente, ela sai de seu choque e desvia antes que a lâmina encontre seu alvo.

De repente, Nefilins transfiguram para o mundo espectral ao nosso redor. Os efeitos da esfera foram neutralizados.

Silver dá uma olhada esquisita em volta, muito provavelmente chegando à mesma conclusão que eu, e foge. Corro atrás dela, mas me choco contra um nascido-anjo que aparece na minha frente. Nós dois caímos, e quando fico de pé outra vez, Silver não está em nenhum lugar à vista.

— Ei, Emberly! — Greyson balança as mãos diante de mim. — Você está bem?

Olhando para baixo, a esfera agora dourada está caída na neve. A luz radiante ainda pulsa em ondas.

— Emberly. — Greyson estala os dedos na frente do meu rosto. — Perguntei se você está bem!

Concentro-me de volta nele. A luta ao nosso redor está diminuindo à medida em que o restante dos Abandonados se espalha e corre para se proteger dos raios do sol.

— Sim, acho que sim. É bom ver você, Grey.

CAPÍTULO TRINTA E NOVE

O escritório de Sable não é grande o suficiente para caber todos nós, então as portas do refeitório foram fechadas para dar privacidade a essa reunião. É engraçado como eu não me importo mais de ficar no subsolo da Academia. Aquela sensação incômoda e claustrofóbica já não existe mais, e estou feliz por estar de volta. Contente por estar, finalmente, em um lugar seguro... mesmo que meu corpo ainda não tenha entendido isso. Ainda estou agitada pelas várias horas de ação.

— Como você nos encontrou?

Steel faz a pergunta de uma mesa próxima à minha. Nós estamos espalhados ao longo de várias mesas redondas. Steel não está esperando sentado numa cadeira como o resto de nós. Ao invés disso, ele está sentado sobre a mesa, com os pés apoiados em uma cadeira e os braços sobre os joelhos.

Sua postura pode parecer casual, mas eu sei que ele está agitado.

Seu rosto está com uma expressão selvagem. Os arranhões que ganhou na luta com o Abandonado nos túneis viraram linhas esbranquiçadas. Sua camiseta rasgada está manchada com sangue vermelho e preto. Seus jeans estão rasgados nos joelhos, um deles está pingando sangue na cadeira abaixo de seus pés.

E nós dois precisamos de um bom banho. Desesperadamente.

Não é justo que ele pareça tão sexy, mesmo imundo e desgrenhado, enquanto eu pareço uma sem-teto.

Eu toco meu cabelo. Eca! Tá nojento. Vou ter que tomar pelo menos três banhos para desembaraçar esse cabelo.

A única coisa limpa no meu corpo é um suéter emprestado. Quando transfigurei de volta para o mundo mortal, minhas asas não vieram comigo. Eu tive que segurar o que sobrou da minha camisa para cobrir meus seios. Ash foi buscar uma nova em nosso dormitório para mim assim que voltamos, então eu a vesti por cima dos restos carbonizados do meu último suéter.

Descanse em paz, suéter rosa. Você era bonito, e manteve meus peitos escondidos dos Abandonados e da maior parte da Academia Serafim. Obrigada por seu serviço.

— Quero saber por que você não os encontrou mais cedo. Tenho cinco filhos nesta escola e estive tão perto de perder três deles por causa de uma incompetência absurda.

O patriarca Durand está sentado ao lado da esposa. Eles são os primeiros pais que conheci na Academia Serafim. É uma alegria ver não só o quanto se parecem com seus filhos na aparência, mas também na idade.

O cabelo de Laurent Durand é vários tons mais claro do que o de Steel – assemelha-se muito mais aos gêmeos do meio. Ele senta-se na cadeira do refeitório de plástico como se estivesse sentado à cabeceira da mesa em uma sala de reuniões. Suas costas estão eretas, os ombros aprumados, e o olhar que ele está enviando a Sable faria a maioria dos homens adultos chorar.

— Eu posso entender o porquê você está chateado, Laurent, mas esta situação era altamente improvável. Ainda estamos tentando peneirar todos os detalhes. Chegaremos ao fundo disto, mas o importante no momento é que todos se recuperaram sem nenhuma lesão grave.

Seus lábios franzidos e os olhos entrecerrados são sinais claros de seu descontentamento.

Depois de pigarrear de leve, Deacon dá um meio-passo para se aproximar de Sable. Ele mostra silenciosamente seu apoio a ela com os braços cruzados sobre o amplo peito, pés separados e plantados à largura dos ombros.

Espero que a disputa de mijo comece entre Deacon e Laurent. Ambos mantêm a boca fechada enquanto olham um para o outro.

— Quero descobrir o que aconteceu para que possamos evitar que um incidente como este ocorra no futuro. — Eloise Durand lança um olhar ao marido que o desafia a contradizê-la. — Eu concordo com Sable. Eu, por exemplo, estou feliz por meus filhos estarem de volta em segurança e gostaria de ter um momento para agradecer por isso.

Rompendo seu embate de testosterona com Deacon, Laurent esfrega as costas da esposa em lentos círculos. Com um sorriso de gratidão, ela volta a demonstrar nervosismo – pelo menos pela oitava vez desde que entramos na cafeteria – ao contemplar o rosto inchado de Blaze.

Observar Eloise é sinistro. Sua filha há muito perdida é quase uma cópia perfeita de sua mãe, exceto por uma diferença de dez anos de idade. Eloise tem o mesmo cabelo sedoso e preto como a noite de sua filha, e características faciais delicadas que dão às duas uma aparência de fadas.

Basta um par de orelhas pontiagudas e ela estaria pronta para uma convenção de fãs do Senhor dos Anéis.

Meu olhar percorre a sala durante o lapso momentâneo da conversa. Greyson e Sterling estão sentados à mesa com Steel. O primeiro está sentado em uma cadeira para trás com os braços estendidos sobre o encosto do banco. Sua atenção vai de Sable para os membros de sua família.

Sterling está esparramado em dois assentos, sua bunda em um, as pernas apoiadas em outro. Com os braços dobrados à frente e a cabeça um pouco inclinada, não tenho certeza se ele sequer está acordado.

Ash me disse que os dois gêmeos do meio não tinham dormido desde que desaparecemos. Eles estiveram procurando na direção errada o tempo todo, então posso entender seu estado de exaustão.

Estou na mesa que divide o bando Durand ao meio. Steel, Greyson e Sterling à minha direita. Aurora, Blaze, Eloise e Laurent à minha esquerda. Ash senta-se ao meu lado, e surpreendentemente, Nova escolheu flanquear meu outro lado.

Todos parecem um pouco abatidos. Ganhamos a batalha, mas não escapamos completamente ilesos. Somos um bando ensanguentado e machucado, mas no geral, estou aliviada por não termos perdido um único aluno ou professor durante a luta. É basicamente um milagre.

— Alguém diga alguma coisa! — Steel rosna, sobressaltando a mãe e Sterling, que desabou da cama improvisada com o susto.

— Eu não fiz isso! — grita ele do chão.

— Foi a anomalia que nos alertou — Sable começa a explicar. — Não demorou muito para nos darmos conta de que não podíamos transfigurar quando descobrimos que havia uma correlação geográfica. Havia certas áreas em que podíamos transmudar, e certas áreas em que não podíamos. Começamos a testar as fronteiras da anomalia e estabelecemos que se tratava de um círculo. Ou melhor, uma bolha. Arriscamos que você e Emberly foram pegos no meio da confusão, e que tivessem encontrado seus irmãos.

— Não se esqueça da bola brilhante — diz Sterling enquanto se senta de novo em suas cadeiras.

Sable pigarreia.

— Bem, sim. Também tinha isso.

Hein?

— Hein? — Steel parece tão confuso quanto eu.

— Certo, bem, havia alguém... ou melhor, algo... que nos ajudou a identificar sua localização exata.

— Cara, tinha uma bola cintilante que voava, fazendo xixi ou algo assim. Foi uma doideira. Nova a encontrou e nos convenceu a segui-la.

A atenção de todos se volta para Nova, e dessa vez, parece que ela não está curtindo ser o centro das atenções. Afundando-se mais ainda em sua cadeira, ela mexe com suas pulseiras.

— O quê? Parecia a coisa lógica a fazer na hora. Você vê algo de outro mundo voando, você o segue. — Ela ergue as palmas das mãos em um gesto de obviedade.

— Ah, isso. — Parte da tensão se esvai dos músculos contraídos de Steel. — Estamos familiarizados com essa... Sininho, não é verdade, Emberly? — Ele me dá um olhar de soslaio. — Apareceu para nós dois em momentos isolados.

Dou uma tossida em minha mão.

— Você deu um nome? — pergunta Greyson.

— Que doido — acrescenta Sterling.

— Então, o que é essa *coisinha* exatamente?

Não é possível que eu seja a única a querer saber. Se pensar em coletivo, estas pessoas são bibliotecas ambulantes de informações sobrenaturais. É por isso que estou surpresa com o silêncio prolongado que se segue à minha pergunta.

— Você nem sequer tem uma ideia?

Encaro Sable, com meus olhos arregalados.

— O Conselho está investigando isso, mas no momento, não. — Seu cabelo se agita quando ela abana a cabeça. — Nunca vimos nada parecido. Especialmente no reino dos mortais. Obviamente acreditamos que é algo sobrenatural.

Uau.

Eu me recosto à cadeira, a mente rodopiando com perguntas. Tudo isso é tão confuso. E eu odeio fazer parte dessa zona. Só quero me ocultar em meios às sombras. Isso é pedir muito?

Endireitando a postura, Sable se dirige a todos nós:

— Vamos ver se podemos começar a dar sentido a tudo isso.

Três horas depois, ainda estamos tentando ordenar todos os detalhes. Minhas pálpebras estão pesadas como concreto e revestidas de lixa. Minhas roupas estão endurecidas com sangue seco e vários dias de lama. Minhas unhas... eca. As pontas que normalmente são brancas estão cobertas com sujeira preta.

Meus músculos doloridos começaram a latejar em protesto horas atrás. O pior são os pontos que ladeiam minha coluna onde as asas se prendem. Não sei se tenho músculos especiais nessa área, ou o quê, mas algo está dolorido.

Eu sonho com um banho – a água quente massageando meus músculos sensíveis e pele machucada, enxaguando o acúmulo de nojeira do meu corpo. Respirando o vapor perfumado de lavanda. Passando os dedos pelo cabelo, livre de nós e...

— Emberly!

— O quê? Quem? — Com um susto, agarro o tampo da mesa para não escorregar da cadeira.

— Que mico — Sterling zoa.

Eu não me dou o trabalho de lançar "O Olhar" em sua direção. Sterling apenas acharia isso mais engraçado.

— A esfera brilhava azul antes de virar dourado, certo? — Steel arqueia as sobrancelhas enquanto espera pela minha confirmação.

Eu dei a esfera para Sable depois que o último dos Abandonados fugiu. Onde Sable está mantendo o objeto agora, eu não sei. E não consigo reunir forças suficientes para me preocupar.

— Sim, exatamente. No momento em que meus dedos a esfregaram, a cor mudou e vocês começaram a entrar gradualmente no mundo espectr... quero dizer, no reino espiritual. Até mesmo Silver parecia surpresa com isso.

A sala silencia. Eu não deveria ter dito isso. Preciso começar a me referir a ela como Ela-Que-Não-Deve-Ser-Nomeada.

— Alguém igual a Emberly a tirou do reino espiritual. — A suave voz de Aurora rompe o silêncio.

— Alguém como eu? — Sinto um súbito frio na barriga.

Eloise abraça apertado sua filhinha, que se acomoda em seu colo.

Julie Hall

— Como você sabe disso, querida?

— Os Abandonados disseram.

— Eu não os ouvi falar sobre isso — acrescenta Blaze.

— Oh. — Aurora enfia uma mecha de cabelo atrás da orelha. — Foi quando você estava dormindo. — Ela baixa o olhar e brinca com as pontas de seu cabelo.

Algo em sua resposta é estranho.

Uma ruga se forma entre as sobrancelhas de Blaze, mas ele assente.

— Ah, isso faz sentido.

— O que você quer dizer com "alguém como Emberly"? — A boca de Sable se curva para um lado e franze o cenho.

Sim, exatamente. *Isso*. Eu quero saber isso.

Inclinada para frente, mordisco meu lábio inferior sem nem perceber. Aurora esfrega o nariz e ela dá de ombros.

— Ele é um príncipe. Ele é como a Emberly, porque ela é uma princesa.

Como é?

— Você acha que essa garota é uma princesa? — Não tenho certeza se aprecio o tom de Laurent ou a expressão em seu rosto quando ele me encara de cima a baixo, com total descrença. É claro que ele não concorda.

— Emberly é especial — insiste Aurora.

A inspeção de Laurent se torna ainda mais desconfortável. Seu olhar se estreita e ele inclina seu corpo para frente, bloqueando parcialmente a vista de sua esposa e filha.

— Sim, mas o que sabemos exatamente sobre essa menina?

— *Esta menina* está sentada aqui e pode ouvir tudo o que você está dizendo — resmungo. Será que ele espera me intimidar recusando-se a se referir a mim pelo nome? Já me chamaram de muito pior do que "ela" e "esta garota", mas, intencionalmente, ser menosprezada ainda me deixa nervosa.

— Emberly não é da sua conta. — A voz de Sable soa claramente no amplo espaço. Se eu estivesse mais perto, eu lhe cumprimentaria.

— É claro que é.

— Isso não está aberto para debate neste momento.

— Ai, caraca — sussurra Ash ao meu lado.

— Sim, aparentemente ela é uma princesa. Você não se mete com a realeza, pai.

Ah, Sterling. Impossível não o amar.

Laurent se inclina ainda mais para a frente para encarar o filho. Estou meio que esperando que projéteis disparem de seus olhos azuis gelados. Sterling apenas murmura:

— Só estou dizendo.

— Deixe-a em paz, pai. — Minhas costas se endireitam quando Steel fala. — Se não fosse por Emberly, você estaria procurando meu cadáver congelado agora. Sem mencionar que todos nós teríamos sido massacrados pela horda dos Abandonados.

Beleza, eu não fiz nada, exceto tocar um objeto misterioso, mas não vou falar isso.

Laurent abre a boca para discutir quando sua esposa coloca uma mão em suas costas, impedindo qualquer fluxo de palavras que ele estivesse prestes a despejar.

— Emberly ajudou a salvar nossos filhos, mesmo correndo o risco de sua própria vida. Devemos a ela uma dívida de gratidão, não a nossa suspeita.

Após uns segundos, ele se inclina e segura o rosto de sua esposa entre as mãos, dando-lhe um beijo casto nos lábios. O gesto é tão meigo, tão carinhoso, que só em testemunhar já faz meu coração vibrar. Verdadeiro amor e respeito existem entre eles. Uma raridade neste mundo conturbado.

Seria lindo admirar se Laurent não tivesse demonstrado o quanto pode ser um babaca.

Olhando nos olhos de Eloise, Laurent acena uma vez antes de voltar a olhar para mim.

O ar de superioridade e hostilidade está ausente em seus modos e palavras quando ele diz:

— Perdão. Minha esposa tem razão; nós lhe devemos muito.

— De... nada?

Uau. Foi uma rápida mudança de opinião. Que tipo de feitiçaria sua esposa pratica para poder fazer isso tão rapidamente?

Eloise chama minha atenção e um sorriso conspiratório ergue os cantos de sua boca, antes de ela me dar uma piscadela.

Ela pode parecer a Silver, mas estou começando a ver de onde Sterling herdou um pouco do seu carisma.

Greyson dá uma tossida feia, atraindo a atenção de todos.

— Mano, você está sangrando de novo? — Sterling pergunta ao seu gêmeo.

Ao retirar a mão que protegia a costela, vemos que está manchada com sangue fresco.

— Isso é um saco. Eu realmente gostava desta camisa. — Greyson parece muito mais chateado com a roupa arruinada do que com o fato de que ele está vazando sangue.

— Muito bem, pessoal — diz Sable. — Podemos conversar mais pela manhã, depois que todos desfrutarem de uma boa-noite de descanso e tiverem seus ferimentos devidamente tratados. Greyson, vou cuidar de você.

— Sim, sim. Estou só o bagaço. — Levantando-se de seu assento, Greyson é o primeiro a sair da sala, mas ele dá início ao êxodo em massa. A maioria de nós já passou do ponto de exaustão, por isso há muito movimento e um pouco de resmungos.

— Emberly, posso falar com você?

Minhas pálpebras tremulam. Eu já estou meio adormecida.

— Claro.

Com uma mão suavemente envolvendo meu braço, Sable me leva para o lado, fora do alcance do grupo. Ash me lança um olhar questionador, mas eu a dispenso. Quando Steel nos vê, ele para e contrai os cantos de sua boca. Minha mente está muito confusa para decifrar o que o desagradou.

— Você sabe como conseguiu manifestar suas asas no mundo mortal?

Mentalmente me esquecendo de Steel, concentro minha atenção em Sable, esfregando os dedos contra a minha testa.

— Sei que temos que descobrir isso, mas não tenho certeza se tenho energia para abordar esse tópico agora. Tenho a sensação de que pode ter algo a ver com essa esfera mágica. Não fui capaz de voltar para eles no mundo mortal depois de tocá-la. Mas você sabe que ainda estou tentando descobrir como todos os meus poderes funcionam. — Esfrego meu olho com a palma da minha mão. Meus globos oculares estão secos. — Eu simplesmente não sei. Isso pode ser coincidência. — Não consigo disfarçar a frustração em meu tom de voz.

Ela acena com a cabeça, mas o seu olhar faz com uma massa gélida revire na minha barriga.

— Eu entendo. — Ela respira fundo antes de continuar. Seja lá o que ela pretende dizer, parece que está tendo dificuldade: — Odeio dizer isto, odeio mesmo, mas vou ter que revelar suas habilidades para o Conselho. Todas elas. Não posso mais mantê-las sob sigilo.

E aí está.

— Precisamos obter respostas reais, e eu cheguei ao fim dos meus recursos.

O ROUBO DAS CHAMAS

A porta do refeitório se fecha, me surpreendendo. Estamos sozinhas. Até mesmo Steel se foi.

Eu fico olhando para a saída. O desejo familiar de fugir me atinge com força. Eu tenho uma escolha a fazer. Posso seguir em frente com meu plano de deixar a Academia, ou posso deixar de lado.

Eu puxo meu lábio com os dentes, mordiscando a carne macia.

Eu quero saber a verdade, mas o Conselho é assustador. Não posso esquecer as reações de meus amigos na primeira vez em que Sable mencionou o contato com eles. Pensei que Greyson e Sterling iriam me colocar em sua própria versão de "programa de proteção a testemunhas". Mas Sable apenas balançou uma cenoura suculenta na minha frente.

Respostas. Uma explicação para o que sou, de onde vim, quem eram meus pais e por que eles me abandonaram. A chance de descobrir plenamente meu potencial. O Conselho pode ser a chave, e eu poderia perder a chance de desvendar meu próprio mistério se eu fosse embora. Este mundo oculto dos Nefilins que descobri tão recentemente também estaria fora do meu alcance. O lado lógico do meu cérebro pensa em recursos e conhecimento centralizado, mas outra parte de mim se prende às pessoas daqui. Se eu for embora, eu as deixarei também.

Sable espera pacientemente enquanto processo minhas opções. Suas mãos cerradas e a tensão em seu semblante me dizem que ela está ansiosa pela resposta, mas sempre foi boa em saber quando preciso de alguns momentos para mim mesma. Após inspirar profundamente, exalo o ar bem devagar.

— Isto está bem longe da minha zona de conforto, mas acho que o Conselho vai nos ajudar a obter algumas respostas. — Deus sabe que não tenho nenhuma.

Sable assente em concordância.

— Suas asas, a esfera... são peças do quebra-cabeça. Quando coletarmos peças suficientes, o quadro completo começará a fazer sentido.

Imagino que sim. Mas se eu for um desses loucos quebra-cabeças de cinco mil peças, serão necessárias muitas pistas para revelar a história inteira.

Sable gesticula com o queixo em direção à saída.

— Vá tomar um banho e depois descanse um pouco. Não vou relatar nada ao Conselho até amanhã. Vamos nos sentar e conversar sobre tudo isso antes de eu falar com eles. Quero que você saiba o que está acontecendo. Não quero que fique no escuro sobre nada. Sei que é difícil conquistar confiança e não estou interessada em perder a sua.

Os esforços de Sable para tornar isto mais fácil para mim aquecem meu coração e me deixam à vontade, ainda que apenas por uma fração. Várias vezes ela provou que tem em mente meus melhores interesses, e é hora de eu retribuir o favor. Mas minha confiança nela não se estende a este Conselho enigmático. Não vou baixar a guarda, mas por hoje, meu cérebro — e meu corpo — já tiveram o suficiente.

— Um banho vai ser ótimo. — De verdade. E eu mal posso esperar. Eu sorrio só de pensar naquela água quente cobrindo minha pele. Quase posso senti-la.

Meu sorriso esmorece quando me lembro de algo. Sable, na verdade, não sabe de todos os meus novos poderes. Eu reprimo um gemido e me obrigo a confessar:

— Espere, há algo mais que você deve saber. Eu posso atirar bolas de fogo das minhas mãos que são fortes o suficiente para transformar pedras em pó. Quero dizer, eu fiz isso uma vez, então estou supondo que serei capaz de fazê-lo novamente... talvez. — Uma careta segue a confissão.

Os olhos de Sable se arregalam até que eu possa ver quase todo o seu globo ocular. Juro que ela não pisca por vinte e três segundos inteiros.

— Como é?

Vamos ficar aqui um pouco mais.

CAPÍTULO QUARENTA

Depois de mais trinta minutos de vai-e-vem com Sable, ela, por fim, me libera. Esfrego os olhos enquanto sigo pelo corredor. É como se eu tivesse um monte de brita no lugar das íris.

Talvez eu devesse adiar o banho para depois de um cochilo?

Minha mão acidentalmente entra em contato com o cabelo imundo na minha testa quando coço o rosto.

Que nojeira. Não tem como adiar o banho.

Com um suspiro frustrado, vejo os raios poentes do dia se infiltrando pelas janelas voltadas para o oeste. A luz laranja é tingida de ouro e as partículas de poeira no ar chegam a cintilar, lembrando-me de minhas asas douradas.

Fico perdida em pensamentos a respeito de esferas brilhantes e asas com pontas metálicas e bolas de fogo mágicas quando um movimento do lado de fora me chama a atenção. Parando no lugar, fico olhando para uma figura inclinada sobre uma moto preta e cromada. Ele está fixando o alforge na lateral.

Não falo a sós com Steel desde antes da batalha com os Abandonados, mas meu instinto me diz que ele não está se preparando para um passeio.

— Você ao menos se despediu dos seus irmãos?

Steel não se vira, mas para de remexer no alforge de couro na lateral da moto. O suspiro que ele dá é profundo o suficiente para mover seus ombros para cima, durante a inspiração, e para baixo, quando expira.

Depois de um longo momento, ele se vira e me encara. Recostando-se à moto, ele enfia as mãos nos bolsos.

— Só vou fazer uma pequena viagem. Não há necessidade de fazer alarde por conta disso.

Será que ele pensa mesmo que está enganando alguém?

Mordiscando meu lábio inferior, reflito em minhas próximas palavras.

Estendendo a mão, Steel me faz parar de morder a boca com a ponta do polegar, em um gesto delicado.

— Esse lábio é bonito demais para ser maltratado.

Uau.

Calor percorre meu corpo e arrepios sobem e descem pela minha coluna, bem no lugar onde as asas emergem.

Pigarreando, umedeço o lábio que Steel acabou de libertar.

Seus olhos brilham conforme me observa.

— E quanto a Nova? Tenho certeza de que ela estaria interessada em saber sobre sua "pequena viagem".

Com o peito estufado, ele dá um suspiro profundo. Seu olhar se torna distante antes de voltar ao normal e se fixar em mim outra vez.

— Não percebi o que estava acontecendo bem na minha frente. Eu tenho estado... distraído nos últimos meses. — Não me passa despercebido a sutileza de suas palavras.

Ele se aproximou? Parece que o calor de seu corpo está se chocando ao meu. Não tenho certeza se gosto disso. Provavelmente estou fedendo.

— Mesmo assim, eu deveria ter notado antes. Não há desculpa para não ter dado valor a ela. Nós tivemos uma conversa. E estamos resolvidos. — Ele desvia o olhar para o lado. — Ou pelo menos, estamos bem, por enquanto.

Sua confissão faz com que algo se acenda dentro do meu peito. Digo a mim mesma que é um alívio pelo bem de Nova – ela tem vivido em um mundo de incertezas e suposições por tempo demais –, mas não tenho certeza se é isso mesmo.

A razão pela qual procurei Steel me pressiona, subjugando a leveza do meu peito.

— O que você planeja fazer quando a encontrar? — pergunto.

Um muro surge em suas feições e seu corpo. Ele se afasta de mim. O espaço vazio entre nós, de repente, se estende para o que parecem ser quilômetros. Mas é melhor assim. Seja lá qual for a estranha conexão que tenho Steel, ela deveria mesmo ser quebrada.

O ROUBO DAS CHAMAS

Não entendo o papel que ele desempenha na minha transfiguração – ou no espontâneo crescimento das asas –, mas preciso aprender a fazer isso sozinha. Agora que sei que há uma horda de Abandonados mirando em mim, tenho que aprender a me proteger. Eu e as pessoas com as quais estou começando a me importar.

E todas essas coisas de mulher das cavernas interior – o "Meu", os grunhidos –, hmm, não. Não gosto nada disso.

Recuando um passo, dou ainda mais espaço para Steel.

— Você vai ficar? — ele pergunta, apontando o queixo na direção da academia atrás de mim.

— Sim, acho que sim — respondo com sinceridade.

— Fico feliz.

A resposta dele me surpreende. Ontem mesmo – ou foi hoje mais cedo? – ele estava me dizendo para ir para outra academia.

— As pessoas aqui se preocupam com você. Eu estava errado ao tentar tirar isso de você.

E agora não estou apenas surpresa, mas perplexa... e totalmente sem palavras.

Esse é o primeiro toque genuíno de cuidado que Steel me mostrou. Sim, ele gritou algumas vezes que não queria que eu morresse, e protegeu meu corpo físico em várias ocasiões, mas até agora, ele nunca demonstrou verdadeira compaixão.

— Mas... e quanto aos seus irmãos? — Finalmente consigo dizer.

— Acho que... — Ele olha para onde o sol está acima do horizonte ao ocidente. A luz quente banha seu rosto, bronzeando a pele e fazendo-o parecer gentil pela primeira vez. — Acho que vocês podem aprender a proteger uns aos outros, por enquanto.

Ele vira o rosto para mim, um pequeno sorriso torcendo a lateral de sua boca.

— Além disso, você tem algumas habilidades bem incríveis. Pode não haver outro Nefilim vivo capaz de protegê-los tão bem quanto você nesse momento... além de mim, é claro.

Santas bolas do Kraken! Será que ele realmente acabou de elogiar minha habilidade de luta?

Olho para o chão, esperando que estilhaços de gelo de um inferno congelado disparem do subterrâneo a qualquer momento. Quando nada acontece, volto minha atenção para Steel.

— Quem é você e o que fez com o nascido-anjo mal-humorado que eu conheço?

Ele ri antes de a tristeza surgir em seu rosto.

— Tenho muitos arrependimentos agora. A maneira como a tratei está no topo da lista.

Mais uma vez, não sei o que dizer, então algo muito estúpido sai da minha boca:

— Ir atrás de Silver sozinho é realmente uma péssima ideia.

Um músculo se contrai em sua mandíbula. Imagino que ele esteja rangendo os dentes de forma bastante agressiva. Steel odeia que as pessoas lhe digam o que fazer. E quando se trata dos membros de sua família... Bem, a coisa inteligente a fazer seria poupar meu fôlego.

— Não é problema seu — ele finalmente diz, entredentes.

Seus olhos se desviam para a esquerda em irritação e ele cruza os braços no sinal universal de "cai fora".

É claro, eu o ignoro.

— Se você for até Sable, tenho certeza de que ela descobriria uma maneira de conseguir uma equipe...

— Ela já disse não.

— Você perguntou? — As palavras escapam da minha boca.

— Sim, perguntei. E ela negou o pedido. Ela disse que, à luz dos... eventos recentes... precisávamos nos concentrar em manter os alunos seguros.

Um pouco do meu coração se parte por Steel. Mais uma vez, sou a engrenagem que impede que seu mundo funcione sem problemas.

— Sinto muit...

— Não.

Steel desencosta de sua moto e se vira para prender o cadeado no alforge. Ele movimenta a longa perna sobre a elegante máquina cromada e preta antes de focar a atenção em mim outra vez.

— É melhor assim. Ela está certa; eles precisam de todos os recursos que a academia tem agora. A prioridade deveria ser manter todos a salvo, e não caçar um único Abandonado.

— Eu poderia... — Vou mesmo fazer isso? — Eu poderia ir com você. Posso ajudar.

Steel claramente não estava esperando que eu dissesse isso. Ele vira a cabeça de supetão, boquiaberto.

Dou um passo à frente.

O ROUBO DAS CHAMAS

— Silver quer a mim. — Aponto para o meu peito. Minhas palavras se tornam mais enfáticas: — Eu seria a isca perfeita. E dessa forma... — Essa é a parte mais importante de todo o meu plano impulsivo. — Steel, dessa forma eu não colocaria mais ninguém em perigo. As coisas voltariam a ser como sempre foram aqui.

A vulnerabilidade escorre de minhas palavras e tenho uma sensação estranha de que meu coração brilha em meus olhos.

Que diabos aconteceu com a minha determinação de romper nossa conexão?

Derreteu em um instante, como açúcar misturado com água.

Steel apenas me encara. Ele pisca algumas vezes antes de reagir, mas, decidido, ele se move depressa, como o predador que é.

Passando a perna por cima da moto, ele me alcança em dois passos cheios de propósito.

Sua mão desliza pela minha nuca e a boca cobre a minha da maneira deliciosa com a qual estou começando a me preocupar que apenas ele faz.

O beijo é suave e doce. Algo que nunca havia sido antes.

Mas também parece muito com um adeus.

Quando se afasta, ele segura meu rosto entre suas palmas quentes.

— Não. Você não pode vir comigo. Essa luta é minha.

Ele se afasta e monta em sua moto mais uma vez.

— Tenha cuidado.

Ele liga o motor e um momento depois vejo-o atravessando o portão da academia.

Ele não se preocupa em olhar para trás, e de certa forma é um pequeno ato de misericórdia, porque se ele olhasse para trás, teria visto as lágrimas escorrendo pelo meu rosto.

CAPÍTULO QUARENTA E UM

Na primeira vez em que entrei na dimensão espiritual que coexiste com a nossa, o ar tinha cheiro de madressilva fresca. A luz dançava na atmosfera sobre ondas sonoras e iridescentes. Nuvens cor-de-rosa pálidas adornavam um céu de lavanda. Eu nunca havia visto beleza desse nível. O mundo estava repleto de maravilhas e alegrias que eu não conhecia em minha curta vida.

Foram cinco minutos gloriosos.

Até que não foram mais.

Os monstros apareceram em pouco tempo, e o que eu havia confundido com o paraíso era, na verdade, o Inferno disfarçado.

Não pensava naquele dia há algum tempo. Talvez ver o sangue escorrer pela minha pele e deslizar para o ralo agita essa memória. Certamente, a sensação de exaustão deixada na minha língua pelo distanciamento da moto de Steel não tem nada a ver com a melancolia que se instala sobre mim como um cobertor pesado. Eu teria que me importar com ele para que sua súbita partida me causasse até mesmo uma gota de tristeza, e resolvi não ser sobrecarregada pela preocupação com o irritante nascido-anjo. Portanto, tem que ser alguma outra coisa.

A água que escorre pela minha pele passou de castanho-avermelhada para um tom rosado que poderia ser considerado bonito se não fosse tingido com meu próprio sangue. Como Nefilim, eu me curo depressa, mas, mesmo assim, meu corpo está marcado com hematomas verdes desbotados. Tenho certeza de que, há algumas horas, eu estava coberta de manchas pretas e roxas.

Esfrego-me com uma bucha grossa até ficar livre da sujeira e fuligem, e minha pele se torna rosada devido à força. Após um enxágue final, meu cabelo e corpo estão livres das evidências físicas dos últimos dias. Lama, suor e sangue circundam o ralo antes de serem lavados de vez.

Se apenas as lembranças pudessem ser descartadas tão facilmente.

Alcanço a toalha seca pendurada na prateleira do lado de fora do chuveiro e uma pontada dolorosa golpeia os pontos que ladeiam minha coluna. Pegando um paninho ao lado, limpo a camada de umidade embaçando o espelho e me viro, convencida de que verei cicatrizes, mas minha pele não está marcada, perfeitamente refeita depois que as asas douradas se recolheram de volta para dentro de mim.

Como mais de três metros de envergadura de asas são capazes de desaparecer nas minhas costas é um mistério que, provavelmente, não vou resolver.

O corpo inteiro de Steel se expande quando ele muda de forma. Como isso funciona?

Balançando a cabeça, lembro a mim mesma de que não estou autorizada a pensar nele nesse momento. Culpando a curiosidade pela magia e o desconhecido, afasto Steel e outras coisas da minha mente.

Aperto bem o nó do roupão de tecido felpudo antes de abrir a porta do banheiro. Inspirando com força, faço o meu melhor para me livrar do desânimo. Acabamos de localizar os gêmeos Durand desaparecidos e ganhamos uma batalha contra os Abandonados, e cada nascido-anjo voltou à Academia Serafim — talvez um pouco pior do que o esperado, mas vivos. Tudo isso é digno de celebração, não de luto.

Ash é minha pessoa favorita no mundo, mas a garota não sabe o significado de espaço pessoal. Não estou bem de cabeça para responder perguntas, então preciso sair desse banheiro parecendo que não tenho uma preocupação sequer na vida.

Usando uma toalha de mão, seco o cabelo o máximo possível e depois saio do meu esconderijo. Uma onda de vapor anuncia a minha entrada.

— Esse foi o melhor banho de toda a minha...

— Ahh! — O grito de Ash interrompe o soneto que estou disposta a vomitar sobre meu amor pela água corrente.

Ela está agachada com um livro escolar acima da cabeça, olhando para a estante. Quase perco a série de fagulhas que se acende debaixo da minha cama até a prateleira desarrumada.

Eu pisco e a rajada de faíscas se esvanece.

— O que, pelo fogo do anjo, é aquilo? — Ash me pergunta, o livro ainda erguido.

— Não tenho certeza? — Isso não deveria ter saído como uma pergunta. — Mas estou preocupada que eu possa ter uma ideia.

Avançando nas pontas dos pés, estico o braço para alcançar um livro virado na prateleira.

— Emberly — Ash sibila. — O que você está fazendo?

— Tentando descobrir o que... eca!

Algo voa na minha cabeça e eu caio no chão.

Ash se abaixa ao meu lado um nanossegundo depois. Com os braços cobrindo a cabeça, ela se curva em uma bola.

— Mata! — ela grita.

— Você viu o que era? — grito de volta. Seja o que for, está voando ou saltando pelo quarto, derrubando livros de nossas mesas, cremes de nossas cômodas, e batendo nas paredes e no teto como uma bola de *pinball* com excesso de cafeína.

— É uma espécie de esquilo demoníaco.

— Isso existe?

— Não faço ideia. Nós não sabíamos que você existia até aparecer. Talvez os esquilos demoníacos sejam os próximos.

— Sério, Ash? — Lanço um olhar enviesado a ela.

Com os braços sobre a cabeça e as pernas encolhidas, ela ainda consegue dar de ombros e sorrir acanhada.

— Eu não sou um demônio — uma voz aguda reclama da minha cama.

Os olhos de Ash se arregalam ainda mais, e tenho certeza de que os meus fizeram o mesmo.

— Ou um esquilo. Acho o fato de vocês terem pensado em qualquer uma dessas coisas altamente ofensivo.

Levantando do chão, Ash e eu nos ajoelhamos e espreitamos pela lateral da cama.

Equilibrado em suas patas traseiras, em cima do meu travesseiro está... um esquilo voador.

A criatura bate a patinha minúscula, em irritação.

Ash e eu trocamos olhares de descrença antes de voltar nossa atenção para o ser peludo de doze centímetros.

— Bem, o que vocês têm a dizer por si mesmas? — ele guincha. Seus braços erguidos mostram as membranas cobertas de pelo, ligadas do pulso

O ROUBO DAS CHAMAS

ao tornozelo. — Qualquer um pode ver que eu não sou um roedor ou um demônio. Insultante, foi o que esse comentário soou.

— Ainda estou dormindo? — Ash pergunta. — Porque isso explicaria bastante.

— Mas... você *é* um esquilo — insisto.

Ele sacode seu pequeno punho no ar. Se ele tivesse uma tez, imagino que estaria ficando vermelho agora mesmo.

— Diga-me, um esquilo pode fazer isso?

O carinha abaixa os braços de uma vez e se atira no ar. Centelhas douradas e brilhantes seguem em seu rastro enquanto ele voa acima de nossas cabeças.

— Aquele esquilo está atirando purpurina pelo traseiro? — Ash se inclina para perguntar.

— Acho que sim.

Ele cai de volta no meu travesseiro e cruza os braços.

— Viu? Não sou um esquilo.

— Ou talvez você seja apenas um esquilo que peida purpurina... e fala.

Começo a rir da resposta de Ash. Nós duas ainda estamos ajoelhadas no chão, encarando a criatura que, definitivamente, não é um esquilo normal, mas se parece com um.

A criaturinha franze o pequeno rosto em desagrado.

— Eu não queria ter que fazer isso por causa de sua delicada sensibilidade Nefilim, mas lembrem-se, vocês me obrigaram.

— Deveríamos ficar com medo agora? — finjo sussurrar.

— Ele parece pensar que sim.

Os olhos negros se estreitam antes de se fecharem por completo. O roedor que peida purpurina começa a vibrar e nós duas cambaleamos para trás até nos chocarmos contra a parede.

O esquilo explode em uma bola de faíscas brilhantes.

Levanto as mãos para proteger meu rosto.

Quando a luz diminui, um macaco do tamanho de um cão médio se senta de pernas cruzadas onde o esquilo havia estado.

O que significa que agora tenho a bunda de um macaco no meu travesseiro, bem como as patas de um esquilo. Vou jogar essa coisa fora mais tarde.

— Entãooo... não é um esquilo. Mas um macaco? — Ash pergunta.

O macaco bate a mão em seu rosto e a abaixa devagar.

— Você não é muito esperta, não é?

Olho para Ash. Ela dá de ombros.

— O quê? Parece um macaco.

O macaco salta da cama e cai com um baque suave, assustando nós duas.

— Vocês duas não têm jeito. Eles não ensinam nada nessa academia? Vamos tentar mais uma vez.

De novo, a criatura vibra e explode em uma chuva de faíscas douradas.

Desta vez, quando abrimos os olhos, uma pantera negra senta-se à nossa frente, lambendo as patas dianteiras. Suas bochechas se esticam no que poderia ser um sorriso felino.

— Boo.

Ash e eu corremos para a porta do outro lado do quarto ao mesmo tempo.

Esquilos e macacos são uma coisa, mas aquele gato selvagem pode nos despedaçar. Não é como se o roupão que estou usando fosse me proteger de suas garras.

Quando minha mão se fecha sobre a maçaneta de bronze, ouvimos uma estranha risada cheia de soluços.

Lanço um olhar rápido por sobre o ombro enquanto viro a maçaneta. O grande felino rola no chão, segurando a barriga com as patas brutais, fazendo algum tipo estranho de risada/sibilo de gato.

A visão é estranha o suficiente para me fazer parar no lugar.

Ash – não tendo o mesmo momento de indecisão – se choca contra mim. Caindo em um emaranhado de membros, nós nos empurramos e ajudamos uma à outra até saltarmos de pé.

A criatura está de volta à sua forma de esquilo voador, relaxando no meu travesseiro.

— Isso foi incrível. Eu sabia que os Nefilins podiam se mover depressa, mas essa foi uma bela demonstração, meninas.

Okay, já chega. É hora de descobrir o que essa criatura é, e o que ela está fazendo em nosso dormitório.

Apoiando as mãos nos quadris, marcho até minha cama. Agarrando seus pés, ele rola pelo meu travesseiro como uma pequena bola.

— Tudo bem, criaturinha. Desembucha. O que você é e o que está fazendo aqui?

Ele para e vira a cabeça do tamanho de uma noz para mim.

— Eu não ouvi a palavra mágica.

Com um bufo irritado, eu me jogo no colchão, catapultando a bola de pelos a trinta centímetros no ar.

O ROUBO DAS CHAMAS

— É esse o agradecimento que recebo por salvar seu traseiro?

— O que você está... — O esquilo se transforma em uma bola de luz cintilante e começa a flutuar em um círculo ao redor da minha cabeça. Fagulhas familiares disparam da bola reluzente antes que ele desça para a cama e se transforme de novo em um roedor voador.

— Sininho?

— Esse não é o meu nome.

— Então qual é?

Ele empina o nariz.

— Você não seria capaz de pronunciá-lo. É uma combinação de sons avançada demais para suas cordas vocais.

O-kay.

— Você pode me chamar de Vossa Majestade.

Ash e eu trocamos um olhar. Os cantos da boca dela se contraem.

— É, não. Não vamos chamá-lo assim.

Ele coloca as mãos nos quadris.

— Por que não?

— Meio que lembra Sterling, não é?

Ash concorda.

— Exatamente o que precisamos.

— Eu vou te chamar de Sininho — anuncio.

Colocando seu punho debaixo do queixo, a criatura parece estar considerando a sugestão.

— Não. Acho que gosto mais de Tinkle.

Ash cobre a boca para não rir.

— Você quer que eu te chame de... Tinkle? — Não consigo manter os lábios imóveis agora nem se minha vida dependesse disso.

— Sim. É um nome bom e marcante. Digno, como eu. — Tinkle ergue o queixo e tenta olhar para mim acima de seu nariz.

Eu mereço uma medalha por não gargalhar.

— Vamos apertar as mãos em um acordo mútuo? — pergunto, estendendo um dedo indicador em sua direção.

— Vamos.

Estendendo sua patinha, Tinkle agarra a ponta do meu dedo e balança o braço para cima e para baixo. Ash rola no chão, incapaz de se conter. Roncos se misturam com suas risadas.

— Agora — Tinkle começa, se sentando no meu travesseiro. — Eu gostaria de discutir sua extrema estupidez; de vocês duas. Entendo porque *você* não sabe o que sou, mas aquela ali — Tinkle aponta um dedo minúsculo na direção de Ash — teve uma educação escolar adequada.

Ash se recompõe e se senta direito, erguendo as palmas para cima.

— Ei, não nos ensinam sobre bolas brilhantes que mudam de forma... — Ela se interrompe, rasteja até a cama, e se joga ali, pressionando três dedos em sua boca. — Não, não pode ser — ela murmura.

— Acho que acabei de ver uma lâmpada se acender. Não está acostumada a exercitar seu cérebro com muita frequência, não é mesmo? Pobrezinha. Talvez ela não seja completamente inútil. — Fungando, ele se volta para mim e diz: — Embora eu ache que sinto o cheiro de matéria cerebral carbonizada. Espero que ela não se tenha ferido permanentemente. Isso seria uma droga.

— Você é um Celestial? — Ash pergunta, em um sussurro.

— Em carne e osso, querida.

— O que é um Celestial?

— É como a versão Nefilim de uma fada-madrinha — Ash responde. — Nossos pais nos contavam histórias sobre eles à noite, antes de dormir. Coisas de contos de fadas total.

— *Pfft.* — O pequeno esquilo se aconchega ainda mais no meu travesseiro. — É óbvio que não.

— Eles são os guardiões. Só que apenas de 'faz de conta'. Não sabemos exatamente quando as histórias sobre eles começaram, mas ninguém jamais viu um.

— Vamos lá, nascida-anjo. Você deveria saber que todas as histórias são baseadas em um núcleo de verdade.

Isso é loucura.

— Então foi você que me levou ao Steel quando ele estava em apuros, e também levou Steel até mim quando desmaiei na neve?

— Não se esqueça de como eu trouxe a horda de Nefilins para salvar seu traseiro contra os Abandonados. Ah, e a pequena tarefa de mascarar sua presença do mal por toda a sua vida. Isso também fui eu. — Ele afunda as garras contra seu peito em um gesto de autossatisfação.

— Você esteve por perto durante toda a minha vida? Mas... por que eu não te vi até agora?

— Essas foram as regras estabelecidas para mim, docinho.

Docinho?

— Eu não podia me revelar até que você abraçasse seu lado anjo. A propósito, demorou bastante.

Tenho muitas perguntas. Por onde começar?

Encaro a estante, sem ver nada, mas tentando resolver tudo isso na cabeça. Se essa criatura esteve por aí a minha vida inteira, ela sabe mais sobre mim do que eu mesma. Ela poderia saber respostas sobre de onde eu venho, até mesmo quem eram meus pais e por que fui abandonada quando era criança.

Volto a mim mesma ao balançar a cabeça.

— Todos têm um guardião... ah... Celestial?

— Não tenho certeza — Ash diz. — Até dois minutos atrás, eu pensava que eles não existiam. Eu pensava que aquela coisa era um esquilo demoníaco.

Nossas cabeças giram na direção de Tinkle.

— Não, é claro que nem todo mundo tem um de nós. Nós somos muito raros.

Uma bolha de algo que pode muito bem ser esperança está crescendo em meu peito. É difícil de identificar porque "esperança" é uma emoção fugaz para mim. Mas esta pequena criatura que muda de forma acaba de me dar algo ao qual me agarrar.

— Eu tenho um milhão de perguntas. Mas, é, eu tenho que me trocar primeiro. Não posso ter essa conversa em um roupão encharcado.

Eu vou até a cômoda e pego algumas roupas. Quando me viro, Tinkle pisca para mim.

— Você tem que se virar.

— Por quê? — O pequeno esquilo parece confuso.

— Porque não quero que você fique me olhando enquanto me troco.

— Por quê?

— Porque é esquisito.

— Por quê?

— Porque você é um cara, hmm, talvez? E é assustador.

— Eu sou macho, mas você não precisa se preocupar. Não tenho coisinhas e rodinhas.

— Coisinhas e rodinhas?

— Sim, você sabe, coisinhas. — Ele se inclina e aponta para o espaço entre suas pernas. — E rodinhas. — Então ele agarra seu peito peludo com as mãos igualmente peludas. — Aquelas partes pelas quais vocês são sempre tão obcecados. Nefilins e humanos gostam de brincar com as partes um do outro. Eu não nasci ontem. Eu vejo coisas.

Cubro meu rosto, e Ash começa a se engasgar.

— Esqueça que eu perguntei. Espere, se você não tem nenhuma... coisinha... então como você vai ao banheiro?

Tinkle sacode as sobrancelhas.

— Bem que você gostaria de saber, não é?

— Eca! Não. Desculpe, esqueça que perguntei isso também. Não quero saber de jeito nenhum. Vou me trocar no banheiro. E vou trancar a porta.

CAPÍTULO QUARENTA E DOIS

Entro e saio do banheiro em tempo recorde. Tenho certeza de que minha camisa está ao contrário, mas isso não é importante. Ash senta-se de pernas cruzadas em sua cama e grita os nomes de diferentes animais, em que Tinkle se transforma no segundo em que as palavras deixam seus lábios.

Agora perdi a noção de quantos rabos de animais diferentes estiveram no meu travesseiro. Queimarei essa coisa na primeira oportunidade que aparecer.

Ao me ver, Ash interrompe os rápidos disparos de nomes de animais, deixando Tinkle em forma de preguiça. Levantando a mão em câmera lenta, ele agita as garras longas e curvadas para mim. Eu dou um rápido passo para trás.

— Por favor, escolha uma forma diferente. As preguiças são esquisitas.

Em uma explosão de faíscas que se dissolvem, ele volta à sua forma de esquilo voador.

— Bem melhor. Obrigada.

Eu me acomodo ao pé da cama, espelhando a posição de pernas de índios de Ash.

— Tinkle, quem o enviou para cuidar de mim?

Prendo a respiração enquanto espero que a criaturinha responda. A pequena besta leva seu tempo, balançando a cabeça para frente e para trás várias vezes à medida em que me contempla. Não consigo decifrar a expressão em seu rosto porque ele é um maldito esquilo.

A tensão aumenta até eu ter certeza de que minha cabeça vai explodir. Estou a milésimos de segundos de agarrar a criatura e sacudi-la.

— Pensei que deveria ser óbvio, mas sua espécie é aparentemente mais obtusa que seus predecessores. Quem mais poderia ter me enviado além de seu pai?

Ash suspira, mas eu não mexo um músculo.

— *Enviado* como no passado. Você quer dizer antes de ele ter morrido?

— Morrido? Quem disse alguma coisa sobre Camiel estar morto? Eu nem acho que seja possível matar um serafim.

Bum. A destruição da granada emocional me deixa muda.

— Mas não há nenhum Nefilim serafim. — A voz de Ash é um timbre sutil acima de um sussurro.

— Quem falou em Nefilim? Você não sabe de nada?

— Está me dizendo que meu pai é um verdadeiro Caído? — Troco um olhar com Ash e ela sacode a cabeça, tão surpresa quanto eu. De acordo com tudo o que me foi ensinado, isso não deveria ser possível. Não há uma primeira geração de Nefilins nascidos há mais de quatro mil anos e, tanto quanto se sabe, nunca houve um Serafim nascido anjo.

— Não, é claro que não. Só de se considerar isso já é uma blasfêmia.

Ah. Bem, agora estou confusa.

— Camiel nunca se oporia ao Criador. Pensar que ele o faria é ofensivo. Não vou nem mencionar que você falou nisso da próxima vez que eu o encontrar. Você tem muita sorte de eu ser bom em guardar segredos.

— Ash.

Eu recorro à minha melhor amiga por respostas, porque minha mente não está computando estas informações corretamente. Não pode ser, porque o que estou ouvindo é que não somente sou um anjo de primeira geração, mas a filha de um autêntico Serafim.

Não um anjo Caído, e, sim, um anjo legítimo. Isso faria de mim uma dupla — não, uma tripla impossibilidade. Eu seria a única da minha espécie em existência.

A solidão que acompanha esse pensamento me incomoda, tornando nosso dormitório desconfortavelmente quente.

— Temos que falar com Sable.

— Não. Espere, ainda não. — Minha voz sai como um coaxar. — Tenho mais perguntas. E quanto à minha mãe?

— E quanto à sua mãe? — Tinkle encara o teto. Eu olho para cima, mas não vejo nada de interessante.

— Quem é ela? Onde ela está?

— Como vou saber isso? Sou todo-poderoso, não todo-sabedor. —

Ele diz a última parte enquanto se agarra a seus pés e rola para frente e para trás, a ponta da cauda pendurada sobre o nariz.

— Emberly, precisamos conversar com outra pessoa sobre isso. Esta é uma grande quantidade de informações. E se o que ele está dizendo é verdade...

— Então significa que tenho um pai lá fora que me deixou para ser criada por estranhos. Rá. Esqueça os estranhos, ele me deixou para ser criada por uma espécie totalmente diferente. Me parece ser um cara incrível. Mal posso esperar para conhecê-lo. — Eu nem sequer tento conter a amargura da minha voz. O choque se mistura com a fúria e minhas emoções começam a se voltar para esta última.

Uma mão repousa sobre meu ombro. Quando olho para cima, Ash está de pé diante de mim, com simpatia em seus olhos.

— Não acho que vamos conseguir muito mais dele neste momento. Talvez ele precise de uma soneca ou algo assim?

Tinkle mantém o olhar fixo no teto, mas suas pálpebras parecem um pouco caídas. Eu não estou pronta para recuar agora. Esse pequeno ser contém uma enorme quantidade de conhecimento.

Abro a boca, pronta para disparar mais perguntas, mas antes de pronunciar uma sílaba, Tinkle se vira, enfiando o rosto na minha fronha. Roncos suaves saem de seu focinho minúsculo.

Será que isso realmente acabou de acontecer?

— Você acha que ele é narcoléptico?

— Fala sério.

— Tô falando sério. Você viu a rapidez com que ele adormeceu? Isso não pode ser normal.

Ela tem razão.

Fechando os olhos com força, esfrego a ponte do meu nariz. Outra dor de cabeça tensional se instala. Minhas emoções estão tão entrelaçadas, que não sei como separá-las. O medo e a raiva, a esperança e a alegria se instalam dentro do meu cérebro, lutando pelo domínio.

— Vai me deixar contar a Sable sobre o que Tinkle disse sobre meu... pai? Quero analisar a situação um pouco antes. E eu preciso de um minuto para processar um pouco disso. — Tudo isto.

— Sim, claro.

Trinta minutos depois, Tinkle está apoiado no meu ombro. Após uma soneca de quinze minutos, seus olhos se abriram e ele começou a saltar pela sala como um Gremlin pilhado com cafeína. Demorou mais quinze minutos para acalmá-lo o suficiente para sair pela porta.

Um puxão brusco em meu lóbulo da orelha é seguido de algo sendo introduzido no meu canal auditivo.

— Ahh. Mas que merda. — Bato na lateral da cabeça, protegendo a área sensível. — Tinkle, você acabou de enfiar algo no meu ouvido?

Virando a cabeça, faço o melhor que posso para suportar a pequena criatura enquanto caminhamos pelos corredores da academia a caminho do apartamento de Sable. Eu nunca tinha estado lá antes, mas Ash nos assegurou que sabia o caminho.

— Eu certamente não enfiei *nada* em seu ouvido.
— Bem, então o que foi...
— Queria apenas ver se meu braço caberia neste buraco.
— Então você colocou *algo* lá dentro. — Carinha esquisito.
— Não coloquei. Era meu braço.
— Seu braço não é algo?
— Não. — Eu contorço meu pescoço para ver uma imagem desfocada de sua cabeça triangular. Seus olhos negros piscam de volta para mim. — O meu braço faz parte de mim.

Ash ri baixinho.

— Lógica celestial estranha?
— Só pode ser.

Sigo Ash por um conjunto de portas e subo um lance de escadas.

— Os aposentos dos professores estão em um andar separado — ela esclarece.

É preciso um baita esforço para não encher a cabeça de Tinkle com perguntas, assim como manter o ritmo constante. O desejo de chegar a Sable me deixa muito nervosa. Eu preciso de respostas, e uma delas é se esta criatura é ou não confiável. Estou contando com Sable para preencher os espaços em branco.

Ash nos leva a uma parte da academia na qual nunca estive antes, mas as escadas que estamos subindo são de madeira escura, assim como todas as outras escadas do edifício em forma de U. Os desenhos florais esculpidos decoram os corrimões, também típicos. As paredes são de um branco pálido familiar. Nada de novo ali.

No patamar há outro conjunto de portas duplas espessas de madeira. Quando Ash as empurra, o mundo vira de cabeça para baixo.

— Estamos em uma nave espacial? — Eu realmente quero saber.

As paredes de gesso da academia foram substituídas por painéis plásticos brancos. Fileiras cobrem as paredes e se curvam sobre o teto, criando um túnel que se afunila no final do corredor.

— Espere, é preciso nos escanear.

— O quê? — Solto um chiado.

Os painéis à nossa esquerda e à nossa direita, bem como os que se encontram em cima, acendem em uma cor azul e depois passam para um vermelho intenso um momento antes de um alarme disparar.

— Droga, eu esqueci do pequenininho. Ele deve ter acionado o alarme.

Vários funcionários em vários estágios de seminudez surgem pelas portas de cada lado do corredor do túnel. Um deles é Deacon. Ao nos ver, seu cenho franze. Depois de apertar alguns botões ao lado da porta, o barulho estridente cessa e as luzes vermelhas se apagam.

Eu sacudo a cabeça para livrá-la do zumbido em meus ouvidos. O movimento faz com que meu cabelo acoberte a pequena besta no meu ombro. Posso sentir suas pequenas mãos roedoras agarrando e puxando meus fios enquanto os divide como uma cortina para que possa espreitar através deles.

Deacon dispensa as pessoas que saíram de seus quartos, e todos voltam para dentro. A maioria está com o rosto amassado e o cabelo desgrenhado, e alguns estão envoltos em toalhas. Olheiras profundas e barbas por fazer também se tornam evidentes.

Eu me encolho.

A equipe da academia tem trabalhado incansavelmente nos últimos dias para encontrar Blaze e Aurora, e logo depois, saíram à minha procura e de Steel, quando também desaparecemos. Os Nefilins podem não precisar da mesma quantidade de sono que os humanos, mas mereciam um descanso.

— O que as duas encrenqueiras estão fazendo acordadas até agora? E qual de vocês disparou o alarme?

Como devemos explicar isso?

O olhar contemplativo de Deacon se alterna entre nós duas pelo tempo em que permanecemos mudas.

— Bem... — Começo.

Deacon estende a mão e roça minha bochecha direita. Agarrando um punhado do meu cabelo junto com Tinkle, ele tenta arrancar a criaturinha do meu ombro.

Eu grito conforme minha cabeça é sacudida, assim como Tinkle berra:

— Me solta, sua besta.

As sobrancelhas de Deacon se erguem, o que é praticamente o mais animado que já o vi.

— Você pode soltar meu cabelo e meu... Tinkle, por favor.

— Perdão? Seu... Tinkle? Ai! — Deacon afasta o braço. O pequeno ser Celestial escorrega até o chão. Fios de meu cabelo louro platinado e de pontas vermelhas flutuam com ele. Tenho quase certeza de que agora tenho um ponto careca.

— Ele me mordeu. — Deacon olha para o animal aos nossos pés. — O que é isso?

— É por isso que estamos aqui. Precisamos ver Sable — Ash responde enquanto eu me inclino e apanho o esquilo irritadinho. Ele esfrega as patinhas no corpo como se tentasse se livrar do toque de Deacon. Estou tão delirantemente exausta que não sei se devo rir ou chorar agora mesmo.

— É... seguro? — A cabeça de Deacon inclina-se para a esquerda e para a direita enquanto inspeciona o Celestial. Estendendo um dedo, ele cutuca o estômago de Tinkle como se fosse um bichinho de pelúcia. Tinkle afasta sua mão e arreganha os pequenos dentes para o grande Nefilim.

— Toque-me novamente, Gigante, e você vai perder mais do que um dedo.

— Está tudo bem aí embaixo? — Sable grita do canto no final do corredor. — Ouvi o alarme.

Voltando-se para ela, Deacon responde:

— Acho que isto é algo que você tem que ver por si mesma. Vamos lá, meninas. Vamos sair do corredor.

Carrego Tinkle em minhas mãos enquanto atravessamos o corredor semelhante a uma nave espacial. Voltando-se para nós quando a alcançamos, Sable nos leva por quatro portas antes de parar diante da que se encontra no final do corredor. Depois de digitar um código no painel iluminado incrustado na parede brilhante, ela empurra a porta para abrir e gesticula para que a sigamos.

Entramos em uma pequena área de moradia. Uma singela onda de mal-estar abre caminho pela minha barriga. Eloise e Laurent estão sentados em cadeiras estofadas ao redor de uma mesa de café oval. Eloise pressiona uma xícara de chá contra os lábios, bebericando um pouco do líquido quente. Afastando a xícara, ela inclina a cabeça para o nosso grupo.

Laurent fica de pé assim que a porta se fecha atrás de nós.

— O que aconteceu?

— Isso é o que eu gostaria de saber. — Deacon recosta o ombro ao batente da porta antes de cruzar os braços.

Ash e eu trocamos outro olhar significativo. Ela dá de ombros, o que me leva a considerar que devo assumir daqui para frente.

Inquieta, troco olhares com os Durand. Estou hesitante em compartilhar esta notícia com eles ali presentes. Eu realmente não os conheço e esta é uma informação importante.

Certo, é apenas Laurent que me preocupa... Eloise parece legal.

— Emberly? — Sable me chama.

Ah, está bem.

— Sim, então... — Isto é tão embaraçoso. — Nós encontramos isto. — Levanto minhas mãos em forma de concha e estendo os braços para que os adultos vejam. Tinkle está de quatro. Seu focinho se contrai, mas, tirando isso, ele está paralisado.

— Você encontrou um esquilo? — Sable entrecerra os olhos ao analisar o roedor em minhas mãos. Ela pisca os olhos para mim, seu semblante confuso.

— Ah... não. — Como é que o Celestial ainda não reagiu ao ser chamado de esquilo? — Vamos lá, Tinkle. Faça a sua coisa.

A xícara de chá de porcelana da Eloise chacoalha contra o pires.

— Você acabou de chamar essa criatura de "Tinkle"?

— Não lhe dei esse nome. — Eu me defendo apressadamente. — É como ele disse que queria ser chamado.

Uma risada escapa dos lábios de Eloise, porém ela cobre a boca com a mão. Eu não a culpo – tudo isso parece ridículo.

— Ei, cara. — Ergo Tinkle até o nível dos meus olhos. — Dispare algumas faíscas pelas suas costas ou algo assim.

Ele levanta a cabeça e me encara com seus olhos escuros.

— O que está acontecendo aqui? — pergunta Laurent. — Isto é algum tipo de piada?

— Não, eu juro. Estou falando sério. Este é um Celestial. Ele está apenas na forma de um esquilo voador neste momento. E até cinco minutos atrás, ele era um tagarela. Eu não sei qual é o problema dele agora. Acho que ele está me sacaneando.

— Celestiais não existem — Laurent zomba e volta ao seu lugar. — Nós contamos histórias dessas criaturas míticas para nossos filhos para acalmar seus medos do reino espiritual. Podemos, por favor, prosseguir com nossa discussão, Sable? Entreter estas duas é um desperdício óbvio do nosso tempo.

É bom saber onde Steel aprendeu as habilidades sociais.

— Desculpe-me, senhor, mas foi o que pensei também. — Ash usa a cartada do 'senhor' com o patriarca Durand. Eu preciso contrair os lábios para não sorrir. — Também pensei isso até ver este diabinho voar por nosso quarto enquanto atirava faíscas cintilantes. E então ele se transformou num macaco e numa pantera. Como você sabe, Emberly não cresceu em nossa comunidade. Ela não conhece as histórias, mas eu, sim. Sei que parece inacreditável, mas é verdade. Isso é um Celestial.

— Acho que o ouvi falar — Deacon acrescenta de fora do círculo. Ele não saiu de sua posição de sentinela junto à porta. — E também me mordeu.

— Muito bem. — Sable senta-se em uma namoradeira à direita de Eloise. Estendendo a mão para cima, ela esfrega o canto do olho. — Não tenho certeza do que dizer agora. Meninas, desculpem, mas a mim me parece um roedor.

Tinkle se lança de minhas mãos e desliza para a mesa do café, surpreendendo quase todos na sala, inclusive Laurent, que empurra a cadeira para trás.

Deslocando-se para o centro da mesa, Tinkle agarra um pedaço de biscoito amanteigado da bandeja e faz uma tentativa corajosa de enfiar tudo na boca. Mas ele é muito pequeno para realizar a tarefa e acaba emperrando o biscoito contra o rosto, com os dedos finos apertando as bordas.

— Tenho que ser maior — diz ele, logo antes de explodir em faíscas e se dissolver em brilho. No instante seguinte, Tinkle está deitado de costas na forma de um grande gato malhado. O prato inteiro de biscoitos desapareceu. Só restam migalhas. Tinkle lambe as patas, ronronando alegremente.

— Viu? — grito, apontando para o felino.

— Oh. Uau! Isso acabou de acontecer. — Eloise leva a xícara de chá aos lábios, mas esquece de tomar um gole. Seus olhos estão arregalados e a xícara treme quando ela a coloca no pires.

Do canto do meu olho vejo Laurent inclinar-se para frente, estendendo a mão em direção a Tinkle.

— Eu não faria...

O som que sai do Celestial é como o grito de uma bruxa. Ele movimenta a pata coberta de garras afiadas para golpear Laurent, que consegue afastar a mão com a velocidade de um guerreiro experiente.

Eu tentei avisá-lo.

— Ele não gosta de ser cutucado — Deacon diz, inexpressivo. Ele descobriu isso do pior jeito.

— *Ele* não é um animal de estimação — diz Tinkle, antes de saltar para o assento ao lado de Sable. Rodando duas vezes, ele se acomoda na almofada. Sable se aproxima mais do seu braço de apoio. — Agora, presumo que todos vocês tenham perguntas?

CAPÍTULO QUARENTA E TRÊS

Apesar de seus melhores esforços, os adultos não conseguiram obter muitas informações úteis do Celestial nos últimos quarenta e cinco minutos. Tudo o que descobrimos é que Tinkle não envelhece fisicamente e pode se tornar invisível tanto no mundo espectral quanto no reino mortal. O primeiro não me importa e o segundo é algo que eu poderia ter adivinhado.

— Essa tem sido uma semana muito estranha. — Eloise, levantando-se da cadeira, abana a cabeça uma vez, como se quisesse se livrar de más lembranças. — Se vocês não se importam, vou me despedir dos meus filhos. Laurent e eu temos que partir em breve. — Ela lança um olhar simpatizante para Sable. — Não a invejo neste momento. Desejo-lhe a melhor das sortes para resolver tudo isto.

— Laurent, vou lhe dar alguns minutos para terminar aqui, mas espero vê-lo no quarto do Blaze nos próximos dez minutos.

A culpa me apunhala. Preciso dizer algo sobre Steel, mas à medida que Eloise flutua em direção à porta, minhas cordas vocais bloqueiam. Consigo desobstrui-las somente quando sua mão gira a maçaneta:

— Steel se foi. — As palavras explodem do meu peito, vacilantes, porém em alto e bom som. Eloise vira a cabeça e me encara.

— O que você quer dizer com "se foi"?

Engulo algumas vezes na tentativa de molhar a garganta seca. Que se lixe Steel por me colocar nesta posição. Não deveria ser eu a dizer a seus pais que ele foi destruir um de seus outros filhos.

— Eu o vi arrumando sua moto há algumas horas e fui lá fora ver o que estava acontecendo. Só conversamos por alguns minutos, mas tive a impressão de que ele não planeja voltar tão cedo. Ele deixou a propriedade pouco antes do pôr do sol.

Os olhos de Eloise se viram para a janela. A noite está tão completamente silenciosa, que só a escuridão nos saúda.

— Ele foi atrás de Silver — Laurent deduz, corretamente. Um suspiro pesado deixa seu peito. — Deveríamos saber que algo assim aconteceria.

Atravessando a sala até seu marido, Eloise envolve seus braços ao redor de sua cintura e repousa a cabeça contra seu peito. Laurent levanta uma mão para esfregar círculos em suas costas enquanto eles se consolam mutuamente.

— Quando ele descobriu que ela estava viva, era apenas uma questão de tempo. — Os olhos de Eloise estão fechados, mas uma única lágrima ainda consegue se libertar e escorrer pela bochecha. Respirando fundo, ela se afasta de seu marido e enxuga a lágrima. Depois de pressionar seus lábios na testa dela, o casal se afasta. — Obrigada por nos avisar, Emberly.

— Sim, obrigado — Laurent também diz.

Espere, é só isso?

— Lamento muito que não possamos fazer com que encontrá-la seja uma prioridade neste momento. Tenho certeza de que isso contribuiu para a decisão precipitada de Steel — declara Sable, com sinceridade.

Os pais de Steel sabiam que ele tinha ido até Sable para conseguir ajuda para localizar Silver?

— Nós entendemos. — Embora não estejam mais abraçados, as mãos do casal permanecem entrelaçadas. Eles trocam um olhar e Laurent assente para Eloise antes de continuar: — Há prioridades maiores neste momento. Nos conformamos com a perda de nossa filha, mas tememos que Steel nunca tenha aceitado. Ele não é mais uma criança, e é capaz de tomar suas próprias decisões, independentemente de estarmos ou não de acordo com elas. De todos os nossos filhos, Steel sempre foi o mais determinado. Não há muito a ser feito a esse respeito, exceto nos apegar à esperança de que ele chegue até alguém.

— Avisaremos se soubermos alguma coisa dele — Sable oferece.

— Vamos agradecer por isso. Acho que vou acompanhar minha esposa. Vocês têm muito a discutir. — Laurent e Eloise passam por mim quando saem. Eloise lança um triste sorriso enquanto se dirige para a porta, mas Laurent faz uma pausa.

— Obrigado por nos contar sobre nosso filho. É melhor descobrir isso antes tarde do que nunca.

Eu assinto, sem saber se ele está procurando outra reação, mas ciente de que não tenho mais nada a oferecer a ele e sua esposa.

— Parece que fui precipitado em formar minha opinião a seu respeito. — Ele lança um olhar significativo para a esposa, que balança a cabeça de forma encorajadora. — Me desculpe. Às vezes, minha natureza protetora se sobrepõe ao bom senso.

Ah, outro traço de personalidade que seu filho herdou.

— Você não tem tido uma vida fácil, mas os espíritos mais fortes são muitas vezes forjados na adversidade. Espero que você descubra as respostas que está procurando. — Ele vira a cabeça, e eu sigo seu olhar para Tinkle, que está andando ao longo do topo da mesa de café, procurando por migalhas de biscoito. — Tenho a sensação de que você vai enfrentar alguns desafios singulares. — Então coloca a mão sobre meu ombro, me surpreendendo. Eu encontro seus olhos, que são tão parecidos com os de Steel que algo torce em meu peito — Nossa família está aqui para você. Tudo o que tem que fazer é nos procurar.

Estou impressionada. Este é o mesmo homem que foi hostil comigo há algumas horas. O que poderia ter mudado durante esse tempo?

— Obrigada — murmuro, minha garganta fica espessa com emoções indesejadas.

— Vamos deixá-los terminar sua conversa em particular — Laurent diz à esposa.

Depois de um leve aperto, ele retira a mão do meu ombro. Eloise se coloca na ponta dos pés para beijar sua bochecha e oferecer-lhe um sorriso encorajador. Ela deve ter tido algo a ver com a mudança de opinião do marido.

Estou impressionada pela segunda vez hoje com o forte e palpável vínculo que a dupla compartilha. Isso é uma coisa de nascido-anjos ou algo único em seu relacionamento?

Após a partida dos Durand, Tinkle não para de procurar comida na mesa. Sable pigarreia para chamar sua atenção, mas isso não é o suficiente para atrair o Celestial. Suspirando, ela deixa seu assento e retorna alguns minutos depois com um prato novo de biscoitos. Desta vez, com gotas de chocolate.

— Meu! — Tinkle grita e ataca o prato no instante em que ela o põe na mesa.

Sable espera para retomar seu questionamento até que ele esteja deitado na mesa com a barriga cheia e lambendo o chocolate de suas garras.

— Então, se eu não estiver equivocada, você foi encarregado de proteger Emberly dos Caídos e Abandonados até que ela ter nos encontrasse?

— Mais ou menos. Posso blindar sua presença, o que foi necessário por causa da linhagem de seu pai. Ela seria um presente particularmente saboroso para os Caídos.

Espero que ele não queira dizer isso literalmente.

Um sorriso se alastra pelo rosto de Sable e seus olhos se voltam para mim.

— Você sabe quem eram os pais de Emberly? Esta é uma ótima notícia.

Não. Não quero entrar nesse ponto ainda.

— Se você podia blindar minha presença para me proteger — eu me intrometo antes que Tinkle possa abrir a boca peluda —, então por que continuei sendo atacada tantas vezes? Isso nem sempre funciona ou algo assim? Suas habilidades são limitadas?

Tinkle fica de pé sobre duas patas e coloca as outras duas nos quadris.

— Vou apenas fingir que você não insultou minhas habilidades sobrenaturais superiores. — É preciso um controle supremo para não revirar meus olhos. — Mas se você faz questão de saber, às vezes, eu tinha que dormir. Sonecas são muito importantes para o crescimento dos Celestiais.

Ai. Meu. Deus.

— Você está me dizendo... — inspiro fundo e prendo a respiração por três longos segundos antes de expirar, tentando controlar a pressão arterial —... quer dizer que as vezes em que fui atacada aconteceram quando minha fada Celestial estava literalmente dormindo no serviço?

Inacreditável.

Flexiono os dedos, cerrando os punhos e abrindo vez após vez.

— Você deveria ser grata por seu pai ter tido a perspicácia de lhe enviar um protetor. Se não fosse por mim, você teria sido abatida por uma lâmina de um Caído... ou pior.

Meus lábios estão selados enquanto arquejo. Sable, Ash e Deacon me olham fixamente, mas isto é o melhor que posso fazer para me recompor.

— Tinkle, quem é o pai de Emberly? — Sable pergunta, tentando amenizar a tensão na sala, mas esta é a verdade que não tenho certeza se quero que seja trazida à luz. Pelo menos ainda não.

Os dedos de Ash passam pelo meu braço.

— Acho que você deveria contar a eles.

— Você já sabe? — pergunta Sable. Ela se inclina para frente, esperando que um de nós fale. Deacon permanece em silêncio, mas seu olhar está tão focado em mim que mais parece um toque físico.

Levo uns instantes para me fortalecer antes de abrir a boca e dar os detalhes, rezando para que não cometa um dos maiores erros de minha vida.

— Você conhece um anjo chamado Camiel?

CAPÍTULO QUARENTA E QUATRO

— O Anjo da Guerra? O que Camiel tem a ver com tudo isso? — Sable pisca, o olhar intercalando entre mim e Tinkle.

— Guerra? — Meus olhos aumentam um tamanho ou dois. — Ash, você não mencionou isso.

Ela ergue as mãos, as palmas das mãos voltadas para o teto.

— Ei, eu não sabia. Não tenho todos os anjos do códex memorizados.

Guerra. Isso é pesado. Indo para o sofá, me sento no espaço ao lado de Sable e me inclino para ela.

— Diga tudo o que você sabe sobre ele.

— Ei, por que ninguém me pergunta? Sou eu quem conhece o poderoso guerreiro. — Meus olhos se voltam para Tinkle por um breve segundo antes de concentrar em Sable.

— Espere um pouco. Seu pai não pode ser um descendente de Camiel. Pelo menos não aquele em que estou pensando. Camiel é um Serafim.

Eu olho para Ash.

— Ela vai pirar. — Ela assente com a cabeça em concordância.

— De acordo com Tinkle, meu pai não é descendente de Camiel; meu pai *é* Camiel.

É a vez de Sable e Deacon trocarem um olhar. Depois de uma pausa, Deacon caminha e senta-se na cadeira que Laurent desocupou. Ash foi para outra poltrona, então estamos todos sentados, amontoados ao redor do pequeno Celestial estranho que voltou a rolar em torno da mesa como uma bola de futebol, batendo ao acaso em xícaras de chá e pires.

Deacon descansa os cotovelos sobre os joelhos e se inclina para frente.

— Conte-nos tudo. Comece do início.

— Não há muito a dizer. — Levo um momento para atualizá-los sobre as poucas informações que Tinkle forneceu.

Sable entrelaça as mãos debaixo do queixo quando termino a rápida recapitulação.

— Não pode ser. Nem um único Serafim caiu da graça durante A Grande Batalha. E os Nefilins são descendentes dos Caídos. Um anjo nunca tinha gerado uma criança com um humano antes.

— Só porque isso nunca aconteceu antes, não significa que não possa. Esse é um argumento fraco e bastante ignorante, você não acha?

Tinkle tem um pouco de razão.

— Mas você está certa sobre uma parte. Nunca houve uma união entre um anjo da graça e um humano. — Os olhares de confusão surgem em nossos rostos. As palavras de Tinkle parecem contraditórias: — Anjos só podem procriar com os próprios nascidos-anjo.

— Você está apenas inventando isso agora? — Cada detalhe que Tinkle revela só fica mais bizarro.

Tinkle para de rolar e me olha de relance.

— Você faz parecer como se eu estivesse mentindo. Os Celestiais são incapazes de mentir. Não está em nossa natureza. Nós só dizemos verdades... e ocasionais meias-verdades.

— Bem, aí está — Deacon declara, com uma palmada em sua coxa. Ele se inclina para trás na poltrona e cruza os braços. — O serafim, Camiel, não é seu pai. O pequeno roedor confundiu alguns dos detalhes. Talvez Camiel tenha sido apenas encarregado de sua proteção...

— A quem você está chamando de roedor? Seu bruto! — Tinkle se levanta e estufa o peito. — Camiel é o pai de Emberly. Ele mesmo veio até mim no dia em que sua mãe foi assassinada e me pediu que a protegesse. E eu fiz meu trabalho todos esses anos.

Cada molécula em meu corpo congela em um movimento brusco.

Assassinada.

Meu sangue se transforma em lodo nas veias. Posso sentir, espesso e viscoso, pois ele força seu caminho através das estreitas passagens. Sua lenta progressão palpita na minha cabeça como o bater de um tambor.

Assassinada.

Eu havia desistido do sonho de encontrar pais amorosos anos antes. Descobrir que um deles não estava mais vivo confirmou o que sempre acreditei ser verdade, mas ainda assim...

— Assassinada.

A palavra pesa em meu coração.

— Mas você disse que não sabia onde ela estava.

Tinkle pisca para mim.

— Porque eu não sei.

Os lábios de Sable estão se movendo, mas não consigo distinguir as palavras por cima da palpitação em meus ouvidos. Tinkle voltou a rolar sobre a mesa, como se não tivesse acabado soltar uma bomba que abalou meu mundo inteiro. A boca de Deacon está se mexendo, o espaço entre suas sobrancelhas franzido, mas não consigo ouvir nenhuma palavra.

Filha de uma mãe assassinada e de um pai angelical. Quem teria imaginado?

Algo se apodera de mim e agita a parte superior do meu corpo, fazendo-me voltar ao momento. Com sua mão sobre meu ombro, Sable está esperando minha resposta à sua pergunta que nem sequer ouvi.

— Perguntei se você estava bem?

Balanço a cabeça devagar.

— Não. Nada bem agora.

Pressionando os lábios, ela assente. Ela dá um último aperto no meu ombro antes afastar a mão.

— Compreensível. — Seu olhar se desvia para um Tinkle distraído antes de pousar em Deacon. — Temos algumas pesquisas a fazer.

— Quanto você vai dizer ao Conselho?

— Não sei. — Ela belisca a ponte do nariz. — Suponho que a coisa certa seria apenas baixar todas as informações que sabemos, mas... — O 'mas' fica no ar por vários segundos. — Talvez devêssemos esperar até que possamos verificar algumas das informações que descobrimos aqui esta noite.

— Como devemos fazer isso? — O olhar de Deacon passa para Tinkle. — Se o roedor estiver correto, Emberly é única, pelo menos até onde nosso conhecimento do mundo se estende. A não ser que liguemos para Camiel e peçamos para fazer um teste de paternidade, não tenho certeza de como devemos autenticar sua ascendência.

— É possível se comunicar com os anjos? — De repente, estou muito interessada em saber como tal coisa pode ser feita.

Aprendi algumas coisas sobre os anjos em minha aula de história Nefilim, mas em geral sei muito pouco sobre os seres do outro mundo. Pelo que ouvi, os anjos passaram seu tempo no mundo espectral lutando contra os Caídos e defendendo territórios. Como um exército humano, eles se aglomeram em pontos estratégicos. E se os anjos são os militares, os Nefilins são a polícia sobrenatural que trabalha em grupos menores espalhados por uma área geográfica maior. Cada um de nós tem o seu papel a desempenhar, mas raramente se sobrepõe uns aos outros.

Os anjos se aliaram aos Nefilins contra os Caídos e Abandonados em vários momentos da história, mas os relatos desses tempos são raros e repletos de buracos no Livro dos Serafins. O mesmo vale para as histórias de anjos que atravessam para o reino mortal. Acredita-se – mas nunca se verificou – que os anjos só podem passar para o nosso mundo com a permissão de seu Criador.

— Lamento dizer que os anjos não carregam celulares. — As palavras de Sable são carregadas de pesar.

A poltrona embaixo de Deacon range quando ele se inclina para trás. Um olhar severo franze sua testa.

— E mesmo se tivessem, duvido que nos dariam seus números.

— Eles não são nossos maiores fãs — Sable diz. — O consenso é que eles nos toleram.

Deacon bufa.

— E por "tolerar", Sable quer dizer que muitos deles não derramariam uma lágrima pelo fim de nossa raça inteira.

— Estamos do mesmo lado. No entanto, eles... se ressentem de nós?

— Nós somos descendentes de seus irmãos caídos — Sable explica. — De acordo com eles, nunca deveríamos ter existido. Fomos criados como vasos para permitir que o mal entrasse no reino mortal. Alguns anjos até nos caçaram até a revolta.

— Mas os anjos têm a tarefa de proteger a humanidade.

— Desde que o primeiro de nossa espécie nasceu, nossa inclusão na "humanidade" sempre foi subjetiva.

Minha visão de nossos antepassados angélicos está mais uma vez distorcida. Eu costumava pensar que eles eram tocadores de harpas, mensageiros diretos de Deus, guardiões da humanidade. Minha percepção mudou depois de vir para a Academia Serafim. Agora eu os imagino como fortes e benevolentes – se emocional e fisicamente distantes – protetores com um código moral impecável. Guerreiros orgulhosos que lutam pela verdade, justiça e todo esse esplendor. Mas uma imagem mais sombria começa a tomar forma. Suas personalidades encontram-se repletas de influências malignas e preconceitos. Sedentos pelo sangue não só de seus inimigos, mas também de seus descendentes inocentes.

Não há nada de puro neste mundo? Se os anjos todo-poderosos puderam ser manchados pelo ódio, que esperança existe para o resto de nós?

— Tinkle, o que mais você sabe sobre a mãe de Emberly?

A pequena criatura está com o rosto enterrado no meio do prato de biscoito, lambendo a superfície. Ele libera um chiado alegre toda vez que consegue lamber uma migalha.

— O que tem ela? — ele pergunta. — Ela não está mais neste reino ou no próximo.

Algo se aperta em meu peito ao ser lembrada disso.

— Sim, mas o que você sabia sobre ela quando estava viva? Você já a conheceu? Sabe de que linhagem de anjos ela descende?

— Isso importa?

Eu não consigo conter a língua:

— Sim! Importa bastante.

— Não é preciso ficar exaltada. Você sabia que eu tinha que cuidar de você quando estavam limpando sua bunda quando era bebê? Isso foi um trabalho desagradável. E o cheiro!

— Tinkle — advirto.

— Muito bem. Vamos ver se você consegue descobrir. Que linhagem você acha que o Anjo da Guerra tomaria como noiva?

— É para ser uma pergunta capciosa?

— Eles realmente precisam elevar o padrão nesta instituição. — Sable dispara para Tinkle um olhar enviesado que ele ignora. — Ele só aceitaria uma companheira dos mais temíveis guerreiros, é claro.

— Querubins? — chuto.

— Quem sabe Potestades? —Ash acrescenta.

Deacon cruza os braços sobre o peito, inclinando-se para trás em sua cadeira.

— Pode ser Arcanjos.

Tinkle descansa a pequena cabeça em suas pequenas patas.

— Imbecis, todos vocês.

— Ele é sempre tão cortês? — Deacon pergunta.

— Já ouvimos coisa pior.

— Estou falando dos Nefilins que são os mais bem treinados e imponentes de todos quando se trata de batalha. — Todos nós apenas o encaramos fixamente, esperando que ele chegue ao ponto. — A linhagem de anjos.

Um silêncio paira sobre nós por um momento, e então todos começam a falar uns por cima dos outros. Deacon acusa Tinkle de fabricar detalhes. Sable dá uma de nerd e regurgita o pouco que sabe sobre a lendária linhagem Nefilim. Ash faz perguntas para ninguém em particular.

É muito barulho para tão pouca gente. Enquanto suas vozes se elevam, eu não reajo. Pelo menos não externamente. Por dentro, minhas sinapses estão explodindo como fogos de artifício.

Filha de um Serafim e de um anjo Nefilim. Uma frase que não faria sentido para mim há alguns meses, mas agora é minha nova realidade.

— Eu sei o que temos que fazer. — Não falo alto, mas os outros ficam instantaneamente em silêncio. Três pares de olhos brilhantes de nascidos-anjos e os orbes negros do Celestial se fixam em mim. Uma onda de apreensão toma conta de mim por um momento. É provável que eu esteja me preparando para mais dor e sofrimento, mas só há uma maneira de chegar ao fundo destes mistérios.

— Temos que encontrar meu pai.

EPÍLOGO

Steel

Eu me sento na cama, a garganta seca por gritar durante o sono. O lençol fino que peguei antes de adormecer está enrolado ao redor das minhas pernas.

O suor não apenas goteja no meu peito, ele escorre. Meu cabelo está tão suado, que eu poderia sacudir gotas como um cachorro.

Enquanto os últimos vestígios do pesadelo se dissipam, meu cérebro me engana a pensar que posso sentir o cheiro de madressilva doce e saborear a canela quente de sua pele na minha língua.

É uma tortura, mas fecho os olhos e me apego aos sentidos até que eles desapareçam.

Quando o fazem, meus músculos são como gelatina.

Eu desço da cama e caminho até o banheiro. Caio de joelhos em frente à privada antes que a náusea agite meu estômago e suba pela garganta.

Já sei como funciona.

Seu sabor picante é tirado da minha boca depois que vomito uma mistura líquida de bile e alimentos semidigeridos. Agora só consigo sentir o cheiro de minha própria acidez.

Dou a descarga e observo o vômito circundar o vaso antes de ser engolido.

Com pernas trêmulas, ando até o chuveiro e ligo a água. Os canos respingam e gemem antes de liberar a água gelada.

Este lugar é um lixo. Talvez da próxima vez eu me hospede em um hotel cinco estrelas ao invés de um meia estrela.

Por experiência, sei que o chuveiro vai demorar alguns minutos para aquecer, mas o frio é bom para mim. Ele me acorda e afasta os sonhos.

As visões. Elas começaram há meses, bem antes de Emberly entrar em minha vida, mas sua presença certamente as ampliou.

Os sonhos foram lindos no início. Eu acordava com lembranças nebulosas de uma deusa de asas douradas. Meu coração doía ao mesmo tempo em que disparava. Eu era atraído por aquela bela criatura como nunca havia sido por outra coisa.

E então, como um milagre, ela apareceu em carne e osso.

Minha princesa guerreira loira, das pontas de fogo. Um pacote feroz embrulhado em ouro. Meu sonho, trazido à vida.

Uma legião de Caídos não me assustaria mais.

E como o covarde emocionalmente atrofiado que eu era, usei todas as armas que tinha para afastá-la.

Os sonhos começaram a escurecer e a murchar, transformando o que antes era belo e puro em um mórbido terror noturno que eu revivia quase todas as noites. Quando sucumbo ao sono, sou forçado a ver as feridas que lhe infligi vertendo sangue em minhas mãos. Seus olhos sempre fazem uma pergunta – por que –, mesmo quando lhe cravo uma faca de novo e de novo.

Durante semanas, o horror terminou da mesma maneira, com os braços sombrios se enrolando na barriga dela e arrastando-a para longe de mim, na escuridão. O som de seus gritos ecoa na minha cabeça, mesmo depois de eu ter sido despertado.

Enquanto a água morna bate nas minhas costas, fecho os olhos e substituo a Emberly dos meus pesadelos pela minha última lembrança dela.

Ela ficou na minha frente com um jeans justo e um suéter cinza. O sol da tarde beijava suas feições, fazendo com que seu cabelo claro parecesse quase incandescente.

A incerteza em sua postura havia sido tudo obra minha, e quando ela ergueu os lindos olhos de safira depois de se oferecer para me ajudar, a vulnerabilidade em seu olhar me deixou sem palavras.

Não era para eu beijá-la. Ela já tinha me avisado a não fazer isso, mas não pude evitar de tomar um último gosto, sem a certeza de que teria a oportunidade novamente.

Seus lábios eram tão macios e dóceis sob os meus. Tão gostoso.

Não tive coragem de olhar para trás quando acelerei, sabendo que ela me tentaria a ficar.

E eu não podia ficar. Há algo que tenho que fazer. Ou melhor, algo que preciso desfazer.

Girando a torneira, cesso o fluxo de água e saio do boxe, secando apressadamente a umidade da parte superior do meu corpo antes de enrolar uma toalha ao redor da minha cintura.

O sol ainda não se levantou, mas não importa. Não tem como eu descansar mais hoje à noite.

Eu me visto rapidamente depois de levar apenas dois minutos para enfiar meus poucos pertences na mochila.

Assim que me visto, começo a fixar um pequeno arsenal ao meu corpo. Leva mais tempo para me armar do que para me vestir.

Quando deixei a academia, roubei o máximo de armas que pude pegar. O Abandonado em particular que procuro não pode ser subestimado.

Minha maior defesa e ofensiva contra qualquer inimigo são as formas animais nas quais me transformo, mas não há garantia de que a luta que estou antecipando será no reino espiritual.

Estou seguindo Silver há semanas e estou começando a pensar que ela está apenas me fazendo dar voltas e voltas. No entanto, sei que, mais cedo ou mais tarde, ela vai falhar e eu vou encontrá-la.

Ela já cometeu um grave erro ao me dizer que está viva.

Eu deslizo a última adaga para dentro do coldre no tornozelo, oculto sob meu jeans. O letreiro em neon do lado de fora do hotel pisca quando saio do meu quarto e parto em minha busca.

Verifico duas vezes a rota no aplicativo de navegação do telefone antes de ligar o motor.

É hora de caçar. A presa? Minha irmã. Enfiarei uma faca em seu peito, mesmo que eu leve uma vida inteira para conseguir meu intento.

Depois de deixá-la naquela montanha para morrer, eu lhe devo isso.

CLASSIFICAÇÃO ANGELICAL

POR ORDEM DE ESFERA

Esferas Angelicais — As nove classes de anjos são divididas igualmente em uma dessas esferas. Cada esfera tem papéis e responsabilidades e crê-se — não é provado — que os anjos mais poderosos são da primeira esfera com ordem de decadência de poder até a terceira esfera.

Serafim — Literalmente traduzidos como "incendiados", os Serafins são a classe angelical mais elevada e considerados os mais poderosos. Parte da primeira esfera dos anjos, esses seres sobrenaturais têm seis asas e protegem o trono de seu Criador. Não há Nefilins conhecidos da linhagem dos Serafins, porque não há um único Serafim rebelde e, portanto, não existem Serafins Caídos.

Querubim — Parte da primeira esfera dos anjos, os Querubins são a mais alta classe angelical que se rebelou. Os Nefilins desta linhagem podem tipicamente mudar para uma de três formas diferentes no reino espiritual: um leão, uma águia, ou um touro. É muito raro que um Nefilim possa se transformar em duas ou todas as três dessas formas.

Tronos — Os Tronos fazem parte da primeira esfera e são considerados como protetores naturais. Os Nefilins desta linhagem podem manipular e construir proteções para as Academias e prisões para inimigos sobrenaturais, canalizando a energia contida nas nascentes subterrâneas.

Domínios — Parte da segunda esfera dos anjos, os Domínios regulam os deveres dos anjos inferiores, assim como governam as leis do universo.

Os Domínios são considerados divinamente belos com asas emplumadas de várias cores. Os Nefilins desta linhagem valorizam a amizade, a família e a lealdade e tendem a ser os pacificadores do mundo dos nascidos-anjos.

Virtudes – Estes anjos são conhecidos por seus sinais e milagres. Parte da segunda esfera, eles garantem que tudo está fluindo como deveria, desde a gravidade mantendo os planetas em órbita, até o crescimento da grama. Nefilins desta linhagem podem controlar os elementos naturais no mundo mortal, mas suas habilidades são mais poderosas no reino espiritual.

Potestades – Parte da segunda esfera, esses anjos são considerados os guerreiros da hierarquia dos anjos. Como tal, eles estão sempre na linha de frente da batalha. Eles são conhecidos por serem focados em sua causa. Os Nefilins desta linhagem são habilidosos em combate e têm um dom para a estratégia militar. Eles são capazes de manifestar asas no reino espiritual.

Principados – Como parte da terceira esfera, estes anjos guiam e protegem territórios e grupos de pessoas. Eles presidem as classes de anjos e cumprem as ordens que lhes são dadas pelas esferas superiores. Diz-se que são inspiradores para os anjos e para a humanidade. Nefilins desta linhagem tendem a administrar e governar diferentes corpos de nascidos-anjos. Seus talentos naturais se voltam para o pastoreio e seus poderes se manifestam mais como defensivos do que ofensivos.

Arcanjos – Estes anjos são comuns entre os mortais. Parte da terceira esfera, eles aparecem com mais frequência no mundo mortal do que outras classes de anjos – com exceção da classe dos anjos. Atribuídos à proteção da humanidade, eles, às vezes, aparecem como mortais a fim de influenciar a política, os assuntos militares e o comércio em sua região designada. Os Nefilins desta linhagem são camaleões habilidosos. Eles têm mais facilidade de se misturar com os humanos e muitos deles trabalham como Guardiões.

Anjos – Considerados como a ordem mais baixa dos seres celestes, anjos – às vezes chamados "anjos simples" ou "anjos da guarda" – pertencentes à terceira esfera. Seus deveres primários são de mensageiros e guardas pessoais. Acredita-se que Nefilins desta linhagem tenham sido assassinados há mais de dois milênios. Como resultado de seus fracos poderes, os Abandonados e Caídos visavam esta linhagem para a eliminação. Não se sabe muito sobre quais eram seus poderes e habilidades.

GLOSSÁRIO

Anjo – Um ser sobrenatural alado que protege tanto os reinos mortais quanto os espirituais de Caídos e Abandonados.

Nascidos-anjos – O nome comum para Nefilim. Uma raça de elite de guerreiros sobrenaturais nascidos de mulheres humanas com Caídos, e seus descendentes. Eles têm poderes e habilidades variadas com base na classe de anjos de seus antepassados Caídos. Eles são mais fortes, mais rápidos, e seus sentidos são mais potentes do que os dos humanos.

Celestial – Um ser sobrenatural lendário que atua como um protetor para os nascidos-anjos. Os Nefilins contam fábulas a seus filhos sobre essas criaturas, mas sua existência nunca foi confirmada.

Conselho de Anciãos – Composto pelos Nefilins mais antigos em cada uma das sete linhagens angelicais existentes: Querubim, Trono, Domínio, Virtude, Potestade, Principado e Arcanjo. Eles são a coisa mais próxima de um corpo governante que os Nefilins têm, mas – a menos que haja uma ameaça global – seus deveres normais são agir como juízes para ajudar a resolver disputas entre os nascidos-anjos.

Caídos – Anjos que se rebelaram e foram banidos para a Terra como castigo. Eles mantiveram sua força, imortalidade e asas, mas perderam seus poderes angelicais específicos de classe. Eles não têm acesso ao mundo mortal.

Abandonados – Caídos que se fundiram com um Nefilim – ou humano disposto a isso – e assumiram a forma do corpo de seu anfitrião. São capazes de viajar entre cada reino sem problemas. Sua aparência é hedionda no reino espiritual, refletindo sua verdadeira natureza. Abandonados têm sede de sangue – embora não seja sua principal fonte de sustento – e são incapazes de resistir à luz do sol em qualquer um dos reinos.

Guardião – Nefilim encarregado de monitorar e coletar informações sobre a raça humana.

Mundo/Reino Mortal – A dimensão na Terra onde os humanos vivem.

Nefilim – O nome correto para nascidos-anjos.

Academia Serafim – Uma das nove Academias secretas do mundo dedicadas à educação e treinamento de Nefilins. Os jovens Nefilins frequentam as Academias a partir dos oito até os vinte anos de idade, época em que são considerados plenamente treinados. A Academia Serafim está localizada nas montanhas do Colorado, perto da cidade de Glenwood Springs.

Mundo espectral – Como Emberly chama o reino espiritual.

Reino espiritual – O plano de existência que só pode ser acessado por seres sobrenaturais. O espectro de cores difere neste reino e o som pode ser visto como ondulações através do ar. Os anjos passam a maior parte de seu tempo no reino espiritual em guerra com os Caídos pelo controle de territórios. Os poderes angelicais dos Nefilins se manifestam neste reino.

A Grande Revolta – Quando os Nefilins se levantaram contra os Abandonados e Caídos que os haviam escravizado e os usaram como receptáculos para os Caídos.

AGRADECIMENTOS

Antes de saltar para a tarefa hercúlea de tentar compilar todas as pessoas a quem devo agradecer em alguns parágrafos condensados, gostaria de tomar um momento para reconhecer a inspiração por trás destes primeiros livros da série *O Legado dos Caídos*.

Depois de ter encerrado a série *Life After*, meu coração pesou com o desejo de escrever um livro que minha filha pudesse ser capaz de se identificar um dia. Meu marido e eu adotamos nossa filha da Etiópia quando ela era muito jovem. Fizemos nosso melhor para nos prepararmos para a vida como uma família interracial, mas admito de boa vontade que houve obstáculos inesperados ao longo do caminho.

Minha filha tinha seis anos quando comecei a escrever *O Roubo das Chamas*, e mesmo naquela tenra idade vimos sua dificuldade para se sentir aceita em um mar de pessoas que lhe pareciam muito diferentes. Nunca entenderei completamente o que as pessoas de minorias enfrentam em nossa nação, mas vejo as feridas que minha filha sustenta e as inseguranças que ela combate diariamente.

Como tal, foi uma decisão deliberada de criar uma personagem principal cuja aparência física é diferente (tom de pele, cabelo e cor dos olhos) da raça sobrenatural à qual ela supostamente pertence. Comecei a escrever sobre a Emberly e Ash (com o nome de minha filha, Ashtyn) nesta série com a esperança de que um dia minha filha lesse e encontrasse um pouco sobre si mesma tecida nos livros. Ela é bastante jovem, então suponho que terei que esperar vários anos para descobrir se cumpri esta tarefa.

Dito isto, há uma multidão de pessoas que merecem meu apreço e uma cesta de filhotinhos fofos (porque os filhotinhos fazem do mundo um lugar melhor). Antes de tudo, meu lindo marido, Lucas. Ele não é apenas

JULIE HALL

o marido mais solidário do planeta, mas o propulsor por trás das minhas publicações de livros. Sem meu gênio da informática, nenhum dos meus livros jamais teria visto a luz do dia. Ele é o meu rochedo e a minha segurança neste mundo em constante mudança. Eu te amo, amor. #juntosparasempre

Eu também gostaria de agradecer a Amanda Steele. Ela tem feito parte da minha jornada de escrita por anos e é uma peça inestimável da minha equipe. Ela não é apenas uma especialista em marketing, mas uma extraordinária leitora beta, uma incentivadora e uma querida amiga. Amanda, o Sterling será para sempre seu. #disponha

Obrigada, Carrie Robertson, por ler todas as piores versões de minhas histórias #foimalmesmo, por oferecer um apoio inabalável durante minha carreira de autora e por ser uma amiga tão verdadeira.

Um agradecimento especial a LeAnn Mason e Alyssa Muller por todo o seu trabalho árduo no meu grupo do Facebook, bem como aos membros da minha Equipe de Lançamento do *Legado dos Caídos*, que reservam um tempo fora de suas agendas para ler e revisar meus livros (e caçar erros tipográficos) e altruisticamente me ajudam a espalhar a notícia sobre novos lançamentos. Eu valorizo seu apoio e amizade! #porfavornaomedeixem

Há um exército de autores que me ofereceu apoio, incentivo e conselhos ao longo da minha carreira. Literalmente, são muitos para citar, mas quero agradecer em especial a Casey Bond, Cameo Renae, Audrey Grey e Michele Israel Harper por terem tido tempo de ler *O Roubo das Chamas* e me dar seus adoráveis apoios. Eu sei que não foi um pedido singelo.

Minha última nota de agradecimento vai para você, o leitor. Sinto-me humilde por vocês terem lido meu trabalho e espero sinceramente que tenham gostado de passar um tempo no mundo da Emberly e do Steel. Espero que você escolha continuar esta jornada comigo!

JULIE HALL

Meu nome é Julie Hall e sou uma autora vencedora de inúmeros prêmios do USA Today. Eu leio e escrevo romances paranormais/de fantasia, adoro desenhar e bebo Red Bull, mas não necessariamente nessa ordem.

Minha filha diz que meu superpoder é dormir o dia todo e escrever a noite toda... e bem, ela não estaria errada.

Acredito que os romances são mais apreciados em comunidade. Por isso, quero ouvir de vocês!

Continua em *O molde da escuridão*, segundo livro da série *O legado dos caídos*.

A The Gift Box é uma editora brasileira, com publicações de autores nacionais e estrangeiros, que surgiu no mercado em janeiro de 2018. Nossos livros estão sempre entre os mais vendidos da Amazon e já receberam diversos destaques em blogs literários e na própria Amazon.

Somos uma empresa jovem, cheia de energia e paixão pela literatura de romance e queremos incentivar cada vez mais a leitura e o crescimento de nossos autores e parceiros.

Acompanhe a The Gift Box nas redes sociais para ficar por dentro de todas as novidades.

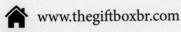
www.thegiftboxbr.com

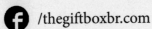
/thegiftboxbr.com

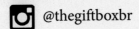
@thegiftboxbr

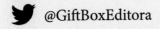
@GiftBoxEditora

Impressão e acabamento